LÂMINA CELESTE

Erick Santos Cardoso

Ilustrações de Abel e do autor

1ª edição

Editora Draco

São Paulo
2021

Erick Santos Cardoso
É desenhista de coração e editor de profissão. Mestre em comunicação, amante da cultura pop em todas as suas vertentes. Tem na Editora Draco o seu projeto para produção e desenvolvimento da literatura de entretenimento e quadrinhos nacionais.
FB.com/ericksantoscardoso Twitter: @ericksama

Publisher: Erick Santos Cardoso
Edição: Cirilo S. Lemos
Revisão: Ana Lúcia Merege e Eduardo Kasse
Capa e arte: Ericksama
Ilustrações: Abel e Ericksama

Dados Internacionais de Catalogação na Publicação (CIP)
Ana Lúcia Merege 4667/CRB7

Cardoso, Erick Santos
Lâmina Celeste / Erick Santos Cardoso. – São Paulo: Draco, 2021
ISBN 978-85-8243-283-9

1. Ficção I. Título II. Série

CDD-869.3

Índices para catálogo sistemático:
1. Ficção : Literatura brasileira 869.3

1ª edição, 2021

Editora Draco
R. César Beccaria, 27 – casa 1
Jd. da Glória – São Paulo – SP
CEP 01547-060
editoradraco@gmail.com
www.editoradraco.com
www.facebook.com/editoradraco
Twitter, TikTok e Instagram: @editoradraco

Para aqueles que buscam a Verdade.

REILIÂNIA
Láconi
COMÉRIA
Rio
Claro
Comir
Lindebluma
CIDÂNIA
Criane
Muralha Sul
ÁREAS
BÁRBARAS

TERRA DA BORDA
DA SOMBRA
Pico do Crepúsculo
Cordilheira da Fúria
N
Babélia
DENORYA
Majestosa
Pico da cicatriz
TERRA DO LESTE
Cidade Vidente

PRÓLOGO

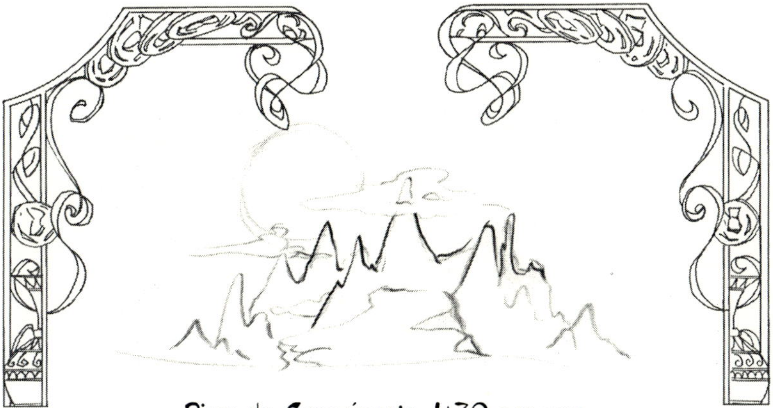

Pico do Crepúsculo, 439 neanos após a queda de Arcádia

Sob a luz daquela noite plácida, Magna veria coisas que nunca esqueceria em vida. Neste encontro, apenas um fragmento do conflito que atravessara milhares de neanos, mesmo seu coração endurecido pelos treinamentos das reiliani batia mais forte. Espremido sob a armadura e os acolchoamentos que protegiam a pele curtida, dentro da caixa torácica cujas costelas já conheciam tanta dor, satisfeito por estar escondido enquanto gritava sem parar para que a humana que o guardava saísse daquele lugar o mais depressa possível. Ignorando sua ansiedade interna, Magna detectou o suor escorrendo na testa calva do homem de cabelos curtos e rubros e armadura completa ao seu lado, e isso a consolou.

Poucos L'dren, menos de uma dúzia, contra pelo menos trinta Alvos que subiam a encosta até o topo da montanha. Suas silhuetas contrastavam com o céu de sangue como sombras. Vestidos para a guerra, portando couraças, arcos e cimitarras. Formaram três fileiras, como se em um tabuleiro de xadrez álvico. Mas os Albinos não eram menos ameaçadores. Suas roupas especiais para aguentar poucas horas sob o dia davam-lhes o aspecto de grandes besouros, placas retorcidas e curvas que refletiam a luz misturando cores os cobriam da cabeça aos pés. Os seus olhos vermelhos piscavam devagar de dentro das viseiras de vidro âmbar nos capacetes que apontavam para o firmamento.

– E já é noite. É sob a luz de Anmas que nos encontramos – sorriu Zorak. – Vocês têm a pedra-alma?

O líder Alvo tinha os cabelos verde-escuros soltos, cinzentos sob a noite. Um diadema de prata delicada o coroava, seu rosto belo carregava melancolia permanente. Da mesma cor do adereço de cabeça, uma couraça repleta de motivos curvilíneos brilhava com o rubro do céu sobre as compridas vestes dos primogênitos.

– Antes de qualquer coisa, quero ver Dynara – disse ele. – Quero me certificar de sua segurança. – A sua voz hesitante confortava Zorak, o Príncipe da Borda da Sombra, seu adversário. "Está onde os L'dren querem e deve se odiar por isso", pensou Magna, que respirava devagar, iluminada pelo rubro da Mãe da Noite.

– Naturalmente, Denoryn – disse Zorak, sua voz audível e limpa mesmo sob o capacete. – Tragam a Alva para que o seu pai a veja. Vamos terminar logo com isso. Temos humanos aqui e *eles* não têm todo o tempo do mundo – sorriu com os lábios fechados.

Apresentaram a garota Alva, as mãos amarradas atrás do corpo e os olhos baixos, a fronte curvada, sua beleza orgulhosa e cândida. Desviou o rosto do toque da mão enluvada de Zorak, mas ele insistiu e a forçou a erguer a face para que Denoryn a visse. Olhos álvicos enxergavam bem em qualquer hora, Magna espremeu as pálpebras para distinguir tudo.

– Ela está bem, Denoryn – disse Zorak e deu um passo adiante, sua bota espalhando a poeira do cume. – Mas os seus olhos te traem. Por que me odeia tanto quando foi ela que invadiu minhas terras? O que pretendiam com aeronavios em direção ao leste? Não foram as nossas Mães que fizeram a barreira de gelo nos mares para que ninguém os atravessasse? Ignoram as próprias regras, as quais acreditam e que enfiam pela goela dos mortais, e voam para os nossos domínios para quê?

– Príncipe das Sombras, não acredito que prefira desperdiçar nosso tempo com uma conversa que vai levar a lugar nenhum. Nossos assuntos não te dizem respeito, assim como os...

– Ah, mas eu e você temos todo o tempo da criação, Denoryn! Se ficássemos aqui durante neanos, a única coisa que envelheceria seriam essas crianças que nos acompanham. Eu gostaria muito de saber o que estavam fazendo perto das terras mortas.

– Perdoe-me por não compactuar com seus teatros. – Sem se virar para trás, Denoryn falou alto: – Tragam a pedra-alma.

Um Alvo vestido em longa túnica sobreposta por um peitoral prateado carregava uma urna transparente e delicada. Dentro dela uma gema de lava líquida flutuava, emitindo pulsos de luz vermelha como a de Anmas, a deusa do céu que permeava a noite.

– A Pedra da Salamandra – disse Pyro, em um impulso, tocando a bainha da sua vistosa espada mística amarrada à cintura. – Como é linda!

Zorak olhou para Pyro com a testa franzida. Magna deu um passo à frente do companheiro arcadiano com a mão no punho da sua lâmina. Arma de trabalho intrincado e belíssimo, ainda que a pouca luminosidade não lhe fizesse jus. A guerreira reviu a área em volta para confirmar a distância até as bordas do pico e evitar qualquer movimento desnecessário que pudesse pôr em risco o grupo.

– Muito bem. Mas insisto, tenhamos calma, nada deve sair da civilidade. – Por dentro do capacete, Zorak também estava nervoso. Magna sabia disso pelos dedos que ele não parava de abrir e fechar, inquieto. – A pedra-alma é de fato magnífica, mas faço questão de saber o que estavam fazendo em nossas terras.

– Acho que isso não vai mudar em nada a conclusão dessa troca – disse Denoryn, que respirou fundo. – Muito bem, que assim seja. Nós sabemos o que estão fazendo, Zorak, Príncipe da Sombra. Vimos as monstruosas máquinas que estão construindo, e essa sua tentativa de chantagem estúpida só deixa claro o que já desconfiávamos.

– E o que seria, ó sábio Príncipe da Terra? – Zorak disse com um sorriso no rosto, mas suas mãos se abriam e fechavam.

O vento passou a soprar devagar, como se a própria terra tivesse segurado a respiração. Era uma noite limpa, sem nuvens, e Anmas brilhava solitária olhando para os primogênitos que insistiam nesse eterno conflito.

– Vocês pretendem mesmo tentar abrir a Última Fortaleza mais uma vez.

O Albino gargalhou e se virou para trás, olhando para os seus companheiros, os braços abertos em incredulidade fingida.

– Mas não é isso que os Filhos da Sombra fazem desde o começo dos tempos? Ou acha que temos orgulho de precisar vestir essas atrocidades – bateu na própria couraça – para poder desfrutar de algumas horas sob Sarali? São tão egoístas que querem aproveitar o calor de nossa Mãe sozinhos?

– Foi esse tipo de sentimento que os amaldiçoou, meu irmão das Sombras – Denoryn disse, piscando devagar e enchendo o peito para um suspiro que veio em seguida.

– Eu não me importo com o que sinto, eu tenho uma obrigação com o *meu* povo. Sabe o que é ter uma obrigação com o seu próprio povo? Ou continuará fingindo que se importa com os humanos e a sua linda terra verde? Vocês, Filhos da Luz, só querem se manter no controle de tudo, dominar as belas raças que as Mães pariram como se fossem seus animais de estimação. Eu ao menos saio para passear com os meus – sorrindo, Zorak se virou para Magna e Pyro, depois se voltou a encarar Denoryn. – Sabe por que eles me seguem? Me seguem porque sabem que sou o único que pode levá-los ao céu. Eu não tenho palavras bonitas ou motivos nobres e inspiradores. Eu só lhes prometo a verdade. E é aonde vou levá-los.

– Você destruiria o delicado balanço que alcançamos por não poder lidar com a condição natural de seu povo. Não vê como isso é egoísta?

– Condição natural? Isso é uma ***maldição***! – Zorak berrou e avançou mais dois passos. Os Alvos se mantiveram em alerta, mas não se moveram. – Se é fruto da inveja de Anmas eu só vou saber quando estiver diante dEla para perguntar. Eu não entendo os motivos das Mães, mas desde que abri esses olhos de sangue só pude ver o mundo de noite. Os Filhos da Sombra nunca tiveram escolha nisso. Assim como vocês nunca escolheram ter tudo. Simplesmente têm. E nem por isso estão dispostos a entender o que é ser como nós!

– Não é nosso lugar discutir os motivos das Mães, como você mesmo disse. É simples. – Denoryn cruzou os braços atrás de seu corpo. Magna apertou o punho da sua espada e Pyro se pôs de lado, em posição de combate. – A Última Fortaleza representa a razão pela qual não podemos estar próximos demais da Criação. Mesmo os imortais não podem compreendê-la, por isso meu povo a selou. Devemos amar esta terra que nos foi dada e viver todos os neanos que a nossa condição nos dá para entendermos por nós mesmos o que é o milagre das Mães. Não somos os humanos, você sabe, nós adoramos o dia como adoramos a noite. É dessa união que somos feitos e é pela eterna busca da compreensão que devemos existir.

Zorak afastou um dos Albinos que vigiava Dynara e a pegou pelo braço, enfurecido.

– E amar, você sabe o que é amar? Maldito seja, Denoryn, vocês sabem o que é ter tudo e fingem não se importar com o que é ser como nós. Mas aqui está a sua filha. Quantos neanos ela viveu? Milhares? Já viveu o bastante, não é verdade? Quantas vidas de homens isso dá, Pyro? Magna? Se vocês realmente fossem tão perfeitos e bondosos assim, não nos dariam a chance de abrir a Última Fortaleza. Afinal estão todos aqui, prontos para a troca. Me dê a maldita pedra-alma e leve essa mulher estúpida.

Magna já começava a desembainhar a espada, Pyro levava a mão ao punho e a afastava, hesitante. Mexeu o pé, corrigindo a posição de luta, mas não tomaria uma atitude sem um sinal explícito de que Zorak não estava mais no controle. Os Albinos e Alvos todos prontos para a batalha, pilhas de pólvora esperando para ser acesas.

– É inútil – Denoryn balançou a cabeça. – Vocês L'dren nunca entenderão o que é o papel de um Primogênito neste mundo, Zorak.

Ao erguer de sua mão, todos os Alvos tomaram posição de combate. Em instantes, a primeira fileira já tinha sacado flechas e apontado para os Albinos. A segunda e terceira, com as mãos juntas à frente do peito, evocaram palavras antigas que eram sussurros, depois aumentaram em velocidade e altura, tornando-se uma liturgia persistente que encheu o topo da montanha. Era como se milhares de vozes, não apenas poucas dezenas, gritassem comandos para a formação de um fluxo denso que deixava o ar difícil de respirar. Os elementos responderam ao chamado. Ondinas nadavam por rios que jorravam de seu nado sincronizado, salamandras explodiam em chamas e brotavam de flores de fogo ardente, gnomos saltitavam rodeados por gemas preciosas e pontiagudas que formavam escudos e espadas e silfos fluíam aumentando a força dos ventos cortantes em fluxos de energia coloridos, reunindo-se em torno dos seus invocadores em proporções exatas e inacreditáveis, tal o caos de suas aparições repentinas.

– Isso é loucura! – Zorak chacoalhou o braço de Dynara e gritou com toda força para ser ouvido em meio à reza poderosa dos Alvos. – Poria a vida de sua própria filha em perigo, Denoryn? Não estamos blefando, não pretendemos sair daqui vivos se não é para termos a pedra-alma!

Denoryn olhou para Dynara e fez uma rápida reverência.

– Perdoe-me, minha filha. Nos veremos novamente na Essência – o Alvo disse para si mesmo. Mas um calafrio na barriga lhe indicou que ela entendera.

Dynara fechou os olhos, resignada. Quando a primeira flecha a atingiu na altura do coração, os Albinos se desesperaram. Zorak berrou para o pequeno grupo, segurando o corpo que desfalecia em seus braços.

– Matem a todos! Matem a todos! Vão se arrepender disso, irmãos desgraçados!

Os Albinos tomaram a frente de Zorak e de seus braços saíram placas negras que se projetaram para ambos os lados, circundando-os como pétalas de flores, formando escudos para aparar as flechas que vinham rápidas. Magna preparou a lâmina rúnica, agora desembainhada. Ergueu-a, uma cimitarra de um púrpura escuro, antiga como os grafismos que cobriam as laterais de seu metal afiado. Concentrou-se tocando a gema no punho da espada com seus dedos descobertos. Quando o frio a dominou, correndo por suas veias e nervos até lhe atingir os ossos, as bolas de fogo, jatos de água, raios e mísseis de gemas atirados pelos magos álvicos foram atraídos em sua direção. Os Albinos mantinham a sua defesa, rebatendo as flechas, até que os projéteis místicos se fundiram em um raio único e cegante que penetrou na arma de Magna, acendendo os textos contidos em sua lâmina até sumirem dentro do corpo da mulher, dissipando-se pelas extremidades de seus membros em pequenos espasmos como os relâmpagos que riscam os céus tempestuosos.

– Uma lâmina rúnica! – gritou Denoryn balançando a cabeça, os olhos arregalados. E virando-se para os magos guerreiros: – Usar espadas! Usar espadas!

Pyro e Zorak avançavam tentando se aproximar da urna que continha a pedra-alma, golpeando os Alvos que se punham no caminho. Estavam em grande maioria e eram poderosos, mas as armaduras albinas eram mesmo formidáveis. Zorak deu cabo de três inimigos com giros rápidos de sua cimitarra. Em um movimento simples desdobrou a lâmina, tornando-a ainda maior, uma lança-espada que usou para varrer mais adversários. Pyro o seguia de perto, sacudindo a Chama Cortante, espada de fogo criada pelo próprio Babel. Agarrava-a com firmeza com as duas mãos para encerrar vidas milenares, porém em distância segura, concentrado no propósito de se aproximar da pedra-alma.

– Ajudem Zorak! – gritou Magna, e um dos Albinos saiu em seu auxílio. Outro estava agachado gritando instruções, ordens ou pedindo ajuda para cristais acoplados à manopla brilhante. A guerreira humana continuava absorvendo os poucos projéteis mágicos que chegavam, os dentes rangendo pelo esforço crescente de consumir energia mágica, enquanto os poucos L'dren conseguiam igualar a luta como por milagre. O corpo de Magna começou a vibrar, cada magia desfeita um impacto maior. Ela ofegava, não suportaria aquilo por muito tempo, porém não podia se permitir sucumbir na primeira grande batalha que lutava por Zorak, aquele a quem devia a vida.

– Denoryn! – berrou Zorak. A sua lâmina cortou pedaços dos cabelos do Príncipe de Denorya uma, duas vezes enquanto este recuava. Quando o adversário tomou a ofensiva, Zorak girou no pé de apoio e evitou uma estocada, mas, ao tentar travar a cimitarra álvica, ela escapou de seu alcance e lhe riscou a couraça. Sem ferimentos, mas o temor do contato de sua pele com a magia no ar fez com o que o L'dren se desequilibrasse e caísse para trás.

Magna alcançou Pyro, que já derrubara o portador da urna mágica e acabava de executá-lo usando o capacete do oponente para amassar seu crânio. Os L'dren desfizeram as fileiras de magos guerreiros e chocavam lâminas com os Alvos, que agora usavam suas cimitarras.

Aproveitando que Zorak estava caído, Denoryn deu as costas para o inimigo e correu para chegar até a urna, perto de Magna e Pyro, entretido com o Alvo morto no chão. O príncipe álvico saltou para alcançar a pedra-alma cheia de lava líquida antes que os humanos notassem. O grito de Zorak para que prestassem atenção no inimigo chegou tarde demais. Pyro e Denoryn passaram a se digladiar pela urna, cada um querendo-a para si, o pulso de fogo tão forte que mesmo o elementalista humano sentiu um calor insuportável. Isso fez estremecer seus ossos e, por fim, destruiu o receptáculo.

– Tolo! Nem mesmo um imortal pode tocar uma pedra-alma! – gritou o Zorak quando Denoryn apanhou a pedra no meio dos cacos da proteção. – Vai ser destruído!

O corpo do Príncipe da Terra se tornou incandescente e, de pequenas fissuras que se multiplicavam, passou a irradiar luz. Os olhos de Denoryn eram lava, seu grito de terror absoluto ressoava por toda a volta. Ardendo pela eternidade em segundos, o imortal era uma fonte inesgotável de fogo que carbonizou os seus irmãos mais próximos.

Porém o retorno de calor era tão grande que os Albinos tiveram rachaduras nas armaduras. Seus corpos expostos foram invadidos pela magia, que lhes adentrou a pele até o âmago, trincando o sangue azul desde os ossos e cristalizando suas carnes e tecidos em uma reação em cadeia, fogo consumindo palha. Por fim, não cabendo mais dentro de seus hospedeiros e explodindo em protuberâncias afiadas de vidro azul manchadas de suas entranhas a energia ressurgiu ao mundo, tornando-se Crisálida.

Zorak correu para perto de Magna, que estava concentrada na lâmina rúnica acesa e pulsante, absorvendo a magia em ondas que a agrediam cada vez com mais intensidade. Suas pernas não suportavam o próprio corpo. Ela pôs um joelho no chão, o braço erguido trêmulo. Segurou a arma com as duas mãos e o braço esquerdo também sacolejou com os infinitos ataques de salamandras que a assolavam sem descanso. Ela não podia ver, mas abriu-se uma pequena fissura na gema do punho da espada mística. Ao seu lado, Pyro cobria seus olhos, transpirando sem parar, mas resistindo ao inferno por ser um descendente dos príncipes-senadores, criado em Mammon para ser unificado ao fogo, imune a ele.

– Pyro, não vamos aguentar muito tempo! Faça alguma coisa! – gritou Magna, com os olhos fechados, os braços vibrando pelo pulso da energia.

– Vou tentar empurrá-lo para fora do pico. – Pyro tinha os braços vibrando sem parar, mas se ergueu levantando o peso do mundo e agarrou a espada de Babel à sua frente, incandescente, mas intacta. Com ela atravessou o corpo de Denoryn. Nesse momento, como em uma transferência instantânea, a espada de Babel recebeu uma carga de magia tão intensa que prendeu Pyro e Denoryn.

– Só existe morte para quem busca abrir o céu! – gritou o Alvo de olhos que choravam lava, sua voz gutural, diferente da que discutira com Zorak minutos atrás. Pyro ergueu uma perna urrando e, apoiando-a no corpo em chamas do imortal, impulsionou-se para trás, arremessando o Alvo que consumira a Pedra da Salamandra como uma bola de fogo que caísse da montanha.

Com as suas roupas e armadura em chamas, Pyro caiu desacordado, a pele de toda a lateral de seu corpo cheia de bolhas.

Magna segurou o braço esquerdo enrijecido e, da sua mão direita dormente, a lâmina rúnica despencou no chão tilintando, ardendo, com seus textos ancestrais acesos. A guerreira tossiu, tentando inspirar ar puro, sem poder encher o peito. Só havia o cheiro da carne e cabelos queimados. Cristais protuberavam das couraças negras dos L'dren. Não respirava direito pelo nariz, como se estivesse sempre entupido. Pela boca, ardia como se vidro se movesse em seus pulmões. A pedra de foco da sua lâmina rúnica estava rachada, ela agora via. O seu salvador estava caído, agonizando de dor, mas via através do vidro âmbar os seus olhos abertos. Sua armadura estava intacta graças a Magna.

Zorak continuava piscando, tentando focalizar a vitória, mas só via a humana que um dia salvara.

Magna de Reiliânia

PARTE I
CRIAÇÃO

1

Babélia, onze anos atrás

Estava segura, ninguém a seguiria até aqui. O cheiro azedo da sujeira acumulada no beco já era ignorado por sua mente, proteção que desencorajaria perseguidores e impediria que fosse farejada por animais. As cãibras surgiam em ondas e minavam a vontade de correr mais um pouco. O cansaço acumulado já vencera.

Às vezes aparecia um rato que não se demorava em apanhar o que lhe interessava e então retornava para as trevas. Encostada à parede, entre o odor pungente de fezes e urina secas, pois era nesses lugares que se esvaziavam penicos, acabou por adormecer.

Um toque no braço a despertou. Estava deitada em uma esteira no chão, um colchão de palha ou algo tão duro quanto, cheio de percevejos agora invisíveis, somente a coceira e as pintas vermelhas na pele como prova de seus delitos. Antes de ser dominada pelos comichões nos braços e pernas, gritou ao vislumbrar o rosto de um homem de meia idade iluminado por uma lâmpada. Esticou o braço para socá-lo, mas foi dominada por mãos fortes e uma voz ríspida.

– Ei, se quer que eu te ponha de volta no lixo, é só pedir. Seja grata ou volte para a rua, para mendigar. Seu nome?

A garota não disse nada. Não conseguia distinguir onde estava, não reconhecia as paredes, nem mesmo o cheiro. Mal sentia o próprio fedor.

– Seu nome, eu perguntei o seu nome – repetiu o homem.

Como um cão arredio, ela observou quem a interpelava com calma. Ele tinha a barba falhada, mas comprida. Grande e forte. Gordo, na verdade. Lembrava-lhe um fazendeiro parrudo que conhecera.

– ... Tá... Táscia – disse a garota com a voz empastada.

– Táscia? Táscia é nome de lestiano. Nome da minha tia. Não é daqui, então? Bom, trouxe uma sopa, tá na caneca. Toma isso e descansa. Depois tem que tomar um banho, o cheiro vai chegar lá na frente e isso não dá.

Táscia aceitou a caneca de madeira e a cheirou, sem tirar os olhos do homem. Depois do que passara, aceitou o risco e bebeu a sopa de uma vez. Se estivesse quente teria se queimado.

– Já tomou tudo? Bom, melhor descansar. Vai se recompor aos poucos.

Os braços coçavam, mas o peso na cabeça era mais forte. A garota dormiu sem perceber, o sangue da pele ferida sob as unhas.

* * *

Acordou no escuro. Ergueu a cabeça, que pesou. Tateou em volta, estava sozinha. Não fazia ideia de que horas eram. Ouviu um ruído vindo de um cômodo próximo. Ergueu-se com calma, sentiu o chão de madeira com os pés descalços. Estava vestida com uma camisola velha e larga que não era sua. Sentia-se estranha, suja, lembrou-se da oferta de um banho, era a única coisa que precisava. Mas antes tinha que saber onde estava.

Andou em direção ao contorno de luz que passava pelo batente da porta, esbarrando em algo fofo no caminho. Abriu a porta emperrada com um pouco de esforço. A fechadura estava quebrada, um calço a mantinha travada.

Saiu do quarto com cautela, deixou a luz entrar para que o local fosse iluminado. Dormira no que devia ser o depósito de algum estabelecimento. A cama era um velho colchão de palha que podia ter sido de um cachorro e do lado estava o saco de panos velhos em que esbarrara. Seguiu pelo corredor, de um lado o barulho mais alto, do outro uma porta fechada. Era um pequeno cômodo com uma grande tina e esfregões e baldes de água. Onde se tomava banho, estava claro. Voltou-se para a última porta que levava ao som de muita gente falando alto. Abriu uma fresta e se descobriu em uma taverna, pessoas rindo, comendo ruidosamente, gritando pedidos, tudo sob lâmpadas a óleo penduradas em espessas vigas de madeira que atravessavam o ambiente todo.

Um vulto surgiu sem aviso e a empurrou para dentro. Táscia engoliu a respiração.

– Táscia, uma boa noite, senhorita. Está bem? – Ela permaneceu calada. Era o homem de antes, provável salvador que a trouxera para cá. – Você está bem?

– Estou bem, sim. Obrigado, senhor.

– Vá tomar um banho. Está muito suja e fedendo. Não está com fome?

A palavra despertou o estômago colado às costas por não se sabe quantos dias.

– Sim.

– Tome um banho e depois levo algo para você. E essa sua testa não está doendo? Parece um machucado feio. Tem uns baldes e uma tina no banheiro. É o que eu uso, está limpo.

Táscia foi logo para o cubículo que seria o banheiro e tirou a camisola que nunca havia vestido, perguntando-se onde estariam suas roupas. Nua, com frio, os pequenos mamilos eriçados. Cobriu o próprio corpo e prendeu a respiração quando o homem abriu a porta e a flagrou sem roupa. Por segundos que duraram uma eternidade ele a observou o melhor que pôde antes de pedir desculpas e entregar-lhe uma barra de sabão nojenta.

Com a porta travada com uma vassoura, chorando, o peito espremendo o coração que batia rápido, a garota se esfregou até a pele ficar vermelha, esfolando todas as feridas causadas pelos insetos e enxaguando-se na água fria e repetindo o processo até os dedos enrugarem e as lágrimas secarem.

* * *

Às vezes Táscia se lembrava do cheiro do lixo e da noite em que chegara à taverna.

Cabelos cortados rente ao couro cabeludo, um grande lenço vermelho à testa, faixas amarradas no peito espremendo os pequenos seios. Roupas largas para não marcar a cintura fina e os largos quadris. Depois de parecer ridícula já imitava bem o jeito desleixado das passadas dos homens ao andar. Isso a protegia no trabalho, mas a vassoura que segurava a porta era testada sempre que tomava banho, tendo falhado uma ou outra vez. Até que passou a fazê-lo só de madrugada, quando o dono do estabelecimento dormia, sem nunca abrir mão da tranca improvisada.

Durante o serviço, o coração ainda acelerava a cada cliente que entrava, e, ainda que a sua realidade fosse opressiva, os dias que se sucediam diluíam a angústia que a trouxera até ali.

Os beberrões chamavam Táscia de Maturo, o nome do personagem das histórias que foge de uma vida nobre em um castelo para ir morar com os Alvos. Mas as conversas que ouvia dos clientes eram mais curiosas que o conto de fadas.

– Eu estou dizendo, Babélia não vai mais ser terra tranquila assim, não – disse um deles certa vez.

– Isso aqui é um fim de mundo. Mesmo que tudo caia nos Três Reinos, a gente fica ileso. Você tá é maluco.

– Maturo – disse o primeiro a Táscia –, vê se me traz mais cerveja. – E voltando-se para o companheiro. – Não acredita em mim? Pois eu já estou cobrando todas as minhas dívidas, vou vender livros em outro lugar. Eu não deveria perder meu tempo com os senhores incrédulos, mas vou lhes dizer: Coméria vai anexar esta terra e não demora muito.

– Anexar? É pra isso que tantos soldados chegam, então? Além do recrutamento, ouvi falar até em mercenários de outros lugares. Que nem aquela capitã que é do Norte.

– Quem? A machona?

Todos riram. Táscia fingia arrumar as coisas da mesa, mas já não tinha como enrolar.

– Maturo, meu filho, minha cerveja!

E correu para trás do balcão.

* * *

O homem não se importava que Táscia fingisse ser um menino, parecia até aprovar a perspicácia da garota. Orgulhava-se de sua aquisição em um beco cheio de lixo e merda.

Táscia deitava com o máximo de roupas que podia para dificultar qualquer bisbilhotagem que ocorresse enquanto dormia.

Uma noite, sonhou com a tempestade de gritos de seus pais.

Sua mãe se agitava sob os braços fortes e as pernas nuas de um deles, sua energia se esvaía, cedendo ao cansaço e à resignação.

Seu pai se agitava sob os braços fortes de outro, sua vida escorrida no chão em uma poça de sangue. Os olhos abertos como se pudessem ver tudo o que acontecia, algo que os agressores faziam questão.

Táscia descia a escada e dessa vez saía voando pela janela, e, quando subia em direção ao céu, a energia lhe faltava e acabava aterrissando em um monte de lama.

Acordou tentando encher o peito de ar pela boca, o coração acelerado, focalizando para enxergar alguma coisa. Quando ouviu uma respiração dentro do quarto, o sangue correu para cada extremidade de seu corpo em alerta. Tateou com a mão direita e encontrou o que procurava, uma faca de cozinha pequena e velha que sumira sem que ele percebesse. Ficava do lado da esteira, pronta para ser usada.

– Você estava agitada. Quer que lhe traga um chá? – perguntou o taverneiro.

Rígida e pronta para estourar, Táscia mal murmurou um "Não" no meio do escuro. Sentiu-se imunda, de repente. – Deve entender que estou aqui para você, quero protegê-la. Esta é sua casa, agora.

– Só tive um sonho.

– "Os sonhos são o dom dos mortais" – o homem recitou um verso do *Poema de Pietru Negro* que ouvira tantas vezes nas reuniões do Templo. – É temente à Mãe da Luz?

– Sim, senhor. Estou com sono, amanhã preciso acordar cedo para ajudá-lo.

– Verdade, verdade. Durma bem, garota. Estou aqui sempre que precisar.

Táscia demorou para dormir. Quando acordou, estava com a faca na mão. Tratou de guardá-la logo sob uma pedra abaixo da esteira, que soltara com paciência do chão frio.

* * *

Certo dia o homem avisou que ia ao mercado buscar legumes e carnes para repor a despensa. Táscia tinha saudades da luz de Sarali.

– Eu posso ir com o senhor?

– Como é?

– Eu... – Táscia olhou para o chão. Respirou fundo para ter coragem de completar a frase, sem levantar a cabeça. – Posso ir com o senhor?

O homem voltou de repente e apontou os fundos da taverna. Falou devagar.

– O seu lugar é aqui, garota. Você vai ficar aqui e cuidar de tudo para quando eu voltar o lugar estar limpo e pronto para receber os bêbados que vão sujar tudo de novo. Você quer voltar para o lixo? Pro meio do beco, onde te achei? Essa é uma chance para ter uma vida decente, ter uma vida de gente. Entende? – cuspiu perdigotos, pois falava cada vez mais rápido e alto, seus olhos arregalados e vidrados.

Táscia ficou em silêncio, sem mexer um músculo. Algumas vezes ajudara o homem a descarregar a carroça na entrada da taverna, pôde ver Sarali no céu, mas lá embaixo o seu coração não disparava daquele jeito, era mais seguro. Talvez não quisesse mesmo ver mais o mundo sob a luz do dia. Mas de qualquer forma, não estava preparada para essa reação do seu salvador.

Foi para trás do balcão sem perder tempo e pegou um esfregão para cuidar do piso. Lágrimas repreendidas antes mesmo de chegar aos olhos. Não demonstraria qualquer tipo de fraqueza a ele ou a ninguém. Se notassem o seu medo, não a respeitariam, um velho conselho de seu pai. Ouviu as escadas rangendo. Três soldados desciam pelos degraus de madeira, armaduras esmaltadas em azul com os brasões da torre branca, as cores de Babélia, aprendera a reconhecer mesmo sendo estrangeira. Táscia recuou e verificou o lenço amarrado à cabeça, endureceu a postura e foi para trás do balcão.

– Cedo demais para servir aos salvadores deste reino, capitã Magna.

– Não seja idiota. Serve cerveja para nós, garota? – disse a mulher chamada Magna, virando-se para Táscia. A menina prendeu a respiração, seu sangue gelou e correu pelos membros em uma enxurrada.

– Sou homem, senhora. Mas já vou providenciar – Táscia disse com a voz fingida, abriu a trava e despejou em canecas o líquido do barril deitado.

– Muito bem, **garoto** – disse Magna, olhando-a no fundo dos olhos. Táscia se desviou da força vinda dos olhos castanho-escuros e notou que Magna tinha a armadura mais enfeitada e bonita entre os três, com músculos torneados esculpidos no torso, e era a única mulher. Tinha o rosto quadrado, mas feminino, mesmo com a pele branca queimada de Sarali marcada por batalhas – fantasiou – e pelo peso dos neanos. Os cabelos curtos prateados e arrepiados não pareciam cortados de um jeito que Táscia pudesse reconhecer.

Após entregar as canecas de cerveja, os soldados faziam gracejos entre eles. Táscia não encarava Magna e nem conseguiu dizer-lhes que a taverna estava fechada. Quando viu a bainha púrpura ao lado dos quadris da mulher sentada de forma displicente, seu coração acelerou. O magnífico punho escuro da espada, ornado com motivos de ondas em consecutivas linhas curvas, todas convergindo para uma pedra roxa do tamanho de um ovo pequeno incrustada no meio do cabo. Perguntou-se se todo sabre de verdadeiros guerreiros era perfeito desse jeito quando visto de perto.

– Nunca viu uma espada, moleque? – indagou um dos soldados. – Se bem que essa é uma senhora espada.

– Todo moleque gosta de espada. E a maioria das mulheres também – gargalhou o outro.

Magna olhou para eles com a testa franzida e os lábios colados, ambos engoliram as risadas.

– É uma linda espada, senhores – disse Táscia, fazendo uma reverência. Então saiu apressada, mirando o chão, e se escondeu atrás dos barris, procurando algo para limpar.

Que espada incrível. Talvez pedisse que a mulher chamada Magna a desembainhasse. Então se lembrou das histórias que ouvira e de todo o tempo que passava lá embaixo do mundo, no subterrâneo, como um monstro a ser escondido que não podia ver a luz de Sarali.

Respirou fundo e foi até eles, de esfregão na mão. Pararam de conversar ao notar sua aproximação não solicitada.

– Senhora... Magna? – A líder do grupo mediu Táscia com interesse, mas nem se mexeu. – Eu trabalho em uma taverna, como vocês veem, então acabo ouvindo muita coisa. – A menina não sabia o que estava fazendo, mas sabia o que queria, iria aproveitar o raro momento sozinha e perguntar tudo o que pudesse. – As pessoas falam de coisas terríveis, muito ruins. Falam que Babélia vai... ter que se defender.

Um dos soldados se mexeu de forma desconfortável na cadeira. O outro arrotou, talvez para quebrar a tensão.

– Não há nada de errado acontecendo. Nada com que se preocupar – a voz de Magna era seca e sem emoção. Táscia sentiu o rubor inundando o rosto. Quis sair correndo, havia sido estúpida em perguntar isso.

Como se notasse o ímpeto, Magna voltou a falar.

– Espere... Garoto. Você trabalha aqui faz tempo?

– Sim. Digo, não, senhora. Sou sobrinho do dono... Vim do interior faz pouco tempo – lembrava-se do discurso ensaiado tantas vezes.

– Interior? Qual cidade?

– Não de Babélia, senhora. Sou do interior da Terra do Leste – respondeu rápido demais.

– Entendo. Mas seu sotaque não parece nem um pouco com o lestiano. Cobre-nos as cervejas, estamos de saída.

E Táscia o fez. Logo os soldados babelianos subiram as escadas carregando os sons de suas armaduras. Tomada por alívio ou algo parecido, concentrou-se em esfregar o chão, até que foi interrompida pela chegada do dono da taverna.

– Eram soldados que saíram daqui agora, garota? – disse com rispidez.

– Acho que da guarda da cidade, senhor. Queriam cervejas, eu os servi e eles pagaram – Táscia mostrou as moedas de cobre.

– Pois deveria ter dito que estamos fechados. Só servimos à noite, já lhe disse várias vezes – tomou o dinheiro da mão dela. – Vá guardar esse esfregão, o assoalho já está limpo o suficiente para abrirmos – disse, apesar de o chão continuar ensebado.

* * *

O tempo de serviço era o momento do dia em que corria menos perigo na presença do homem. Porém o relógio continuava andando e já havia passado da hora de tomar uma atitude e sair dali. Mas para onde iria? Não tinha como pagar por nada, não recebia nenhum tipo de pagamento pelo serviço, a não ser a comida e o lugar para pousar durante as noites. O problema é que sabia que o homem queria mais que o seu serviço na taverna. Já não era criança, tinha mais de quinze neanos e compreendia bem os ímpetos dos homens.

A cada dia que passava, ele a rodeava mais, seguia-a por todos os cômodos, diminuindo o espaço seguro dentro daquele ambiente que, contra toda a razão, Táscia já considerava seu lar. O ar no subsolo era pesado, viciado. Quando passava por uma porta, ele fazia questão de esbarrar nela, roçar o seu corpo enquanto lavava canecas ou carregava barris e comida para servir.

Passou a considerar a faca, mas ele era grande e gordo, não queria se ver sob o seu peso. Tinha que planejar a fuga com calma, o seu quarto não era trancado e sabia onde ele guardava a chave da porta para a rua.

Ver o dia não era mais possível. Depois do episódio dos soldados, o dono nunca mais deixara a porta da rua encostada quando saía para fazer compras. E nem chamava Táscia para ajudá-lo lá em cima. Passou a sempre trazer um ajudante para descarregar mercadorias e só mantinha a porta aberta quando era hora de receber clientes.

E todos os dias sob as Mães Táscia torcia para aquela guerreira Magna surgir para beber, vestida em sua armadura de músculos esmaltados.

Após uma noite de trabalho, o homem trancou a porta após expulsar um bêbado com delicadeza, foi até o balcão, abaixou-se e abriu um pote de cerâmica vazio que ficava no canto. Deixou cair a chave dentro e o tampou. Táscia limpava o chão e depois reuniu canecas para lavar.

Terminou os últimos preparativos e foi se deitar. Esperou pacientemente que o homem se recolhesse em seu quarto. Respirou fundo uma, duas vezes. O peito estava acelerado, mas não era aquela sensação. Calafrios, a barriga agitada por um espírito piadista. Esperou mais um pouco e decidiu-se, a hora era agora.

Levantou-se e abriu a porta devagar, tentando controlar o rangido. Segurou a faca com mais força, não perderia mais tempo. Pisou com cautela, passo a passo sobre as pedras frias, até o fim do corredor que levava para a área de clientes. Passou pela porta encostada e foi direto para o balcão. Ao se abaixar, ouviu um barulho de madeira rangendo e paralisou, espremendo o ar e enrijecendo o abdome. Esperou por alguns segundos, nada aconteceu. Mais um calafrio. Sem se apavorar, repetiu para si, era a hora, moveu-se rápido fazendo o mínimo de barulho possível e chegou atrás do balcão, abaixou-se e destampou o pote. Já respirava pela boca. Sua mão esquerda não encontrou nada. Largou a faca no chão e tentou a direita como se não acreditasse no que sentira a primeira. Nada. A madeira rangeu em dois ou três passos pesados e, quando se virou, levou o primeiro golpe no rosto.

– Sua maldita, é assim que tenta pagar o que estou fazendo? – a voz do dono até desafinava. Segurou os dois braços de Táscia com tanta força que parecia querer espremê-los entre os dedos.

A garota quis morrer, o sangue deixou seus braços e veio uma vontade súbita de deitar, fechar os olhos e desistir de tudo. As pernas amoleceram e o homem a cobriu. Era pesado como um porco, murmurava sem parar coisas que não faziam sentido, tinham a ver com gratidão, com posse e o que mais o seu hálito de merda deixasse sair. O monstro a observava triunfante, como a uma presa dominada e indefesa. Táscia pensava na faca que tinha deixado no chão. Amaldiçoou-se e imaginou o que poderia fazer para que ele se satisfizesse e a deixasse em paz. Pensou em pedir perdão, uma nova chance, mas nada disso fazia sentido. Nunca cederia a um animal desses. Só interessava a própria liberdade, nunca fora prisioneira desse bruto.

Sentiu o homem desabar sua massa ainda mais sobre si e levou mais um tapa curto no rosto. Mais irritante e humilhante que dolorido.

– Você é minha, eu te encontrei no meio do lixo. Você é a minha garota. É garoto pra eles, mas é a minha menininha – e começou a roçar-se em suas pernas como um animal estrebuchando. Táscia olhou para as vigas no teto, nauseada, e só queria que tudo acabasse. Veio a vontade de chorar, nunca deixaria que ele a visse assim, mas não podia mais controlar. A visão de sua mãe esmagada acelerou seu coração e sugou a energia de cada extremidade de seu corpo. Inerte, em perigo, sua mente berrava, sem ter como fugir ou se libertar, a raiva pela prisão à qual fora submetida, uma enorme rocha que não poderia empurrar e fazer rolar para o lado. As lágrimas não eram choro, escorriam sem parar como a pressão de uma máquina a vapor precisa ser escoada antes que a explodisse. E ela explodiria. Logo o porco grunhiu mais alguma coisa enquanto continuava se esfregando, até que uivou um alívio e largou-se, mole. Táscia rangeu os dentes, tentando trazer ar sob o peso do homem. Então ele mudou o tom.

– Me desculpe, eu deveria ter melhores modos, não é maneira de um homem correto temente à Deusa. Me perdoe, é que você me fez triste – ele rolou para o lado e Táscia encheu os pulmões pela boca, o peito sacudindo com as batidas do coração, o ar lhe fugindo às desesperadas tentativas de inspirá-lo. – Você não poderia me deixar assim. Você precisa de cuidados, deve ser tratada com cuidado. É a minha garota, minha garota-garoto, pode guardar segredo, não é mesmo? Esse é o nosso segredo.

Táscia estava paralisada. Viu a calça do homem úmida na altura da virilha quando ele se levantou e pediu que ela fosse dormir. Ele se apoiou no balcão e começou a chorar. Quis matá-lo, como da outra vez.

Com a sua força renascida, recuperada de lugar nenhum, a garota não esperou uma segunda ordem. Primeiro se arrastou para trás, os braços e as pernas de pano, sem firmeza, sentou-se recuperando a consciência de tudo o que parecia ter acontecido e, com muita discrição, engolindo ar pela boca, apanhou a faca e saiu rápido para o quarto. Logo que passou pela porta, ele veio atrás dela e a trancou. Sentiu-se estúpida, poderia ter apunhalado aquele animal e fugido pela noite. Mas seu corpo mal a obedecia, nunca tinha sido desmanchada por esse medo, e nem sabia onde estava a chave ou o que fazer. Se ele estivesse morto teria todo o tempo do mundo. A cabeça pulava entre as possibilidades, a sorte de ter evitado um estupro não parecia tão maravilhosa, estava imunda, não haveria banho que a lavasse dessa sensação de ter sido atacada por um bando de monstros. Desabou e começou a chorar em silêncio, no canto, agora, sim, lágrimas reais.

Dormiu de exaustão abraçada à faca e, pelos próximos sete dias, esse quarto seria o seu mundo.

* * *

Táscia estava em um lugar que nunca vira antes.

Esmagada por uma massa sem rosto que a pressionava contra a terra sem que pudesse se mexer. Não conseguia respirar ou entender o que se passava, inspirava para encher o peito de ar e não adiantava, o coração queria bater rápido e lhe dar força, mas, também impedido, gritava para que sobrevivesse, para que empurrasse isso para longe, para que saísse de baixo desse inferno. Agora era a sua voz que tentava sair e clamar por auxílio, mas não havia quem a atendesse. Empurrava, era muito maior que ela, não conseguia movê-la, iria terminar assim?, e o berro que não saía brigava com o ar que puxava para dentro, insistia na força dos braços travados em posição de defesa, pressionava com a ponta dos dedos e era duro, era áspero, mas tinha que libertar o seu tronco para que uma lufada de ar a aliviasse, remexia os quadris para um lado e para o outro, torcendo o torso. Então o monstro cedeu e se assentou no solo do seu lado direito, empurrou com o braço esquerdo livre e fez a alavanca, a massa pesada girou sobre a própria estrutura e rolou, deixando a garota tossir um alívio, mas sem conseguir gritar.

Táscia puxou todo o ar que coube em seus pulmões, foi estranho, já se recuperava tão depressa, teria ficado tão forte de uma hora para a outra? Não via as Mães no céu, ainda que a luz alaranjada fosse a de uma eterna tarde.

O vento soprava arrepiando-lhe a pele. Estava suja, precisava de um banho, e seu velho vestido, que não usava desde várias cheias atrás quando vivia em outra terra e sob outros medos, também estava imundo.

Recobrou o controle dos dedos, a poeira cobria-lhe as palmas das mãos, tateou a superfície rígida sobre a qual estava deitada. Áspera mas fria, a pele não de um grande monstro, mas de uma rocha. Quando se sentou, percebeu-se no alto de um morro não tão íngreme, mas árido e feito da mesma pedra lisa. Então tomou coragem e encarou o seu algoz. Uma esfera mais alta que seu próprio corpo jazia na beirada do cume da pequena montanha em que estava.

Olhou para as próprias mãos e balançou a cabeça, nunca teria força para mover algo assim. E então foi e tocou a bola de pedra com a palma da mão ralada e testou-a com um empurrão. Ela se moveu um pouco, não parou, e embalada pelo movimento perdeu a estabilidade na borda e rolou pesada para baixo, trepidando, o coração de Táscia disparado, por qual razão isso seria tão importante, era uma maldita pedra que quase a esmagara, agora batia em uma protuberância e se desviava até encontrar o fundo da descida, uma vala larga o bastante para que a rocha subisse e descesse devagar, até estacionar por completo.

A garota foi tomada por um tremor, lembrou de uma promessa qualquer à mãe, levaria aquilo para esse mesmo topo onde estava, por que diabos teria cometido a burrice de deixar-se cobrir pela grande rocha e depois derrubá-la lá embaixo? Todo o trabalho perdido. Todo o esforço desperdiçado.

Táscia suspirou e pôs as mãos na cintura. Precisava trazê-la de volta. Era forte o bastante, seus braços mostraram isso. Mas não seria tão rápido. Melhor descansar um pouco primeiro. Sentou-se e a rigidez do chão incomodou-lhe as nádegas. Apoiou-se nos cotovelos e olhou para o céu, o frio da brisa a acariciando até despertar.

* * *

Todos os dias Táscia acordava e havia comida à porta do quarto. De alguma forma o homem sabia a hora em que a garota estava adormecida para poder deixar a bandeja, convicto em mostrar-lhe que também podia trocar as horas de dormir, vencê-la pela exaustão.

Táscia comeu estraçalhando o alimento com os dentes rangendo, tinha que se fortalecer para conseguir não comer mais, morrer de inanição, desfazer-se nas sombras e se misturar à sujeira do depósito. A visão da mãe esmagada sob um animal que rosnava e se contorcia exigiu que respirasse fundo. Mas se escondeu atrás dessa lembrança ruim, fixada nas imagens para entender cada segundo do que se passara, tirar do olhar desistente dela um motivo para não sucumbir à mesma coisa.

O escuro era o seu lar, mas se mantinha acordada pensando em luz, em grandes campos floridos, em correr pela grama descalça, em tomar água de riachos. Até em cavernas iluminadas pelas fadas. Então desistiu de imaginar coisas boas e veio a lágrima baça de sua mãe, a mão largada e inerte de seu pai e a visão da espada da guerreira Magna. As armaduras esmaltadas e os sorrisos dos fortes. Que defendiam um país subjugado, verdade, mas era tudo o que poderia ter. Então sonhou em vestir-se de azul, a cor do céu no dia, e poder subir as escadas para a liberdade.

* * *

– Senhor, eu quero poder ajudar de novo – Táscia disse com uma voz triste, baixa e arrependida.

O homem largou o prato assustado, esperava que ela estivesse dormindo. Desconfiado, fechou a porta e se foi. Cada dia ela o aguardou, então ele aparecia para deixar a comida e era abordado da mesma forma. No terceiro dia ele abriu a porta por completo e se retirou. Talvez fugindo do mau cheiro, Táscia pensou, sombria.

Sem mais delongas, foi tomar um banho ansiado sem se preocupar com a vassoura na porta. Aquele homem não tentaria nada. Demorou-se para esfregar com o velho sabão cada minuto que passara dentro do quarto. Observou-se sob a luz. Estava mais magra, checou os membros para se certificar que eram mesmo dela. Suas pernas eram duas varetas e seus seios tinham diminuído. Seria mais fácil disfarçar-se de menino. Os cabelos tinham crescido um pouco, escorreu-os para trás como podia. E naquele mesmo dia voltou a servir na taverna.

* * *

O reconhecimento dos frequentadores era um alento curioso. Divertia-se em ouvi-los chamando-a de Maturo, às vezes até mesmo dividindo notícias sobre o que acontecia na superfície, como Táscia gostava de chamar o mundo iluminado.

Com cuidado, aprendeu que estava morando na taverna havia mais de uma cheia, pois o festival da virada da estação estava chegando. Não que as festas lhe dissessem alguma coisa hoje em dia, pareciam lembranças de uma infância morta, ressecada e enterrada.

Resignada, um pensamento que a fazia suspirar, aborrecida, mas já nem esperava pelo som das couraças dos soldados tão heroicos e gentis que um dia atendera. Porém sempre imaginava como seria a lâmina desembainhada de Magna, a mulher que tanto a impressionara. Uma espada de verdade não poderia ser brandida de brincadeira, permanecia coberta e protegida até a hora correta. Havia uma aura delicada e mística nas armas carregadas por pessoas que já combateram. Pessoas que já mataram, sangraram, defenderam causas ou a própria bandeira. Táscia se perdia nessas divagações, odiando o seu destino terrível enquanto planejava trancada na escuridão quando veria Sarali.

* * *

Limpava o chão como um soldado, movimentos precisos, sem deixar cantos descobertos, concentrada. Os clientes entravam e saíam, comiam os gostosos guisados de carne com legumes, bebiam da cerveja escura dos barris, às vezes entretidos em jogos de azar, trocando rumores e notícias das estradas ou da cidade. Não prestava mais atenção a nada disso, Táscia só esperava a noite para tentar vencer a tranca mais uma vez com a faca, que de arma se tornara algo que lembrava uma chave ou instrumento de arrombador. Para seu desespero, esse trabalho era muito menos intuitivo do que pensava. Então fantasiava que um dia um chaveiro bem apessoado lhe daria dicas e instruções para uma atendente de taverna destrancar as portas de onde vivia.

Táscia acabara de sorrir da própria tolice quando ouviu um barulho familiar, do qual, porém, já quase se esquecera. Aço contra aço, couraças e bainhas, passos firmes descendo as escadas. Diferente de tantas vezes em que surgiram mercenários viajantes ou recrutas sob o rei, eram mesmo a capitã Magna e sua espada magnífica que desciam a escada.

A garota engoliu o ar que esquecera de respirar. Sorriu, andou hesitante de um lado para o outro sem saber se ia até eles ou esperava ser chamada.

Acompanhada de homens diferentes dos de antes, já que Táscia tinha gravado seus rostos e os remontara em sua mente tantas vezes, Magna foi direto para uma mesa desocupada e pediu cadeiras para todo o grupo de seis. A menina foi providenciar, experimentando calafrios em ondas que subiam e desciam as costas. O dono recebia o dinheiro de alguém e sorria, falava com a sua voz triste e patética com algum viajante que bebia no balcão.

Ao se aproximar de Magna carregando as cadeiras de madeira, Táscia ensaiou diálogos em sua cabeça, como se apresentar sem que ela a visse como um garoto tolo, como mostrar a ela o quanto a admirava e, em seus piores devaneios, como insistiria de joelhos para que matasse o seu dono e a levasse dali.

Quando pôs uma cadeira no chão perto deles, não conseguiu encarar a guerreira ou os seus soldados. Táscia não sabia, mas estava sendo observada por Magna e os outros integrantes da mesa. As lágrimas já escorriam pelo rosto uma atrás da outra, sem parar. O corpo esfriou por dentro, tremia, suas pernas magras perdiam a firmeza, buscando apoio. Chorava, soluçando. O mundo girou, queria sentar, queria gritar, mas a única coisa que continuava fazendo era chorar e gemer baixinho.

– Garoto! – gritou o dono da taverna.

Táscia foi segurada por dois soldados, mãos fortes a impediram de desfalecer. Magna estava de pé, à sua frente.

– O que está acontecendo aqui? – perguntou o dono, irritado, mas temeroso. Alguns dos clientes ainda não tinham parado para observar a comoção que tomava conta do lugar.

– O senhor é o responsável por esse menino? – perguntou Magna. Táscia só olhava para as lâmpadas penduradas no teto. Pareciam Sarali.

– Sim, senhora. Há algum problema? – o taverneiro tentava soar como se houvesse um mal-entendido, mas seu tom estava repleto de culpa.

– Esse menino é seu parente? O senhor é o tutor dele?

– Não... Quero dizer, sim, eu sou o responsável, ele está sob minha tutela.

– Então o senhor poderá ser julgado no lugar dele?

Táscia segurou a respiração no peito já espremido.

– Perdão, senhora. Não entendo, o que houve, o que o… menino fez? – o dono começou a desafinar.

– Esse garoto tentou roubar um dos meus soldados – Magna deu um tapa em uma bolsa de moedas que um dos homens deixara na mesa. – Se o senhor é o responsável, podemos levá-lo em custódia para que seja feita justiça.

Táscia sorriu por dentro, estar sendo acusada parecia a melhor coisa que acontecera em toda a sua vida.

– Eu... Eu preciso dizer algo, senhora – o dono respondeu rápido demais. – Esse garoto não é meu parente. – Magna não moveu um músculo da face. – Eu o encontrei na rua, eu não sei de onde veio.

– Mas o garoto me disse que o senhor é um parente, que veio da Terra do Leste para buscar uma vida melhor aqui.

– Terra do Leste? Não, não é verdade. É um menino falastrão, sempre tem boas histórias, esse. Como alguém viria da Terra do Leste para procurar prosperidade em Babélia? – riu o taverneiro com dentes amarelos. Olhou para cada um dos soldados em busca de uma plateia que o aprovasse, sem lembrar que estava ofendendo o reino que eles mesmos defendiam. – Nosso país está... – lembrou-se com quem falava –, é um belo país, mas as coisas não estão boas como eram, os senhores sabem. Temos todos passado por maus bocados.

A taverna inteira olhava para a cena, seis soldados completamente armados que buscavam uma cerveja e um pouco de diversão interrogavam o gordo e apavorado dono do estabelecimento.

– Então o senhor foi enganado por um garoto de quatorze neanos?

– Tenho quinze, senhora.

Magna desferiu um tapa no rosto de Táscia.

– A sua vez vai chegar, rapaz. Cale-se. – A bochecha de Táscia ardeu, quente ao toque dos dedos trêmulos, mas nem isso a assustava. – Vou levar esse moleque sob custódia, o senhor está entendendo?

O dono não fechava a boca, tentando considerar o que estava sendo proposto, mas fosse como fosse isso o isentava de problemas que nunca esperara ter com a justiça do reino. Anuiu e baixou a cabeça, sem olhar mais para a mulher de armadura.

– Amarrem as mãos dele e vamos embora desse lugar nojento – disse Magna. Um dos soldados o fez e tudo transcorreu sem mais delongas. Alguns dos frequentadores já tinham passado a ignorar o problema e se entretinham novamente com as cartas e bebidas. Outros acompanharam o grupo quando subiram para as ruas, na noite.

Táscia foi carregada para fora e a escuridão avermelhada de Anmas a iluminou. As lágrimas vieram de novo, mas as conteve, não daria mais espetáculo. As estrelas se acumulavam como vaga-lumes pregados em um manto negro, levemente avermelhado, em volta da enorme deusa que emitia sua luz. Magna fez um sinal e os soldados se dispersaram, dando de ombros, deixando-as na rua de pedras cercada de prédios baixos e luzes de lâmpadas a óleo.

– Garota – disse Magna. Táscia se virou para ela, a vermelhidão de seus olhos e bochecha não podiam ser vistas sob o brilho da noite. – Eu não sei o que você fazia com esse homem, mas me parece que isso lhe custou a cor da pele, sua carne, sua paz. Você está abatida. Quase não a reconheci comparando com a primeira vez que a vi.

– Eu...

– Não precisa se explicar. O que quer que a tenha feito se disfarçar de homem é razão suficiente para eu entender que corria perigo. Pensei que era por conta dos beberrões da taverna, mas o que vi hoje foi um resto de gente. Uma pessoa derrotada, destruída. Acho que não é isso que a vida deveria ser para uma garota de quinze neanos. É essa a sua idade, não é?

O coração de Táscia bateu mais forte.

– Eu não tenho para onde ir, senhora. Não quero mais ficar nas ruas.

– Você tem que encontrar o seu caminho, não há nada que eu possa fazer – disse Magna, virando-se para deixá-la.

– Por favor, senhora... Magna... – Táscia segurou o braço da guerreira, era duro como uma viga. Puxou-a e encostou a testa em seu peito. A couraça torneada de músculos fria ao toque.

Magna olhou para a noite, sentiu o cheiro da menina, verdadeiro, sem perfumes ou nada que pudesse escondê-la. Era ela mesma.

– Qual seu nome?

– Táscia...

Magna soltou o ar pelo nariz, balançou a cabeça.

– Você ainda vai confiar em mim – e começou a andar com seus passos firmes, os ombros largos realçados pela armadura. Parou e disse, sem olhar para trás: – Vamos.

Táscia suspirou com um sorriso no rosto, mas segurou as lágrimas. Não choraria na frente de ninguém, nunca mais. Já ao lado de Magna, com a brisa da noite arrepiando os seus braços, perguntou:

– Como você descobriu que eu era uma mulher?

– Você deveria ver a maneira como anda. Isso nunca enganará ninguém – Magna sorriu.

2

Fronteira de Babélia com Coméria, 440 neanos após a queda de Arcádia

SOB A LUZ da lâmpada a óleo no galpão escuro, um homem vestido em um sobretudo de couro bom demais para este lugar confere papéis. Agora há pouco mal contou as caixas de madeira, não ousariam burlar as quantidades combinadas, mas os documentos são outra coisa. Se não estiverem dentro dos conformes, as perdas serão maiores que qualquer extravio de material.

Mesmo já tendo feito isso tantas vezes, o suor e as pernas inquietas não o deixam em paz.

É o começo de uma manhã cinzenta, os raios de Sarali não se intimidam pelo véu de nuvens e atingem o celeiro solitário no meio do nada, cercado apenas por poucos homens desconfiados e espalhados junto com os coches. O rio pardo que separa Babélia de Coméria acompanha a vista ao fundo.

Se a carga for despachada logo, antes do meio-dia já terá atravessado a ponte que serve como ponto de controle. E os guardas aduaneiros desse turno – e do próximo, não se correm riscos por pouco – já estão na folha de pagamento da operação.

O homem se dá por satisfeito e se vira para os seguranças armados com pistolas e espadas, todos prontos para atirar em quem ousar atrapalhar, sem perguntas.

– Fechem logo essas carruagens. Quero todos longe daqui em menos de meia hora – diz, olhando para o relógio de bolso prateado.

Os vigias dão de ombros, se o homem não demorasse tanto na conferência dos papéis, já estariam longe dali. Mesmo assim, partem depressa para os seus postos.

Um dos guardas sente um calor repentino aumentando entre os dedos. As partes de metal da pistola se tornam brasas e, com a mordida da queimadura na pele, ele arremessa a arma no chão, assustado.

– Que desgraça é essa?

Quando olha em volta procurando uma razão para o inexplicável, os gritos de dor e o barulho dos equipamentos derrubados já estão por toda parte. Enquanto avaliam as queimaduras, uma voz de mulher ecoa pelo celeiro, lá de cima da carga empilhada.

– Não tentem pegar as armas ou serão alvejados!

Vasculham o ambiente tentando encontrar a origem da ameaça, mas as janelas sujas não iluminam muito nesse começo de dia.

– Melhor não testar a mira dos meus atiradores. Com essas lâmpadas vocês estão bem visíveis aí embaixo. Eles não vão errar. Não deem suas vidas por um serviço mal pago como esse.

Os guardas não esboçam reação, pois a mulher misteriosa está certa. O homem do sobretudo vê os braços contratados relaxarem e ouve os suspiros. Está sozinho. A imagem da prisão vem por último, primeiro há a ideia de encarar seus cúmplices, aquelas roupas de seda e bordados elaborados, os anéis valiosos que pagariam o salário desses vigias por um neano. Então há aquilo que perderia. Não poderia mais se deitar com a cortesã fel-myn que o enlouquecia ao lamber-lhe o rego com aquela língua áspera, não poderia mais acariciar a penugem das coxas dela ou percorrer com a ponta dos dedos a extensão de sua cauda até as partes íntimas. Mais do que as boas comidas e roupas, o amor comprado daquela gata o faz partir em disparada pelas portas abertas do galpão.

Morde os lábios, esbaforido, vendo que o comboio já está tomado por soldados que não os seus.

Eles se mantêm em seus postos, obedecendo às ordens da mulher que pulou do esconderijo e agora persegue o gordo desacostumado a fugir pela própria vida.

A corrida curta é o suficiente para arrancar o ar do homem, as pontadas da barriga rechonchuda o lembram de que a última vez que saiu em disparada foi quando brincava nos jardins bem cuidados de sua infância. O suor transborda, as mãos com unhas roídas apoiadas nos joelhos. Respirar fundo não é o suficiente, tem que se recuperar logo para poder fugir de novo. Mas os passos atrás dizem que a perseguição terminou.

Cabelos ralos empastados, vira-se com os olhos caídos, tentando não encarar a grama, mas aquela que lhe venceu.

É mesmo uma mulher, seus ouvidos não o traíram.

Ela usa um sobretudo comprido e escuro, botas longas, pernas eretas e passos decididos. Um chapéu tricorne, uma bandana na testa.

Olhos frios e a boca fechada, tensa. Segura uma pistola engatilhada na mão direita.

– Em nome do reino de Babélia, a casa descendente daqueles que um dia vislumbraram o céu, eu informo a Vossa Excelência, o Conde de Dohle, que está preso por fazer parte do esquema que pilha o seu país para vender ilegalmente a quem quer que seja. Por essa traição, Vossa Excelência será levada à justiça, à qual responderá por seus crimes.

– Você sabe quem eu sou, mas não faz ideia no que está se metendo! – grita o homem, perdigotos voando sem direção. – Todos estão do meu lado, sua idiota. Essa humilhação de agora não é nada perto do que vai acontecer com a sua cara de menina e... – agora não apenas saliva, mas um dente e sangue voam da boca do Conde com a coronhada recebida. A gosma vermelha escorre dos lábios inchados quando a nova leva de insultos começa.

– Sua desgraçada... – o Conde geme –, eu vou fazer que lhe arranquem os dentes e os costurem dentro do cu. – Outro golpe, agora a testa abre um sorriso em vermelho e o líquido inunda seus olhos.

– Não precisa se preocupar com a ferida na testa – a mulher diz. – Logo sara, ninguém morre disso. Eu poderia bater mais na sua cara de pau, mas vou deixar um pouco pros interrogadores. Escória como a sua é que levou nosso reino a esse eterno estado de dependência a Coméria.

– Você está acabada, mulher. Eu vou saber o seu nome e vou acabar com a tua vida.

Ela se ajoelha e fica na altura dos olhos do conde assustado. Sem expressão, coça o nariz e fala devagar.

– Deixe-me poupar o seu trabalho. Meu nome é Táscia Elena e você está sendo preso em nome dos Agentes da Paz de Babélia.

O sangue some do rosto do conde, um fantasma pálido que se descobre habitando o mundo dos mortos.

– Mas... Mas eu... O que quer que possamos ter feito foi de acordo com...

– Eu entendo a sua surpresa – Táscia diz. – Mas é melhor guardar todos os nomes e razões para a confissão que assinará para os Inquisidores Azuis.

As lágrimas vêm, e o som desagradável que o conde solta é por não saber se fala, respira ou chora.

– A minha... Minha filha não tem... Eu só... Não fiz nada... Sozinho... Só fiz... Por favor...

Táscia Elena se levanta e dá as costas para o Conde de Dohle, que afunda o rosto na grama, grunhindo.

– Não se desgaste. Terá todo o tempo do mundo para explicar as suas razões. Será muito útil lembrar todos os nomes nessa hora. – E dirigindo-se para os soldados e a maga que a acompanham, diz: – Prendam-no, vamos entregá-lo para os Inquisidores no cruzamento. Temos que sair logo.

* * *

A Condessa de Travia olha as árvores em movimento através do vidro bem polido da carruagem. O conforto de seu assento estofado e perfumado tem um preço que ela conhece bem. Mas ignora com facilidade a lembrança de cada atitude tomada em sua trajetória, cada propriedade tomada para acrescer à sua, sem se incomodar com as consequências para as vidas alheias.

Gritos vêm de trás, algum mal-educado deve estar gritando com o cocheiro, pedindo passagem. Ela reflete sobre como essa gente sem modos permeia todas as camadas da sociedade e se reconforta ao lembrar que cada vez que lhes tira algo é somente pela manutenção da ordem natural das coisas. Todos têm o lugar que merecem neste mundo em que vivem. Uma lebre não deve querer estar na posição de um lobo.

A maldita carruagem imunda e mal conduzida passa quase raspando na sua e o porco do cocheiro grita imprecações, respondidas pelo seu próprio condutor. Precisará repreendê-lo, não admite esse tipo de postura. Suspira e fecha os olhos, segura por haver escolta a cavalo, à frente e atrás, mantendo a sua viagem segura.

O cocheiro diminui a velocidade e um dos vigias a cavalo emparelha com a janela. A Condessa bufa e abre o vidro, é a deixa para que o outro fale logo o que precisa.

– Excelência, os vigias da retaguarda sumiram. Devemos parar e averiguar a situação.

Um leve embrulho no estômago, mas ela mantém a calma.

– Não precisamos parar. Vão averiguar e voltem logo para os seus postos. "Alguém deve ter ido se aliviar no mato sem nem avisar", pensa.

– Mas, Excelência, não é normal que façam isso, e acho que não devemos deixá-la sem escolta.

– Então que vá apenas o outro e você continue conosco. Se isso é tudo, deixe-me. Essa conversa está me irritando e já sinto vir uma dor de cabeça.

– Sim, Excelência – o guarda anui e parte.

O cocheiro continua pela estrada, um pouco mais rápido que antes.

A Condessa de Travia traz para o seu colo uma bolsa elegante que mantinha ao lado, como se não pudesse mais ignorar a tensão de seus seguranças.

E então a carruagem aumenta a velocidade de repente.

Agora a Condessa está convencida da possibilidade de problemas. Qualquer bandoleiro com o mínimo de amor-próprio não ousaria atacar uma carruagem azul com o brasão do governo regente. A segurança das estradas babelianas poderia ser péssima, mas é certo que não se atacam nobres realistas nem qualquer carro que ostente as cores aliadas dos Três Reinos, especialmente o roxo e branco de Coméria.

A carruagem para e a Condessa interrompe os seus pensamentos confortadores. Abraça a sua bolsa e tenta agir rápido quando a tranca arrebenta com um barulho estridente e a porta é escancarada. Um cavalo mal se emparelha e logo alguém surge, vestido em um sobretudo escuro e usando chapéu tricorne. É Táscia Elena, que usa sobre a fronte uma bandana vermelha e tem o olhar duro, suas íris verdes destacando-se no rosto salpicado de sardas em torno do nariz. Ela se senta no estofado à frente da Condessa e encosta a porta que mal encaixa, o carro continua a correr.

– Condessa de Travia, Vossa Excelência está sendo detida e deve me acompanhar sem resistência.

Mas a Condessa já aponta uma pistola para a mulher com as mãos tremendo, balançando a cabeça incrédula por sua audácia de lhe dar voz de prisão enquanto está sob mira.

– Isso é simplesmente um ultraje – diz a Condessa, o suor transbordando do rosto empoado e formando uma pasta oleosa. – Não posso crer que eu esteja passando por esse tipo de constrangimento.

Táscia respira devagar.

– Se Vossa Excelência não tem nada a temer, não precisa se preocupar em resistir à prisão.

– Eu só estou me protegendo, quem é que atenta contra um nobre babeliano em sua própria terra? Espero que tenha uma ordem selada, pois não pense que irei aceitar isso. Eu vou acabar com você, mocinha! Minha posição é suficiente para me redimir, alegarei defesa a um assalto na estrada. Saiba que esta é uma viagem oficial.

– Sim, eu sei – diz Táscia. Seu corpo permanece oculto pelo couro escuro que a cobre até as coxas. Suas mãos estão cruzadas sobre as pernas. – Além de documentos de comparsas que confirmam transferências de ouro e exportações para Coméria sem recolhimento de impostos a Babélia, há também a oficialização de sua união com um nobre cidanense. Nosso reino é entregue pedaço a pedaço a cada dia e vocês insistem em ser chamados de babelianos. O discurso do Conselho contra a dívida com a Aliança mantém os nobres menores ocupados em tentar reorganizar as contas para cobrir os rombos. Mas, claro, esta é apenas uma viagem oficial. Fique descansada, o seu cargo de Conselheira do Tesouro já foi revogado e estou aqui para levá-la à justiça.

A Condessa mantém a compostura, mas franze a testa e arregala os olhos antes de reforçar a expressão entediada, mordendo os lábios com a boca fechada e respirando ruidosamente.

– A senhorita tem muita coragem de discursar diante de uma arma apontada para o seu peito – diz pronunciando as palavras devagar. – Mas é tola por pensar que eu me intimidaria por acusações sem provas.

Táscia Elena respira fundo e ajeita a cabeça para encarar melhor a nobre.

– Eu já vi armas suficientes em minha vida para saber quando uma está descarregada. – A Condessa se remexe no assento. – Se Vossa Excelência a tivesse carregado agora, pressentindo o perigo, haveria resquícios de pólvora no tecido claro de seu caro vestido. A carruagem balança e Vossa Excelência estaria agitada. Seria natural que um pouco do pó preto a sujasse. O pavio da arma também não está aceso, isso te daria uma grande desvantagem para tentar disparar um projétil que depende da explosão, ainda mais contra alguém treinado em combate próximo. E eu sou.

Lá fora o dia nublado tira a cor das árvores, um verde cinzento preenche a paisagem até que as clareiras surgem e fazem os olhos se perderem no horizonte.

Táscia espera pela reação da Condessa sem tirar os olhos dela. Mas a mulher olha a paisagem, perdida. Por fim, baixa a pistola que não a ajudará em nada.

– Talvez a senhorita não saiba em que está se envolvendo – diz a Condessa. – É natural que jovens cheios de ideais sucumbam a discursos de heroísmo, à vontade de mudar o mundo, não é mesmo? Quem é o seu empregador? Será que ele sabe do que tudo isso se trata?

– Meu empregador é Babélia – Táscia aumenta o tom de voz. – O que Vossa Excelência pensa estar sob controle, bem, é melhor pensar mais uma vez.

A Condessa sente a boca repuxar de nervoso. Fala através dos dentes.

– Babélia? Eu sei quem vocês são, então. Agentes da Paz, não é? – ela ri uma risada que se esforça para sair do peito. Balança a cabeça e encara a parede enfeitada do habitáculo. – Vocês nem existiam mais... Não pensei que a ousadia daquela fedelha fosse tão grande. Ela pensa que pode clamar o trono perseguindo quem faz a máquina do governo funcionar? Vocês não durarão um neano quando os embargos comerianos apertarem. Não temos espaço para cultivar mais nada. Sabiam disso? Ou também têm uma fonte inesgotável de comida?

A agente recolhe a pistola da Condessa e a guarda dentro do casaco.

– Isso é tudo o que Vossa Excelência tem a dizer?

– Insolente! Eu vou descobrir o seu nome e você se arrependerá de ter se virado contra mim!

– Meu nome? Eu sou apenas uma agente da paz, como a senhora mesmo disse. Não sou importante. Mas pode me chamar de Táscia Elena.

– Muito bem, Táscia Elena dos Agentes da Paz de Babélia – diz a Condessa entre dentes, enfatizando cada palavra, como se anunciasse um título. – Esteja preparada para descobrir a verdade por trás disso tudo. E seus amigos não vão poder te proteger.

– A verdade? – repete Táscia Elena, os lábios sérios, os olhos baixando para o chão. Então a encara de novo. – Muito bem, pois é isso mesmo que procuro.

* * *

O escritório do Capitão da Guarda Babeliana é o campo de uma batalha perdida. Papéis empilhados são os cadáveres que ninguém mais quer tocar, enquanto penas e tinteiros esquecidos acumulam pó como armas que não têm quem as porte. No meio de todos está o Capitão, pitando um cachimbo longo e malcheiroso. Táscia espera que ele lhe dirija a palavra.

– Eu já sei que você está aí, garota. E já pedi que redijam os registros de entrada dessa gente que vocês pegaram. Agora, assim, isso vai dar merda. Advogados e secretários desses filhos da mãe já têm me cobrado acesso aos registros para as suas defesas.

– Isso é assunto de vocês da Justiça. Eu faço o meu trabalho e você faz o seu.

– Escute aqui, estrangeira, você pode ser protegida da Comandante Magna, mas é bom que ela esteja de volta logo pra salvar a sua pele e a minha, que fique claro. O governo já deve estar sabendo o que você fez e será rapidinho que vão soltar esses bem-nascidos. O que quer que eles tenham feito de errado custará pouco para que todos esqueçam.

– É claro que o governo sabe. Mas ele está de mãos atadas, Capitão. Isso tudo é um movimento muito maior que as nossas patentes possam decidir.

O Capitão fungou o nariz para impedi-lo de escorrer.

– E por falar nisso – diz ele –, você me deve reverência, pois sou seu superior.

– O senhor não é do exército e eu não respondo para a sua guarda.

– Ah! – o Capitão bate na mesa. – O que você veio fazer aqui, afinal?

– Eu preciso de uma cópia selada da entrada da Condessa de Travia e do Conde de Dohle. Só isso. E pelo prazo que vocês mesmos dão, já deveria estar pronta.

– Já está. Pela Deusa, você é muito mandona!
– Tem problemas com autoridade, Capitão?
O Capitão bufa e segura um xingamento, a careta é tão exagerada como se fosse parte de uma eterna performance de comédia de rua.
– Alguém entregue os papéis para essa mulher, pelo amor da Deusa!
Vem um rapaz de cabelo cortado em tigela, olhando para o chão. Táscia recolhe os documentos e inspeciona os selos, decifrando as letras devagar.
– Era só isso. Muito obrigada pela sua cooperação. – E se vira para sair.
– Espere. – O Capitão agora muda a expressão para uma serena e calculista. – Garota. Eu já vivi muita coisa e você deveria ouvir o que um veterano tem a dizer. Já peguei bandidos e salafrários de monte, mas quando as coisas envolvem os fidalgos é melhor ter cuidado. – Como se Táscia fosse responder, o Capitão ergue a mão. – Nem diga nada! Ouça esse conselho. Mesmo que você seja desse grupinho especial, nossa terra não tem...
– Eu não sei do que está falando – interrompe Táscia, com o rosto mais calmo que o dele.
– Pois eu sei. Eu conheço os "Paladinos Babelianos pela Paz". Ainda que vocês jovens achem o nome ridículo, é uma tradicional força de elite que existe há muitas gerações. Só que Babélia é um lugar perdido, os líderes estão todos comprados pelo ouro de Coméria e...
– O senhor também está? – Táscia pergunta, com um sorriso discreto nos lábios.
O Capitão gargalha.
– Menina, se eu estivesse comprado você acha que me jogariam neste inferno burocrático onde tudo vira uma luta sem fim para conseguir que um processo chegue aos magistrados? Eles me tiraram da cena, eu sabia demais.
– Capitão, eu agradeço a sua preocupação, mas preciso ir.
– Não, escute. Babélia é mesmo um lugar ruim. É isso.
Táscia enxerga naqueles olhos brilhantes envoltos de rugas as glórias do passado e ousa deduzir quais decisões lhe tiraram a vontade de fazer o seu trabalho. Quando lhe arrancaram de vez a vontade de melhorar o reino que ama.
– Babélia está mudando, Capitão – ela diz. – E acho que serão os estrangeiros que libertarão o seu povo desse ciclo infinito de submissão.
O Capitão suspira fundo e quieto enquanto vê a jovem deixar a sala. Táscia para na porta, antes de sair.
– E o nome do grupo é "Agentes da Paz de Babélia".
O homem solta o ar pelo nariz, balançando a cabeça. Joga-se na cadeira que range, retomando a sua posição no campo dessa batalha perdida.

* * *

Os passos de Táscia ecoam ainda que ande devagar, a imensidão da construção da catedral da Praça da Ressurreição fazendo com que se sinta pequena, mas aqui dentro está em paz, como se pudesse ouvir o próprio sangue correndo devagar por todo o corpo.

Aproxima-se dos confessionários, caixas de madeira escura, entalhados com cuidado e esmero, enfeitados por motivos florais ou que representam a vida regada pelos raios de luz da Mãe do Dia. Cobre os ouvidos com as mãos em respeito aos segredos e pecados dos penitentes, mesmo que duvide que haja alguém neste horário tão cedo. Mas é tradição. Ouvindo a própria alma que ecoa entre as palmas de suas mãos, chega à sua cabine preferida, a última e mais afastada, e entra, preferindo se ajoelhar a se sentar. A respiração ruidosa do outro lado a acalma, como sempre. Há um circunfixo pendurado na lindíssima grade formada por anéis circulares.

Neste lugar seguro, sem que ninguém a julgue ou meça sua performance, solta o ar, e uma primeira lágrima sai sem dor ou motivo que não seja o de persistir vivendo pelos dias que a espremem.

– Mãe, perdoa-me, pois pequei.

– Que a Deusa a abençoe, minha filha.

Táscia não diz mais nada. Apenas quer a tranquilidade que a respiração do outro lado lhe dá. Estar enclausurada em um lugar seguro e protegido, uma pausa para a sua cabeça onde não haja os zumbidos nos ouvidos que a assolam de vez em quando. Aqui seu coração bate tranquilo, sem apertá-la por dentro e gritar para que preste atenção ao entorno pelo qual trafega sem hesitação exteriorizada. Pois a interna sempre a confronta nos momentos de solitude.

– Eu faço o que tenho que fazer – Táscia diz sussurrante –, cumpro minhas funções e tarefas. Mas aí o meu trabalho é desfeito tempos depois, como se não tivesse importância. Como se enxugasse gelo.

Ela vê os sorrisos dos nobres e burgueses ricos que na maioria das vezes saem ilesos de suas acusações, apenas pagando multas que nem de longe os atingem com força e que, se parasse para pensar, mal cobrem os impostos e obrigações que deixaram de pagar por tantos neanos.

– Só que as exigências são grandes demais. Pedem mais eficiência, mais dedicação, sabem que eu não tenho mais nada mesmo, então apertam sem nenhuma dó.

– Mas já falamos disso antes, você tem uma família.

– Tenho. Mas está sempre longe. – Táscia vê o olhar entediado de Magna e se furta a contar os muitos dias em que não pôde sentir o calor de sua presença.

– Um lugar longe, ou longe mesmo estando perto?

– Eu estou só. Não é de hoje, sempre foi assim. Mesmo quando... – Táscia suspira e fecha os olhos.

– Minha filha, você muitas vezes fala dessas questões dos trabalhos, das tarefas. É como se não houvesse outro caminho.

– Não existe outro caminho – Táscia fala mais alto, entre dentes. E então baixa a voz, tomando consciência da indiscrição. – Eu faço o que tenho que fazer. É a minha obrigação, é o caminho que tenho e sou abençoada por tê-lo. Há tanta gente que vejo mendigando, sem ter o que comer ou onde morar.

A respiração ruidosa solta um suspiro.

– Comparar a sua situação com a de pessoas mais ou menos privilegiadas não é a melhor forma de lidar com suas angústias e tristezas. O que você sente é seu. E deve ser buscado e compreendido internamente, em seu momento de paz.

Táscia expira o ar e espreme em volta dos olhos com a ponta dos dedos calejados de treinos de espada e exercícios.

– Enfim... Talvez eu só precise relaxar.

– Você não tem encontrado coisas que te fazem bem? Que te fazem sorrir e esquecer essas coisas todas?

– Ah, eu tenho que ajudar nas investigações. Às vezes me deito e fico pensando em operações, em como organizar as equipes e evitar que os criminosos fujam. Não quero também nunca ver meus soldados feridos. Evitar baixas a todo custo.

– Então é um trabalho que envolve confronto físico, isso é algo que nos põe em alerta constante. Defender a própria vida e a das pessoas que você lidera.

Táscia arregala os olhos, acabou falando demais. Não pode baixar a guarda.

– Perdoe-me, mãe. Não posso falar sobre essas coisas do meu trabalho tão abertamente.

– Eu compreendo.

– Preciso ir.

– Muito bem.

Táscia para de falar e não faz menção de se mover.

– Sua bênção, mãe.

– Que a Deusa te abençoe, minha filha.

Quando a soldada se mexe devagar para se erguer, a mãe fala:

– Apenas lembre-se de que há sempre um outro caminho.

– Eu agradeço, mãe. Mas estou onde quero estar.

3

Táscia já não olha pela janela esperando ver o caminhar imponente da sua mãe-amante, Magna de Reiliânia. Cansou-se de observar o movimento vagaroso da rua estreita e afastada da praça central de cima do apartamento simples em que vive há muitos neanos com a companheira.

Sarali já não arde tanto no meio das nuvens no céu, em breve começará a se esconder atrás da grande irmã.

O banho que preparou está gelado. Esfriou-se a ideia de ajudar Magna a relaxar após a longa viagem de volta da missão confidencial. De acordo com a previsão que recebeu do capitão da guarda, o cavaleiro Pyro e ela voltariam hoje de manhã. Porém já é passada a hora do almoço, a galinha assada que encomendou também perdeu o frescor.

Táscia olha para os poucos e antigos móveis que decoram o quarto. O biombo luxuoso e muito velho, presente de uma marquesa admiradora de Magna, largado no canto, pois ela nunca fez questão de não se trocar na sua frente. A banheira cheia de água fria. O armário guarda-roupa de madeira boa e escura, pesado, faltando uma porta que jaz encostada na parede desde que veio morar no local.

Na sala maior, sem quadros ou qualquer decoração desnecessária, por vontade de Magna, uma janela grande dá para a rua, por onde Táscia a aguardou ansiosa. Do lado da porta dupla que dá para fora do apartamento há um sofá velho mas gostoso, uma cristaleira, dois apoios para armaduras e uma pequena estante que guarda os poucos livros de Táscia, apesar de ela mal conseguir lê-los. Quase no centro está a mesa onde fazem as refeições e um balcão com utensílios de cozinha fica no canto, junto com o fogão a lenha. Táscia se senta na cadeira da mesa de jantar e descobre a carne do almoço, que de fato está fria. Suspira fundo, e então se sobressalta quando a porta se abre de repente, revelando a aguardada guerreira que retorna da batalha.

– Magna, minha mestra. Meu amor – Táscia levanta e a beija. Os lábios dela estão secos, os cabelos curtos e brancos empoeirados, como toda a sua pele, pela viagem.

– Olá – diz Magna desviando os olhos claros, o cenho franzido, abraçando-a com uma única mão, correspondendo mal ao afeto. – Me ajude com a armadura, pela Deusa.

Táscia começa a despi-la, as placas sujas e o esmalte todo arranhado e mesmo enegrecido, como se tivesse pegado fogo, algumas correias danificadas. Mesmo antes de tirar o acolchoamento já sobe o forte cheiro de suor que ficou enclausurado. Nada com que aqueles que vivem da espada não estejam acostumados. Quando vai tirar a proteção do braço direito, Magna a afasta sem delicadeza e solta ela mesma os fechos.

Por baixo do acolchoamento há muitas ataduras e junto com o suor há o odor de unguentos.

– Você se fer –

– Tem um banho preparado? – Magna a interrompe.

– Bem, tinha, mas agora esfriou – o sangue de Táscia sobe e ela bate os braços dos lados das pernas, irritada com a grosseria desnecessária. Ainda mais quando faz tanto tempo que não se veem.

– Isso quer dizer o quê?

– Nada, apenas que esfriou.

– Então esquente mais água.

– Claro, não precisa nem dizer.

Táscia sai de perto e vai para o fogão, enche uma chaleira mergulhando-a no grande barril e então começa a acender a lenha. A raiva que já se acumulava explode ao ver Magna comendo uma coxa de frango com a mão toda suja.

– Poderia ao menos esperar o banho?

– Qual o problema, menina?

– Nada. Apenas está toda suja de viagem e se senta à mesa. Eu iria comer com você, preparei algo bom.

– Está muito bom. Apenas está frio. Mas obrigada por se preocupar. Venha, vamos comer juntas.

– Estou preparando o maldito banho! – grita Táscia e vai para o outro quarto ver a banheira.

– Ei. Venha cá – Magna fala alto, para poder ser ouvida.

– Estou ocupada.

Logo Táscia chega com a chaleira cheia de água fervente e derrama na banheira, deixando a temperatura agradável, morna e relaxante. O cheiro refrescante das ervas misturadas no preparo arranca um sorriso até mesmo da veterana guerreira.

Magna se encosta em uma cadeira perto, perdida no vapor que sobe e o aroma. Fica em silêncio enquanto Táscia termina de tirar as suas roupas malcheirosas e manchadas. Sob as ataduras há hematomas e lesões dos locais em que a armadura recebeu pressão nos combates. Entra na água devagar e solta um suspiro pelo toque quente que a envolve ao se sentar.

– Escute, por que está tão nervosa? – diz olhando de soslaio para Táscia, que está atrás dela.

Táscia não responde e solta o ar ruidosamente enquanto a esfrega devagar com uma esponja que molha na imersão. Faz com que Magna se levante e limpa seu corpo tirando o suor, pó, unguentos e curativos que saem com pele morta e sangue das feridas. É tirada do transe quando revela uma delicada barra de sabão e passa na esponja.

– Sabão? Não acredito que gastou dinheiro com isso – Magna diz.

– Dá para apenas deixar eu te esfregar? Comprei com o meu dinheiro.

– É, mas do jeito que as coisas estão, não deve ter sido barato. Isso é desnecessário.

– Por favor, não estrague isso.

Magna aceita o pedido e fica em silêncio, sendo diligentemente cuidada.

– Como está o trabalho?

– Uma lástima.

Magna solta o ar e balança a cabeça.

– E ainda assim deve estar se dedicando até o extremo com isso tudo.

– Parece que vão soltar os últimos nobres que foram presos – Táscia ignora o comentário da mestra. – O magistrado vai transformar a pena em multas, dizem que nem são tão pesadas assim, e permitir que fiquem em terras próprias afastadas enquanto as propriedades principais estão no processo de confisco pelo governo.

– Acha mesmo que isso seria diferente? Acredita que qualquer coisa que estejam fazendo vai mudar alguma coisa?

– Eu estou trabalhando em algo que acredito. Isso que você diz não me faz bem nenhum.

– Só quero te poupar de aborrecimentos.

– E então eu faço o quê? – Táscia joga a esponja dentro da banheira, espirrando água. – Fico aqui cozinhando e cuidando das coisas enquanto você faz as verdadeiras missões importantes do reino? Que eu nem sei quais são? É assim que você quer que eu viva? Uma guerreira treinada por reiliani que faz as funções da criada que não podemos pagar?

– Você também tem as suas atividades no Templo.

– É o meu trabalho. Não fale assim do meu trabalho! – Táscia grita e sai de perto de Magna, que continua de pé, nua, a água escorrendo de seu corpo.

– Vou sair desse banho. Essa água quente demais faz mal – Magna diz e pega uma toalha para se enxugar.

* * *

Táscia está deitada olhando para o teto sem distinguir nada de especial no escuro.

A cidade está silenciosa, as tavernas e casas de diversão ficam longe de onde moram.

Após uma tarde de ausência de Magna, que saiu após o banho e a comida, e um jantar preparado com diligência para evitar mais conflitos, os pensamentos de Táscia se agitam entre queixas, imagens do trabalho e o alívio pela presença da mãe-amante.

De repente a mão da mestra agarra-lhe o seio. Táscia segura a respiração e se mantém olhando para o teto, sem reação.

Uma apalpada, uma carícia, mas nenhum suspiro. Apenas a suspensão de movimento.

Magna solta o ar em uma bufada ruidosa e se vira para o outro lado, resmungando alguma coisa.

Táscia se mantém fixa na imagem indistinguível da escuridão do teto. Após duas lágrimas silenciosas, adormece.

* * *

Magna coloca a mochila no chão. Sempre viaja leve, sem objetos desnecessários, contando mais com os recursos do próprio corpo e do ambiente à sua volta, como é a tradição das reiliani.

Táscia apalpa a bandana cheia de suor da testa e encosta a bagagem enquanto admira o impressionante cenário em que estão. Edifícios antigos, de arquitetura delicada e intrincada, construídos por humanos ensinados pelos primogênitos há muito tempo. Fortes em sua época, hoje jazem espalhados e deitados como ruínas, restos mortais das cidades que buscaram a glória, lembranças disformes daqueles que desafiaram as deusas.

– Desembainhe a sua espada – diz Magna, desnudando a sua própria, a lâmina roxa e de feitura esquecida, enquanto anda em direção aos prédios.

Tetos tornados paredes, paredes tornadas chão, circundando um lindo lago que esconde vegetação e até sapos e peixes que habitam a piscina artificial.

– Há peixes aqui. Quando esta cidade caiu, deve ter atingido um rio, lago, e a natureza se acomodou em volta disso. É impensável que o mundo tenha sido rasgado por uma espada que veio dos céus. Se duvida, Táscia, talvez entenda agora que vê com os próprios olhos os terrores que os poderes antigos podem causar. Eu que já vi não duvido de mais nada. Me surpreende como é que se esforçam tanto para adquirir uma força dessas. Nós, reiliani, nunca dependemos de magia nem nada disso – Magna enxuga o suor da testa e alonga os braços e ombros. – Pensando bem, conhecemos magias para salvar vidas. Nossa crença é que um grupo de guerreiras com corpos bem treinados e disciplinados pode vencer magos se os derrubar antes que chamem seus sortilégios. – Expira e balança a cabeça. – Ah, discutir a história do meu povo não vai te adiantar em nada. Reilianis apenas não se interessam pelas coisas do mundo, somos apegadas a velhos costumes, vivendo perto da sombra do mundo.

– Você nunca vai me levar mesmo para lá, né?

– O que há para ver em minha terra, Táscia Elena, que eu já não tenha te mostrado com a minha vida? Só importa o hoje. O que fui, o que vivi, isso tudo está em mim agora. Não precisa visitar um lugar exótico que nunca te aceitaria. São cabeças-duras, e para isso você já tem a mim. Agora vamos, chega dessa conversa tediosa. Em guarda!

Magna sempre inicia o treinamento com máxima intensidade, sem preparo, sem tempo para que os músculos se acostumem, não deixa que Táscia presuma por um instante que poderá se posicionar e estar pronta antes que a primeira lâmina caia sobre si. Uma batalha real se inicia em ataques a acampamentos durante a noite, enquanto um lado dorme; em emboscadas, quando a guarda está mais baixa e não espera um ataque recebido. E mesmo em um duelo real a melhor chance de vitória está em atacar onde o adversário menos espera.

Esse preparo constante, essa prontidão intensa que nunca dá trégua é pesada demais para ser mantida o tempo inteiro. Mas Magna não se importa. Já atingiu Táscia em sua armadura de couro várias vezes. Para que a sua aluna entenda que a cada vacilo será, sim, atingida, não haverá escapatória. Uma batalha real pode ser definida em segundos. Um rasgo que lhe abra uma artéria importante, um golpe forte que lhe rache a cabeça e termine tudo. Táscia se defende como pode, mas algo na agressividade de Magna a deixa inquieta, não é normal. A falta de uma conversa, um diálogo que as aproxime, faça com que se entendam melhor que o impacto constante do aço, isso faz com que Táscia engasgue e perca a respiração, para então voltar à concentração e repelir os golpes recebidos com o máximo de eficiência.

Magna faz uma pausa, que é agradecida em segredo pela aluna. Aponta um pedaço de prédio deitado sobre o lago, com pouco espaço para se movimentar. Afunda as suas botas na borda da água, sobe e se posiciona, acenando para que Táscia a siga.

– Um combate pode nos levar a ambientes inesperados que o treinamento não cobre. Aqui vamos treinar uma luta em espaço limitado, é uma ótima oportunidade. Um passo em falso e estará derrotada, terá que tirar proveito de qualquer abertura adversária para vencer. Isto é uma pequena ladeira, essa pedra também escorrega. Atenção ao seu ambiente.

– Mas a guerra não aconteceria em um lugar desses, mestra – diz Táscia.

– Como você sabe? Quantas guerras de verdade já lutou? Acha que sobreviver tem a ver com prender burgueses e nobres preguiçosos apaixonados por dinheiro e conforto a mando de outros igualmente desprezíveis? A guerra tem a ver com sobreviver. Você tem que estar pronta para isso.

Táscia bate a espada do lado da perna, bufando.

– Você só tem falado sobre isso desde que voltou de viagem. Não conversa comigo, não é mais a mesma, não responde aos meus carinhos. – Táscia se incomoda por mentir, lembra da noite em que não reagiu à investida dela. – Só quer ficar sozinha. Ou quando estamos juntas é só para treinar e treinar? O que aconteceu, Magna, o que aconteceu, minha mãe? Por que não posso te encontrar fora dessa casca, dessa couraça? Só existe a guerreira, agora?

Magna se aproxima de Táscia, vê aquele rosto quadrado e suado, com o semblante fechado, a boca fazendo bico, as sardas espalhadas pelo nariz e bochecha. Ergue-a pelo queixo e faz com que a olhe nos olhos.

Táscia não vê ternura e nem amor nesse gesto. Nada que lhe possa dar conforto. Vê dureza, as coisas ainda escondidas, um passado que nunca compreenderá por inteiro, vê a mulher que a tirou do cativeiro em que estava enfiada. Vê alguém que lhe deu propósito depois que perdeu a outra vida que teve. Mas não encontra um alívio. Não há alento.

Magna solta o rosto de Táscia, olha para baixo. Respira fundo. Vira de costas e dá mais alguns passos, afastando-se da aluna.

– Mais uma vez – diz alto, sem se virar.

Táscia se resigna e aperta a espada no punho, preparando-se para a nova saraivada de golpes. Respira fundo tentando buscar o ar, manter a calma, mas o peito não enche, algo lhe falta, algo a espreme por dentro, como se o ar não entrasse direito nos pulmões. A respiração curta, cada vez mais. O medo de ser abandonada, de ficar sozinha, que a luta se acabe e não possa sair daqui com a sua mestra. Sem escapatória, terá que ser apenas ela, sem ajuda, sem apoio. Mas não pode ficar sem Magna, como viver sem essa presença, o que seriam os seus dias sem ela? A solidão é inadmissível.

Agora está em cima da parede tornada palco e os golpes recomeçam. Magna ataca sem trégua, mas Táscia nota que seus golpes estão menos intensos que antes. Talvez ela esteja cansada. Melhor que seja, pois não quer que alivie, tem que se tornar pronta.

Quando gira sobre o pé de apoio, Táscia olha de relance para o lago límpido cheio de peixes e sapos. Fundo, talvez pelo tombo recebido quando o mundo foi ferido. Lá embaixo, um belo e branco pavimento forma uma linda piscina que nem os mais ricos senhores têm em seus salões de banho. Táscia recua, ainda que os golpes não sejam tão duros pela fadiga de Magna, dança, afasta-se para o lado, para não cair, devolve os golpes, mas não pode atingi-la, não pode fazer que Magna se abra. Não pode quebrar nem a sua couraça de treino e nem a sua couraça de espírito. Por que ela não pode dividir o que a aflige?

Táscia se lembra da forma com que a sua mãe a olhava nos últimos momentos. Ou os berros que o seu pai lhe dava quando errava na separação dos tecidos, quando não conferia as contas, quando não consertava a máquina sem ter que gastar com os engenheiros. A desaprovação de Magna era a desaprovação de seu pai.

E Magna se aproxima. E está aflita. Os olhos da mestra tristes, molhados, úmidos, mas com os dentes rangendo. Então, para fugir de um golpe horizontal, Táscia busca o chão com um pé mas não o encontra, escorrega. O ar inspirado depressa para dentro do pulmão, a sensação de morte, olhos arregalados de Magna enquanto se projeta no ar, buscando apoio, batendo os braços, até que cai de costas no lago e a água a acolhe. Afunda, a couraça atrapalha, debate-se, não tem mais espada, já caiu, bate os braços para se erguer e sair, se fosse uma guerra seria alvo fácil para flechas, mas são apenas pensamentos que a invadem, porque o que quer mesmo é entender o estado da mestra, por que está tão desolada. Enfim de costas na ladeira de lama. Paralisada pela sensação, vê Magna agora mais perto, desceu de cima das ruínas e a observa de um banco de areia na beirada do lago límpido. Próxima mas sem ajudar, está do lado de fora do véu que separa a água do ar. Táscia se debate por dentro, mas os membros não respondem. O medo entra nela como a água que bebe uma, duas vezes, sufocada, sem chance de se erguer, com os olhos abertos, presenciando a morte que a invade. Espasmos do corpo lutam para se livrar da prisão de sua mente até que a mão de Magna a puxa para fora, tão forte que mal acredita na invasão do ar que inspira desesperada.

Magna a despe da armadura derramando lágrimas, sem notar as vertidas por Táscia misturadas à pele do rosto molhado. Os segundos que passou lá embaixo foram uma eternidade. Se Magna não estivesse lá, teria mesmo morrido.

– Por que não revida? Por que espera pela morte? – a reiliani grita e retorce a boca para baixo, um choro dolorido que sai com um urro.

Táscia olha para o céu, inerte, ignorando o frio da brisa que toca a sua pele arrepiada.

– É por causa desse medo que te paralisa que preciso te preparar! – Magna sacode-a e a aperta.

Tendo escapado do abraço da morte, Táscia, por fim, tosse, a garganta arde, o peito incha e desincha rápido com o ar.

– Você tem que estar pronta para viver sem mim.

O colo desconfortável da armadura de couro curtido dela acolhe seu rosto. Táscia pisca devagar e logo controla o tremor.

– Estou doente, menina. Minha alma está doente. Você deve continuar.

A brisa para e Sarali as acaricia. Descansam juntas sob o toque acolhedor da Mãe do Dia. Às vezes o vento penteia as relvas compridas demais.

* * *

O vento é cortado por algo invisível que quase decepa o nariz de Táscia. Surpresa, ela se volta para a sua agressora, que não apenas não se incomoda por quase tê-la ferido como a encara com um olhar acusador, a testa franzida.

– Achar que em treino não corre perigo sempre será o seu erro, menina. Não se engane, não vou hesitar em te fazer sofrer se isso a tornar mais forte – diz Magna, tirando o suor que descia para os olhos com as costas da mão.

Táscia examina a gota de sangue que colhe do corte no nariz com a ponta dos dedos. Tão superficial e controlado que só pode ter sido intencional.

– Parece que a senhora não confia em mim – diz Táscia, para então defender por reflexo os avanços da mestra que brande sua magnífica lâmina púrpura sem reservas. O impacto das aparadas faz os seus braços tremerem. Mal consegue se dividir entre recuar e escapar do alcance da oponente.

– Olhe o gume da sua espada. Não serve nem para um combate montado – Magna aponta os inúmeros dentes fendidos pelo encontro dos metais. – Já lhe disse milhares de vezes para não defender com o gume. Use as costas da droga da espada!

– Foi por impulso. – Táscia deixa a posição de guarda e baixa a lâmina, ofegante. – A senhora não tem pra que exagerar desse jeito, é só um treinamento e... – um tapa de costas de mão no rosto de Táscia a faz derrubar a arma.

– Não ouse me dizer como devo treinar alguém, sua filha do calor e do conforto! – Magna aponta o dedo no rosto de Táscia. – Há muitos neanos, bem antes de você ver a primeira noite dourada, eu já transformo gente mole em lutadores. Se você fosse uma reiliani, seria motivo de chacota. Mas eu sou e não vou deixar alguém cru dizer que foi preparada por uma de nós!

Em silêncio, a prática termina. É fim de tarde e o mundo já está alaranjado e morno. Ao longe, suas figuras se misturam à grama cinzenta e à visão da capital de Babélia, com seus muros caiados e prédios solitários ao fundo.

Táscia apanha a espada caída e a embainha, discreta. Senta-se e toca o lado do rosto que lateja de dor pelo tapa, o suor acumulado na bandana em volta da testa. Bebe da água do cantil e tenta adivinhar o momento certo de falar. Magna continua olhando para o céu e anda inquieta de um lado para o outro. Ela tem estado preocupada nesses dias.

– Menina... – Mesmo nessas horas, Táscia sorri ao ver aquela cara fechada e a segurança que suas broncas trazem. Já faz doze neanos que vive com sua mãe-amante e não há um único dia em que não se sinta abençoada pela Deusa por ter sido encontrada por ela. – Eu preciso que você esteja pronta. Senão nunca poderei me sentir tranquila. – Magna tapa a boca, reprimindo uma tosse seca.

Já faz dias desde que ela retornou da missão secreta, e desde então age de forma estranha.

– Mestra, o que está acontecendo?

Magna espera alguns segundos e respira fundo.

– Escute-me, menina. Nós vamos viajar com a Duquesa de Enhasa e uma comitiva de líderes, incluindo o outro pretendente ao trono de Regente, o Duque de Zeltênia, para um encontro reservado. Vai ser na residência de campo do Marquês de Bervênia, próxima da fronteira da Terra Pátria, ao norte. Os políticos estão inquietos com essa questão do Regente. Há quem fale em pacificar as relações com Coméria, que está cobrando explicações sobre as ações dos Agentes da Paz de Babélia contra os nobres que entendem estar sendo acusados injustamente de corrupção.

– O trabalho que tenho feito...

– Sim. Acho que vai chegar a hora em que precisarão da gente para as suas guerras. E é por isso que você tem que estar pronta.

As guerras. Magna sempre falava delas como algo hipotético, que nunca aconteceria, algo para que se lapidar e treinar todos os dias, e então o anúncio vem de repente. Um frio na barriga faz Táscia prender a respiração, as ideias sobre o que isso significa começam a transbordar, mas se concentra em prestar atenção nas palavras da mentora.

– Guerras? Mas com uma nação do tamanho de Babélia... Guerras contra quem, o nosso país é quase parte de Coméria pelo que dizem e...

– Isso tudo é insignificante. Táscia, você tem que se preparar todos os dias, cada treinamento deve ser uma batalha de vida e morte. Talvez eu não possa mais estar ao seu lado e preciso ter certeza de que poderá se virar sozinha.

– Por que você fica falando disso, mestra, já é a segunda...

– Em uma guerra as pessoas morrem – Magna interrompe Táscia com a voz mais alta. – É disso que estou falando. Do que terá valido tudo isso se você não puder levar a sério uma luta? Não importa que seja contra mim. Já falamos a respeito, para as reiliani é na luta que está a razão de vida de uma guerreira. E eu tenho tentado te transformar em uma.

– A senhora não vai morrer, eu estarei ao seu lado...

– Sim. – Magna olha para Sarali já quase escondida atrás de Anmas, no céu. – A noite está chegando, Táscia. Quero estar tranquila, quero que você possa atravessar qualquer escuridão sozinha. Quero paz para morrer em batalha.

– É como eu disse... Eu... Por favor, não fique ofendida, mas sempre sinto que a senhora não confia em mim.

– Eu confio – diz Magna, sem olhar nos olhos de sua aluna. – Mas acho que vou ter sempre dificuldades em imaginar que um dia não estaremos juntas, menina.

Táscia se levanta e a abraça por trás. Beija-lhe o pescoço suado e afunda a cabeça na nuca úmida de cabelos prateados e curtos da mestra. Magna tateia o lado de Táscia que atingiu com o tapa e a acaricia.

– Você já estudou sobre a história de nosso mundo? Sobre os primogênitos, os imortais? Alvos e Albinos?

– Não estudei. Não tenho chegado perto dos livros faz um tempo – Táscia se lembra de quando alguém lhe contava histórias impressas nos tomos. – Mas sei quem são os Alvos, eles andam por aí. Como os denorianos, né? Mas nunca vi Albinos.

– Primeiro uma correção: nunca chame um Albino de Albino. Isso é uma palavra desrespeitosa para eles. A palavra certa é *L'dren.*

– L'dren. Está certo. Mas eles nem vivem na Terra Pátria, ficam para cima de Reiliânia, não é mesmo? Lá longe das terras geladas. Onde a luz de Sarali nem alcança.

– Sim... Mas falo isso para quando for encontrar um deles.

– Mestra, a senhora está mesmo muito misteriosa.

– Táscia – Magna se vira e a encara segurando-lhe o rosto com as duas mãos. – Quando eu te encontrei, há tantos neanos...

– Doze.

– Isso, doze neanos atrás. Eu nunca imaginei que teríamos que passar pelo que vamos tão rápido. Eu sempre pensei que as coisas seriam lentas como tudo que envolve esses... Imortais.

Táscia tenta se desvencilhar, mas a mentora a mantém firme sob as mãos.

– Como assim, mestra? Conte-me logo o que está acontecendo.

Magna olha no fundo dos olhos da mulher que aquela garota mirrada que andava rebolando se tornou. Então de repente pigarreia, franzindo a testa. Tosse uma vez, cobrindo a boca com a mão em punho.

– Há Albinos em Babélia. E em breve você vai encontrá-los.

– Na residência do Marquês de Bervênia?

– Você é mesmo muito perspicaz. Queria que fosse assim nas lutas.

– Eu não vou fazer feio – Táscia respira fundo, enchendo o peito. – Vou seguir as suas instruções e vou conhecer esses imortais como se fosse algo normal. Não vejo por que se preocupar tanto – fala rápido e mexe os braços, como se fosse uma criança tentando convencer os pais.

Magna dá dois passos para trás e baixa a cabeça em direção ao gramado.

– Nós não vamos falar com os imortais. Nós vamos escoltar os nobres. Lembre-se que somos soldados, não diplomatas. Você cresceu muito, mas tem o mesmo olhar de antes, menina.

– Sempre vai me chamar assim?

– Menina. Minha menina.

Táscia se aproxima e beija os lábios de Magna, mas a mestra põe sua cabeça no colo, afagando-a.

– Hoje não. Quero que me ouça. Ouça o que há dentro de mim.

– O mesmo de sempre. Carne dura e teimosa.

A reiliani ri e suspira, encarando as primeiras estrelas que surgem na noite vermelha, sentindo o ar deixá-la como se quisesse ter certeza de que está tudo bem.

* * *

Dois dias depois, Táscia e Magna caminham pelas melancólicas ruas de Babélia na tarde alaranjada. Velhos paralelepípedos as pavimentam, restaurados após a Luz do Julgamento de quando serviam os cidadãos sob a bandeira de Arcádia. Tendo sobrevivido ao fim do mundo, a rara arquitetura dos antigos persiste. Magna põe as mãos na cintura quando se deparam com um grande monumento do tempo que os mortais buscavam abrir os céus.

– Chegamos – diz a mãe-amante.

– Ufa. Vou sentar, cansei. – Táscia ignora a cara fechada da mestra por anunciar cansaço. Encosta-se na borda de plataforma de mármore cortado que forma um quadrado grande e perfeito. Em cima, dois menores sobrepostos. Apenas uma área branca e enorme que não conta o próprio passado senão para os conhecedores.

– Aqui esteve o ápice deste reino e hoje está abandonado – diz Magna, olhando para a plataforma.

Táscia se apoia displicente sobre um dos braços, o corpo largado.

– O reino de Babélia... Parece um resquício. Ou alguém que persiste em viver mesmo estando fatalmente ferido.

– Isso é um jeito bem reiliani de ver as coisas – Magna sorri com o canto dos lábios. – Para mim, Babélia é como nós.

Táscia olha para o rosto daquela guerreira, sua pele marcada pela idade e pela espada.

– Acha que podemos viver sem ser parte de algum lugar, ou alguma coisa?

– Nós somos parte de Babélia, agora. Eles nos acolheram. O que são a família e os laços senão a circunstância? Eu trouxe uma relíquia digna das maiores heroínas e as reiliani não pensariam duas vezes em me julgar somente pelas suas leis. – Magna segura no cabo da sua espada e a aperta junto ao corpo. Ela é uma estátua sólida sobre o pedestal de mármore, vendo Sarali se esconder atrás da irmã da noite no céu. – Se o que nos faz únicos não é nada diante das tradições, eu renuncio a elas. E é o que eu te falo sempre, família é onde o seu espírito está. Nação, sangue, tudo isso é inútil quando você estiver só na hora da morte.

Táscia se levanta, inspira o ar até o peito inchar e o solta em seguida.

– O que havia aqui está mesmo com o Templo? Era uma estátua grande?

– Não. É um monumento. E sim, o Templo o levou. Mas isso muito antes de eu nascer, muitos neanos atrás. Dizem que foi alguns neanos depois da instauração do Templo e da morte do Pietru Negro. Está na Cidade Vidente.

– E você já viu isso lá?

Magna anui e suspira fundo.

– Sim. Lembra quando te trouxe um livro? Foi naquela viagem em que fui escoltar os Duques candidatos ao trono e a jovem rainha de Babélia para tratarem de negócios com os governantes dos assuntos terrenos do Templo. Foram fazer um apelo qualquer para que as dívidas a Coméria fossem perdoadas. Se bem que isso sempre me pareceu só fachada pra acalmar as cobranças dos burgueses e a nobreza menor babeliana. É como se esse país estivesse cada vez mais à mercê de Coméria, dessa maldita aliança dos Três Reinos.

– Política... – Táscia gira os olhos, balançando a cabeça.

Magna se vira para Táscia, seu corpo apenas um vulto contra a luz do céu.

– Não pense assim. Se deixar de prestar atenção no que está em volta, vai ser sempre só uma peça na mão dessas pessoas.

– Pois não sei se adianta. No final das contas tudo parece estar além de nosso próprio controle.

– Porque você não quer entender.

Táscia fecha a cara e cruza os braços.

– A senhora mesmo não me diz nada. É tão cheia de segredos como tudo isso. Preciso ficar satisfeita com o que recebo de vez em quando?

– Porque a "senhora" não quer entender – repete Magna. Táscia se vira de volta para a enorme plataforma. – E já voltamos para essa conversa. Táscia... Minha filha... Eu já disse. Não poderei estar com você para sempre. – A reiliani segura o próprio braço esquerdo.

– Eu posso me virar sozinha – diz Táscia, um calafrio se agita em sua barriga. – Não gosto quando me trata como se eu precisasse ser mimada.

Magna dá três passos vagarosos e para.

– Esse lugar onde você está sentada um dia foi a chave da porta para todas as respostas do mundo, acreditavam os arcadianos. A Porta da Verdade.

Táscia se deita no mar branco e olha para o céu avermelhado. Anmas já quase engoliu toda Sarali, a noite se confirmará em minutos.

– Estou aqui e só tenho dúvidas.

– Porque isso é apenas um resquício, como a própria Babélia é de Arcádia. Se quiser conhecer a Porta da Verdade, tem que ir até a Cidade Vidente e conhecer a máquina que abrirá esses segredos do mundo.

– Uma máquina?

– Sim, dizem que é como se fosse uma máquina, apesar de parecer uma torre construída por um cientista conhecedor dos mistérios, Babel. Por isso é que os arcadianos a chamavam com o seu nome, a Torre de Babel.

O mármore está tingido de vermelho, Táscia fecha os olhos.

– Você pode me levar lá um dia?

Magna não diz nada por alguns instantes e só ouve a brisa.

– Se eu não for, você pode ir sozinha.

– Mas se é uma porta, deve estar fechada.

– Sim.

– Como posso ver o que está além dela... Ninguém tenta abri-la?

Magna se aproxima e senta ao lado de Táscia. Com os braços relaxados sobre os joelhos, olha para a aluna.

– Na verdade é para isso que estou tentando prepará-la todo esse tempo. Mais do que para as guerras.

4

DENTRO DO HABITÁCULO, Táscia mantinha a cabeça virada para a janela, vendo a tarde que escurecia o verde das folhagens nas montanhas sob a longa ponte que atravessavam. Às vezes cruzava olhares com os outros três companheiros de viagem. A mulher de pele bronzeada à sua frente roía as unhas; o homem com pele azul-escura coberta de penugem ao seu lado, mestiço de humano e fel-myn, remexia-se inquieto, lambendo as costas da mão; o outro, ao lado da mulher, corpulento, dormitava com o balanço da estrada.

Lá fora, o vento da região afastada era frio, longe do barulho e agitação da capital de Babélia.

Magna seguiu na escolta exclusiva da Duquesa de Enhasa, candidata a Regente do trono babeliano, junto com o misterioso Pyro. Os outros nobres importantes já deveriam estar chegando ao local enquanto os convidados especiais aguardavam pela comitiva. Os imortais L'dren.

– Você tem mesmo que ficar lambendo a mão desse jeito? – perguntou a mulher à frente de Táscia, parando de roer as unhas.

– Qual o seu nome? – disse o meio fel-myn.

– Como?

– O seu nome. O meu é Kih Mari. Mas me chame de Kih.

– Meu nome é Raine. Seria um prazer se não tivesse que ver você ficar se lambendo desse jeito. É repulsivo.

– Entendo a intolerância, posso protelar meu pequeno passatempo para outro momento.

– Não sou intolerante, mas não gosto desse barulho irritante de boca.

Kih solta uma gargalhada e suspira.

– Diz isso quem estava comendo as unhas até a metade do dedo.

Táscia vira os olhos, odiando-se por não poder tomar parte nas conversas de cúpula de que Magna participa. Mas é comum que as crianças não comam à mesa dos pais.

– E você? – diz Kih, dando uma leve joelhada na perna de Táscia, que responde com uma encarada feia.

– Eu? Eu não sou intolerante e preferia ser como nosso quarto amigo, que está dormindo mesmo com toda a comoção dentro da carruagem.

Kih ri alto.

– Veja, Raine, isso é o bom humor que Babélia precisa.

– Você nem é do nosso país, como ousa dizer algo assim?

– Ah, mas acompanho o meu empregador, o Conde de Kajar, justamente para criar boas relações.

– Não me parece algo bem pensado da parte dele.

– Ao menos sou alguém que serve para conversar, interpretar línguas que não sejam a comum. Vossa Mercê – diz ele, imitando uma fala afetada – deve ser boa só em *marretar* os outros.

– Ora, seu –

– Estamos chegando, graças à Deusa – diz Táscia, suspirando.

O quarto companheiro de viagem continua encostado e respirando ruidosamente, quase roncando, esperando que alguém o cutuque para acordar.

* * *

A mansão do Marquês de Bervênia está bem iluminada por suas janelas, como fogueiras que a acendem no meio dos bosques escuros à sua volta. Criados ajudam os passageiros das carruagens que aguardam em fila a desembarcar. Há muito mais gente que Táscia imaginava, como se não fosse haver uma reunião de cúpula que decidiria questões importantes. As conversas informais regadas a bebidas distribuídas por diligentes criados que mantêm todos bem servidos se assemelham mais ao prelúdio de uma sessão de ópera.

Táscia surge de dentro da carruagem após Kih e Raine, ignorando a mão do criado estendida para auxiliá-la. Como todos usam roupas de festa, ela é uma visão rara para quem só a conhece como soldada. Enfatizou sua beleza com maquiagem clara, quase branca, cobrindo-lhe as sardas, realçou seus lábios, agora mais vermelhos, e uma faixa de seda azul lhe esconde a testa, pois se sente nua sem isso. Os cabelos soltos e compridos, da cor da palha, caem em franjas menores na frente e têm pequenas tranças próximas às orelhas para não cobri-las. Uma presilha escura se destaca pendurada na parte de trás e ao lado da cabeça. Não usa um vestido e nem nada pomposo, mas uma roupa mais colada ao corpo, que lhe dá mobilidade para agir se necessário, presente de Magna pouco antes da viagem. Ao oferecê-la, ela dissera ser uma roupa típica dos L'dren. Os ombros delineados expostos, então uma longa luva que a cobre desde o braço, passando pelo cotovelo até a palma da mão, deixando os dedos livres. Uma camiseta sem mangas e um colete de couro delicado amarelado, provável que seja tingido, assim como a calça justa, da mesma cor. Nos pés, botas altas e claras com leve salto.

– Minha Deusa, você é muito mais bonita do que eu pensava – diz Kih, que veste uma roupa elegante e clara, contrastando com sua pele escura. – Quando entrei na carruagem você já estava dentro. Que beleza.

– Obrigado, mas guarde os elogios para você – Táscia diz séria, embora sinta uma pequena alegria por dentro. Quando acaba de fechar o cinto da bainha de seu sabre cerimonial, quase nunca usado, vê Magna à sua frente. Desta vez não evita o rubor quando ela pega em seu queixo e diz:

– Está mesmo linda, menina. Vestiu perfeitamente. Talvez linda demais – diz a velha guerreira e então tosse.

– Você não mastigou os arde-duendes que te passei, não é? – Táscia pergunta, pondo a mão no peito de Magna, que está virada para o lado, tentando expectorar o que a incomoda. – Deveria ouvir o que eu digo, isso é bom. Quem me ensinou a respeito era um herbalista incrível.

Magna a ignora, seus olhos cansados e perdidos, trajada com a farda completa de Babélia, casaco azul claro com dragonas sobre um colete e calças mais escuras, a sua lâmina rúnica pendurada do lado e as meias compridas brancas envoltas pelas botas. Então se vira para o lado e encara Kih com desprezo. Ele sorri e faz uma reverência antes de deixá-las.

– Mas obrigado pelo elogio. Fico feliz – Táscia sorri de lábios fechados, procurando os olhos de Magna, que depois de elogiá-la não mais a encarou.

– Vamos, o ar aqui fora está úmido, ainda que eu sempre tenha te preparado para sobreviver a coisas piores – Magna força também um sorriso que dura pouco, retomando a expressão cansada e sem se virar para a companheira.

Táscia suspira e balança a cabeça, seguindo-a para dentro.

No grande salão de entrada um tapete vermelho guia os olhares e passos por uma escada larga que dá no segundo pavimento. Sob a luz de centenas de velas dos candelabros altos, o burburinho dos bem-nascidos preenche o ambiente com suas conversas, e mesmo em uma reunião política eles não perdem a chance de ostentar suas melhores roupas. Há arcadas internas no térreo, circundando a escada, com várias portas, sendo que as duas maiores, uma do lado direito e outra ao fundo, à esquerda, são duplas e estão abertas para circulação.

Táscia segura entediada uma taça de cristal quase cheia. Mal bebericou o ótimo espumante quando Raine chega perto de Magna ao seu lado. Também não usa vestido, como se esperaria de uma guarda-costas. Ela diz alguma coisa no ouvido da comandante babeliana, que a ignora com desdém, arrancando uma reação quase instantânea de indignação.

Porém algo interrompe o atrito, pois todos os olhares se voltam para o grupo que surge descendo as escadas principais. Três figuras negras encapuzadas são acompanhadas pelo Duque de Zeltênia e a Duquesa de Enhasa. Isso arranca aplausos e saudações com taças levantadas por parte de todos, ainda que a plateia não seja muito grande, cerca de vinte e poucos titulares da nobreza de Babélia e seus acompanhantes. A música invade o salão de entrada, uma melodia belíssima de cravo sustentada pela vibração de um violoncelo começa no mesmo momento, vinda do cômodo à esquerda, sincronizando-se com a aparição dos mais importantes da noite. Magna atende ao chamado silencioso do olhar da Duquesa para se aproximar dela. Táscia repara que de outro lado do salão Pyro, o Cavaleiro de Fogo, vestido com o mesmo traje militar completo de Magna, também atravessa o chão de lajotas brilhantes para se pôr junto com os grandes nomes que passam para o local de onde vem a música. Todos apreciam a solenidade, aguardando o fim da melodia para o óbvio anúncio que será feito.

– Nesta noite recebemos a presença daqueles que dividem a graça das nossas Mães, os primogênitos que atravessaram o início dos tempos e até hoje têm favorecido nossos ancestrais com ensinamentos e sabedoria – diz o Duque de Zeltênia.

– Sob o vermelho de Anmas celebramos um novo acordo que levará Babélia a uma nova era de desenvolvimento. O resgate do orgulho de nossa descendência arcadiana se unirá mais uma vez à presença e mentoria daqueles que vivem nas sombras – diz a Duquesa de Enhasa.

– Em breve o jantar estará servido e cearemos como irmãos pelo bem de nossa terra – Zeltênia sorri com um braço erguido.

– Enquanto isso, apreciem o entretenimento e a nossa recepção – torna a Duquesa, erguendo uma taça em saúde a todos, que seguem o seu exemplo.

Táscia beberica o vinho tentando enxergar nos olhos e gestos as verdadeiras intenções dos presentes.

* * *

A música persiste em peças que Táscia não sabe dizer de onde vêm. A taça não se esvazia sozinha, e ela não faz questão de acelerar o processo, olhando sem enxergar os pequenos grupos que se revezam, formando-se e dissolvendo-se enquanto aguardam o banquete. As conversas prováveis dos nobres em suas poses eretas e comportadas são pequenos julgamentos sobre o que está acontecendo, suas estimativas a respeito de quem será o Regente escolhido, pois os dois Duques candidatos afirmam com veemência o seu direito e podem convencer qualquer pessoa das vantagens de manter o poder sob suas casas.

Curiosa sobre o que se passa na cabeça de Magna, que acompanha de perto sem se intrometer nas conversas dos soberanos, Táscia vê seu campo de visão ser invadido pela figura de Raine, fardada como militar. Ao contrário dela, deve ter esvaziado várias taças.

– Comportada, sempre em seu próprio lugar. Entendo por que ela gosta tanto de você.

Táscia inspira fundo, mas o peito já se agita, o sangue corre rápido e seu braço esquerdo toca a bainha pendurada ao lado.

– Ora – continua Raine, alternando o olhar da arma para o rosto da enfeitada Táscia –, mas o que é isso? Não quero te incomodar e nem provocar nada que nos seja desfavorável nesta noite tão especial. Só queria te ver de pertinho.

– Por que não me deixa quieta?

– Porque fiquei curiosa para entender quem é a mulher que se põe à mercê de Magna, a mais desejada guerreira de Babélia.

– Não sei do que está falando – Táscia franze o cenho, as sobrancelhas curvadas para baixo sobre seus olhos azuis dessaturados pela luz.

– Claro que não sabe. Fica sempre em casa ou fazendo seus pequenos trabalhos sem importância para se distrair.

Táscia fecha o punho direito, apertando a palma com a ponta dos dedos.

– Por que não me diz logo a que veio?

– Ah, mas quer mesmo saber?

– Sim, parece ser tão importante para você. Aproveite a coragem da bebida.

Raine solta uma gargalhada alta demais, que ainda assim não cobre as animadas conversas ou a bela melodia.

– Esta é a primeira vez que viaja com Magna?

Táscia não responde.

– Pois já servi com ela em muitas campanhas e exercícios – Raine continua e se aproxima bem de Táscia, quase sussurrando em seu ouvido. – De todas as formas possíveis.

O sangue de Táscia não borbulha mais que antes. Quando Raine se afasta, sorrindo, os olhos semicerrados pela bebida, repara na taça. Bolhas pequenas e raras sobem pelo líquido claro. Estranha não sentir nada mais a respeito.

– Ela é mesmo a melhor mulher de...

– Algum problema, Raine? – um chamado firme vem de trás e a assusta. Afasta-se quando Magna pega no braço de Táscia.

Magna encara as duas, a testa franzida, e nem se despede quando se afasta de Raine, andando na frente de Táscia para guiá-la. Sobem e seguem para os quartos mais afastados da residência.

* * *

Táscia está sentada na cama luxuosa no quarto sofisticado que lhes foi cedido. Magna fala devagar, sem encará-la de frente, prestando atenção nos motivos dourados que emolduram cada pedaço de parede, em cada objeto arrumado como se não pudesse ser tocado, sendo elas próprias apenas ruídos que perturbam a harmonia do local.

– O que há, mestra, por que estamos aqui? A solenidade vai acontecer. Ou vai me dizer que não está animada? – Táscia esboça um sorriso, passando a mão nos ombros torneados de Magna, que podem ser sentidos mesmo sob a farda. Porém há algo que não se encaixa na atitude dela. – No fim isso tudo vai ser bom, vai ser uma forma de apaziguar os ânimos entre os dois pretendentes ao trono de Regente.

– A imbecil da Raine falou alguma coisa?

– Nada demais. Parece alguém invejosa por você.

Magna grunhe algo e então tosse. Seu peito chia, mas não expele nada além de um som seco e desagradável.

– Bem, já vi o quarto, é mesmo especial – diz Táscia. – Vamos descer, esta não é uma missão de escolta? Temos que proteger a Duquesa. Certo?

– Isso. Vamos fazer o que temos que fazer e voltar.

– Esse quarto é mesmo impressionante – Táscia repara em tudo o que pode. Magna não costuma falar sobre as coisas, mas nas suas ações há sempre pistas para se comunicarem. – É muito diferente do que estamos acostumadas – prossegue, olhando para o candelabro apagado posicionado entre afrescos e arcos.

– É uma reunião secreta, é um encontro que precisa do máximo de discrição. E é por isso que o fazem aqui, longe da capital. Quanto menos gente envolvida e ciente, melhor.

– Mas há criados e até músicos.

– Que serão dispensados agora mesmo – diz Magna e pigarreia, pondo a mão abaixo da garganta, como se não conseguisse engolir uma espinha de peixe que a irrita. Está abrindo com a ponta dos dedos a rolha de uma garrafa de vinho.

Táscia arruma a bandana sobre a testa e torce o nariz quando a mestra lhe entrega uma taça cheia de uma bebida tinta de sangue sem olhar em seus olhos.

– Mestra, não estou bebendo, estou tentando me manter alerta para te ajudar.

– Não me faça essa desfeita. Essa garrafa... – Magna expira o ar – foi um presente do próprio Marquês quando a Duquesa me apresentou a ele.

– Não deveríamos deixar para uma ocasião —

– Beba o seu vinho – Magna interrompe Táscia e enche a boca com um longo gole da própria taça. Enfim é acompanhada pela filha-amante.

– Não sou conhecedora de vinho – diz Táscia com um meio sorriso, após engolir e saborear –, mas este é bom, diferente.

– Para mim são todos iguais – Magna olha perdida pela janela, procurando algum perigo enquanto balança o líquido na taça, imitando os fidalgos. Volta para a cama e encara a sua jovem e querida aluna, sentando-se ao seu lado.

As velas nos castiçais ao lado da cama queimam, preguiçosas. Táscia estica a mão, toca o rosto de Magna e a puxa para si, mas ela desvia a boca e lhe dá a bochecha. Seu gosto é amargo. A jovem insiste e colam os lábios fechados, então lhe vem a sensação de quão estranho isso nunca deixou de lhe parecer. Quando a mentora lhe toca a testa, afasta a mão dela com delicadeza como sempre e em retorno afaga-lhe os cabelos curtos e prateados com a ponta dos dedos.

– Você sempre teve esses olhos cinza-escuros, esses cabelos cinzentos. É como alguém sólido, permanente. Como uma estátua eterna.

– Só que com muito mais rugas e nenhuma nova cicatriz – sorri Magna, lúgubre. – Não há nada de eterno para mim, Táscia. Os neanos são brutais, levaram-me tudo. O tempo é dos jovens, de quem ainda pode mudar alguma coisa.

– Você me chama de jovem como se eu fosse uma menininha. Não sou mais. Já faz tempo que não sou mais nada disso. Mais de doze neanos.

– É sim uma menina. Mas uma brava menina – Magna acaricia os cabelos de Táscia e faz com que sua cabeça se encaixe no travesseiro fofo.

Táscia faz menção de tirar o colete, mas Magna a impede.

– Está linda assim. Não tire.

– É uma bela casa, essa do Marquês. – Táscia tomba a cabeça para o lado e repara nos desenhos intrincados em volta do candelabro quieto, o teto iluminado pelas chamas vindas de baixo. Eles se movem. Pisca os olhos mais algumas vezes.

– Eu preciso pedir desculpas – diz Magna, erguendo-se.

Afundando a cabeça no travesseiro, Táscia só quer que a sensação pare, mas algo lhe diz que deve prestar atenção às palavras da mestra.

– Você deve confiar em mim e por que estou fazendo isso. É a única forma. Confie em mim. Confie em Zorak.

"Zorak".

O nome fica marcado na cabeça de Táscia. Ela precisa dormir, mas, entre a água dos olhos e a sonolência, vê o rosto de Magna.

– Nossa Rainha está sob grande pressão para que escolha um Regente.

– Como você sabe? Ela não pode falar e fica sempre parada com o olhar e os membros imóveis sobre aquela cadeira com rodas.

– Os altos nobres das famílias de Arcádia dizem que conversam com ela em sonhos. Ou com magia. Eu não sei e não quero saber como, mas está ficando muito difícil manter tudo como está. O importante é que o que estamos fazendo é pelo bem de Babélia – diz Magna quase para si, como se quisesse se convencer da própria fala.

– Magna... Do que está...

– Táscia. Você é muito forte. Você é uma brava menina. Você é a minha luz e...

Táscia dorme.

* * *

O sonho é como são os sonhos. Difícil de lembrar, mas assustador para atravessar, mesmo que a morte em seus domínios sempre leve Táscia a abrir os olhos. E, paralisada nesse labirinto de lembranças e más sensações, empurra a enorme pedra ladeira acima, como vinha fazendo há muito tempo antes de se ver nessa situação, se confiar nas dores nas coxas. Ou ela apenas sabe que doem, pois nesse reino os sentidos sempre são menos intensos, sugeridos, como se tivesse que acreditar na história que conta a si mesma agora. De repente perde a força, seus braços estão murchos, feitos de pano, longas mangas de um casaco vazio, e o fardo maciço percebe que nada mais o empurra e passa a inclinar-se contra ela. Táscia tenta gritar, mas não sai som, bate a testa com força num esforço inútil de lutar contra o esmagamento iminente. O sangue escorre sob a bandana, mas não arde, o vermelho cobrindo-lhe os olhos, entorpecida pela ânsia de ouvir as palavras da mestra e estar com ela. Quer acariciar as marcas da sua pele, rever as pequenas sardas pelos ombros e as costas. Quer entrar nas pupilas escuras e arrancar o sentido que lhe foi roubado pelo vinho maldito. Ela empurra com a própria testa para não ser destruída. As pernas não obedecem mais. Ela precisa acordar.

Então se deixa ser atropelada no mundo de sombras e névoa para voltar, ressurgindo do descanso que lhe foi imposto. Não há dor.

* * *

Táscia acorda sozinha. A cabeça pesada, os olhos não focalizam, tudo a puxa de volta à cama, sonolenta. Busca na memória a última coisa que fez antes de dormir. Coça os olhos, adaptando-se à penumbra e ao invólucro dos tecidos que a fecham no leito, repassa as palavras de Magna para se certificar onde tinha parado, qual era o próximo passo a seguir.

No teto, as sombras do candelabro dançam pelas chamas bruxuleantes vindas das velas dos lados da cama. Um vento frio sopra pela fresta aberta da porta dupla que lhe expõe a privacidade. A cabeça pesa para o lado e Táscia se apoia, sentindo a textura do papel de parede na ponta dos dedos, tateando pelas reentrâncias da arquitetura quando preferia estar no colo de Magna.

No chão, sob o batente que dá para fora do aposento, há uma carta com seu nome, sem selo. Abre-a tentando conciliar a cabeça que gira e os olhos com as pálpebras amarradas gritando para que volte a dormir, forçando para enxergar em meio à névoa da visão.

> *Táscia,*
> *Confie em Zorak. Confie em mim. Queime isso agora mesmo. Você é minha menina.*
> *M.*

Depois de reler três vezes a mensagem em seu andar trôpego, Táscia queima o papel na primeira vela que vê em um castiçal no corredor. Lembra-se de se armar, volta para o quarto lutando contra a náusea e o mundo que a esmaga, a imagem da pedra enorme que não se pode mover, um corpo imenso que a aprisiona, não encontra o próprio sabre e bainha. Seu coração acelera, abre o baú e revira as próprias coisas, e logo há um pacote envolto em panos azuis. Ao tatear nota que é uma arma, e um calafrio lhe corre a espinha quando vê a espada de Magna em sua linda e antiga proteção. Arrasta-se para fora tentando encaixá-la no cinto, sem prestar atenção a mais uma carta que estava com o embrulho e caiu no chão.

Cambaleando pelos corredores vazios e pouco iluminados, faz barulho demais, não há como evitar. O mundo gira mais rápido do que pode acompanhar e cai sobre um joelho. Por sorte, não há ninguém à vista, nem criados nem vigias. Porém isso só a deixa mais aflita.

Ao fundo há outra porta dupla que dá para a galeria de onde se vê a sala de jantar. Também está entreaberta. Ouvem-se conversas vindas do outro lado, as discussões são entrecortadas pelo bater dos talheres nas louças. Perto de atravessar as portas, Táscia não repara na requintada decoração do local até que o cheiro inconfundível de ferro sobe e lhe enche o nariz. Há uma poça preta sobre os desenhos dos caros tapetes. Sangue. A náusea bate mais forte, mas Táscia respira fundo e aperta em volta dos olhos, algo latejando em sua cabeça, rejeitando a luz, até que estica o braço e empurra uma das portas devagar. No chão, o provável dono do sangue no corredor jaz de bruços sobre a própria vida que se esvaiu. Uma besta ao seu lado. Antes de se preocupar em confirmar se está morto, observa que no outro lado o vigia também está caído, com sua arma de longo alcance como companheira. Fecha os olhos por um instante e o sono vem com tudo. A conversa continua lá embaixo sem que ninguém se preocupe, iluminada por vários castiçais, não pela luz vermelha e escura da noite que entra pelo teto de vidro.

Sentados à enorme mesa retangular cheia de bandejas bem servidas por iguarias exclusivas e harmonizadas pelos melhores vinhos, os mais importantes da corte de Babélia comem ao lado dos candidatos ao trono, o Duque de Zeltênia e a Duquesa de Enhasa. Ao lado da Duquesa, como convidado de honra, está um imortal completamente coberto por uma túnica negra. Sua pele alva e brilhante escondida nas sombras do capuz, os dedos compridos despontando das longas mangas. Encostados à parede estão os dois acompanhantes dele, imóveis. Os criados aguardam ordens prontos para servir, suas mentes treinadas para ignorar as palavras, pois sabem das sanções em que irão incorrer se não mantiverem a discrição. Magna e Pyro, os principais membros da guarda pessoal da Duquesa de Enhasa, estão postados atrás dela em fardas militares e sabres na bainha. Táscia repara que o *seu* próprio sabre está na cintura de Magna. Outros guardas de elite, como Raine, acompanham de perto as discussões de seus protegidos.

– Com todo o respeito aos senhores que viajaram de tão longe – diz o Marquês de Bervênia se dirigindo ao encapuzado, mas sem se dar o trabalho de encará-lo. Ao invés disso, alterna o olhar entre as iguarias e a Duquesa de Enhasa. – O que Coméria quer, nós podemos dar. Vamos continuar dando. É melhor ter um cliente sólido para os nossos produtos do que continuar tendo que nos reunir às escondidas para falar de negócios. Poderíamos ganhar mais, é fato. Mas nosso reino precisa do ouro e da amizade dos Três Reinos – fala, mordendo um quitute na ponta dos dedos, mal distinguindo o que é comida do que é joia por conta dos anéis.

– Vossa Graça sabe que meu desejo é reestabelecer a independência de Babélia – diz a Duquesa de Enhasa. – Considerem que a formação deste Conselho pode ser responsável pela virada de nosso reino, um reinício rumo à prosperidade que nos dará um lugar digno dentro da Terra Pátria. É essa também a maior proposta que meu papel de Regente promete.

– Mas Vossa Graça entende que não há como dissolvermos essa parceria com Coméria agora – diz o Duque de Zeltênia. – Por mais que me incomode essa dependência dos bolsos deles, temos que ter responsabilidade para que um rompimento não deixe faltar nada ao nosso povo. E isso está implícito na minha intenção de governar como Regente.

– É evidente que sim. Porém precisamos de um Regente que possa devolver Babélia à sua antiga glória. Nosso povo é descendente dos sábios de Arcádia, não podemos nos contentar em ser uma nação usada por Coméria para manter os nobres deles confortáveis e cada vez mais ricos.

– Os comerianos e os cidanenses e os lestianos. Todos mamam na nossa subserviência – diz um dos nobres, membro do Conselho.

– O Templo! Vossa Graça se esquece do Templo! Que a Deusa nos acuda! – diz outro nobre.

E enquanto três conversas paralelas buscam a atenção do grupo, Táscia respira fundo para se manter acordada, lutando contra os olhos pesados, e observar a situação sem tirar os olhos de Magna, concentrada e ereta, rígida como uma mola tensionada, pronta para estourar.

– Não viemos para atrapalhar os negócios que já estão estabelecidos – diz a voz sussurrante do encapuzado. – Temos tecnologia para melhorar a vossa produção de grãos e gado mesmo com as poucas terras disponíveis, e com isso ajudar Babélia a se tornar autossuficiente. Adoraria que pudéssemos chegar a uma conclusão sem ter que passar a noite inteira aqui. A manhã é quando meu povo prefere descansar – ele sorri.

– Mas temos que entender que isso pode não ser o nosso melhor interesse nesse... – diz o Duque de Zeltênia, interrompido por um dos nobres, que lhe aponta um dedo.

– Isto seria contra os *vossos* melhores interesses. Todos sabemos que a manutenção da situação atual, sem um Regente, é justamente o que Vossa Graça deseja. Sua candidatura é só uma forma de prolongar essa situação.

– Vossa Excelência fala com muita liberalidade nesta mesa – o Duque de Zeltênia sobe o tom da voz.

– Estamos entre amigos – o nobre bate a mão na mesa e os talheres saltitam. – Não há por que mantermos aparências se não estamos na corte e...

– Só que não vou admitir que me acusem dessa forma! – O Duque de Zeltênia fala ainda mais alto a cada palavra dita. – Foi a minha influência que manteve a soberania de Babélia enquanto os senhores ficavam discutindo quem cuidaria de nosso reino. A Rainha não tem como governar...

– Isso é porque Vossa Graça já tinha garantido a própria participação no governo! Usa seus conselheiros para tomar ações que deixam Babélia afundada até o pescoço em dívidas de favores a sua casa! – diz um dos condes, esbarrando na mesa com um joelho inquieto.

E é quando a discussão se inflama mais que Magna desliza pelo salão e desembainha o sabre de Táscia.

De cima, a jovem não acredita no que está vendo, pisca várias vezes os olhos para focalizar e se certificar do que acontece.

Com a primeira passada de lâmina, um dos condes cai de cara na sopa após soltar um grito. Seu sangue jorra das costas na parede enquanto tempera o cisne emplumado no meio do banquete. No segundo golpe de baixo para cima alguém esboça um grito, sem decidir se esbugalha os olhos ou enche o peito para urrar, mas, quando sua garganta ganha uma boca, desiste, sem conseguir estancar o rio vermelho que mancha a seda lestiana de suas roupas. Sua vida se esvai olhando para Anmas através do teto de vidro.

– Traidora! Matem essa traidora! – grita o Duque de Zeltênia.

– Você que é o traidor, maldito! Vendeu Babélia e ainda quer viver como um Rei! – grita Magna, pulando sobre ele e estocando-o no peito com toda a força e peso do próprio corpo. Quando o Duque cai atravessado pela espada, com a agonia paralisada em um último grito nunca berrado, Magna rodopia no ar e aterrissa chocando-se contra a parede. Ergue a cabeça, procurando por Táscia, e seus olhares se cruzam por um segundo que dura a eternidade.

Magna vê o desespero da sua aluna, que quer saltar para a luta naquele mesmo instante. Mas, antes de sentir orgulho do caráter da mulher que criou, o que faz é voar na direção da Duquesa de Enhasa com a espada em riste.

– Prepare-se, Duquesa!

Quando a candidata a Regente grita, o encapuzado ao seu lado já toma a sua frente e deflete a investida de Magna. Arranca-lhe a espada, que cai após rebater sobre a estrutura da lareira, e a agarra pelo pescoço, erguendo-a com uma única mão.

A sua mestra não esboça reação, entregue ao adversário. Antes que Táscia possa gritar ou fazer algo para impedir, Magna é apunhalada pelo homem misterioso, que aproveita o momento, sem pressa, para depois pousá-la com cuidado no chão. Raine e os outros oficiais correm para finalizar o serviço. Os nobres restantes já fugiram da mesa, o banquete estragado pelo múltiplo assassinato. Resignada, Magna tosse mais duas vezes e cospe sangue. Franze a testa pela dor de ser apunhalada por todos os lados e expira, libertando-se.

Táscia desvia o olhar da cena e dá dois passos para voltar ao próprio quarto, então cai sobre os joelhos, a tontura girando-a com força.

Não há o que fazer. Está consumado, e as palavras da carta voltam a martelar em sua mente como que para lembrá-la de que não deve fazer nada, pois tudo está acontecendo conforme o planejado.

"Confie em mim. Confie em Zorak."

"Como confiar em você se partiu para a própria morte e não pude fazer nada para impedi-la?". Táscia vomita no caro tapete, afasta-se para não ver a cara dos guardas de elite que massacraram Magna e tropeça no cadáver ainda quente ao tentar voltar para os próprios aposentos. Deveria fugir. Mas a cabeça pesa como uma carroça de carga.

A gritaria continua e, tendo passado por tudo sem saber como continuar, a soldada corre até encontrar a porta dupla aberta. Quando entra e vê a cama onde dormiria com sua amada Magna nesta noite e as roupas e coisas com o seu cheiro e todas as lembranças que surgem sem aviso do baú, cai de cara nos lençóis, querendo que o sono ruim a leve de uma vez. Não lutará mais contra o peso do entorpecente, que a manhã chegue logo para poder despertar. Mesmo que seja para um pesadelo ainda pior.

* * *

Quanto Táscia acorda, não está chorando. Que Magna não a julgue por isso, ou talvez esteja agindo como ela sempre esperou. O pesadelo a carregou nos braços e a recuperou dos golpes da vigília com uma doçura indesejada. Mergulhada na dor, um lago gelado que a apunhala de todos os lados, afundada no abismo escuro pronta para se embrenhar nas trevas e não ser mais a mesma pessoa quando emergisse. Mas os seus olhos abertos mostram que não está jogada em uma prisão ou sob tortura. Ninguém veio por ela. Tudo continua como estava e isso acelera seu coração, que se debate avisando do perigo. Vê o mesmo baú mal fechado, o mesmo candelabro apagado no teto.

As coisas estão jogadas pelo chão, o tecido que envolvia a espada de Magna preso pela tampa do baú. Ouve o movimento. A casa está viva, mas menos do que deveria. Senta-se e não está mais tonta, apenas uma dor de cabeça contínua e que circunda seus olhos. Ainda presente do vinho e ao que havia nele.

Táscia pega a espada de Magna caída ao lado da cama e a saca para se certificar de que continua intacta. Está. O mesmo metal negro curvo e leve, suas letras ancestrais gravadas no meio da lâmina, a gema no punho com uma rachadura. Fica de pé, a enxaqueca martelando sem trégua, alonga os braços, estala o pescoço e se prepara para sair. Aperta os olhos com as pontas dos dedos. Vê o baú e, no chão, ao lado do pano azul que envolvia a espada, mais uma carta com o seu nome. O choro sobe entupindo a garganta, mas o engole. É difícil respirar com o peito espremido por dentro. Abre o bilhete com as mãos tremendo.

Táscia,

Eu não sei escrever. Me ajudaram a fazer isso. Sei que precisava explicar as coisas, mas não sei explicar muito bem. Meu povo sabe o que é a força e como continuar todos os dias sem olhar para trás. Sem se arrepender. É um orgulho para o meu povo não se arrepender.

Confie em Zorak, ele é alguém que você deve seguir. Uma pessoa forte que pode te ensinar o que eu não pude. Ele pode te explicar o que é o mundo melhor do que eu. Não confie nas aparências, seja sempre a minha menina. Seja humana. E não esqueça quem você é, não há como viver sem ser quem a gente é.

Eu te deixo a minha espada. Ela é uma espada mágica. De verdade. É uma espada do povo do Zorak, uma lâmina rúnica, é fácil de usar. Chama assim porque tem algum tipo de encantamento escrito dos lados. Acho que era isso. Ela pode parar a magia. Sim, a magia, a dos sombrios, como dizem na sua Terra Pátria. Mas não a use muito, ela está velha e pode machucar você. Para usar é só segurar como se fosse lutar, a sua mão toca na pedra, então deve se concentrar. É difícil explicar, mas deve tentar usar e aprender logo antes que precise disso em uma luta.

Não vou falar mais, tenho medo que outros leiam. Estou feliz por ter conhecido você e vou sem arrependimentos. A vida é uma coisa boa e não deve tentar abandonar quem você é. A sua vida é você.

Magna

E o nome da mestra escrito em uma caligrafia lindíssima é borrado pelas lágrimas. Táscia soluça, sentada no chão, geme um choro doído, as pernas moles como o tecido azul que embrulhava a espada. A cabeça latejando. Se os guardas vierem agora, estará perdida. Mas ninguém vem. Esperaria aqui para sempre até que o mundo volte ao normal, mas não pode. Levanta-se e vai até a porta, não há nenhum sinal de gente no corredor, apesar de ouvir a movimentação. Revira o baú para ver o que há de mais importante, forçando os olhos para mantê-los abertos, procura roupas que possam mantê-la aquecida em uma fuga, pensa em dinheiro e o que mais puder carregar e em sair dali o mais breve o possível.

Então alguém se aproxima. Táscia ouve passos discretos e sente sua presença. Ergue-se em posição de alerta, a dor martelando-a por dentro do crânio, esperando para ver quem é antes de lhes apontar a espada de Magna.

Homens encapuzados e cobertos por mantos negros chegam a sua porta dupla entreaberta e a escancaram após duas batidas leves de cortesia. A garota reúne toda a informação que pode em segundos. São três, altos e magros, dá para notar mesmo sob os panos, e têm olhos vermelhos e brilhantes. Magna disse para confiar em Zorak e seu povo. Precisa se certificar de que sejam eles.

O único que dá um passo para dentro é aquele que parece ser o líder. Os outros o acompanham de fora, como se não fosse uma situação de urgência. Ele vasculha Táscia com calma, os olhos vermelhos entendendo a jovem criatura através de cada detalhe que conte a sua história.

– Essa roupa L'dren... A espada... – diz ele com um sotaque sussurrante que Táscia ouviu antes, um som de segredos e ressentimentos, poucas sílabas que soam ameaçadoras. – É ela mesmo.

A garota reluta por um instante e repara no cheiro de ferro dos respingos de sangue na roupa escura dele. Foi *esse* estranho que matou Magna. Mas por que confiar nele? Isso não faz sentido. As ações de Táscia são ditadas pela lembrança das palavras de Magna, tanto na carta como no último bilhete feito por alguém que sabia que só seria lido depois. "Confie em Zorak".

– O senhor... é *Zorak*? – diz Táscia, falando baixo entre os dentes enquanto controla a respiração o melhor que pode, as mãos tremendo.

O estranho sorri ao ouvir a pergunta e, através dos seus dentes brancos como a sua pele, responde.

– Eu também sei o seu nome, Táscia Elena. Mas deixe-me dar o meu nome inteiro, como manda a cortesia. Sou Zorak N'ldir, e sou o responsável por essa nossa expedição diplomática na terra de vocês, mortais. – A palavra *mortal* nunca soou tão dura para Táscia, nem mesmo quando perdeu os seus pais. Bufa controlando a respiração ruidosa e arreganha os dentes, as pernas se arqueiam, prontas para pular no pescoço dele. Ao invés disso, fala devagar.

– Senhor Zorak... Eu vi o que aconteceu com a minha mestra. E vi que o senhor... estava diretamente envolvido no incidente.

O sorriso some do rosto de Zorak.

– Não estava dormindo, então.

– Eu despertei no começo da noite. Vai me matar? A minha mestra disse para confiar no senhor. E me perdoe se não consigo conversar como se Magna não estivesse morta em uma sala qualquer neste lugar.

Zorak olha para a noite rubra e escura através da janela.

– Magna era uma amiga. Como filha-amante dela, espero que aceite minhas sinceras condolências.

– Condolências? – Táscia balança a cabeça. – Não há mais nada que vou saber? – diz olhando-o de baixo, a cabeça inclinada. – Eu sou uma prisioneira aqui? Eu preciso que digam o que querem de mim, por favor.

– Dê-me a espada.

Táscia vê as mãos brancas como o mármore e o sorriso que não sai daqueles lábios. Confiando no que a mestra escreveu, entrega a espada devagar nas mãos do Albino.

– Senhor Zorak, vocês são imortais?

Zorak sorri mostrando os dentes, enquanto seus companheiros não esboçam reação. Despe o capuz para que Táscia possa vê-lo. E ela presta atenção o máximo que pode, como se fosse a única chance de conhecer um deles. Seus cabelos escorridos para trás são fios de pérola, tão perfeitos e ordenados que parecem de mentira, sem vida. Os olhos puxados envolvem gemas de sangue que brilham sem precisar de luz. Todos os traços de seu comprido rosto parecem esticá-lo para o céu. As orelhas pontiagudas carregam belas joias, impressionantes mesmo para quem nunca prestou atenção nesse tipo de coisa.

– É muito gentil de sua parte se referir a nós como *imortais*, não como *Albinos*, uma palavra grosseira que designa uma doença de vocês, humanos. Gentil e perspicaz, pois nos tratar de outra forma poderia lhe custaria a curta vida. Nós nos chamamos de *L'dren. Sob a sombra*, em nossa antiga língua.

A maneira como Zorak alisa a espada incomoda Táscia, é como se acariciasse algo íntimo, o próprio corpo de sua mestra. Os dois L'dren atrás dele conversam em suas palavras líquidas ininteligíveis. Um deles recebe a espada e a inspeciona, devolvendo-a para Zorak em seguida.

– Você sabe o que é esta espada, criança?

– É uma arma do seu povo – diz Táscia, olhando para a trabalhada bainha de couro.

– E é só isso que sabe? Pode dizer, está entre aliados aqui. Não sei se entende o que aconteceu nesta residência, mas ter aliados como nós será bastante importante neste momento. – Zorak observa a sua lâmina púrpura quase negra, perdido em seus belos detalhes.

– Não, eu não sei se entendo o que é essa espada – "ou o que aconteceu nesta residência", pensa Táscia –, mas sei o que ela faz. É algo que pode deter *magia.*

– "Magia"... Ilusão, em sua língua. É assim que vocês chamam o simples aspecto da Transformação das coisas, não é mesmo? Mas não se engane, criança, essa ilusão é real e, em nossa fragilidade, eu e qualquer um de meu povo seríamos facilmente destruídos por esse fluxo. E isso tudo tem a ver com a nossa amiga Magna.

– Magna disse que o senhor pode me explicar o que está havendo. Mas acho que não quero saber de magia ou da espada.

– Você está a salvo comigo. Então acalme-se. – Zorak embainha a espada. – Esta *lemm* é uma antiga lâmina rúnica e foi conquistada por sua mestra, lutou com afinco para obtê-la e por isso concedi que a possuísse. Não costumamos permitir que os nossos objetos fiquem nas mãos de humanos, é como entregar uma adaga afiada a um filhote de vocês. – Um dos companheiros sorri, o outro mantém a expressão de tédio sob o capuz.

– E eu... – diz Táscia.

– Silêncio, criança. Você é muito ansiosa. É a minha vez de falar. Mas está bem, vamos direto ao assunto, então. As investigações babelianas vão concluir que você não teve nada a ver com as atitudes de sua mestra, já que ela a dopou para cometer o ato. O que ela fez? Ela simplesmente assassinou o Duque de Zeltênia, um dos pretendentes diretos ao trono de Regente, e atentou contra a outra, a Duquesa de Enhasa. Também matou dois condes que poderiam causar problemas por estarem envolvidos demais com o domínio comeriano em Babélia. Eu sei que política é um tédio, mas você não acreditaria em como essas questões de sucessão são piores entre pessoas que não morrem com o tempo, como o meu povo. Sendo Magna a principal suspeita e tendo sido executada sumariamente por mim na presença dos oficiais e outros nobres presentes, as investigações e procedimentos serão meras formalidades, apenas questão de tempo para aplacar as dúvidas e reclamações de quem quer que conteste a decisão do Conselho: a coroação da Duquesa de Enhasa como

Regente, que deve ocorrer nas próximas novenas. No mais tardar, em uma cheia de Anmas.

– Então não sou uma prisioneira e nem uma suspeita – diz Táscia em voz alta, como se para se certificar de que é verdade.

– É bom que saiba, tenho grandes expectativas a seu respeito. Mas não é a hora de estarmos juntos. No momento a sua responsabilidade será junto dos militares, esqueça os Agentes da Paz de Babélia. Acabou a caçada aos corruptos, o maior deles está morto. Mostre as suas qualidades como líder, se é que aprendeu bem com a sua mestra. Quanto à *lemm,* respeitarei a vontade de Magna e a deixarei com você. Dependerá apenas de sua conduta para que possa mantê-la.

Zorak aponta a lâmina para o peito da Táscia e então sorri, virando-a para que possa segurá-la. Táscia a recebe e a embainha, segurando-a com carinho, vendo de relance o próprio reflexo na lâmina escura.

– Não recomendo que tente se desfazer desse artefato nem que tenha qualquer ideia que fuja do combinado neste quarto. É para a sua segurança que não a quero perto da corte babeliana. Dê graças às Deusas que não precisará estar no meio do furacão que será essa sucessão. Volte à capital, fale com a Guarda e receberá as suas ordens. Como a preferida de nossa amiga em comum, vou observá-la. Veremos se Magna estava certa sobre você. – Zorak recoloca o capuz e se vira para sair.

– Espere, senhor – diz Táscia. O L'dren para e não olha para trás. – O que será feito de Magna?

– Ah, sim. O corpo dela está à sua disposição para que possa dar-lhe um funeral digno. Mas esteja ciente que o corpo de uma sósia será levado à capital e pendurado para que seja observado pelas pessoas como a traidora que tentou acabar com os candidatos a Regente de Babélia.

O sangue de Táscia some dos membros e as pernas bambeiam, a tontura a atinge forte. Ajoelha-se e começa a gemer, chorando de novo.

– Por que me pede para atuar bem agora? – fala entre as lágrimas, com a voz embargada. – Não posso entender o que está acontecendo? Tenho sempre que ficar no escuro sobre tudo?

– Soldados devem seguir ordens. Em uma guerra e na política, a informação transmitida é só a realmente necessária.

– Mas não há nada que eu possa saber? Qual é minha missão...

Zorak vira um pouco e olha Táscia de soslaio.

– Eu ainda não confio em você o suficiente. Não sei o que merece saber. Mas, já que insiste, eu devo lhe perguntar. O que você está fazendo aqui no meio de espadas e bem-nascidos?

Táscia se lembra dos olhos complacentes de Magna quando ainda tinham vida. A maneira como suportou quando foi perfurada pelos guardas. A cabeça gira e as palavras da carta são ainda mais confusas, as suas poucas e belas palavras escritas com a caligrafia de outra pessoa. A espada que não compreende, importante o suficiente para trazer Albinos, não, os L'dren, à sua presença. Faz tão pouco tempo que era parte dos Agentes da Paz de Babélia sob a Guarda Real e agora deve servir a pessoas que nunca viu antes. Só queria tempo para o luto da sua mestra, mas a vida a põe de pé, manda-lhe que enxugue as lágrimas, enterre-a e exige que esteja pronta para continuar cumprindo ordens. Tudo isso pensou nos poucos segundos que se seguiram à pergunta de Zorak.

– O que eu quero é entender a verdade do que move o mundo.

O líder L'dren se vira para ver de novo a garota. Os cabelos loiros soltos e bagunçados emoldurando o rosto quadrado e belo, salpicado de sardas que já despontam pelas falhas da maquiagem manchada, os olhos duros encarando alguém que viveu milhares de neanos sob a testa franzida, os lábios colados. A postura digna de uma soldada, ainda que sob dor.

– Isso deve bastar, por ora.

Zorak sorri e, com uma pequena reverência, vira e sai pela porta dupla, que seus seguidores fecham com cuidado. O barulho da fechadura ecoa pelo quarto onde dormiria a ex-comandante Magna pela última vez em vida.

FIM DA PRIMEIRA PARTE

Zorak N'ldir

PARTE II
TRANSFORMAÇÃO

7

Táscia se ajoelha, acomoda-se com a coluna ereta, disciplinada mesmo quando deve se abrir como um livro para que seja lida, compreendida e perdoada.

A respiração da mãe do outro lado da grade de madeira é ruidosa, confirma a identidade de sua ouvinte, confere-lhe a paz esperada.

Neste espaço fechado, as velas que bruxuleiam devagar do lado de fora não entram. A luz que vaza pelas frestas contorna a caixa onde se enclausura para poder falar sem reservas. Um local seguro.

– Mãe, perdoa-me, pois pequei.

– Que a Deusa lhe abençoe, minha filha.

Com os olhos baixos para dentro do escuro, Táscia suspira e fica em silêncio, sabendo que a sua interlocutora aguardará com paciência para quando estiver pronta.

– Eu não sei o que fazer – diz, e o ar que enche o peito lhe estende as costelas, fecha os olhos com força como se quisesse conter os sentidos.

– Diga-me o que te aflige, criança.

Lembra-se de quando primeiro feriram Magna, o corpo perdendo a potência, as pernas falhando e se dobrando para ser então atacada de todos os lados, e logo o fim.

As lágrimas não demoram e, sem mudar a expressão, Táscia as sente correndo pela pele sardenta das bochechas, a testa franzida sob a bandana.

– Eu acho que vão me fazer enfrentar os tribunais do reino. – Por formalidade ou não, a ideia ainda incomoda Táscia.

A mãe anui e inspira o ar com calma.

– Fez alguma coisa de que podem realmente acusá-la?

– Não.

– Então sabe que a Mãe a livrará de qualquer punição.
– Mas quem vai me punir por *não* ter feito o que deveria ter feito?
A sacerdotisa não demora para responder.
– Somente você mesma.
Táscia entreabre os lábios, expira através dos dentes à mostra.
– Não vou negar que o que eu queria era ser julgada em praça pública, ser pendurada como uma traidora no lugar dela, pagar pelo que querem que eu pague e assim não ter que conviver com o encaixe das peças desse jogo doente.
– Porém não fez nada. Do que quer se julgar?
– Eu não sei – Táscia enfia a cabeça entre as mãos, esfrega os olhos. Solta o ar ruidosamente. – As sombras. Querem que eu mergulhe nas sombras.
– Como agora?
Táscia olha pela grade, tentando encontrar o rosto do outro lado. Fecha os olhos e vê o corpo de Magna sem a sua armadura e espada, mas em uma bela roupa L'dren parecida com a que vestiu na noite fatídica da reunião. Não deixaram que ficasse com ela quando atearam fogo, não pôde ver sua carne se desfazendo e nem tomar suas cinzas para espalhá-las. Os imortais lhe concederam a honra de um funeral L'dren, mas sem a presença nem mesmo da sua filha-amante. Não aceitou, mas teve que cumprir do mesmo jeito. Imagina as cinzas da mãe-amante espalhadas em um lago quieto em uma manhã de Sarali brilhante, sem vento. As libélulas circundando os flocos que flutuam na superfície da água.
Desperta dessa visão com a voz que sussurra.
– Agora estamos nas sombras – diz a mãe. – E é por estarmos aqui que a luz que está do lado de fora nos preenche e causa grande prazer quando abrirmos essas portas. – Então ela abre a grade e pode ver a moça piscando devagar os olhos molhados. – Táscia. Eu ouço suas confissões desde que você era uma menina estrangeira que andava com os soldados. Muito antes de enfrentar os bem-nascidos e poderosos deste reino esquecido do mundo. Você carrega um terrível medo que pode paralisá-la e te corroer por dentro e ainda assim você continua. Persiste. E hoje tem a atenção desses senhores todos.
– Eu estou falando das sombras de verdade, mãe. Aqueles que moram nelas estão aqui. E eu… Eu estarei com eles.
A velha olha para cima por alguns instantes. Balança a cabeça.
– Não vou tentar entender o que há nisso que me diz, pois não é necessário. As nossas companhias podem nos influenciar, é verdade, mas você já passou por tanta coisa. Tentaram te comprar com ouro,

com nomes, com tudo, e você se manteve firme. Não há por que agora ser diferente.

– Mas agora eu estou sozinha – Táscia geme e começa a soluçar. – Eu estou sozinha.

A mãe estica a mão e toca no rosto molhado de Táscia.

– Não está sozinha. A Mãe te vigia, ela te acompanhará e iluminará o seu caminho ainda que vague pelas sombras. E eu estarei aqui, como sua serva, para te ouvir, filha.

– Promete que poderei sempre te ouvir?

– Claro. Enquanto me for permitido pela luz. – Notando o suspiro e os olhos cansados de Táscia, a sacerdotisa continua. – Agora vá. Entendo que não está pronta para me falar abertamente sobre sua aflição. Abrace sua dor, não a ignore, mas não deixe que os dias te prendam nesse castigo autoimposto. O que quer que tenha acontecido não foi sua culpa.

Táscia, de olhos fechados, aproveita mais um pouco o toque da querida mãe do Templo e, descolando o rosto da mão dela, cumprimenta-a e sai do confessionário.

* * *

Em uma manhã fria e nublada, a luz de Sarali entra difusa pelo vitral que ilumina o centro do templo, o maior da cidade, que abriga a Cadeira da ex-Supervisora de Babélia, morta dois dias atrás como consequência do incidente da casa do Marquês de Bervênia. Ignorando a sua ausência, todas as pessoas importantes que não foram presas, executadas ou expulsas por estar mancomunadas com o Templo ou os Três Reinos vestem roupas pesadas e pomposas, sustentando posturas rígidas e solenes que tornam insuportável o calor ambiente.

Táscia aguarda inquieta, vestindo a armadura de Magna sobre o uniforme das cores celestes que remetem a Arcádia, a lâmina dos L'dren pendendo de sua cintura. Cabelos presos em uma longa trança, chapéu tricorne azul-escuro com uma longa pena laranja projetando sombras em seus olhos. Ela fixa o olhar nos nobres militares fardados que seguram o objeto ao qual conferirão as honrarias da manhã. Então se ajoelha e encara o chão, sendo acompanhada por toda a audiência, que se divide formando um longo corredor que culmina no altar central.

A Rainha de Babélia, Leene, A que Corre pelos Sonhos, entra conduzida na cadeira de rodas, seu olhar perdido procurando as Mães nos afrescos da cúpula. Ostentando a sua dourada e delicada coroa nos finos cabelos azulados e claros, coberta em um vestido da cor do céu do dia. O rosto distorcido pela paralisia em um acidente durante o cultivo em Mammon, seus braços e pernas atrofiados dando-lhe uma aparência de eterna repugnância pelos teatros dos conscientes.

Atrás dela vem a irmã que é a nova escolhida pelos nobres e financiadores da coroa local. A Duquesa de Enhasa tem os cabelos azuis claros compridos e volumosos, sua beleza sendo o exemplo bem-sucedido da criação na Máquina, detentora do conhecimento de muitos neanos. Em seu peito, um pingente brilha por um instante, refletindo as luzes. O líder dos imortais, Zorak, chega em seguida, armado com sua vestimenta especial para sobreviver ao dia. Sua marcha rouba as vozes cochichadas e mesmo o som da respiração dos presentes. Para no centro da luz circular de Sarali e olha para cima, abrindo os braços negros de metal. Como se aguardassem a sua presença, as nuvens se dissipam e o dia ensaralado o banha, para assombro de todos que mal conseguem conter as interjeições, reerguendo-se após a longa reverência à monarca.

Táscia franze a testa e cruza olhares com Pyro, que está do outro lado do corredor, junto dos maiores titulados, vestido com sua ardente armadura carmesim sobre a farda babeliana. Sustentando o desafio do desdém até que o arcadiano desiste, Táscia se volta para a cerimônia. Agora a Duquesa de Enhasa se reergue diante da irmã e toma uma coroa menor oferecida por um jovem oficial que a mantém sobre uma almofada ornamentada. A peça possui em seu centro uma longa ponta voltada para o céu, representando a Torre de Babel. Ao contrário do que seria o costume, a Duquesa não recebe a sua coroa da Supervisora, pois não existe mais a autoridade do Templo no reino. Simbolicamente a coloca sobre a própria cabeça, diante de todos, para depois devolver o ornamento ao seu descanso. Seu pingente brilha no momento em que a joia real se aproxima. Ao longe, uma sacerdotisa paramentada que Táscia não reconhece acena com um gesto dando a bênção ao ritual.

E assim é coroada a nova Regente de Babélia. Intitulando-se Mãe-regente, como manda a antiga tradição arcadiana, a Duquesa de Enhasa iniciará uma nova era do pequeno reino que sobreviveu à maldição da queda há centenas de neanos.

Um calafrio corre por todo o corpo de Táscia, que, sem mexer a cabeça, olha para a arma estranha que carrega em sua cintura.

2

A CIDADE VELHA do reino de Babélia é um monumento à derrota dos mortais na tentativa de acessar os conhecimentos proibidos além da Porta da Verdade. Mas ainda é uma das mais incríveis obras arquitetônicas realizada pelos humanos. Os prédios que sobreviveram à destruição do mundo, inspirados pelos ensinamentos dos Alvos, são poucos, mas sua alvura e delicadeza das formas compridas e curvilíneas salpicam a paisagem em ruínas ou raras estruturas intactas nas regiões mais afastadas do centro, tendo a sua presença aumentada e mais constante em volta do Palácio Espelho, a residência real.

– Agradeço a todos que se esforçaram para atender a este convite inesperado e deixaram suas terras e obrigações para se deslocar até aqui em um tempo de provação – a recém-coroada Regente perscruta os olhares de desaprovação e curiosidade em sua seleta plateia.

Diante da Duquesa de Enhasa estão os representantes convocados para a assembleia de três classes no salão circular do prédio que brilha no meio de Babélia como se fosse um pedaço de Sarali na terra. Sob a cúpula envidraçada que deixa a luz do dia entrar no enorme ambiente, a Regente está de pé em frente ao trono da Rainha, que olha perdida para o lado sem mover seus membros entrevados. Mais atrás estão Pyro e outro arcadiano paramentado da guarda real, e próximos estão os L'dren, quietos como estátuas em suas vestimentas especiais, armaduras negro furta-cor e capacetes de âmbar transparentes. Os bem-nascidos ocupam um terço do recinto; sacerdotes são pouquíssimos, não chegam a uma dezena, vestindo agora não mais o roxo do Templo, mas o azul-claro e o branco dos Mantenedores das Artes de Mammon. Esses são aqueles que não foram escorraçados e aceitaram a conversão ao regime arcadiano para manterem seus privilégios. Por último, os burgueses, representantes das guildas e corporações que, em sua absoluta maioria, ocupam mais da metade da audiência que circunda os pisos de mármore brancos e azulados que recebem a bênção da Mãe do Dia.

Táscia encara da janela de seu apartamento as torres altas ordenadas em volta da grande cúpula arredondada da morada real, revestidas com cristais em pó que fazem toda a estrutura refletir a luz de Sarali e ser vista de longe como parte que foi de Arcádia. Mesmo que naquela época, mais de quatrocentos neanos atrás, o hoje Palácio Espelho fosse apenas a residência de um escolar graduado que participou da construção da torre idealizada pelo grande Babel. Seus pináculos, que serviram como canalizadores de fluxo, não atendem mais a esse propósito depois da queda e a lenta restauração.

– Esta é a terra do sonho humano, a morada da ascensão – continua a Regente, deixando a área mais alta perto do trono para andar diante da sua plateia, arrastando seu vestido de tecido fino. Quando Pyro e outro cavaleiro fazem menção de segui-la, ela acena para que fiquem. – Este é um prédio restaurado, é verdade, mas representa a importância da era em que viveram as mais brilhantes mentes mortais que habitaram sob as Mães. Arcádia foi a ponte que poderia nos levar ao outro lado, onde estaríamos mais próximos da sabedoria e grandeza que nossos tutores primogênitos ofereceram por tanto tempo. Só que hoje os Alvos nos ignoram ou controlam corações e mentes de pessoas que, como eu, viveram neanos de sonhos intranquilos nas máquinas de Mammon para que a busca pela ascensão não fosse esquecida por fim.

"Se seguíssemos a vontade deles, estaríamos presos a essa terra para sempre, sendo que o próprio símbolo de nosso reino é a ligação entre a terra e o céu. Está nas cores da bandeira de Arcádia, o roxo das lavandas embaixo e o azul-claro em cima como o de um dia pleno sob Sarali. Bandeira que tinha nos sido proibida de hastear."

E, virando-se para os L'dren, Enhasa faz uma reverência.

– Porém há entre os primôgenitos aqueles que não se esqueceram do amor pela evolução das coisas viventes. Em nome de Babélia e o que esse reino representa, agradeço aos L'dren, o povo que vive no mundo sombrio mas hoje se dispõe a andar ao nosso lado diante da opressão desses Três Reinos adotados e controlados pela vontade dos Alvos. Se for feita a vontade de seus irmãos que caminham na luz, ficaremos para sempre cercados e obedientes como gado que criam e cujas vidas e mortes decidem nos seus salões dourados e iluminados!

"Mas não foi para isso que despertei de Mammon. Então digo: basta."

Os representantes se remexem e cochicham enquanto a Regente mantém o silêncio de propósito. Volta a falar.

– Entendo que para alguns de vocês o nosso rompimento com o Templo possa ter sido inesperado, mas garanto-lhes que tudo isso tem a ver com o fim de nossa infância. Da mesma forma que me ergui de um ventre mágico para voltar à vida, entendo que ocorre o mesmo à nossa amada pátria, Babélia. Antes endividada e subjugada a Coméria, um reino que deveria ser nosso irmão, e não nosso senhor, dobrada e enfraquecida por essas líderes de uma religião manca que trata as Mães de forma desigual, pois privilegia o culto ao dia. Nós, que somos os herdeiros do maior conhecimento humano, hoje aceitamos uma visão distorcida como essa de nossa terra?

"Então, irmãos e irmãs, representantes das três classes que possuem voto em nossa assembleia, este é o anúncio de importantes mudanças para o posicionamento de nossa nação.

"A primeira já é fato consumado, não haverá mais em nosso território a presença dos sacerdotes do Templo. Concedemos salvo-conduto aos religiosos que não se opuseram à decisão de transferência das posses de imóveis, terras e outros bens à coroa babeliana. Recursos importantes que ajudarão a manter as reuniões de inspiração aos fiéis, obras de caridade e auxílio aos necessitados e passarão a ser incumbência dos Mantenedores de Mammon, a ordem que acompanha a linhagem arcadiana que perdurou por séculos mesmo após a queda. – E virando-se para onde estão os poucos homens e mulheres sacerdotes que serviam ao Templo: – Estou muito agradecida aos senhores que abraçaram as cores e causas de nossa obra. Sendo assim, anuncio também que o voto concedido à classe dos sacerdotes agora será exercido pela coroa. Sob a bênção das Deusas, vamos triunfar."

Os agora Mantenedores de Mammon curvam-se, aliviados por manterem suas cabeças e gordos privilégios por mais um tempo. São eles aqueles agraciados por cargos e oportunidades nunca antes possíveis sob o jugo do Templo. Os humilhados agora exaltados.

– A segunda mudança é que foi expedida a convocação às armas para todos os titulados de nosso reino. – Há grande inquietação, os sussurros e conversas paralelas sobem bastante, mas cessam ao pedido de Enhasa.

– Por favor, me ouçam. Muitos nobres estão prestando contas por ações que feriam os interesses de Babélia. Negócios escusos, sonegação de impostos, alianças com aqueles que só se beneficiam da nossa fragilidade. Algumas dessas pessoas fugiram para debaixo da saia dos seus verdadeiros senhores, mas outras serão julgadas e condenadas. Porém o que posso garantir é que suas propriedades e bens foram confiscados e os seus títulos serão transferidos aos bem-nascidos fiéis ao nosso reino. É de nosso interesse que as terras nobres permaneçam assim, mesmo que nas mãos de novos e honrados portadores. E contaremos sempre com o seu voto nas assembleias especiais como essa.

Expressões de alívio, tapinhas no ombro e empurrões amigáveis entre os nobres menos elegantes.

– Iremos às armas, irmãos nobres, primeiro contra os rebeldes e malfeitores que ainda se aproveitam do que pensam ser desorganização nossa. Mas mal sabem eles que estamos prontos para revidar e restaurar a ordem e a paz babeliana.

– Conte com minha espada, Vossa Graça! – grita um fidalgo gordo e empolgado, seguido por alguns incentivos esparsos.

Enhasa faz uma curta reverência e se volta para a maior parte dos presentes.

– A última mudança concerne à grande maioria hoje presente aqui. As guildas e corporações que mantêm o nosso reino funcionando, as engrenagens da vida dos babelianos, agora poderão contar com empréstimos incentivados por uma nova instituição fundada em parceria com os nossos antigos aliados, os L'dren. – Cabeças e olhos, em maioria burgueses, se viram para encarar as quietas figuras negras atrás do trono. – Este será um banco formado especialmente para que possam ampliar seus negócios, com taxas de juros muito baixas, exclusivo para as empresas domiciliadas em nosso território. Gostaríamos sempre de contar com o seu voto e a sua diligente dedicação ao crescimento de Babélia.

Mais comoção. A Regente deixa que absorvam as suas palavras, que encobrem o clima de apreensão anteriormente causado pelo anúncio aos bem-nascidos.

– Se me permite, Vossa Graça – uma voz rouca e alta ecoa pelo salão cheio. É um dos líderes das corporações.

Enhasa acena para que continue.

– Bem, nós temos negócios com muitas praças e há compromissos assumidos com banqueiros como os Espendi e os Gabbiani. Apenas queremos estar certos de que...

– De que o comércio e o dinheiro continuarão a circular? – interrompe-o a Duquesa de Enhasa. – É evidente que sim. Como sempre, as entediantes discussões nos salões dos governantes não devem atrapalhar a vida das pessoas comuns. O nosso papel por aqui será sempre o de garantir que tenham existências confortáveis e felizes. Assim nos deixam governar em paz.

As risadas começam tímidas e logo se ampliam. Param ao verem a mão erguida da Regente.

– Apenas lhe peço isso, meus estimados líderes. Cumpram o seu papel, nós cumpriremos o nosso. O povo terá religião, segurança e prosperidade. E dessa forma seguiremos fazendo uma Babélia cada vez maior, vamos reviver o sonho humano e atingir aos céus. Que as Deusas nos permitiam.

Nesta manhã, as mudanças são aprovadas em unanimidade com os três votos.

Em volta da residência da Rainha Leene, os muros são como os que se encontram em qualquer lugar da Terra Pátria, prédios e ruas pavimentadas construídas sem a orientação dos L'dren. Babélia é uma pintura que explicita a diferença entre a arte humana e a dos primogênitos. E mostra a nova vida guiada não pela busca incessante pelo conhecimento, mas à submissão ao poder dos céus que quase os aniquilou.

Táscia fecha a janela e sai de casa, tranca a porta e desce as escadas até sair ao lado da sobreloja de um vendedor de castanhas na rua paralela à Praça da Ressurreição. Está armada e pronta para formalmente ter a sua audiência com a Regente, a Duquesa de Enhasa, e a Rainha Leene. Talvez receba a notícia de que deverá depor como possível cúmplice de Magna, traidora do reino executada em flagrante por assassinato de membros do Conselho.

Fecha os olhos devagar ao tocar o punho da espada mágica da mestra em sua cintura. Isso acalma o seu coração, ainda que o peso também encha a sua alma de dúvidas. Atravessa a rua desviando-se dos transeuntes e carroças barulhentas.

* * *

Os guardas babelianos não são empecilho, reconhecem Táscia como igual, uma agente das investigações para a libertação do reino de seus sanguessugas. Porém recebe alguns olhares tortos por ser a viúva da ex-comandante Magna, a criminosa pendurada em praça pública por mais de uma novena antes que fosse descartada. Com o auxílio dos militares, é entregue a criados que a levam não até a sala de audiência, mas ao próprio escritório da Duquesa. Então é convidada a entrar.

– Táscia Elena, Agente da Paz de Babélia– anuncia um criado com solenidade, discretamente sumindo em seguida como se se fundisse às paredes.

A jovem entra devagar, mãos para trás, vestida com a farda completa, calças justas, botas longas, dragonas sobre o casaco azul claro mas sem a armadura de Magna, que ainda está no ferreiro para o conserto após o derradeiro combate. Então estende os braços formando um círculo com as mãos, e curva o corpo em uma reverência, apresentando as armas à Regente de Babélia.

– Uma soldada tem uma audiência com a Regente da orgulhosa

nação de Babélia? – pergunta um homem gordo, vestido em luxuosas roupas púrpura de veludo bordado e um chapéu ornado por penas amarelas.

– Embaixador, sou uma mulher que honra aqueles que defendem os nossos ideais – responde Enhasa com um sorriso no rosto.

– Vossa Graça, se cheguei adiantada peço desculpas – diz Táscia olhando para o chão.

– Você ficará onde está, e aguarde que já vamos falar – diz Enhasa, cotovelo apoiado na mesa de ébano sobre vários papéis que esperam a sua atenção. – Estou terminando com o Embaixador de Coméria.

Táscia presta atenção no homem que representa os opressores de Babélia.

– Esperava terminar essa audiência com mais privacidade, Vossa Graça.

– Essa é uma serva de Babélia, tenho absoluta confiança em sua lealdade.

O Embaixador bufa, faz uma curta reverência e não sabe se anda ou se fica parado.

– A minha esperança, veja bem, era poder deixar Babélia com previsões melhores... Eu diria que as nossas negociações que estão em andamento poderiam talvez estar apalavradas, ou discutirmos os termos... Sua Majestade, o Rei de Coméria, seria sensível à possibilidade de Babélia se tornar...

A Regente o interrompe.

– Não precisa dizer mais, Embaixador. Sei que minha irmã mais velha sempre se mostrou disposta a negociar com Coméria, e felizmente posso lhe assegurar que iremos honrar o compromisso assumido. Tesoureiro, por favor, anuncie os detalhes técnicos.

Toma a frente um homem de pincenê que parecia nem existir minutos atrás. Ele tem os cabelos ensebados e a sua voz não soa diferente.

– O Reino de Babélia, herdeiro das glórias do passado, representado aqui por...

– Vai logo – diz a Regente.

– Muito bem. Vamos pagar a dívida em ouro, conforme estabelecido por Coméria, mas esse saldo será quitado em um neano, e cada uma das dez parcelas será depositada na filial do Banco Espendi de Coméria, no final da primeira novena de cada cheia-da-noite. Os juros considerados serão sobre as coroas babelianas, naturalmente, e a partir delas recalcularemos o ouro a ser pago. Claro que convidamos os funcionários e contadores de Coméria para acompanhar o processo e...

– Isso é um ultraje! Vossa Graça contraria demasiadamente a boa vontade não apenas de Sua Majestade, o Rei de Coméria, mas da Aliança dos Três Reinos, que nos agraciava com a sua bênção para que as negociações fossem feitas conforme o combinado!

– Olhe o tom ao se dirigir a nossa soberana, comeriano – diz Táscia, pensando na ironia do nome do banco citado.

– Ora, sua cadela...

– É o bastante – diz a Regente, e o silêncio é imposto entre respirações nervosas. – Por favor, Embaixador, tenho certeza que o senhor concorda que nesse ânimo não chegaremos aos melhores termos. Peço-lhe que leve isso a Coméria e insisto que se sensibilizem com a nossa vontade de resolver as pendências o mais breve possível. Agradeço-lhe a visita. – E, falando alto para ser ouvida pelo criado e pelos guardas do outro lado da porta: –o Embaixador está de saída.

Táscia observa o homem sair bufando com a mão apoiada no punho da espada de Magna.

– Vossa Graça precisará de minha presença? – pergunta o tesoureiro.

– Não. Agradeço. Em breve teremos que discutir a continuação dessa negociação.

– Que a Deusa ilumine Vossa Graça. – Ele faz uma reverência, mostrando a calvície no meio dos cabelos ensebados. E sai.

Táscia olha para a Duquesa de Enhasa e já a considera uma soberana mais digna que a sua antecessora, se é que poderia acreditar nas constantes queixas de Magna.

– Enfim sós.

– Vossa Graça – Táscia faz uma reverência.

A Regente se levanta e vai mexer na estante onde livros mais antigos que a Terra Pátria estão dispostos sem ordem aparente.

– Você lê?

– Não sei ler muito bem, Vossa Graça. Só umas poucas coisas.

– Estes livros aqui são da época de Arcádia. Já ouviu falar na antiga cidade?

– Sim.

– Então sabe que a nossa derrota foi por termos desejado o céu. O conhecimento que mora acima da terra. E aqui tenho alguns tomos que nem os mais versados engenheiros e doutores de Babélia podem interpretar. Gostaria que eu te ensinasse a ler? Posso te oferecer ótimos tutores se isso te faz falta.

Táscia se remexe um pouco, olha para o lado, permanece quieta.

– Por favor, fale à vontade. Você era a preferida de Magna, e entendo que seu relacionamento ia além do profissional. Mas parece que os próprios L'dren confiam em você como a sucessora da nossa general. E é por isso que te concedo esta audiência.

– Eu sou apenas uma soldada. Eu não tenho utilidade para leituras e livros. Eu preciso é cumprir as missões que me são dadas.

– Bem, acho que a leitura é importante. É a melhor fonte de conhecimento que temos depois da experiência de vida.

– Dessa eu já sou doutora.

– Ótimo – a Duquesa solta uma pequena gargalhada, deixando de mexer nos livros e virando-se para olhar a guerreira nos olhos. – E por que serve em nosso reino, sendo que não é daqui? Eu sei que veio de outra terra há muitos neanos, então pode ficar despreocupada e vamos nos falar de mulher para mulher. Quero entender por que lutaria pela nossa causa, já que sabe que as tensões com a Terra Pátria vão desembocar em uma guerra, muito em breve, depois da expulsão do Templo.

A palavra *guerra* não incomoda a soldada.

– Magna também era estrangeira e foi morta por ter assassinado os zeltenistas e atentado contra a vida de Vossa Graça – diz Táscia sem olhar para a Regente, o olhar perdido no teto.

– Sim, mas fui defendida pelos nossos aliados. Sobre Magna, ainda que fossem nossos adversários políticos, ela atentou contra líderes do Conselho e membros do parlamento babeliano. Não seríamos uma nação séria se desconsiderássemos isso.

– E mesmo assim Vossa Graça fala dela com carinho, se me permite o comentário – Táscia mantém os olhos fixos no delicado pingente prateado que a arcadiana carrega no peito.

A Regente observa a ousada jovem por alguns instantes em silêncio. Toca na joia em seu peito e sorri.

– É uma bela peça, não? É mais uma parte das pequenas mágicas que o conhecimento dos antigos nos dá. – Ao que Táscia não diz nada, apenas desvia o olhar, desconfortável. – Mas responda à minha pergunta de antes. Por que serve em nosso reino?

– Eu sirvo por gratidão – Táscia responde sem hesitar.

– A quê?

– Por me terem dado uma nova chance. Se hoje posso ter uma função no mundo é graças a Magna e ao reino de Babélia.

Enhasa aperta os olhos para enxergar melhor o rosto dessa mulher jovem.

– É importante que eu lhe diga de uma vez que não corre qualquer perigo.

– O que Vossa Graça quer dizer?

– Quero dizer que não haverá qualquer inquérito ou acusação contra você por ter sido a companheira de Magna. Não há suspeita de que você era cúmplice dela.

Essas palavras ecoam as promessas de Zorak e provocam um suspiro longo e indiscreto de Táscia, que olha para o chão sem saber como reagir.

– E queremos poder contar com você – continua a Regente – para continuarmos limpando nossas terras e recuperando nossa independência. Mas é fato que não temos como compensá-la tão bem. Nosso reino está falido e já temos abusado da ajuda dos nossos amigos das sombras. E acho que estar do lado contrário à Terra Pátria não é onde uma boa soldada quer estar.

– Vossa Graça se decepcionará comigo se espera que isso me tire o ímpeto – Táscia mantém um pequeno sorriso dos lábios.

A Regente também sorri, extravasando o ar preso pela tensão.

– Eu sei que abuso do seu bom humor, garota. Mas acredito que enfrentar essa imposição de Coméria é retomar um pouco da glória que Arcádia representa para os humanos. Vamos, converse comigo à vontade. Não quero formalidades aqui.

– Olha...

– Diga.

– Eu... Eu entendo que Vossa Graça possa se dar ao luxo de enfrentar a Terra Pátria pela ajuda dos L'dren. Mas acho isso temerário, porque, a não ser que os imortais façam a linha de frente, vamos ter muitas casualidades e perda de recursos.

Mantendo o sorriso no rosto, Enhasa estende a mão com a palma da mão virada para cima.

– Continue.

– Acho que – Táscia inspira fundo –, independente da origem dos povos e as glórias que os seus líderes lembrem, muitos só querem continuar as próprias vidas, dar comida para as famílias.

– Então você desaprova que Babélia enfrente a Terra Pátria em nome da sua autonomia.

– Vossa Graça terá todo o meu apoio. Darei a minha vida por isso.

– Não entendo, por que o faria?

– Porque eu não vejo sentido em uma ação militar como essa. Seria suicídio político, já que o rompimento com o Templo e essa campanha vão isolar ainda mais o nosso reino das relações com os mais abastados. Por isso tenho certeza de que essa investida é o que chamamos de *distração* no vocabulário militar.

Satisfeita com o que ouve, o canto da boca da soberana treme, desembocando em um sorriso que lhe revela os dentes brancos.

– O que quero dizer, Vossa Graça – continua Táscia –, é que não me importam os motivos que me derem. Eu vou segui-los porque eu quero descobrir a verdade por trás disso tudo.

– A verdade? Não acha que ela é muito relativa ao ponto de vista de quem a enxerga?

– Sim. Por isso rejeito a que me dizem. Eu mesma quero poder vislumbrá-la.

Duquesa de Enhasa

3

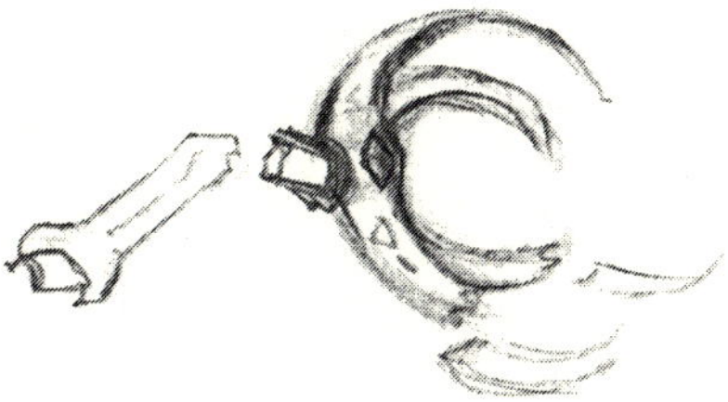

VIRA-SE PARA UM lado e então para o outro. Sente o tecido com a ponta dos dedos e se perde imaginando qual a origem do pano, qual o processo usado, se a padronagem pode ser reconhecida pelo tato calejado, suas mãos já há muito sem qualquer habilidade para isso. Seria lestiano, das grandes casas que ditam as regras e as tendências da tecelagem na Terra Pátria, ou cidanense, tratamento mais simples e barato da linha, que torna a textura menos suave ao toque.

Suspira, olha para o teto. Tudo nesse quarto cheira a ela. De olhos fechados, imagina que está ao seu lado. Lembra-se de quando a cobria de beijos ou quando se deitava em seu colo e esquecia de tudo o que achava que estava fazendo da própria vida. Nada a conforta.

A lembrança de seu toque é mais terna que excitante, aquelas mãos calejadas há muito mais tempo que pediam o seu corpo e obedecia a ela e à gratidão que mandava ceder.

Seus dedos agora marcados pelo treino, pelo tempo, exausta de tristeza, quer o consolo do sono e a esperança de acordar limpa para o novo dia. Exaurir-se nos espasmos da própria carne e suspirar livre. Estica a mão e afasta a camisa de baixo para que não a atrapalhe. Atravessa os pelos e o próprio toque tão pouco familiar encontra a umidade. Sente-se por dentro, mas o calor é mórbido e sufocante. A sensibilidade é repulsiva, invasora da própria paz. Nem o choro adianta, pois a lágrima também seca com o contato da pele. Sozinha nunca será plena.

Envergonha-se do próprio cheiro e se limpa nos lençóis que as cobriram tantas vezes.

O dormitório sem quadros e adereços porque Magna era uma reiliani, não viveria com mais que apenas o necessário. E porque para Táscia não há lembranças que queira carregar para o presente.

Acaricia a própria cabeça, brincando com o suor da testa que se prende na imperfeição da pele agredida há tanto tempo.

Levanta-se e vai até a mesa da sala, corta um pedaço de um queijo de cabra dorfe. Come a iguaria rara que atravessou os bloqueios comerciais que já se impõem cada vez mais evidentes e isolam o pequeno país, contrabando delicioso, sempre foi o seu favorito.

Com o pedaço de queijo nas mãos, pega os dois livros na velha estante vazia. Um deles é o poema da libertação de Pietru Negro, o líder salvador dos homens após a Luz do Julgamento, quatrocentos e tantos neanos atrás. Magna ganhou isso quando foi para a Cidade Vidente e nunca leu uma palavra. Primeiro porque não entendia, era analfabeta, e segundo porque, mesmo se conseguisse ler, religião a enfadava demais. Sempre implicou com as idas constantes de Táscia ao Templo e o circunfixo era proibido em casa. A jovem abre o outro livro, mais um presente da sua mãe-amante. *As andanças de Maturo*, exemplar contemporâneo, impresso pelas oficinas comerianas, os inimigos que lhes fazem fronteira, vindo da biblioteca particular da Duquesa de Enhasa antes de ser Regente. Outra demonstração do inestimável afeto que a nobre arcadiana tinha pela guerreira. Táscia se lembra de como a jovem mulher de cabelos azuis e cheios se sentiu exposta quando apontou que falava com carinho de Magna mesmo após citar sua traição na mansão. Suspira e folheia as delicadas páginas, aperta os olhos e solta um muxoxo por se dar conta de quão devagar decodifica as palavras. Balança a cabeça e solta o ar, envergonhada por mal entender uma simples sentença impressa.

"Maturo dormia exta... siado (o que é isso?) pelos frutos azuis, rodeado de fadas que dançavam em sua volta... rindo de sua ino... cência quanto às coisas mágicas do mundo."

Táscia olha através da janela e enxerga o Palácio Espelho avermelhado na noite. Este é um pedaço da cidade que um dia abrigou a porta da verdade. Só há pessoas normais tentando ganhar a vida, mesmo com os preços caros do embargo de Coméria.

No fim a maior parte dos que vivem seus dias sob as deusas, aqui e em qualquer lugar, nunca saberá os mecanismos que movem o mundo. Porém, manchada que está desses fatos, Táscia aperta os dedos nas palmas das mãos e respira entre os dentes, agora quer ir até o fim para ao menos entender por que maldita razão tem que estar sozinha de novo. Nunca teve muitas conversas com Magna, não era afeita a filosofias e suposições, só acreditava na disciplina, no cumprimento de ordens e no peso das armas contra quem fossem os seus inimigos.

"Que assim seja, minha querida mestra. Mas ainda não vejo sentido em nada disso tudo, para mim vivem todos tentando criar razões que justifiquem o absurdo. Só que vou avançar sem fraquejar até o fim."

* * *

A taquicardia aumentando, Táscia está diante da catedral do Templo da Mãe da Luz no meio da Praça da Ressurreição. Se por um lado não precisa mais conviver com a imagem da carcaça da sósia de Magna pendurada nela, já retirada e descartada, agora convive com outra angústia. Respira fundo, transmite controle para cada extremidade de sua carne, protege-se no foco de cumprir o que lhe foi pedido. Em sua mão direita, a espada de Magna desembainhada.

É muito cedo nesta manhã do Dia de Sarali, há até um pouco de neblina que diminui a visibilidade, e as mulheres e homens que comanda, sete soldados no total, partem para cumprir as ordens designadas, guardar as portas de saída da frente e dos lados da casa sagrada.

Táscia cuidará da saída dos fundos sozinha. E foi o melhor que pôde conceber em tão pouco tempo de preparo. Há cerca de uma hora e meia, recebeu, assim como outros Agentes da Paz, a missão de prender os sacerdotes e todos e quaisquer funcionários do Templo que ainda se neguem a deixar Babélia e entregar seus postos para os Mantenedores. Não haverá reunião e nem louvor à Deusa, hoje.

Conforme esperado, seus soldados batem na porta principal, exigindo que abram em nome da Rainha Leene. A líder Táscia controla o sangue que corre ardente dentro de si, inspirando o ar pela boca e apertando a espada de Magna em uma mão e a própria palma com as pontas dos dedos em outra.

Quando a porta de trás abre e alguém engole o susto da sua presença solitária, Táscia vê um acólito segurando uma adaga na mão que treme sem parar. Atrás dele, sob o capuz que sombreia as feições, a guerreira vê os olhos gentis da Mãe que tantas vezes ouviu os seus pecados. Ela sussurra algo para o acólito que continua boquiaberto, mas não tenta fechar a passagem.

A velha sacerdotisa respira ruidosamente, mas abre um pequeno sorriso.

– Não vai adiantar a gente sair por aqui, não é?

Táscia balança a cabeça para os lados, confirmando a suspeita dela.

– Você precisa me levar?

– Mãe, o que está dizendo, em nome da Luz, vamos enfrentar essa violência – diz o acólito, mas é interrompido.

– Meu filho, pode recuar por um momento?

– Mas reverenda, eu...

– Por favor. Pelo amor da Deusa.

Ele dá um passo para trás tremendo ainda mais. Táscia repara na ponta da bonita adaga que ele segura quase chacoalhando. Nunca deve ter sido usada. Os gritos dos guardas babelianos se intensificam em volta do prédio, assim como as batidas nas portas que precedem a invasão.

– Estou aqui, menina. Cumpra o seu trabalho. – A sacerdotisa abre mais a porta de madeira pesada e se expõe, erguendo as mangas longas do hábito roxo e estendendo as mãos de pele morena à frente para que seja presa e levada em custódia.

Táscia sente o sangue fugindo e voltando para a sua cabeça, uma leve tontura se instalando com um zumbido na orelha que ecoa o coração acelerado.

– Existe... outro caminho.

A sacerdotisa arregala os olhos pretos.

– Você não quer dizer—

– Sim, eu quero.

– Mas não é permitido a alguém como eu. Somente à Suprema da Região é permitido usar o caminho secreto e—

– Vá, minha Mãe – diz Táscia, olhando para ela com o queixo próximo do peito. O acólito baixa a adaga e olha para as duas, hesitando sobre voltar para dentro da nave do Templo e ir ajudar os outros a segurar as portas. – A última Suprema está sendo presa em sua casa neste exato momento. A maior parte das forças foi deslocada para garantir que ela seja capturada, morta e pendurada como exemplo. Foi tudo arrumado em segredo, recebemos as ordens hoje de madrugada, em pleno Dia de Sarali, para pegá-los desprevenidos. Pra mim também foi surpresa. Queriam evitar traições, com certeza, pois ela aguardava um salvamento das líderes comerianas. A senhora tem a chave dos ossários como a vigária, vá embora. Não quero ter que te levar.

– Eu...

– Vá.

– Muito bem – a sacerdotisa anui e segura o braço de Táscia que não está armado. – Você não deve temer.

– Eu não temo. Sua bênção, Mãe.

– Que a Deusa te abençoe. Eu também não temerei. Adeusa, menina.

Táscia não sente mais a mão da velha sacerdotisa segurando o seu braço. Ouve os passos e vozes dos últimos acólitos ecoando pela nave da catedral e logo descem seguindo a líder. Gostaria de poder tê-la abraçado pelo menos uma vez.

Anda no meio dos bancos do enorme Templo e olha para os vitrais, flores de luz e cores que brilham com a força de Sarali, que se impõe mesmo através das nuvens. Os guardas babelianos ainda batem nas portas, seguindo suas ordens sem questionar.

* * *

Táscia esmurra a mesa e se curva na direção do capitão da guarda, que não olha para ela, mas para os papéis na sua bagunçada mesa.

– Quase me derruba a tinta... É o que eu disse. Você fará parte do grupo comandado pelo senhor arcadiano Dalton, o Marquês de Alfador.

– Depois de me fazerem ir caçar velhas do Templo agora me põem para responder a um idiota desses?

– Lembro-lhe que você falhou em conseguir prender um bando de religiosos prestes a realizar a reunião da manhã.

– Eles... – Táscia gagueja – Eles sabiam que estávamos indo! Algum imbecil de vocês deve ter dado com a língua nos dentes.

– Olha, Táscia, eu nem vou discutir isso com você. O relatório vai ser aquilo, chegaram lá e não encontraram ninguém. Pronto. Eu realmente não me importo com esse negócio de perseguir gente do Templo. Sou temente à Deusa, mas nem ia me sentar lá e ficar repetindo tudo o que a Mãe falava, mesmo. Mudaram os chefes, então mudou quem fala as coisas que a gente repete nas manhãs do Dia de Sarali. Vão meter outras pessoas no lugar, você vai ver e —

– A conversa não é essa. É ridículo eu ter que ser subordinada de um merda de arcadiano desses, eu já não tenho experiência comprovada para poder lidar com meu próprio destacamento? Eles estão distribuindo títulos para eles mesmos e a gente tem que obedecer?

O Capitão responde inclinando a cabeça para baixo a fim de vê-la por fora das lentes.

– Escute, garota, eu apenas distribuo as ordens e as funções. A Rainha tem o poder de dar títulos.

– A Rainha é paralisada, não faz droga nenhuma!

– Ela, irmã, a tia, não quero saber. Agora escute! – o Capitão aponta um dedo para cima. – Esse papel na sua mão é um documento importante que descreve claramente o que tem que fazer. São as ordens. Portanto, cumpra as suas ordens, soldada.

– Eu sou membro dos Agentes da Paz de Babélia.

– Não mais. Espere um instante. – Ele aponta um dedo para cima, enquanto com a outra mão ergue a pilha de documentos e quase derruba o tinteiro por cima deles. Faz uma careta, solta o ar aliviado, concentra-se na leitura com os olhos focados e a boca aberta na folha que retirou e enfim diz: – Aqui, encontrei.

Táscia pega o papel nas mãos e aperta os dedos da mão livre ainda sensível pelo murro.

– Em tempo de guerra as investigações e atividades dos APB serão...

– Sei ler, muito obrigada – Táscia diz, mas na verdade decifra o documento bem devagar.

– Então por favor, soldada, esteja no acampamento no horário determinado. Não vai querer decepcionar o seu líder.

Táscia se vira bufando e se retira, quase atropelando o garoto de cabelo cortado em tigela que sai da sua frente quando se cruzam diante das portas.

* * *

Babélia quase não tem gente circulando pelas ruas, uma visão melancólica nesta manhã fria e nublada.

Táscia refaz a lista de objetos e providências que terá que tomar para partir e se apresentar às armas no acampamento do Marquês de Alfador. A armadura de Magna que volta do ferreiro, a bolsa de campanha que carregará com o mínimo necessário, seguindo as recomendações da sua mestra, e talvez aproveitar e afiar e polir a lâmina dos Albinos.

Antes de passar na oficina para cuidar do sabre, desvia-se do caminho e chega à Praça da Ressurreição, onde a catedral do Templo da Mãe da Luz se ergue orgulhosa e vazia, vista de baixo para cima. Há duas guardas na porta selada que a conhecem e acenam, corresponde com uma pequena reverência e gesto de mão, então se afasta para que possa enxergar o prédio inteiro.

Sua fachada branca e rústica de tantos neanos encerra um lugar onde encontrou paz e consolo. A sacerdotisa que sempre ouviu as suas queixas e dúvidas, distribuindo conselhos e afeto sem nunca pedir nada em troca. Táscia doava um pouco de seu salário nas reuniões do Dia de Sarali, mas nunca fez falta. Se a fé é algo tão ruim, como é que foi por tanto tempo uma fortaleza para que não quebrasse, uma estrutura que a manteve firme e suportando as incessantes tempestades que os dias traziam? Para as pessoas que agora mal saem de suas casas, apenas para as mais importantes necessidades, este é um reino sem a ponte com a Deusa. Que cada um a encontre dentro de si, sem guia, sem consolo, preparando-se para um tempo de ainda mais restrições, escassez e perda do valor de seus trabalhos.

Ao menos sua querida confessora não foi usada como a antiga

Suprema, morta e pendurada, ali mesmo, no alto, centralizada à arquitetura do templo para que todos pudessem ver, seu corpo um espantalho para quem ousasse questionar a nova ordem que agora impera em Babélia. Guardado pelas soldadas que protegem o mais novo monumento ao poder arcadiano que retorna à terra.

Táscia franze o cenho e solta o ar pelo nariz. Segura o punho da lâmina de Magna, mas ela não lhe devolve o toque. É apenas metal, ricamente trabalhado e ornado, mas metal.

* * *

Nuvens cor de fogo bloqueiam Sarali antes que o céu mergulhe no rubro da noite, o frio mantém a pele desconfortável para precisar de panos, conforto próprio na falta de um abraço ou calor de outro.

"Adeus Babélia, talvez eu nunca mais volte", Táscia toca o punho da lâmina da Magna em sua cintura. Ainda não admite que agora a espada é sua.

O ferreiro disse que não havia muito o que polir nem afiar, é um aço que nunca viu antes, e se negou a aceitar qualquer pagamento pela tentativa. Uma arma formidável, de fato.

Ajeitando a mochila não muito grande, sempre com somente o suficiente, tirando o elmo espalhafatoso da mestra ali pendurado, carregando o maior peso na couraça reiliani reformada e que a mantém aquecida junto com as roupas de viagem, Táscia vai em direção ao portão que dá para a estrada que leva a Coméria, onde se apresentará às armas perto da fronteira. Então ouve canto e instrumentos que a carregam para onde não queria lembrar.

Depois do mercado, afastados do centro, um grupo de gitânios toca animado e uma garota dança sobre os paralelepípedos como se fosse a boa e quente terra batida.

Crianças correm em volta da performance com dois cães sujinhos como elas, mas Táscia está hipnotizada pelos passos dos pés descalços da menina de cabelos longos e negros, compridos e grossos, a sua saia rodando e fluindo como água, seus brincos e pulseiras se balançando com o quadril e os movimentos dos braços. A dançarina gira com a aceleração do violino e dos tambores, sua cintura sinuosa exposta ondulando com o ritmo da batida, o coração de Táscia inquieto pela visão que tantas vezes teve passeando pela cidade, o povo nômade estando sempre por aí, mas aquilo a faz levar a mão à testa coberta, esfrega-a sobre os olhos, e quando os abre há uma das crianças na sua frente, pedindo para pegar na sua mão.

Logo a música parou, a dançarina se aproxima dos companheiros, recuperando a respiração após girar e transpirar livre, aquecida pelo seu próprio suor e energia interior.

Táscia olha novamente para a criança e ela lhe acaricia os calos, riscando as linhas da palma da sua mão. Ela tem as íris verdes, a pele e os cabelos castanhos com as pontas queimadas de Sarali.

– Você está indo embora? – ela diz.

A guerreira prende o ar no peito, mas não tem como a pequena adivinhar nada, é apenas um truque gitânio de enxergar o que a gente mostra, é obvio que está vendo a mochila e as roupas de viagem.

– Sim – Táscia diz, acalmando o peito que ainda queria buscar o som da música.

– Desta vez está deixando tudo para trás porque quer?

Para tentar controlar o desconforto, Táscia se ajoelha diante da garota.

Com o coração acelerado, olha dentro da menina de rostinho sujo e delicado, pequenas sardas salpicadas em volta do nariz, que apenas devolve o gesto.

– O que você disse?

– Pode me dar uma moeda?

– Ah, sim, claro. – Táscia tateia os compartimentos, não se incomoda de sacar uma bolsa cheia de dinheiro na frente do povo visto como trapaceiro por todos. Entrega uma coroa, suficiente para pagar as próprias despesas por uma novena.

A menina arregala os olhos e sai correndo na direção do grupo de gitânios, que, se antes olhavam para a mulher armada com desconfiança, agora mostram sorrisos e dentes de ouro ao ver a doação generosa que a criança trouxe.

Fazendo uma grande reverência, a dançarina fala com a voz melodiosa:

– Muito obrigado, minha senhora. Vi que estava assistindo a nossa performance. Não quer dançar comigo? Vamos, amigos? Para agradecer a uma generosa soldada?

Mas antes que os companheiros gitânios terminem de preparar os instrumentos, Táscia já está de pé e diz, engolindo o sorriso:

– Agradeço. Não gosto de dançar.

E parte sem olhar para trás, ignorando a nova reverência que os gitânios lhe oferecem.

4

Táscia anda em meio às barracas de lona clara sujando as botas na lama formada pela garoa matinal. Há dias, desde que saiu da capital de Babélia, Sarali se reveza entre se esconder atrás das nuvens e surgir e abafar a manhã, especialmente para quem usa farda completa.

Alguns bonecos de madeira e palha abandonados, recrutas separando armas de treino e ou limpando alvos de virotes e flechas presas. Na terra calva de grama a maior parte do grupo está em movimento, não chegam a trinta unidades, e a primeira impressão não poderia ser pior. Não esperava grande coisa, porém é mesmo muito ruim. A visão afunda-lhe o humor já sombrio.

Claro que não fará parte de uma tropa de elite como a que Magna comandou, mas esses gordos e corcundas não têm a menor ideia de como segurar uma espada, fazê-la ser parte de seus corpos.

– Onde está o comandante? – Táscia pergunta a um soldado deitado, tirando um cochilo.

– E você é quem? – diz desdenhando da farda de oficial dela.

– Vim me apresentar às armas. Tenho minhas ordens.

– Então é ali, ó – diz o homem com um bocejo, apontando para uma barraca que tem à frente um guarda se esforçando para não cair no sono sobre o banco em que está sentado.

Táscia atravessa a porta imaginária aberta no tecido e dá de cara com uma mulher sentada no colo de alguém que não pode ver. Ao menos todos ainda estão vestidos.

– Perdão, não quis incomodar. – Vira-se para sair e ir reclamar com o guarda que não a avisou, mas é interrompida.

– Não, não. Está tudo bem, venha cá – diz uma voz jovial e afetada.

A jovem passa por Táscia colocando os seios para dentro do decote, vestida como uma camponesa, provável profissional de afetos, encarando-a com o queixo empinado. Resta somente a visão do bonito comandante arrumando os seus cabelos azulados e compridos.

– Muito bem, muito bem. E quem seria você?

– Táscia Elena apresentando-se para servir ao Marquês de Alfador, Excelência. Trago minhas ordens – e estica o papel dobrado e selado pela guarda real.

– Esse sou eu. – O marquês abre, lê com desdém o documento e o joga para o lado, em cima da ornada mesa de madeira escura cheia de outros papéis desorganizados. Levanta-se e se aproxima de Táscia, medindo-a de cima a baixo.

– Uma ótima guerreira, conforme a correspondênca – ele diz, pegando no braço forte de Táscia. – Você sabe lutar? Pode nos ajudar nos treinamentos. Será cabo de esquadra.

– É isso que devo fazer? Aguardo suas instruções – Táscia mantém a postura enquanto represa sua raiva por ter sido tocada por esse verme.

– Claro, por enquanto é isso. Mas, se estiver livre, pode vir até aqui mais tarde.

– Senhor. – Táscia se vira e sai da barraca pisando duro, apertando os dedos entre as palmas das mãos. Pergunta para o guarda, que agora parece desperto, em qual lugar poderá dormir e, após deixar sua mochila no alojamento, veste a couraça e vai para a área de treino que tinha visto antes.

* * *

Avisados da chegada de um novo treinador, os soldados, mulheres e homens sem entusiasmo, sentados riscando o chão com pauzinhos, de pé apoiados nas lanças de treino como se suas pernas não servissem para mantê-los eretos ou batendo as espadas sem fio nos braços para espantar mosquitos e tédio, reparam em Táscia que se aproxima. A ex-Agente da Paz de Babélia coleciona caras feias e desprezo. Bocejos, sorrisos maliciosos de gente que nunca teve uma cicatriz, nucas de quem não se dignou a virar para vê-la de frente ou até mesmo a audácia de medirem-na descaradamente.

Contrariados, os mercenários aguardam as suas primeiras instruções.

– Eu sou Táscia Elena. Serei a cabo dessa esquadra. Façam as rotinas de sempre, vou apenas observar.

Eles obedecem, e a ação de seus corpos é ainda mais eloquente do que a péssima recepção que deram à nova treinadora. As espadas são cruzadas sem entusiasmo, as pernas dos recrutas pesadas como as de gigantes, só que sem força. Posturas displicentes e cheias de aberturas, como se ninguém um dia os tivesse ensinado que suas vidas dependeriam disso em um combate real.

A angústia sobe pela garganta de Táscia e vira uma bola. Até que avança em um impulso e interrompe a dupla mais desinteressada que pôde escolher em uma rápida olhada. Toma de um deles o sabre de treino e o empunha com elegância, mas o seu corpo inclinado e rígido faz com o que recruta se afaste para o lado, incomodado.

– A simples empunhadura da espada prepara os golpes e protege o corpo ao mesmo tempo – diz Táscia, medindo as palavras. – Passa confiança e tranquilidade. Um oponente experiente vai respeitá-lo por essa segurança e um novato não vai entender por que você parece tão firme e impassível e é capaz de desistir de atacá-lo. Isso é vencer um combate sem brandir a lâmina – Táscia diz empolgada lembrando-se da forma reiliani de lutar, ainda que essas palavras não descrevam nem de perto o duro treinamento.

O problema é que ninguém está prestando atenção de verdade. O olhar de tédio ou desinteresse é geral entre os homens e mulheres.

– Já chegou falando um monte – diz um deles, baixo, olhos vívidos, cabelos ruivos e o rosto cheio de sardas, provocando um riso da companheira ao lado.

– Vamos fazer melhor – diz Táscia, irritada, virando-se de frente para esse recruta. – Derrube a minha espada. Não, melhor. – Pega a arma dele e esfrega o seu gume na terra. – Se você *sujar* a minha roupa ou riscar minha armadura que acabou de ser restaurada – mostra-se para todos as calças brancas e a couraça de Magna – vou deixá-los fazer como bem entenderem.

O rapaz ruivo, assustado, faz menção de se desculpar, mas antes de qualquer coisa vem o avanço repentino da guerreira. Recua sem entender o que está acontecendo, ela se move rápido demais.

Táscia nunca respeitou amadorismo, mas, acima de tudo, o descaso por alguém que está tentando ensinar é insuportável. Sob a tutela de Magna, as surras deixavam o corpo dolorido por dias e isso acontecia em toda sessão de treinamento. Assim que as reiliani ensinam alguém a respeitar e ter a máxima atenção nas palavras de um mestre.

Usando o lado da espada, o corte, as costas, Táscia surra o oponente fazendo-o gritar sem parar de andar para trás. Empurrando a espada dele, suja-lhe toda a roupa e só quando o imprestável está no chão, sem arma, gemendo e sem socorro, pois ninguém tem a coragem de entrar no meio, grita:

– Seus animais, tiveram azar de cair nas minhas mãos! A primeira lição é prestar atenção quando alguém está explicando alguma coisa. Parecem cães que não entendem as palavras, só aprendem com a dor. Desgraçados. É bom que me odeiem! – prossegue, entre dentes, com os olhos arregalados. – Saibam que pouco me importo com o que pensam. Estamos prestes a enfrentar coisas muito difíceis e vocês estão aqui para servir Babélia. Se me deram vocês para se deliciar com as dificuldades que vou ter, as de vocês serão dez vezes piores. Porque eu vou transformá-los em soldados. Aproveitem o último dia de folga.

Táscia joga o sabre no chão, dá as costas a todos e se afasta ouvindo o silêncio. Bufando mais pela frustração do que pela raiva, nota que alguém vem atrás sem saber como lhe chamar a atenção.

– Diga – ela diz sem virar. Por fim para e o encara.

– Capitã. Bom dia – diz um recruta de cabelos compridos quase atingindo os ombros, pele curtida, rosto austero de quem viu muitas agruras. Sua voz grossa ressoa como o sopro de um chifre. Como não recebe resposta, continua. – Meu nome é Enoque, como diria o antigo dialeto de onde vim. Sou um dos soldados desse grupo.

– Sim, te vi observando o treinamento. É profissional?

– Na verdade sou um semeador. Quer dizer, cuidava das terras de minha família, da semeadura até a colheita. Então veio a morte de minha mãe. Depois os tempos difíceis me fizeram servir como espada de aluguel.

– Enoque Semeador, então é um dos veteranos? Onde está o responsável por esses homens?

– Tenho, sim, certa experiência de combate, mas cheguei há pouco. Pelo que sei você é a responsável, fomos reunidos sem ninguém para nos instruir. Passamos os últimos dias aguardando a chegada de alguém como você, tentando manter rotinas de treinos com quem sabia alguma coisa.

– Não há mesmo militares responsáveis aqui... E você lutou em qual bando?

– Como mercenário, em alguns, mas pequenos e que mais serviam para reforçar milícias de terras menores.

– Se todos os mercenários não tiverem preparo, acho que vamos gastar mais treinando vocês do que contratando alguém melhor.

– Mas capitã, não há ninguém melhor disponível.

– Eu não sou capitã e nem nada. Sou apenas a líder dessa esquadra. Me chame de Táscia Elena.

– Certo. Então é nosso cabo. Perdoe-me, mas é o costume entre os bandos mercenários tratar a hierarquia direito. Mas... Cabo Táscia Elena, as boas companhias estão sempre à espera de um chamado dos Três Reinos, e esse é um tempo de paz. E com todo o respeito, nos opormos a eles é uma clara declaração de heresia. Mesmo que tenham expulsado o Templo daqui, quando pisarmos para dentro das fronteiras da Aliança não vamos escapar da fúria dos sacerdotes e seus reinos aliados. Espero que a Deusa nos perdoe.

– É um homem religioso?

– Somente temente à Deusa. – Enoque encara o céu, então novamente a jovem mulher. – Só temos gente desesperada aqui. Não há soldados, mas pessoas que não têm para onde correr.

Táscia olha para o lado oposto de onde acontece o treinamento, que já é retomado devagar. O dia cinzento e quente abafando a planície castigada, que espera por nada nesse lugar sem ninguém. Expira, cansada, sem propósito, a imagem da pedra sendo empurrada pela longa ladeira, mas a visão dos olhos de Magna a faz respirar fundo. Este é o seu caminho.

– Eles não têm disciplina e nem entendem o que é alguém para guiá-los, ensiná-los – diz quase para si mesma. – Nem fazem ideia do que estamos atrás, qual o nosso propósito.

– Não há propósito, capitã.

– Já disse que não sou capitã.

– É como eu disse, esse grupo não conhece isso que você chama de disciplina.

– E esse é o exército que eu devo treinar – diz Táscia, balançando a cabeça.

– Me parece que sim. Mas só a procurei porque quero que saiba que há pessoas dispostas a cumprir a sua parte nisso. Eu quero aprender.

– Em troca de um soldo.

– Pois todos precisamos ganhar a vida.

Táscia busca o tal propósito que exigirá daquelas pessoas, mas a espada de Magna faz seus joelhos quererem dobrar sob o seu peso. A luz de Sarali escapa de algumas nuvens.

– Pelo que sei o soldo que vamos pagar é muito ruim. Babélia não tem dinheiro.

– E lembre-se de que já somos adversários declarados do Templo – diz Enoque. – Esse é o tamanho do nosso desespero.

Táscia sorri pela primeira vez no dia e Enoque bate na couraça sobre o ombro com firmeza, soltando o ar e a tensão ele próprio.

* * *

Táscia volta para a barraca do Marquês para atender a um chamado alguns dias depois.

– Ouvi dizer que tem cuidado bem dos recrutas – diz o Marquês, saboreando vinho em uma taça de cobre.

– Apenas dei um chacoalhão neles, major. Vamos começar as atividades amanhã, estou preparando uma rotina para eles.

– Fez bem. Fez muito bem. É absurdo que tenhamos que trabalhar com esse tipo de material humano, mas não se desperdiça sangue nobre nas linhas de frente, não é mesmo?

Táscia fica em silêncio e olha para o escrivão que está à mesa redigindo cartas, sem se incomodar com o que diz o seu mestre.

– Pois bem, mas a avaliação preliminar que recebi sobre você é muito boa. – O marquês fala sem pudores de algo que nem se deu o trabalho de ver, já Táscia acumula dentro de si o desprezo pelo homem, quase transbordando. – Então gostaria que aceitasse o cargo de sargenta do nosso grupo. Enquanto não recebo as outras unidades da minha companhia, será o meu braço direito – ri alto, parando de repente ao reparar que Táscia olha para baixo, sem reação. – Não é de seu agrado?

Como se despertasse de um transe, Táscia reage.

– Estou honrada, senhor. Algo mais?

– Não, é só isso. Mas ainda fica aquele convite para conversarmos mais tarde se estiver disposta.

– Agradeço, major, mas preciso organizar o treinamento de amanhã.

– Muito bem. Azar o seu – ele mexe nos cabelos compridos arcadianos com um sorriso no rosto.

Táscia faz uma reverência e sai, respirando o mais devagar que pode, contendo seu nojo.

* * *

– E você era mesmo a companheira da general Magna, sargenta? – diz a soldada Mileuda, segurando a caneca e tomando um gole do chá quente com canela e especiarias. A noite é fria e exige mais panos e proteção dos guerreiros em sua pequena confraternização.

– Sim. – Táscia morde a maçã e olha para a fogueira que balança, dança, vê e ouve imagens distantes e escondidas dentro de si, gritos alegres que bailam em torno das chamas, ao som de guitarras e gritos.

– Ela era mesmo incrível.

– Você não acha que ela era uma traidora? – Táscia apoia a mão no punho da lâmina rúnica e ergue o rosto, enxergando o fundo dos olhos brilhantes de Mileuda. Por algum motivo a espada causa uma vibração imperceptível que fica dentro da sua mente.

– Não. Claro que não. Pessoas como eu e meu irmão, que fomos enganados pelos bem-nascidos, sabemos que as verdades que distribuem são as convenientes a eles.

– Você fala bem. Tem estudo?

Mileuda sorri e mexe nos cabelos compridos e castanhos como os seus olhos. Fala agora fitando seu irmão Uigrafo, que está sentado ao lado de Enoque e Ranolder, do outro lado da fogueira, e carrega sempre uma expressão cansada e desolada mesmo quando sorri das histórias de mercenário que os dois amigos contam.

– Uigrafo foi parte das forças das terras do Conde de Dohle – diz mais baixo, tentando proteger o som de sua voz com a barreira do crepitar do fogo e as conversas de guerra. – Era um protegido dele. E eu, por conta disso, servi junto.

– Conde de Dohle? Esse é um nojento – diz Táscia, coçando a ponta do nariz com os dedos.

Mileuda anui e beberica de sua caneca.

– Ele é uma pessoa difícil de lidar, todos diziam. Mas ele gostava do meu irmão, da devoção dele. Então nos tratava quase como se fôssemos parte da família. Éramos muito gratos, pois estamos sozinhos desde muitos neanos atrás.

Táscia joga o restinho da maçã dentro da fogueira.

– E ele deu estudo para dois soldados da própria guarda?

– Pois é... Dizia que tinha perdido os filhos que teve e que era viúvo. A esposa teria morrido em um dos partos e as crianças, sempre frágeis de saúde, não viveram muito. A verdade é que por muito tempo eu sempre tive medo da forma como ele me olhava. Pensava que um dia iria me fazer mal.

– Mal?

– Sim. Você sabe.

– Eu sei, mesmo.

Mileuda fica em silêncio quando vê os olhos sombrios de Táscia mirando nada em sua frente.

– Eu só sei que quando começaram os movimentos dos arcadianos e os antigos nobres de Babélia se sentiram ameaçados, um dia meu irmão me acordou de madrugada e me disse para fugirmos dali. Levantei sem muitas perguntas e o acompanhei logo. – Mileuda solta um suspiro e massageia a testa e o entorno dos olhos. – Ah, nem sei por que estou te contando tudo isso.

– Pode falar. É bom ter alguém para nos ouvir.

– No fim saímos sem praticamente nenhum dinheiro ou provisões. Depois de muita insistência minha, meu irmão me disse que o Conde estava sendo perseguido e que tínhamos que estar longe dele por nossa segurança.

Táscia concorda, balançando a cabeça.

– Foi mesmo difícil achá-lo, mas ao seguirmos o dinheiro o encontramos supervisionando uma de suas propriedades ilegais.

– Você trabalhava para a Coroa?
– Sim. Mas mesmo ele tendo sido preso, depois conseguiu se safar com a ajuda de sempre dos malditos magistrados. A gente faz o trabalho sujo e no fim quem está em cima ri disso tudo e comemora com seus vinhos caros. – Táscia sente o coração acelerando, a lembrança do jantar luxuoso no dia em que Magna se foi bate e chacoalha sua paz.
– Por falar em vinhos caros... – Mileuda aponta com o queixo o Marquês de Alfador, que se aproxima acompanhado de seus fiéis guardas pessoais.
– Muito boa noite, vejo que estão se divertindo. Mas a boa notícia é que esse tédio e moleza vão acabar.
Todos os encaram quietos, o gosto amargo da superioridade imposta e a intromissão raspando em suas gargantas.
Quando um dos seus acompanhantes faz menção de anunciar, o Marquês o interrompe.
– Deixa que eu falo. Sou bom nisso. – E virando-se para o pequeno grupo: – Esta informação chegou antes por estarmos bem posicionados estrategicamente. Um mensageiro está correndo até a Coroa para informar que um nobre de Babélia foi feito de refém, mas não é apenas um bem-nascido, é um arcadiano, o que para aqueles de meu sangue é uma afronta que não pode ser perdoada. – Após uma pausa dramática proposital, Alfador continua. – Esse grupo se chama de Brigada dos Mortos, dizem que são o resquício do velho poder babeliano e que não permitirão que esse golpe, sim, eles chamam o nosso direito de nascimento de "golpe", seja levado a cabo.
– Eles têm demandas? – diz Táscia, segurando o punho da espada de Magna para se acalmar.
– Sim, têm, mas não me interrompa, cabo. – O Marquês bufa, irritado. Táscia não o corrige por agora ser a "sargenta". – Eles querem basicamente que libertemos os outros nobres presos e condenados pelos APB, o que naturalmente não vai acontecer, e que assinemos um novo trato com Coméria, além do retorno imediato de todos os cultos religiosos ministrados pelo verdadeiro e único Templo abençoado pelas Mães.
– E o que diabos temos a ver com essa história... – diz Enoque, de braços cruzados, baixo o suficiente para não ser ouvido, recebendo um olhar de reprovação de Ranolder.
– Mas não temam, meus estimados guerreiros – Alfador diz com os braços abertos. – As Deusas estão do nosso lado, recebemos a informação antes que chegasse ao comando da Guarda Real e os cabeças

de nossa nação. Enquanto o mensageiro corre, esta é uma chance de mostrarem o seu valor. Nós partiremos logo que Sarali surgir de trás da irmã, faça chuva ou frio. Estejam prontos. – E virando-se para Táscia: – Espalhe as ordens, querida!

O Marquês vira as costas e parte para a sua barraca, esfregando os próprios braços para se aquecer.

O silêncio permanece até que sintam que ele não pode mais ouvi-los.

– Chance de provar o valor *dele* – Enoque cospe uma casca de amendoim para o lado.

– Enfim, vamos descansar o melhor possível – diz Táscia, concentrando-se na missão. – Amanhã será um dia cheio.

– Vamos, Mileuda – diz Uigrafo, aproximando-se e tocando no ombro da irmã. – Boa noite a todos. – Ele faz uma reverência curta, voltando para o chão os olhos castanhos como seus cabelos curtos. Os dois irmãos partem para seu recolhimento.

Táscia vê Ranolder se aproximando após Enoque sair. Ele usa um manto comprido e não tem armas, seu rosto de pele morena emoldurado por cabelos cortados rentes carrega o olhar sempre sereno. É conhecido como o herbalista do grupo e dizem ser estudante do oculto, a proibida Magia. Por instinto, a guerreira encosta na espada de Magna e a sutil vibração volta mais forte. Como uma nota musical constante dentro de seu espírito.

– Não vai precisar da sua arma – ele diz, esboçando um sorriso que não sai. – Mastigue isso, sargenta, ou faça um chá – derrama algumas ervas secas na palma da mão aberta de Táscia. – Vai ajudar a dissipar a ansiedade.

– É tão óbvio que estou assim? – Táscia fecha a mão que treme segurando o remédio. Ao soltar a espada, a sensação de antes passou.

– Não. É que todos estamos, pode ter certeza. – Ranolder se agacha ao lado e a encara enquanto Táscia mastiga as ervas.

– Até que não são ruins – ela sorri, recebendo o mesmo gesto devolvido pelo homem normalmente sério.

– Enfim, sargenta... Só queria que soubesse que pode contar com a gente.

– Agradeço, soldado. Você é mesmo o único mago aqui?

Ranolder se sobressalta e fica em silêncio. Táscia continua:

– Não se preocupe. Está no exército herege. Nada que faça vai piorar a sua situação aos olhos do mundo.

Ranolder tenta sorrir, ainda sem graça.

– Eu estou surpreso que tenha notado.

– É o manto. – Táscia dá um tapa no braço do mago envergonhado.

– Mas escute, procure-me amanhã cedo para eu entender o que você pode fazer. Vamos usar em nossa vantagem.

– Sim, senhora. Boa noite – diz Ranolder, com uma pequena reverência, afastando-se.

Táscia segura o pomo da lâmina rúnica e percebe a sensação se dissipando à medida que vê o mago se afastar. É tão delicada que poderia dizer que é algo de sua cabeça. Observa o acampamento silenciando depois que todos se retiram, confortando-se com o calor e crepitar da fogueira. Enquanto mastiga as ervas amargas, vê duas mulheres risonhas escoltadas por um soldado à entrada da barraca do Marquês de Alfador.

* * *

Durante os três dias frios de viagem, o grupo fez poucas paradas, sem exagerar na pressa para não se cansarem muito, mas avançando com consistência em meio à garoa e ao ar úmido.

Na iminência dos combates de vida ou morte para lidar com os bandidos sequestradores, tanto a memória quanto os músculos de Táscia se recordam de um dia específico de seus treinamentos com a mestra.

Táscia se agachou por alguns instantes, ergueu a mão pedindo arrego. Magna não escondeu a frustração de ser interrompida e se afastou, jogou o sabre de treino no chão e pôs as mãos na cintura, olhando para o céu laranja da tarde. Atrás delas, uma ladeira suave dava para um bosque mais frio e mais escuro que a borda desmatada onde treinavam.

A brisa surgia e sumia, alternando-se com o calor que Sarali jogava na pele suada da aspirante a guerreira. Abrindo e fechando os dedos, Táscia tentava aliviar a dor dos calos que se formavam nas palmas das mãos, ou os estalos doloridos que soavam quando testava as articulações cansadas das pancadas e movimentos.

– Eu vou aceitar o emprego para os Agentes da Paz de Babélia – disse de repente, mas não alto o suficiente. Talvez Magna não escutasse, e poderia deixar isso para outra hora.

Mas a mãe-amante se virou de imediato, abrindo os braços com as palmas viradas para cima. Seu rosto não era amigável.

– E o cargo na Guarda Real? Chegou a ir falar com as pessoas que te mandei contatar?

– Eu falei com o intendente Almásio. Mas durante a nossa conversa surgiu a ideia sobre os APB – Táscia não encarava a sua companheira. Olhava para dentro das sombras das árvores altas e compridas.

– Ele que te falou sobre isso?
– Sim.
– Vou ter uma conversa com ele, então.
– Não, não tem que fazer isso.
– Por que não?
– Porque eu gostei da proposta, acho que será uma atividade interessante. Bom, qualquer coisa seria depois de ficar prendendo bandidinhos ou separando brigas de bêbados.
– Não sei por que insiste, você não precisa trabalhar – Magna balançava a cabeça –, eu ganho o suficiente para garantir a nossa vida.
– Eu agradeço, mestra. Mas eu quero ter o meu trabalho. Se você não aprovar isso eu posso ir aceitar aquele de guarda-costas do Visconde de Besaido.
– Nada disso, esse negócio de guarda-costas eu não quero para você. Isso dá problema. Nobres acham que possuem as pessoas. – Magna esfregou os próprios braços, então suspirou fundo. – Não falei que não pode ter o seu trabalho. E não me chame de mestra quando não estivermos estudando. Já paramos, mesmo, e foi por culpa sua.
A jovem se reergueu devagar, ainda assolada pelos músculos doloridos e a ardência das lesões na pele.
– Estou pronta, vamos continuar – Táscia disse, mas ouviu alguma coisa que chiava como um ronco baixinho. – Você não está escutando isso?
Antes que Magna pudesse impedi-la, Táscia entrou no bosque rápido, mas com cuidado, e se sobressaltou quando vasculhou atrás de um arbusto.
– Oh, Deusa.
Magna se aproximou devagar de braços cruzados, olhando para a sua filha-amante.
Um cervo estava deitado, os olhos úmidos, duas flechas no lombo com os ferimentos de entrada inchados, escurecidos, cheirando muito mal. O animal parou de gemer e respirava, sem encarar os intrusos, como se estivesse satisfeito com a ajuda que seu chamado trouxera.
A reiliani apenas olhava dentro de Táscia, que não segurou as primeiras lágrimas.
– Não dá para ajudá-lo? – perguntou, mas Magna não respondeu nada. Tirou uma faca da cintura, uma antiga lâmina reiliani que sempre carregava consigo, e entregou na mão dela sem emitir um som.
– Táscia agarrou a lâmina e franziu o cenho sob a sua bandana velha.
– Eu sei que faz parte da natureza, mas não posso escolher quando se encerra uma vida.

– E quer trabalhar para o serviço da Coroa?

Táscia não olhou para cima, o sangue já agitado, sua respiração encurtando. Acariciou a parte sadia do corpo do animal, que, antes de olhar perdido, ignorando as feridas apodrecidas bem ao lado, agora se sobressaltava pelo toque da humana e voltava a gemer devagar. Suplicante.

– Em todos esses neanos servindo ao condestável eu nunca precisei tirar uma vida.

Magna soltou o ar pelo nariz com um sorriso se formando nos cantos dos lábios e se agachou ao lado dela. Segurou a mão da jovem com delicadeza. Pegou de volta a velha lâmina.

– Nos tempos que virão, você tem que estar pronta para isso.

Táscia viu o animal revirando os olhos quando a lâmina empunhada pela reiliani encerrou sua dor, que vazou com o líquido vermelho e escuro até que enfim pudesse descansar.

– E se um dia eu estiver assim e você tiver que me matar – disse Magna, a mão coberta pelo sangue quente –, espero que faça o mesmo por mim.

* * *

A residência da Condessa de Travia fica em uma depressão entre morros que não é grande o suficiente para ser chamada de vale. Envolta por bosques que terminam nos muros, para quem se aproxima pela frente, ou colinas íngremes e de vegetação rala que revelarão facilmente supostos invasores que tentem vir por trás, é uma mansão antiga e bem cuidada que foi invadida e feita de esconderijo pela Brigada dos Mortos.

Munidos dessa informação entregue pelos auxiliares do Marquês, Táscia, o próprio nobre e os mais preparados mercenários do grupo seguem para o resgate.

"Exatas quinze unidades. Não chega nem a uma esquadra inteira. Mas é a equipe que vou comandar."

Quando enfim avistam os muros e os portões adornados com os monogramas de Travia, Uigrafo descreve a escolta com a ajuda de um binóculo.

– Há quatro guardas na frente da propriedade, um deles carrega uma besta – ele coça a barba e depois tira o suor acumulado sob a pequena franja na testa. – Mais alguns espalhados no jardim. É, é bem vigiada até a entrada da mansão. Mas veja esse grupo de patrulha, dois deles não estavam juntos até há pouco. Saíram de uma descida no meio do mata à esquerda. Deve ter alguma entrada ali, talvez uma passagem secreta.

– Não recomendo que ataquemos de frente, major – diz Táscia.

– Isso é óbvio, sargenta – o Marquês solta um muxoxo e solta um suspiro. – Mas se meter nesses matos pra nos aproximar dos muros vai ser incômodo.

– Aguardo suas ordens.

– Nem há o que discutir. Vamos ter que atravessar para o outro lado da estrada para descer pela vegetação mais alta. Ficaremos expostos, mas podemos usar uma distração.

O Marquês tira a sua pistola e ordena a um dos mercenários para que acenda seu pavio.

– Major... eu...

– Sargenta! Não me desconcentre. Quando esse tiro for disparado e atingir um deles, vão ficar atordoados e—

– Eles soarão o alarme! – Táscia fala mais alto do que gostaria.

– Que mulher mais irritante – o Marquês vira os olhos e suspira. – Escute-me, as distrações são um recurso clássico e que já aparece nos manuais militares mais antigos, bem antes que essa civilização secundária surgisse—

– Major, eles estão vindo para cá – agora é Uigrafo quem o interrompe. – Há duas mulheres de manto atrás dos portões desarmadas. Acho que...

– Elas estão sondando as presenças da região, sargenta – diz Ranolder, a expressão séria encarando Táscia.

– Sombrias?

– Sim.

– Prepare-se – Táscia diz entre os dentes. Ranolder anui. Depois ela se aproxima dele e fala mais alguma coisa baixo quando são interrompidos pela queixa:

– Maldição. Vamos recuar para baixo da ladeira – diz o Marquês de Alfador, tomando a iniciativa e descendo pela lateral da estrada.

Nisso todos concordam, protegem-se na encosta de um barranco enquanto os batedores passam.

O coração de Táscia acelera, o sangue é bombeado para cada pequena parte de seu corpo a fim de se preparar para sobreviver. Ela controla a respiração, a lâmina rúnica já desembainhada. Preocupada em manter a concentração total e não deixar a mente escorregar para outros pensamentos, interrompe a inalação de ar, os olhos arregalados, negando-se a acreditar que o Marquês tenha saído do esconderijo e esteja mirando nos oponentes que já iam para baixo, deixando o caminho livre. Quando o estampido da pólvora soa e constata que ele conseguiu errar um tiro fácil como esse – pois nenhum guarda caiu, apenas se viraram todos após o movimento involuntário de proteção que o susto causou, suas poses beirando o ridículo –, a equipe babeliana paralisa, hesitando em continuar ou se esconder. Táscia recobra a consciência e acena para Ranolder, que no mesmo instante une as mãos e passa a rezar baixo. A sargenta corre até seu superior para tomar seu lado no combate inevitável, enquanto o besteiro da Brigada pede espaço, cedido por seus companheiros, e mira para devolver o tiro ao invasor, mas inexplicavelmente o mecanismo de sua arma dá pane e a corda estoura, chicoteando o seu próprio rosto. Os outros guardas nem se atentam ao grito do companheiro, dois deles já vêm com suas maças em riste, o outro com um montante. Já o besteiro, com os olhos arregalados não se sabe se de dor, raiva ou os dois, desiste do trambolho que carregava e agora corre com uma adaga na mão, vertendo sangue do corte do rosto.

– Major, eles estão vindo, temos que seguir o plano! – diz Táscia com as pernas arqueadas, tocando o ombro do Marquês. Mas Alfador tira a mão dela com um safanão e arruma os cabelos longos e azul-claros para trás. Com uma gargalhada curta, ele joga a pistola para o lado e saca sua longa espada arcadiana de duas mãos, largando a bainha com movimentos exagerados, como se estivesse em um palco de teatro.

– Eles não têm armas de longo alcance, são apenas quatro pessoas. Somos mais de uma dúzia, não há por que temê-los. Deixe que venham, vão ter uma surpresa!

– Por favor, senhor, saia da estrada. Vamos fazer o que combinamos!

– Silêncio, plebeia covarde. Nem parece a sargenta de nossa esquadra! Se eu recuar agora eles vão voltar para a residência e se prepararão para nos receber. Essa surpresa de que estou falando é importante. Outra tática militar clássica. E outra, em uma luta de espadas não há como um arcadiano perder para esses desesperados.

"Maldição", Táscia pensa e aperta o punho da lâmina rúnica, ficando ao lado do major. Vasculha os seus flancos pensando o mais rápido que pode.

– Enoque. Uigrafo. Ao meu lado! Vamos proteger o major – Táscia grita, e logo Enoque para ao seu lado em posição de luta, os dentes rangendo e a espada de duas mãos empunhada. Uigrafo e Mileuda se aproximam e preparam suas armas. – Ranolder, siga o que te falei! – O mago reúne os outros companheiros e atravessam a estrada, para dentro do mato que poderia aproximá-los da entrada escondida.

– Que idiotice. Me proteger? – diz o Marquês como se recitasse uma fala ensaiada. – Observe como alguém que vivenciou tantos combates e lições nos sonhos de Mammon ensina esses animais a respeitar os seus superiores.

O Marquês grita e dá três passos à frente, prestes a se chocar com os adversários, seguido por seus subordinados. Enquanto puxa o peso da espada sobre os ombros com as duas mãos para um corte vertical, é atingido em cheio por uma maça que esmaga sua bochecha, mandíbula, nariz e faz com que um de seus olhos púrpura salte inteiro, caindo ao lado do corpo cultivado na Máquina de Mammon. O olho de Dalton que ainda está no crânio esmagado olha para a terra, uma poça de seu sangue nobre se expandindo, e o outro olho, expelido, para o céu.

Táscia grita com o impacto da maça que atinge a espada L'dren. Seu braço treme ainda dormente, mas funcionando, mesmo após esse golpe forte, tão forte quanto todos que sempre defendeu de Magna, aqueles treinamentos exagerados e perigosos, incompreensíveis, por que ela batia daquela forma se era para aprender?, então aproveita a incredulidade de seu atacante ao ver um aço tão resistente que não quebrou com a pancada de maça para afastá-lo com a sola dos pés e, sem parar para pensar ou hesitar, pula sobre ele e encontra o espaço desprotegido da armadura onde enterra a lâmina rúnica. Só há resistência quando prende nos ossos, e, naqueles instantes eternos, vê o homem tentando engolir o sangue que enche a sua boca.

Aquela visão está fixa na sua cabeça quando é acordada por um berro de Enoque.

– De pé, sargenta!

Táscia sai de cima do corpo que ainda expulsa o sangue pela ferida em pequenos espasmos. Ergue-se de uma vez, mas perde o equilíbrio e cai para o lado, apoiando-se com a mão livre. Respira fundo, precisa controlar a respiração, absorver o ar, manter-se calma. Os gritos da luta não a afetam, os sons da violência com seus tombos, interjeições de dor e golpes desferidos. O seu estômago embrulha, não consegue inspirar pela boca porque algo a engasga, sufoca-a e pede passagem, uma sensação ruim da qual deseja se livrar. A ânsia vem e apenas cospe água, o gosto ruim que acompanha a imediata recuperação dos sentidos.

– Ele está fugindo para a passagem lateral! – grita Ranolder, vendo o besteiro desistir da luta após os maceiros e o líder de seu grupo serem dizimados pelos invasores e correr para o lado, fora da terra batida que leva até os pavimentos da propriedade.

– Eu vou – responde Uigrafo, e parte correndo com Mileuda. Logo são seguidos pelo grupo, em direção à estradinha que se embrenha nos matos laterais do caminho, no meio das árvores e arbustos que cresceram livres.

Ao ver esse movimento, a ainda combalida Táscia, que tem Enoque plantado em seu lado, guardando o seu flanco, olha a entrada da propriedade onde estão paradas duas magas e ordena:

– Apenas Uigrafo, Mileuda e eles dois seguem. – Toma fôlego para gritar de novo. – O restante fica!

Enoque encara a sargenta e então se volta para o grupo:

– Ouviram a sargenta! Recuem, todo o restante. Ranolder, fique!

Logo que os soldados se formam em torno de Táscia, Ranolder aponta para as duas figuras distantes perfiladas atrás do portão.

– Sargenta, elas vão atacar. Prepare-se.

– Você consegue nos defender disso? – indaga Táscia, inspirando o ar fundo.

– Não, mas você, sim.

Táscia sente um calafrio subir e se levanta, dá alguns passos para a frente, longe dos corpos caídos que a batalha produziu, e aperta o punho da lâmina rúnica.

Enoque faz menção de se aproximar, mas Ranolder o impede.

As duas magas são o espelho uma da outra. As mesmas poses, as mesmas vestes compridas, as mãos espalmadas à frente como se empurrassem algo invisível.

Táscia estende a espada L'dren e pede espaço para outro pensamento ocupar sua cabeça, não apenas o que mostra o olhar desesperado do primeiro homem que acabou de matar. A culpa. Magna nunca lhe contou sobre como a culpa da primeira morte a dominaria, o quão terrível seria o poder de tirar uma vida e o pior, conviver com a consequência dessa decisão. Só ensinou a sobreviver às agressões e permanecer de pé quando tudo a martelasse para que ficasse no chão.

Quando as bolas de fogo vêm em sua direção, seus rastros como estrelas cadentes que explodiriam em seu peito e queimariam até consumi-la, a sensação de formigamento do mana correndo as suas veias lhe diz que isso tudo é apenas o começo.

O vórtice invisível desenhado pela lâmina absorve os projéteis e o frio da autoanulação vem com uma onda que a percorre por cada pequeno canal. O suspiro de alívio que solta em seguida e a energia que a recupera da fadiga a deixa atenta em um instante, a tempo de ver Ranolder terminando a concentração de seu contra-ataque.

Como se socasse o ar, mas com as palmas abertas e os dedos contraídos, o mago liberta com um grito, primeiro de um braço, depois

Enoque Semeador

de outro, dois dardos místicos de azul brilhante que varrem a mesma distância das bolas de fogo, perseguindo uma das magas que fugia para o lado e atingindo a outra em cheio, nas costas.

– Vou acabar com elas – diz Enoque, começando a correr em sua direção.

– Não! Vamos aprender delas como podemos entrar pela passagem secundária – grita Táscia.

Enoque solta um grunhido, mas se mantém em carga. Ranolder balança a cabeça em negação enquanto expira o ar com ruído.

* * *

Acompanhados por outros dois soldados da esquadra, Uigrafo e Mileuda entram pelo túnel antigo, cujas paredes revestidas de pedras irregulares bem encaixadas lhes espreme a noção de espaço. O ar perde a pureza depois de atravessarem a segunda porta pesada de madeira, já que o defensor disparou para dentro para chamar reforços. A luz do dia vem atrás deles, penetrando pelas passagens abertas.

Enquanto o vigia grita o alarme de invasão, socando mais uma porta, os babelianos param ao se ver em uma sala larga e clara, cheia de compartimentos com garrafas de vidro deitadas e barris enfileirados. Velas grossas protegidas em buracos nas paredes queimam devagar, iluminando o ambiente.

– Uma vinícola – diz Mileuda, sem tirar os olhos do guarda desesperado a poucos passos.

– Se é da Condessa de Travia, devem ser bons, ela é famosa por produzir – diz um soldado babeliano de cabelos compridos e barba por fazer.

– Eu lá quero saber dessa merda? – diz outro, careca e apertando o cabo da espada na mão, medindo as distâncias em volta. – Não tem muito espaço para uma luta geral aqui.

– Não mesmo, mas melhor do que nos enfileirarmos para o abate no corredor – diz Uigrafo.

De repente a porta em que o vigia bate se abre para dentro e ele salta para o chão, Há dois mosqueteiros com as armas apontadas para fora, e logo que fixam as miras disparam com estouros barulhentos.

Instantes antes dos tiros, Mileuda, sem dizer nada, pulou e empurrou Uigrafo, ambos bateram em barris laterais.

O soldado de cabelos compridos é arremessado para trás com o impacto do projétil no meio do peito, que cospe sangue para fora da armadura logo que cai deitado inerte. O careca perde o conteúdo do crânio, que se projeta pelo buraco atrás da cabeça, saindo junto com fragmentos do tiro que o atingiu.

Mileuda se levanta, pega uma faca que carrega na cintura e arremessa rápido, atingindo um dos atiradores bem no olho. O outro se assusta e corre para trás da porta.

A guerreira primeiro se certifica que Uigrafo esteja bem, mas logo alguém sai pela porta e solta uma gargalhada que lhes soa muito familiar.

– Não pode ser... – diz Uigrafo, erguendo-se e pegando a espada que tinha caído no chão.

– É o... Riovane? – Mileuda tira os cabelos castanhos da frente do rosto e ajeita o cabo da arma no meio do punho.

– Pela Deusa. Não acredito nisso – Riovane balança a cabeça, o sorriso malicioso no rosto. – Uigrafo. Resolveu mesmo insistir em ficar do lado mais frágil?

– Riovane – Uigrafo diz devagar. – Isso quer dizer... O Conde de Dohle está envolvido nisso?

– Te apresento a Brigada dos Mortos – Riovane sorri, tirando a franja escura da frente dos olhos verdes. E virando-se para os outros atrás dele, diz: – Podem ir. Protejam o Conde, eu vou cuidar disso aqui.

– Mas são dois, senhor – diz o mosqueteiro.

– Não discuta! Vão.

Mileuda sente o sangue ferver com a audácia do velho companheiro ao ignorá-la.

– Bem – diz Uigrafo, fechando o cenho e baixando a cabeça para olhar Riovane de baixo –, é a hora em que teremos de acertar nossas desavenças, camarada.

– Até hoje não entendo que desavenças são essas. Você tinha tudo, Uigrafo. Era o preferido.

– A que preço? Desisti de fazer parte dessa farsa. Não quis ser mais um objeto de propriedade dele. Ou um animal de estimação como você ainda é! – Uigrafo diz entre os dentes, os olhos castanhos se crispando com as memórias trazidas à tona pela mera presença do outro. – O conde vai ser preso, Riovane. Já era. Vão acabar com os esquemas dele. Não deveriam ter tomado a atitude estúpida de sequestrar um arcadiano.

– Isso é uma tolice. Não seja inocente, Uigrafo. Isso tudo é combinado entre os grandes, somos apenas peças na máquina deles. Eu mesmo tinha dito ao nosso senhor que não deveríamos ter mandado o aviso aos babelianos antes da chegada do reforço comeriano.

– Então é fato que Coméria está envolvida nesses movimentos – diz Mileuda, mais para si do que para responder a Riovane, que a ignorou.

– Pois é – ele responde sem ao menos encará-la. – E pelo jeito receberam o aviso antes dos cabeças de Babélia e vieram rápido demais.

Pegaram a nossa residência desguarnecida e agora estamos aqui – diz Riovane, sem tirar os olhos do irmão. – Mas chega de conversa. Você sempre foi o favorito do conde, Uigrafo. Mas hoje é a minha chance de me vingar de você e mostrar a ele quem é o melhor.

– Mileuda, não se mete nessas conversas – diz Uigrafo, com a espada em riste e sem desviar a atenção do oponente. – Volte para avisar a sargenta e os outros. Eu vou cuidar de Riovane.

– Ah, está mandando a sua irmã embora? Não quer que ela saiba que você era o brinquedinho sensual do conde?

– Cale a boca!

– Uigrafo... Isso é...

– Não caia nas palavras dele. Faça o que eu disse!

– Que é isso. Não tenha pressa e apenas ouça. Foi o que aconteceu, Mileuda – Riovane diz ainda sem olhar para ela, como se saboreasse a dor nos olhos de Uigrafo. – Seu irmão era o preferido, pois satisfazia todas as vontades nojentas e mais baixas do Conde de Dohle. Ainda que não fosse nada exclusivo, pois todos que quisessem qualquer posição de destaque na casa dele tinham que cumprir esses requisitos. Comigo não foi diferente. E ele fazia questão que fôssemos homens.

– Vá, Mileuda!

– Uigrafo, você dá conta disso? – pergunta a irmã, tentando controlar a respiração.

– Sim. Eu já disse que deve ir. Confie em mim.

Riovane ataca Uigrafo antes que o oponente possa se preparar e erra por um triz. Uigrafo reza para que a irmã já tenha ido logo, a ideia de ela o ver como alguém que se vendeu não somente por ouro mas até com o seu corpo para manter um cargo é devastadora. Mas Riovane não é um bom espadachim, nunca foi, então as esquivas de seus ataques são fáceis e óbvias, ainda que sempre tenha querido ser o número um. Transformando a raiva em força, Uigrafo espera o fim da sequência de golpes do adversário para então atacá-lo seguidas vezes. Porém sua lâmina não consegue feri-lo ou arranhar mais que a superfície de sua couraça de couro, ao contrário do que sofreu em sua mente há pouco por meras palavras. Esta luta está ganha, precisa apenas encurralá-lo.

– Não consegue falar nada, Uigrafo?

Os dois trocam golpes, até que encontram suas espadas e, em uma disputa de forças, se aproximam. Riovane tem a vantagem, com os seus braços fortes estendidos obriga Uigrafo a manter sua espada colada ao corpo, já que tem os cotovelos flexionados e não pode esticá-los.

– Diga alguma coisa, sua irmã quer saber como termina a história.

– Mileuda? Vá embora de uma vez!

– Não, não. Deixe-me ajudá-lo a dizer o que não pode tirar do peito. Quem sabe com uma nova boca você consiga?

Com um movimento rápido, Riovane torce e alavanca a sua lâmina apoiada na do oponente até tocar o pescoço de Uigrafo. Com o contato do metal, a pele se afunda e logo cede, vazando o sumo vermelho, fazendo com que o irmão de Mileuda gorgoleje de olhos arregalados.

– Não! – grita Mileuda e perde o ar, paralisada pela gargalhada de Riovane ao ver a expressão desolada de Uigrafo, inconformado com a sua derrota. O irmão de Mileuda se ajoelha e torce as sobrancelhas para baixo, pedindo clemência ao mundo e à Deusa, seu sangue cascateando sobre o peitoral de couro rígido.

Mileuda avança sem pensar nas suas ações, apenas na idiotice que cometeu ao deixar o seu irmão lutar sozinho em um duelo que lhe tirou a vida. Mesmo quando perfura o flanco de Riovane, interrompendo o seu riso escarnecedor, e urrando de fúria o arranca de perto de Uigrafo e corta-lhe a garganta para causar a mesma ferida de morte infligida ao sangue de seu sangue, não se acalma.

Então agarra o corpo do irmão morto, de olhos apagados, e enche as mãos do líquido quente tentando estancar o rasgo até que não expele mais nada. Passos e vozes se aproximam vindos por onde entrou, mas não importa mais.

Riovane mantém o sorriso forçado e paralisa a sua expressão até terminar de vazar pelo pescoço.

Táscia Elena chega acompanhada por Ranolder, Enoque e os guerreiros restantes, e estaca ao ver os dois subordinados mortos e então a cena comovente de Mileuda, enlutada, abraçando o corpo do irmão que jaz em seu colo.

Sem saber o que fazer, a sargenta estica o braço, a mão tremendo, para tocar o ombro da guerreira, mas recua.

– A porta está fechada, mas é uma tranca simples – diz Enoque.

– Vou ver se o inimigo morto não tem uma chave – diz Ranolder. E logo encontra um molho pendurado em uma bolsa no cinto de Riovane.

Deixam-no onde está e seguem para dentro da passagem secreta que deve levar à sala do conde, os soldados atrás de Táscia em silêncio. Com a espada e as mãos sujas de sangue, a sargenta revê o primeiro homem que matou poucos minutos atrás. Isso lhe causa vertigem, e ela se apoia na parede de pedras frias do corredor. Enoque se aproxima e lhe dá um tapinha no ombro sem dizer nada.

Ela gesticula para que continue adiante e lhe dê um pouco de espaço. Quando Enoque se afasta, Táscia olha para cima e tenta enxergar através do baixo teto de rochas e chegar ao céu para pedir perdão à Deusa pela morte causada, mas as vidas dos soldados que desperdiçou com sua atuação desajeitada não lhe dá esse direito. Então abraça e engole a culpa que lhe pesa.

Por mais alguns minutos, apenas Mileuda fica para trás, abraçada ao corpo ainda quente do irmão.

* * *

Enoque segura a fechadura de uma porta de arrastar e Táscia pede que aguarde antes de abri-la.

Mileuda vem correndo, as vestes manchadas pelo sangue do irmão, com a espada em punho.

Quando deslizam a porta e afastam a estante falsa, o Conde de Dohle está folheando um pesado livro de registros.

– Riovane, como está o confronto com os invas... – ele se interrompe, sobressaltado por não ver quem esperava. – O quê? Onde está Riovane? Malditos sejam!

– Acabou, Conde – diz Táscia, ainda enxergando apenas a imagem de Uigrafo deitado no colo da irmã. – Viemos pelo arcadiano e você vai responder por seus crimes.

–Ora, veja quem está aqui. A agente insolente da latrina babeliana. – Bufa em desdém e enxuga uma gota de suor que se formava na testa. – Aposto que nunca imaginou quem estaria por trás da Brigada do Mortos, não é mesmo?

– Não vou negar que estou surpresa – diz Táscia, a testa franzida sob a bandana, os olhos perdidos, ainda que atentos. Então o encara com firmeza. – Mas, de qualquer forma, é natural que a podridão esteja ligada ao seu nome.

O Conde de Dohle solta uma gargalhada.

– Se eu soubesse que seria você que viria nos afrontar, teria preparado algo realmente especial.

– Já acabou, Excelência. Entregue-se e verá que os magistrados de Babélia não serão tão complacentes desta vez.

– Você está certa. Por isso decidi não me entregar, desgraçada.

– Pretende mesmo lutar contra mais de seis pessoas treinadas e armadas?

– Lutar? — Dohle cospe uma gargalhada alta, espalhando perdigotos. – Quem luta são os peões, não há qualquer glória em me bater com vocês. – E ao dizer isso levanta uma besta grande, maior que o normal, com partes estranhas presas em suas laterais, e desencaixa uma parte comprida que permite que a apoie no chão, dado seu enorme peso.

– Excelência, o primeiro tiro vai nos atingir, mas enquanto estiver carregando o próximo, vai estar vulnerável – Táscia diz, mesmo com sua intuição apitando que há algo de errado no sorriso do conde de Dohle, que insiste em não deixar o seu rosto pálido e suado. Enoque se afasta para o lado esquerdo, a espada de duas mãos à frente, as pernas arqueadas e prontas para saltar ao primeiro disparo. Ranolder está atrás e começa a murmurar alguma reza. Do lado direito, Mileuda tem a expressão de quem habita o mundo dos mortos e aperta o punho da própria espada, pronta para correr. Táscia expira o ar e fala, mal contendo a respiração agitada:

– Se disparar contra nós, pode ser que tenhamos que feri-lo, isso contará como legítima defesa nos autos.

– Vou vingar o meu irmão – Mileuda diz entre os dentes e expele o ar com ruído. Ao seu lado está uma mesa de canto que ela afasta com a lateral da perna, fazendo um belo vaso lestiano balançar.

– Calma – sussurra Táscia.

– Vai vingar merda nenhuma, sua cadela! – o conde gargalha e puxa o gatilho da arma que nem se importa em mirar, apenas ergue na altura de sua barriga avantajada.

Quando o primeiro virote atinge a armadura de couro vermelha de Mileuda na barriga, Táscia repara que não é apenas um tiro. Outro logo atinge o peito da mercenária, mais um no braço esquerdo, isso não é uma besta comum. Uma rajada de tiros acompanhada da risada sádica do nobre e dos zumbidos, engrenagens e cordas do equipamento trabalhando varre a sala a partir de um lado, o vaso lestiano do canto explode em estilhaços, os afrescos com a tranquila paisagem perfurados e borrifados com o sangue. A próxima a ser atingida será Táscia. Ela salta no chão, instintivamente, com a espada desembainhada. Ranolder ainda está de pé e concentrado, mas os virotes em sua direção esbarram nele sem força, caem no chão após tocar seu manto azul-escuro.

– Minha Deusa – Táscia solta o ar com a dor de um virote que a atingiu na perna direita. Ergue a cabeça um pouco e percebe que o conde parou e está praguejando.

– Ah, essa desgraça acaba muito rápido! Minhas costas doem – Dohle cospe enquanto fala, afastando-se para o canto a arrastar o monstrengo que tem em mãos. Gira um mecanismo pesado para dar corda na besta enquanto ele mesmo se apoia em uma cadeira estofada de muito bom gosto.

Mal tem tempo de se assustar quando o berro vigoroso de Enoque atinge suas orelhas. Ele vê os olhos em fúria do guerreiro e o balanço horizontal seguido da sombra da espada de duas mãos que o atinge. Essa é a última coisa que enxerga, pois, quando a cabeça separada de seu corpo cai no chão, tem a visão encoberta pelo belo tapete que enfeita o escritório da verdadeira dona da propriedade.

Táscia respira entre os dentes e encara Enoque. Este diz, dando de ombros.

– Foi legítima defesa, sargenta.

* * *

Quando abrem a portinhola pesada, o Cavaleiro de Fogo, Pyro, se ergue de onde estava ajoelhado. Suas mãos estão acorrentadas atrás do corpo, presas a uma trava na parede. Está com uma túnica simples, sem sua bela armadura arcadiana, porém mesmo vestido em trapos seus cabelos púrpura-avermelhados e olhos roxos o tornam alguém distinto. O lugar é pequeno, e cristais pendurados no teto emitem uma fraca luz azulada que pesa no ar, maceta a presença, tornando difícil até respirar no local. As pupilas cor de lavanda do arcadiano faíscam.

– O senhor está bem? – diz Táscia, com a lâmina rúnica em punho, acenando com a outra mão para que Enoque o solte com a chave que tomou do guarda.

– Você?... – diz Pyro, apertando os olhos e confirmando ser mesmo a protegida de Magna ao enxergar a espada mística na mão dela.

– Está desapontado, senhor?

– Não... – Pyro baixa os olhos e encara as pedras frias do chão.

– Erga-se, cavaleiro babeliano. É seguro agora – Táscia diz.

– Quem é o seu capitão?

– Major. Era o Marquês de Alfador.

– Era?

– Sim. Ele caiu em combate.

Pyro solta o ar pelo nariz e não disfarça um sorriso nervoso.

– Aquele idiota – diz para si, sem se importar que ouçam.

Táscia balança a cabeça e encara o teto. Mesmo com todo o peso desses poucos minutos, solta um riso, para depois fechar a cara de novo. Quando Enoque passa bufando ao lado dela, esbarra em seu ombro. A sargenta baixa o olhar e encontra Pyro fitando-a, esfregando as mãos agora soltas.

* * *

Táscia passa a mão sobre o rosto de Mileuda para que ela pare de encará-la.

A visão da barba empapada de sangue do guarda que matou, cuspindo o líquido vermelho em espasmos enquanto sua carne se debatia, olhos ainda vivos, fixos no infinito do céu, inconformado pela penetração da lâmina de Magna entre duas placas da couraça que deveriam tê-lo protegido.

Os olhos da irmã de Uigrafo agora estão fechados e ela dormirá para sempre um sono sem terrores. Táscia se levanta e permite que os mercenários levem a soldada para ser cremada junto com os outros caídos, aliados ou adversários.

– A cremação purificará seus corpos, suas almas já são parte da Essência agora.

Táscia se vira e faz uma pequena reverência ao constatar que é o seu superior arcadiano, Pyro, o Cavaleiro de Fogo.

– Como está a sua perna? – ele pergunta, olhando para a atadura manchada de vermelho na coxa direita de Táscia.

– Está bem, foi bem superficial. Pegou no lado e atravessou a pele. Só está ardendo.

– Quer um mago branco?

– Não há por que arriscar magia em algo assim.

– Muito bem, então. Eu... – Pyro se aproxima – acho que lhe devo essa pergunta. É contra a cremação? – O arcadiano pisca seus olhos púrpura devagar. – Prefere que enterremos os seus soldados caídos?

– Cremação ou enterro dão na mesma – Táscia diz e se lembra da imagem de Pietru Negro queimando de braços abertos, em sacrifício por vontade própria, como em sua tantas vezes contada história nos sermões do Templo, para que a nova era dos mortais pudesse existir. – É só a carne deles que está aqui.

– Eu mesmo vou cuidar do fogo que os enviará de vez para as Mães.

– Obrigado, senhor.

– Sou eu que agradeço. Não vou me esquecer do que fez por mim.

– É apenas o meu dever.

– Escute...

– Táscia. Táscia Elena.

– Sim, eu sei o seu nome.

– Não me acha indigna mais? – Táscia desvia o olhar, segura a espada de Magna e a mantém bem junta de seu corpo.

– Como?

– Não é nada, senhor. Eu preciso me recompor.

Pyro se aproxima devagar e Táscia dá um passo para trás, encostando-se no batente da porta.

– Posso te perguntar algo... pessoal?

A guerreira cruza os braços e olha para fora mais uma vez.

– Se eu conseguir responder. Pode.

– Foi a primeira vez que matou alguém?

Táscia se vira de repente, com os olhos enfurecidos, cheios de água, fitando Pyro.

– Por que isso é importante?

– Diga-me. Eu só gostaria de saber.

– De onde tirou isso? Lê mentes também?

– Não... Meus subordinados ouviram dos seus.

Táscia enche o peito de ar e bufa, exalando-o.

– Sim. Porque nunca tirei uma vida sem precisar desde que trabalhava para o condestável.

Pyro fecha os olhos e viaja para algum lugar longínquo, além dos sonhos submersos em Mammon. A primeira vida que extinguiu foi durante as experiências infindáveis a que foi submetido pelos escolares arcadianos. O vazio que aquilo causou só foi preenchido quando já se acumulavam mais almas enviadas para a Essência por suas próprias mãos.

– Eu entendo – ele diz.

– Mas não me subestime! Eu poderia te matar agora mesmo se precisasse.

Como quem quisesse encerrar a questão, Pyro interrompe a conversa e dá mais duas ordens a subordinados que passam ocupados. Um deles entrega um pacote grande, embrulhado em panos, e Pyro suspira ao tomá-lo nas mãos.

– A maioria dos suprimentos da despensa da residência irá para o seu grupo. Vai precisar porque terá que comandar mais gente.

Táscia não responde, respira devagar para recobrar a calma. Seu coração já acelerado pede atenção, ela desvia os pensamentos do presente para entrar em paz consigo mesma. Aperta os dedos nas palmas das mãos para senti-los. Então pergunta, ainda com os braços cruzados:

– Os Albinos não vão se juntar a nós na campanha?

– Não os chame dessa forma nem entre a gente – responde Pyro sem encará-la.

– Perdoe-me, senhor – Táscia ouve o eco da voz de Magna dizendo a mesma coisa.

– Concedido.

Pyro desembrulha uma espada de duas mãos mais larga que o normal e ornamentada, com uma gema incrustada na guarda. Há inscrições e um tingimento vermelho no meio da lâmina.

– Graças à Deusa que vieram rápido – diz ele. – Se enviassem esta arma para longe, seria um problema.

– É uma espada mágica como essa minha? – Táscia toca o punho da lâmina rúnica.

– Sim. Esta é a Chama Cortante.

Táscia olha para a guarda, desenhada como se fossem labaredas em movimento.

– Fico feliz que tenha recuperado sua arma. Mas te peço uma resposta ao que perguntei – a sargenta franze a testa sob a bandana. – Eu duvido que fariam tentativas de chantagear Babélia como a que fizeram com o senhor se os Al... L'dren estivessem em marcha.

– Eu estou pensando na melhor forma de te informar a respeito – Pyro fecha o cenho.

Táscia olha para os cabelos rubros recuados em entradas na cabeça do arcadiano, que está sentado, encarando o chão.

– O fato é que, quando eles se moverem, começará a ofensiva total. E a contrapartida da Aliança, os Alvos, entrará no jogo oficialmente.

– Então para os imortais ainda se trata de uma questão humana.

– Exato. – Pyro fica de frente para Táscia, que se descola do apoio e toma uma postura mais formal. – Soube que tem o respeito de seus comandados. Como sou o oficial mais alto aqui, vou tomar o seu grupo sob meu comando. Já prepararei a mensagem para informar Babélia.

– Sim, senhor. Já esperava por isso. – A cabeça de Táscia se acelera, tentando prever que tipo de situação essa nova subordinação trará.

– Mas antes de decidir sobre o que fazer com você, tenho uma nova missão.

– Senhor! – A guerreira fala alto e se endireita.

– Há uma fortaleza... peculiar que precisa ser tomada. Vou confiar em você para o êxito dessa missão e me movimentar para outro ponto de interesse. Receberá um mapa e o que sabemos a respeito. Mas não se engane: a conquista de um mosteiro como aquele é como uma aposta para ver qual basilisco corre mais rápido numa taverna de duendes. Diverte quem paga pra ver, mas uma vitória não significará nada para quem participa da corrida.

– Mas é uma posição estratégica que receberá tropas se eu conseguir... – diz Táscia, cruzando os braços.

– Eu só quero que você saiba bem qual é o seu lugar, garota. Para os nobres, isso é apenas política. Sucessão, poder. Você já conheceu os imortais, correto?

– Sim – Táscia expira o ar e se lembra do trio no quarto que dividiria com Magna naquela noite maldita.

– Saiba que para os imortais eu sou o único humano indispensável. E é essa percepção que deve ser clara para você.

– O que quer dizer com isso?

– Quero dizer que você deve estar pronta para o momento em que Zorak se cansar de você.

Táscia balança a cabeça e baixa o rosto, tentando intimidar o arcadiano com um olhar duro, mas a réplica de Pyro a faz desviar o foco.

– Preste atenção – diz o Cavaleiro após um suspiro ruidoso. – Você não é Magna. Não pense que pode substituí-la ou entendê-la, nem mesmo chegar aos pés dela. Eu e ela passamos muita coisa juntos e é por isso que admito que ainda não consigo ver o que ela viu em você.

– O senhor general está tão disposto a me julgar a qualquer custo, mas não está disposto a ver o que posso fazer. Esse desafio que me deu pode ser apenas um teste ou uma diversão, como olhar basiliscos correr por um labirinto que duendes construíram. Só que sou eu que estou correndo. E vou mostrar que sou digna da minha mestra.

– Apenas saiba que está se enfiando em um lugar onde todas as apostas são altas e onde não há como se arrepender. Quando Zorak te aprovou, virou parte disso. Se ele não tivesse visto valor em você, já estaria morta.

– Estou pronta, general Pyro. Ou encontra medo nos meus olhos? O que vê é maravilhamento. E isso não quero nunca perder. Só te digo uma coisa: quando nos encontrarmos diante da Cidade Vidente com os meus míseros guerreiros baratos, verei com que olhos vai me medir. Aí vamos saber se fui digna da confiança de Magna. E da sua.

Pyro sorri ao ouvir o desafio da protegida de Magna. Táscia não acha graça, pois está tremendo de excitação por dentro, pronta para socar a parede.

Virando-se para os soldados ocupados, o arcadiano grita:

– Ferderico está vivo? Quantos foram libertados?

Os subordinados se organizam para atender ao Cavaleiro de Fogo e logo surge um homem vestindo roupas surradas e cheirando mal. Ao ver que Táscia torce o nariz, diz:

– Preciso de um banho, eu sei. –Encosta-se no mesmo batente em que Táscia estava, pendendo o corpo magro para o lado, apoiando o braço. Tem os cabelos loiros e finos abaixo da nuca, olhar de quem está sempre prestes a rir e coça o bigode por fazer sob o nariz grande demais para o rosto comprido. – Mas nosso comandante também, não é, senhor?

– Ferderico, também estou feliz de vê-lo a salvo – responde Pyro, sem humor. – Mas não tenho tempo para gracejos. Sobraram quantos de nosso grupo?

Ele olha para trás, para cima, então diz, sem muita certeza, coçando o nariz com a ponta dos dedos:

– Aqui há um pouco menos de dez guerreiros. A maioria desses, sombrios. Estavam prendendo eles em lugares especiais, como fizeram com o senhor.

– Três seguirão comigo, vou escolhê-los. Precisarei de cavalos descansados e bons. Você e o restante irão com a tenente Táscia Elena para a fortaleza da prioresa.

Táscia se sobressalta com o novo cargo em poucos dias.

– Sim, senhor comandante – diz Ferderico. – Vou providenciar. E vou tomar um banho também. E se não me engano me disseram que era sargenta, então parabéns pela promoção, tenente!

Táscia torce os lábios sem conseguir disfarçar um sorriso, correspondido por Pyro.

– Depois que cumprir essa missão, aguardarei um relatório seu. Mande o mensageiro para o leste procurando as nossas cores.

– Compreendido. Se tudo der certo, receberá minha mensagem.

– Não tenho dúvidas que dará.

5

A TARDE ESTÁ envolta pelo ruidoso farfalhar do mato ao vento da planície. Táscia e seus cabos de esquadra de guerra e magia, Enoque e Ranolder, descansam as pernas doloridas após marchar por toda a manhã. O calor na medida certa para não se amaldiçoar nem o vento nem as roupas pesadas da viagem.

A imagem do homem gorgolejando e vomitando sangue quando Táscia enfiou-lhe a espada no vão da armadura invade os pensamentos, como se tivesse que reviver aquilo mil vezes antes de poder seguir adiante. Tenta encobrir isso com a frustração de não poder treinar mais o seu grupo, agora completo após o final da missão de resgate do Cavaleiro de Fogo.

Desde a morte de Magna, carregar a sua estranha espada é como viver ao lado de um cadáver. Mas de alguém querido, de quem não se quer separar, ainda que sinta que a melhor coisa a fazer seria deixar que o tempo tapasse o buraco com a mistura de boas memórias e dores suportáveis.

Enoque está deitado ao lado dos companheiros, olhando para o céu e prestando atenção em sua própria respiração. Ranolder está sentado, assim como Táscia, e lê, como faz em toda oportunidade que surge. Então Táscia se levanta, pega a arma da mestra e a desembainha devagar. Não é a primeira vez, naturalmente, mas sempre se surpreende com o quão leve ela é, talvez leve demais, e procura o próprio reflexo no metal roxo quase negro, as ranhuras distorcendo as linhas do rosto.

A empunhadura tem uma pedra lapidada que pulsa escuridão. Da mesma cor da lâmina, protegida por uma grade de metal trabalhado com esmero, algo que não poderia ser feito por mãos humanas. Mas há uma rachadura profunda na pedra que quebra a harmonia do delicado desenho.

Ao segurá-la, sente que a palma da mão sempre está em contato com a gema fria, sensação que não muda mesmo quando a empunha por um tempo. E o quase imperceptível formigamento pela presença de Ranolder, como pôde confirmar através de repetidas experiências.

– É uma bela espada, essa sua – diz Ranolder. Enoque já dorme na forma que está.

Táscia não esconde a apreensão por esse súbito interesse do mago, ainda que já tenham lutado juntos. Durante muito tempo não encontrou ninguém que conhecesse magia, agora até comanda alguns em seu pequeno pelotão.

– Você sabe que tipo de espada é essa, não é? Por isso que me disse aquilo no meio da missão da residência.

– Sim, a minha suspeita se confirmou. Já tinha ouvido rumores sobre a comandante Magna e a sua capacidade de se defender de magia. Muita gente não acredita que isso é possível. Posso olhá-la de perto? Não preciso tocá-la, não se preocupe. Só quero me aproximar. – Ranolder se levanta devagar e Táscia pensa em como dominá-lo, se necessário. – Calma, tenente, estamos do mesmo lado. Espere, isso no punho é uma pedra de foco?

– Hã? Não sei sobre foco, mas é uma pedra. – Táscia se lembra das palavras da carta de Magna, como deveria fazer para usá-la.

– Me perdoe se é uma pergunta indelicada – diz Ranolder, ignorando seu olhar ameaçador –, mas a tenente sabe o que é uma pedra de foco? – Como Táscia não responde, é a deixa de que o mago precisa. – Eu nunca tinha visto de perto uma espada albina. Digo isso pelo metal celeste, essa cor roxa, quase negra, essas ranhuras do processo de forja delicado. Mas essa pedra me intriga mais que as runas da lâmina, não conheço essa escrita, mas deve ser dos Albinos também. Raramente algo deles chegou às mãos dos mortais.

– Primeiro, nunca diga Albino perto dos L'dren. Segundo, Magna nunca me contou a respeito disso. – E Táscia completa mais para si do que para ser ouvida: – Parece que os rumores informam melhor do que morar com a pessoa que a tinha.

– Isso mostra como nossos empregadores confiam em você, já que permitiram que ficasse com ela.

– Não sei o que quer dizer com nossos empregadores – Táscia se pergunta se ele sabe mesmo que são Albinos ou se está tentando arrancar informação dela. – Com a morte de Magna, eu a herdei. É o costume do povo dela.

– Mas nunca teve mesmo oportunidade de conversar com ela sobre essa arma? Isso é uma espada raríssima, mas tenho certeza que você sabe disso.

– Eu sei. Não falávamos a respeito dessas coisas – Táscia vira o rosto para o outro lado.

– Me perdoe mesmo a curiosidade, é mesmo algo muito raro de se ver. Ainda mais para nós, que estamos sempre estudando a respeito desses conhecimentos antigos...

– Ranolder – Táscia respira fundo, hesita por instantes e então diz: – Talvez possa me ajudar com a espada.

O mago arregala os olhos com a confiança conquistada, mas se aproxima sem deixar de ser cauteloso.

– Se é uma espada mágica, você primeiro precisa saber o que ela faz. Que tipo de feitiço está ligado a ela e a que função isso serve. Como vimos na missão, ela absorve magia e você pareceu conseguir fazer funcionar. Para ativar o feitiço, isso é feito como todo tipo de encanto, envolve concentração. Conhece o conceito de meditação ou concentração aplicada à magia?

– Eu não sei nada de magia, somente que é proibida, ouvi isso tantas vezes nas reuniões semanais nos templos que é a única coisa que sempre me vem à mente. – Táscia se lembra da sacerdotisa no confessionário, dos sorrisos dela quando abria o próprio coração. – Mas sim, minha mestra falou algo a respeito disso. E eu apenas tentei esvaziar a cabeça. Só que não vou negar que fico com medo de não saber repetir o feito.

– Você precisa pensar em nada, sabe como é isso? – Ranolder mal pode conter a excitação de estar diante de uma espada L'dren e poder presenciar a arma em funcionamento.

– Bom, acho que sei. Foi o que eu fiz, certo? Minha mestra disse que essa espada pode parar magia. Não entendo como isso é possível.

Ranolder arregala os olhos.

– Uma espada albina, digo, L'dren, que pode parar magia. Parece o tipo de coisa que usariam contra os Alvos, sim. A tenente sabe que o Povo das Sombras não pode usar magia diretamente, correto? Isso é senso comum e...

– Mas não me parece prático em uma luta parar e se concentrar – interrompe Táscia. – Ali eu vi exatamente as duas oponentes que estavam atacando. Mas e se fossem pessoas que não vi antes, ou se fossem muitas bolas de fogo e dardos místicos vindo em cima da gente? Já fico imaginando como eram as antigas guerras mágicas.

– Aí que está a diferença. Ainda que não possam usar magia, os L'dren são imortais, tenente, ligados à Essência o tempo inteiro. Nem sonham, não sabem o que é dormir como a gente faz. Para um Albino ou Alvo, meditar é um ato instantâneo. Quem precisa de tempo para se ligar à Essência somos nós, humanos, e outras raças mortais.

– Por favor, aprenda: são L'dren. Mas não vou negar que isso que me disse seja algo novo – diz Táscia, anuindo com a cabeça.

Ranolder sorri e deixa a modéstia e a seriedade de lado por um instante.

– Se Enoque estivesse acordado, diria que os sombrios, nós, magos, sabe?, somos inúteis na guerra.

Táscia solta o ar pelo nariz com um sorriso nos lábios e relaxa os ombros.

– Certamente não são. Se não fosse a sua ajuda, não teríamos estourado a besta do guarda quando fomos atacar o esconderijo da Brigada dos Mortos. – Ranolder, modesto, faz uma pequena reverência. – Mas se eu te peço esses usos discretos é para não chamarmos a atenção dos adversários. A magia na guerra é algo que não se vê há muitos neanos. É a descrição de um passado lendário, como se tivessem sido parte de uma fantasia que não existe mais. Projéteis de fogo, raios, escudos invisíveis, círculos de concentração. Agora isso terá que ser usado por nós, não é mais assunto apenas dos imortais. Já temos magos em nossas fileiras. – Táscia ergue o rosto e fita Ranolder. – Mas, se eu quiser aprender a usar essa espada sem hesitar, preciso que alguém use magia contra mim.

Ranolder fecha a cara. Seu rosto se torna sério como antes.

– Tenente, posso ajudá-la com isso, mas a sua arma está com a pedra de foco rachada. Eu não sei o quão ruim isso pode ser, nunca vi uma dessas e duvido que algum mortal possa consertá-la.

– Que droga! – A guerreira expira o ar. – Será que não posso usá-la? Mas espere, a minha mestra falou na carta que era só não abusar dela porque ela está velha.

– Eu realmente tenho os meus receios. Uma magia mal controlada pode empedrar a gente. Sabe, a crisálida?

A imagem de Magna tossindo, seu braço paralisado e suas expressões de dor quando pensava que ninguém a olhava vêm à mente de Táscia.

– Sim... Eu sei o que é crisálida. Mas Ranolder, eu devo insistir. Tenho certeza que para a luta que está por vir essa espada será muito útil. Mais útil que um mago, talvez?

Táscia sente o sangue subir à bochecha pelo gracejo, talvez tenha ido longe demais. Mas Ranolder sorri.

– Vamos tentar, então.

* * *

O céu fica nublado, Sarali se esconde como se não quisesse apreciar dois mortais usarem magia e armas ancestrais como nas lutas do início dos tempos.

Ranolder é mais responsável do que a excitação de Táscia gostaria. Parado, de pé, concentrando-se como é necessário a um mortal, faz nascer uma pequena chama no meio da grama pálida.

– É com isso que vamos treinar? Isso não vai me preparar para um combate de verdade – diz Táscia.

– Se a tenente conseguir dissipar isso, posso tentar outras coisas. Mas lembre-se, a pedra está rachada, não sabemos em que condições...

– Já entendi! – ela ergue uma mão para cima e olha para o outro lado. – Vou tentar agora.

O toque frio da pedra desencadeia uma onda estranha por seus membros. Saberia a espada que está diante de magia?

– Ranolder, sinto alguma coisa correndo com meu sangue. Foi logo que encostei na pedra.

– A pedra se liga à pessoa... É justamente como uma pedra de foco comum, então, você precisa se concentrar para que o encanto atravesse o seu corpo sem afetá-la.

Táscia se lembra das vezes em que esteve entre os gitânios e como tudo isso sempre soou tão misterioso e longe da sua realidade. Como se a Essência fosse instigada pelo fogo que não deveria estar ali, invocado por um mortal que reuniu espíritos que não compreende, mas sente-os através das ondas que inundam os seus braços e aquecem cada ponta da própria alma. O toque da pedra na palma da mão agora é quente e vibrante, vê pequenos lagartos em brasa sumindo e voltando para a sua morada primordial. Assusta-se, prende a respiração e dobra um joelho, incrédula do que viu. Então derruba a espada no chão e vê apenas os seus dedos de sempre, sujos e calejados, mas agora dormentes.

– Muito bom, tenente.

A chama desapareceu, percebe Táscia.

– Mas eu não fiz nada. Quando pensei que ia me concentrar e...

– Pois me pareceu bastante concentrada, como se estivesse mesmo no meio de um feitiço, em transe. Foi bem rápido. Essa é uma boa amostra da magia dos antigos, tão bem feita que exige muito pouco de quem empunha o instrumento.

– Eu não entendo. Só lembrei coisas, não faço ideia do que aconteceu.

– Sua mestra entendia o uso da arma e por isso a confiou a você. Tenente, sugiro tentarmos de novo, mas contra algo que possa feri-la. O que acha?

Táscia se ergue confiante, corrigindo a postura, envolvendo a pedra fria sob sua mão direita. Ranolder a encara solene como sempre.

– Vou arremessar um pequeno projétil de fogo contra o seu pé. Salte antes de tentar algo, para não correr riscos. Quero apenas que a magia tenha a direção de seu corpo, para poder entender como funcionaria numa situação de luta.

– Eu vi lagartos em brasa. Tem a ver com magia?

– Isso que você viu são elementais do fogo. Salamandras. Eu mesmo só vi sob sessões de alta meditação. Impressionante, é mesmo uma arma formidável.

– Pode vir, Ranolder – Táscia não disfarça o sorriso que brota nos lábios.

Trazendo a mão em concha à cintura, o mago cria fagulhas que explodem em uma esfera ardente. Com um impulso teatral, a bola de fogo é arremessada e voa tremendo em direção à perna de Táscia, mas não atinge o seu alvo. Chamusca o mato. A guerreira segura a espada sem entender o que houve.

– Não deu certo, mago.

– Alguma coisa você fez de errado. Ou não se concentrou, ou não estava ligada à espada. Tente lembrar.

Mas Táscia não queria depender de lembranças em uma batalha de verdade. Quando Ranolder formou a bola ela permaneceu em seu passado tempo demais vendo o que não queria, mergulhada em sentimentos que não desejava mais.

– Vou tentar de novo. Precisa se concentrar.

Se essa espada veio à sua posse e deve usá-la para algo, tem de olhar adiante, ir para longe de tudo que passou, ser apenas a Táscia Elena que defenderá Babélia e quebrará o ciclo de poder dos Três Reinos e do Templo.

Durante suas infindáveis sessões de treinamento reiliani, a morte dos pais era um grande vazio, uma imensidão branca como sua mestra dizia ser o mundo da eterna sombra, lugar que não habitaria nem em sua mente. Guardou o que tinha passado, de que serviam os neanos vividos?, tudo enterrado bem fundo para que não a levasse a sentir, vivendo pelo hoje, amortecida por tantas pancadas que o seu espírito recebeu como o braço que suportava cada investida de Magna.

A imagem da pedra sendo rolada ladeira acima, os dedos pressionando contra a aspereza da rocha, os pés encaixados nas depressões que encontrava na terra, sem escorregar, aproveitando cada pequeno acidente do chão para seguir adiante, cumprir seu propósito, chegar ao alto, foi o que a sua mãe ordenou tão claramente. A veemência do comando a impelindo a continuar sem questionar.

Mesmo que agora o espelho lhe lembrasse cada dia vivido, as outras pessoas que a enxergassem só veriam Táscia Elena, a capitã de Babélia que carrega a lâmina que veio do céu.

– O mago está exausto, tenente. O que fez com ele? – a voz grossa de Enoque tira Táscia da torrente de imagens.

Ranolder está ajoelhado em sua frente. Enoque o ampara sorrindo.

– Magos são mesmo inúteis.

– Eu consegui, Ranolder? – Táscia se agacha em frente ao sombrio.

Arfando, o mago responde:

– Sim... Defendeu cinco projéteis meus, cada vez maiores e mais poderosos. Os últimos mirei em suas costas, mas sumiram na sua frente, pareciam atraídos pela lâmina que você mantinha erguida e apontando para o céu.

Táscia expira o ar de uma vez, como se estivesse segurando-o por muito tempo, uma energia incrível correndo todo o seu corpo.

– Precisa me ensinar isso, tenente – diz Enoque, gargalhando.

A guerreira sorri e inspira fundo, estufando o peito.

– Acho que entendi como usá-la. Como encontrar o vazio. Eu não posso ensiná-lo, Enoque, porque isso é graças à espada.

– Ela tem uma lâmina albina, Enoque. E pode ser uma arma incrível para a nossa causa – diz Ranolder, arfando.

– Uma espada mágica? – diz Enoque empolgado. – Serve para arrancar cabeças? Então é boa o suficiente para mim. – Ranolder vira os olhos e desiste de se levantar, largando-se sobre a grama. – Sei que parece fora de época – Enoque continua –, mas as grandes armas das histórias sempre tiveram nomes. O que me diz, tenente?

Táscia sorri para os seus companheiros, mostrando os dentes, e então olha para a velha espada na mão.

– Claro que tem um nome – ela diz, e pensa o mais rápido que consegue, pois foi um pedido tão repentino que não estava preparada. Então tem um estalo, algo tão óbvio que só podia ser isso. – Senhores, contemplem a Lâmina Celeste! – e a ergue apontando-a para Sarali, ao que a deusa que parecia desinteressada sai de trás das nuvens e faz brilhar o aço escuro apontado para si, sem temer a ameaça.

* * *

A diversão de mais de uma centena de soldados no meio do silêncio da noite pode ser bastante barulhenta, mesmo vinda de um pequeno acampamento como o babeliano. Com o coração leve, a maioria ignora a madrugada avermelhada e fria.

– Não sei se foi uma boa ideia permitir isso – diz Enoque.

– Fale por você, eu só quero que essa conversa acabe logo para ir pra lá – diz Ferderico, com um sorriso irônico.

– Sei bem que quer sair logo – Enoque mantém os braços cruzados e os olhos apertados com profundo desprezo. – Nossa tenente espera que aproveitem mesmo os garotos e garotas contratados.

– Chega, vocês dois! – diz Táscia, olhando para o grande mapa na mesa sem prestar atenção em nada desenhado. A sombra das velas torna seu rosto ainda mais assustador. – A sua presença aqui na nossa reunião de cúpula é porque conhece Coméria melhor que todos, mercenário. Está sendo bem pago, então espero que a informação valha a pena.

– Bem pago? – Ferderico dá de ombros. – Agradeço a generosidade – a ênfase irônica é irritante –, mas as bolsas de Babélia parecem leves demais. E já eram assim desde que eu servia o arcadiano, não me levem a mal.

– Se continuar desacatando a oficial vai acabar preso – diz Ranolder, que ouvia tudo sentado ao canto da mesa de guerra. – Poderíamos torturá-lo e conseguir a mesma coisa de graça.

– Certamente essa tortura não viria de você – ri Ferderico.

As silhuetas projetadas tremem nas lonas com a tensão.

– Senhor Ferderico – Táscia fala devagar, mas alto.

– Ferd, tenente. Eu já disse.

– Senhor Ferderico – diz Táscia, respirando fundo –, sabe nos dizer por que está tão confiante? É uma fortaleza da época de Pietru Negro, e hoje é um mosteiro do Templo. Não há patrulhas, dependem das torres de canto e da maior acima do portão. Mesmo bons arqueiros e mosqueteiros não impediriam um cerco por muito tempo.

– Bem, eu diria que não foi feita para se defender. É só um lugar onde sacerdotes vêm estudar e morrer de tédio. Mas não é pecado atacar uma casa da Deusa?

Táscia e Enoque o encaram como se esperassem por alguma informação relevante. Ranolder passa a folhear o primeiro livro de uma pilha que trouxe, expirando o ar ruidosamente.

– Sério, companheiros. É só isso. Será que contam com o auxílio de algum forte próximo? O que sei é que a prioresa gosta muito de máquinas, tem uma coleção de relógios, caixas de música, essas bugigangas. Vai entender.

– Podemos esperar armadilhas e máquinas de defesa, então. Sabe se há magos do lado deles?

– Tenente, isso é heresia! Imagina sequer pensar que sombrios estariam a serviço do–

– Responda! – Táscia bate na mesa, a luz da vela treme nas lonas da barraca. Lá fora os gritos e música continuam sem ressalvas.

– Isso é uma perda de tempo – diz Enoque, virando as costas. – Esse comediante não está ajudando em nada. É fato que foi oferecido pelo senhor Pyro, mas não sei, não.

– Espere – diz Ferderico –, estou dizendo o que sei. A prioresa se interessa por máquinas, isso vocês podem ter certeza. Não sei sobre magia, essas heresias aí, mas sei que pode haver algo interessante para Babélia atrás desses portões. Máquinas estranhas que só eles possuem. Como se fossem estrangeiras, dorfes talvez.

– Tecnologia anã?

– É, a prioresa gosta disso. Uma estudiosa dessas coisas. Além disso eles estocam as coisas que fabricam pra vender, talvez seja um entreposto de suprimentos entre as propriedades do Templo.

– Cerveja e queijo. Pode ajudar nas provisões, sim – diz Ranolder. – Já recebemos mais soldados depois dos que vieram do general. Não trouxeram nada, é essencial que tenhamos como alimentar toda essa gente.

– Obrigada pelas suposições, senhor Ferderico. Pode se retirar, aproveite o entretenimento – Táscia diz.

O patife sai de peito estufado e andando com confiança, como se não se importasse com a própria situação.

– Não sei se deveríamos confiar nas coisas que esse cara fala – diz Enoque, como se falasse sozinho.

Táscia tira os dedos com que pressionava ao redor dos olhos e coça rápido o nariz.

– Você mesmo já disse. Foi alguém que o próprio general Pyro nos entregou. E precisamos de alguém que conheça os segredos desse lugar – diz Táscia.

– Mas é claro que ele não sabe de nada. E ele não é babeliano, já serviu do lado de Coméria e outras casas.

– Sim, e é provável que seja por isso que o general Pyro o defenda. É o mais próximo que temos de um espião ou é o melhor que podemos pagar. Bem, todas as missões que recebemos são sempre sem qualquer recurso. Tentar uma batalha de cerco hoje em dia seria estúpido, vão nos alvejar com mosquetes e flechas, nem ao menos temos canhões ou qualquer máquina.

– Sem contar com a magia se houver zelotes. É como se o alto comando esperasse que falhássemos – Ranolder fala baixo.

– Pra mim é claro que querem ganhar tempo ou nos distrair, como se não nos vissem como uma força que possa chegar a algum lugar – diz Táscia, apoiada na mesa, com os olhos fixos na chama da vela central. – Mas não importa, acho que podemos aprender algo que possa ser valioso lá na frente. Vejo isso como treinamento.

– Essa é a tenente, sempre otimista. – Enoque se debruça de novo sobre o mapa. Aponta com seus dedos marcados para um ponto mais distante do prédio mal esboçado. – Ranolder, vocês não vão poder sair desta região.

– Eu sei, Enoque. Nem podemos nos mover, se vamos nos concentrar.

– Me escute. Têm que aguardar bem aqui, quero...

A reunião continua por algumas horas. Quando vão dormir, seus espíritos estão confiantes, mas cientes de que depender demais de forças erráticas, como as invocadas pelos sombrios, não é o que se espera de uma verdadeira estratégia.

* * *

A prioresa tira os óculos devagar e afasta o livro de mecânica que estava lendo, pondo-o sobre a mesa desorganizada. Recebe a notícia com mais curiosidade que medo.

– Um exército? De quantos mil estamos falando?

– Eu... Acho que não são nem duzentas cabeças, não é muita gente, na verdade – diz o acólito, com cara de quem preferia estar dormindo.

– Ah, mas então não deveria falar em exército. É no máximo um bando. – A mulher se levanta da escrivaninha, esfrega as mãos e vai em direção à porta do aposento. Em sua volta há caixas de música, esquemas de montagem, peças de reposição, sucatas. Mais parece uma oficina dorfe que o escritório de uma prioresa do Templo. – Preciso ter certeza, a manutenção dos motores tem sido feita conforme minhas instruções? Quero a Tartaruga no pátio pronta para quando entrarem. E já veja se todos os trilhos estão limpos e os motores com combustível na caldeira.

– Sem dúvida, Excelência.

– Sei. Mas então vá falar com eles, pergunte o que querem. – Ao notar o olhar de apreensão do acólito, acrescenta: – Não se preocupe, se fossem bárbaros já estariam atacando desde a madrugada, não se dariam ao trabalho de esperar por uma audiência.

– Eu? Mas tenho que cuidar das rezas e ainda é...

– Vá logo. Vá sem demora.

O acólito sai, contrariado. A prioresa considera qual a forma mais eficiente de fazer uma inspeção de urgência em seus equipamentos, enquanto o rapaz tenta entender a motivação dos forasteiros para esse ultraje.

* * *

O pelotão está alinhado em frente aos portões do mosteiro. Em cima dos muros, alguns defensores circulam pelas muralhas com suas armas apontadas e preparadas para os invasores. Mesmo para uma instalação não militar, é pouco.

Táscia só quer voltar para a tenda e dormir, mas essa sensação é um disfarce, a verdadeira preocupação é se voltará viva à noite, esforçando-se para afastar a imagem do homem que olhava perdido para o céu enquanto o sangue borbotava de sua boca.

Reza para que seja uma luta rápida e que o plano dê certo.

Aguardam o porta-voz do mosteiro ou alguém que possa recebê-los. As poucas montarias estão inquietas. Alguém entre os homens e mulheres às vezes solta um suspiro depois de segurar o ar por muito tempo, outro sacode os braços e pernas para relaxar a tensão.

Quando os portões são abertos, a ansiedade acumulada na garganta é frustrada com a aparição de um mensageiro do Templo vestido em longa túnica roxa. Seria pretensão demais esperar por alguém importante para receber um bando de mercenários, sem uniformes ou organização que indique de onde são.

– Em nome do Templo – começa o mensageiro com uma voz monótona, mas clara –, Sua Excelência, a Prioresa de Gatreia, exige saber quem é o responsável por essa invasão não autorizada a estas terras, e em sua benevolência quer se certificar de que a vossa presença não seja uma forma de insulto ou ameaça à integridade deste local dedicado ao louvor da Deusa.

Táscia respeita essas ocasiões formais, mesmo que o seu instinto rebelde queira gargalhar, e desempenha o seu papel da melhor forma que a situação precária possibilita. Ereta sobre a sua montaria marrom, calças brancas, botas altas, a couraça reiliani azul-escura com músculos desenhados, conforme a tradição, seus olhos azuis observando através do capacete aberto que envolve suas bochechas e nariz. Uma alta crina loura, espessa e arrepiada em cima, mas que se derrama na parte de trás. A visão de uma guerreira vinda do mundo antigo para lutar novas guerras.

– O Exército da Liberação de Babélia se reúne aqui hoje para ocupar essa fortaleza e tomar posse de todas as suas instalações. Rendam-se e negociaremos a liberdade de seus líderes e asseguraremos a evacuação segura de seus civis.

Ao ouvir isso, o mensageiro se enche de uma arrogância repentina, despertando do torpor, um comportamento que lhe custaria a vida se os invasores fossem outros.

– Babélia? – Solta uma gargalhada entre os lábios, mas logo a interrompe. – Nunca supus que esse país precisasse ser liberado. Que domínio é esse que enfrentam, se os únicos responsáveis pela insignificância de sua bandeira são seus próprios senhores? Sua Excelência não ficará satisfeita, isso é uma afronta ao Templo. Que a Deusa os ajude, babelianos, se pensam que podem ameaçar a soberania sagrada de uma terra reconhecida pela Hierofante e a Aliança dos Três Reinos.

– Esse cara tem fôlego – diz Ferderico, ignorado por Ranolder e Enoque, todos em suas montarias inquietas.

– Não me confunda com uma tola, senhor clérigo – diz Táscia, sem mudar a expressão séria do rosto escurecido pela sombra dentro do elmo. Fala alto e claro. – Se não entendem ainda a sua situação, eu lhe repito: entreguem os seus líderes, rendam-se pacificamente e vamos tratá-los com dignidade. Resistam e não só vou dominá-los como não vou impedir que esse grupo de mercenários faça o que bem entender com tudo o que acharem. Que a Deusa os ajude a se esconderem, pois não vai protegê-los de nós. Leve essa mensagem à prioresa e impeça mais dor que o necessário. Vocês têm até o meio-dia. Cooperem ou serão julgados.

O porta-voz resmunga alguma coisa para tentar sair por cima, vira rápido e cavalga para dentro dos portões.

Táscia repara em estruturas metálicas e detalhes da construção que não parecem usuais. Reentrâncias, buracos, rebites e placas lisas de metal. Mesmo com a presença deles, até agora não há movimento de defesa nas muralhas.

Os portões são antigos como o temor dos humanos aos mistérios do mundo. Altos, imponentes, madeira maciça e bem suportada por ferrolhos de mítril – reconhece a cor prateada do metal dorfe que está apenas nas peças de encaixe. Aríetes empunhados por guerreiros fariam pouca diferença.

– Ranolder, está muito claro para mim que vão apostar a defesa em máquinas. É como Ferd disse.

– Sim, é como eu também disse.

– Isso é bom – Táscia continua –, não temos muitos aríetes e nem gente suficiente para tentar as escadas. Vamos seguir com o plano inicial, a previsão parece se confirmar.

– Somos poucos, tenente, mas temos condições, sim. – Ranolder faz uma pausa e diz então, esperando uma resposta positiva da líder: – Se eles trouxerem magos, podemos contar com a sua cobertura... A especial?

Táscia suspira.

– Você insiste nisso. Tudo bem. Eu pretendia liderar o ataque, mas Enoque pode cuidar disso, caso eu decida acompanhar o seu grupo. – Vira-se para Enoque. – Acho que precisaremos de três grupos mesmo.

– Três? Mas se nos espalharmos vamos ser menos efetivos. Não sabemos quantas máquinas eles têm, não é melhor concentrar o ataque?

– Sim. Três grupos. Deixe-os a postos em cada um de nossos lados e o terceiro partirá do meio após o trabalho do Ranolder. Já discutimos isso.

Enoque se vira e solta um muxoxo, partindo de volta para onde está o seu grupo. Táscia respira fundo. Ele é um guerreiro que não gosta de depender de coisas que não pode controlar, mas é confiável, vai se esforçar para cumprir as ordens.

– Não sei se vai adiantar atacar os portões. Eles resistirão – diz Enoque, com o cenho franzido, enquanto voltam.

– Ainda bem que não vamos bater e pedir que abram. – Táscia está concentrada no começo do ataque, observando os grupos que cumprem as funções combinadas.

– Mas você sabe que o meu trabalho é garantir que todas as possibilidades estejam cobertas, tenente.

– Por isso é um grande cabo. Confie em nossos amigos. Prossiga com o plano, tome o seu posto.

Chegando a distância segura do mosteiro, Ranolder e seus magos riscam diagramas proibidos no chão de terra batida e se posicionam em um círculo, preparando-se para o ataque.

* * *

A prioresa observa a situação por uma luneta montada no chão. Do alto da torre principal da fortaleza, sob uma enorme armação de placas de metal e vidro, protegida enquanto inspeciona todos os lados da estrutura que comanda. Está cercada de tubos que ligam sua posição aos engenheiros que comandam as máquinas de defesa e a periscópios e jogos de espelho que permitem que enxergue onde os seus olhos não podem. Sorri pela bênção de estar viva sob as Mães em mais um lindo dia. O calor de Sarali que banha a sua pele é a certeza da vitória sobre os ímpios.

– Ainda não há movimento, Excelência – diz o entediado acólito.

– Mantenha os canhões escondidos. Quero que se atrevam a ousar um cerco. Será muito fácil alvejar portadores de aríetes e escadas, vamos acabar com eles em poucos disparos.

– Mas não seria arriscado? Até mirar, fazer cálculos balísticos e tudo o mais e...

– Arriscado? Meu filho, a Deusa está conosco. Se isso é uma amostra das forças rebeldes, a Aliança está segura por muitos neanos. Esses aí são loucos que querem fazer bonito pros seus senhores. Olhe essa mulher que maluca, vestida como uma guerreira antiga – diz a prioresa após focalizar com uma lente a figura imponente de Táscia, em sua indumentária reiliani. – Quero que sobrem alguns, então deixe que fujam para contar a história. Ah, veja, eles já vêm.

Pequenos grupos começam a se formar e a marchar em direção ao mosteiro. De longe é como se fossem peregrinos que se apressam para orar em louvor à Mãe.

– Venham, meus filhos – diz a prioresa, os olhos arregalados e um sorriso estampado no rosto –, que a ciência da humanidade lhes ensine a não desafiar a Criação.

As escadas são trazidas em três fileiras acompanhadas por arqueiros que buscam por alvos nas muralhas. Aproximam-se com ímpeto, alguns disparam flechas sem destino para desencorajar defensores que possam responder ao fogo.

Com um sorriso, a prioresa vê os primeiros tiros de boas-vindas de sua defesa, um dos invasores é atingido no pescoço e cai gorgolejando. Tudo de acordo com o plano. Cada um dos três grupos já começa a alçar ganchos e escadas quando a velha sacerdotisa destampa um dos tubos e nele dá a ordem em voz alta:

– Deem partida nos motores!

Os estampidos e batidas que só podem vir de máquinas dorfes encobrem os gritos dos assaltantes.

Quando o primeiro mercenário pousa sobre a muralha e, com um golpe de maça, desacorda o besteiro que tentava recarregar, nota uma viga de ferro que segue por toda a extensão do piso.

– Como podem correr aqui em cima sem tropeçar nisso o tempo intei... – é interrompido pela porta de metal que se abre de súbito e liberta mais estouros ritmados, aumentando em sua direção. – É máquina! Vão usar máquinas até nas muralhas! – grita e volta para a escada desesperado, chocando-se com outro companheiro que terminava a escalada. Porém antes que possa descer o primeiro degrau é golpeado por algo que nem teve tempo de ver, sendo projetado facilmente como um saco de grãos, pousando com os membros virados para os lados errados na grama pálida.

No céu, nuvens escuras fecham a luz de Sarali e tornam a batalha cinzenta e tristonha. Para quem vê de baixo, a geringonça barulhenta se arrasta rápido e golpeia sem distinção quem estiver no caminho. É um estranho construto com braços lutadores que executam três movimentos. Um é como um pilão que se projeta para fora e para dentro do parapeito, arrancando escadas ou quem ouse se pendurar. Outro é uma lâmina em pêndulo que corta cordas, cabos e membros.

O último é um eixo com esferas pesadas e espinhentas que destroça qualquer coisa que esteja em seu caminho. A sua couraça inferior é desenhada como o bico de uma locomotiva, para não deixar destroços ou corpos se acumularem no trilho. Cada máquina cuida de um trecho dos muros, indo e vindo sem nunca se cansar.

A prioresa sorri e berra, empolgada com os brinquedos, como se estivesse em seu quarto.

– Veja! É esse o triunfo da ciência contra os infiéis. Aposto que nem mesmo os maiores críticos dos autômatos podem negar essa eficiência.

O acólito sonolento parece ter prazer em interrompê-la.

– Excelência, o que é aquilo? – diz, olhando por uma lente de distância.

Até o horizonte só há mato, a estrada de terra batida sulcada pelas tantas carroças que as percorrem e árvores solitárias esparsas. Mas há também um brilho que estala e parece aglomerar a luz à sua volta. Como o nascimento de um relâmpago, seguido de um raio único, mais largo que a própria estrada e com o mesmo destino: os portões do mosteiro.

* * *

Minutos antes, em torno de um círculo mágico, cerca de dez sombrios remexiam e continham uma enorme massa da força proibida. Ainda invisível, mas tornando o ar difícil de respirar, qualquer erro em seu manejo poderia cristalizar não apenas os praticantes da magia, como também os guerreiros em volta.

Táscia gritava com o mago no centro do círculo.

– Pelo amor da Deusa, as máquinas já estão atingindo nossos homens, faça logo, Ranolder!

– Isso não funciona dessa forma, tenente. Estou moldando forças delicadas e caóticas.

– Ranolder! – berra Táscia.

– Matenham o foco nos portões! – Ranolder tentava direcionar a atenção dos seus magos ignorando as cobranças. – Não deixem o círculo se quebrar, irmãos. Visualizem apenas o portão.

O mago estava no centro da mandala riscada no chão, suas vestes crispando pela eletricidade palpável. Dentro do círculo, cabelos e pelos erguidos como se quisessem fugir.

Em sua mente ele só via o portão, cada instante que a energia percorria a sua pele era como se estivesse prestes a explodir. Sem o foco necessário tudo seria em vão, não era o mesmo que arremessar um dardo. Era muito mais que alvejar, mas sim ter a pura vontade colada em algo que não fosse o próprio corpo físico. Sentia a sua alma se esticando até estar prestes a se romper.

Antes que Táscia gritasse mais uma vez, Ranolder fechou os olhos e libertou a enxurrada que não poderia mais ser contida, uma viagem que durou um instante para encontrar madeira e metal que venceram neanos. O estrondo fez tremer até quem aguardava escondido nos porões do mosteiro. A porta invencível que resistiria aos aríetes se despedaçou como se fosse feita de papel.

– Agora, Enoque! – Após o grito de Táscia, um rojão foi lançado e o horizonte se encheu do tremor no chão: cavalos ágeis e bem conduzidos se uniam à luta.

Ranolder está prostrado de joelhos e mal consegue se decidir entre inspirar e exalar o ar. Seus músculos formigam e ainda não sente seus dedos. Um dos magos dobra os joelhos e cai de cara no chão, desfalecido, enquanto o restante do círculo se apressa para dissipar a força mística, desligando-se dos elementais e agradecendo às ondinas pelo último pedido feito após o raio desferido pelo líder. Preocupada, a tenente que olhava para o céu recebe as primeiras gotas pesadas no rosto erguido, ouvindo os pingos atingindo o capacete reiliani. Sorri para Ranolder sentado no meio do círculo, sem força nem para olhar para cima. Finalmente Táscia suspira, a chuva vinda das nuvens negras cobre o restante do seu corpo sem demora.

* * *

Os arqueiros e mosqueteiros que ainda permanecem nas torres disparam as poucas flechas e balas que restam, sem atingir ninguém. Os invasores arrombaram o que restava do portão com os aríetes que há poucos minutos pareciam inúteis. Cavaleiros rasgaram a distância e avançaram para dentro do mosteiro.

– Cadê os canhões, os lança-flechas? – grita a prioresa em diversos tubos de comunicação, indo de um lado para o outro. – Transformem esses infiéis em ouriços. A Tartaruga. Onde está a Tartaruga?

Mas antes que as pesadas máquinas pudessem ser posicionadas ou acesas, nuvens negras que tomaram o céu do lindo dia se precipitam, e uma cortina de água vem em direção ao mosteiro como se corresse para acompanhar o raio que a precedeu.

– Chuva? Impossível! Não é época disso!

– Excelência, talvez seja melhor recuarmos e...

– Recuarmos para onde? Para as suas ceroulas? Eu não vou a lugar nenhum! Essa meia dúzia não pode tomar a minha cidade, são as minhas máquinas!!! Eu–

– Por favor, Excelência, venha comigo. Eles já invadiram o pátio, os sacerdotes não são guerreiros. O mosteiro está tomado e...

Pingos fortes batem sem trégua no vidro que envolvem a sala de comando da prioresa , a enxurrada castigando o teto saralar, todos os seus visores mostrando a torrente ou embaçados. Nota uma gota de água fria no roxo de seu hábito, talvez precisem rever a vedação da armação de vidro. A cortina de água toma conta da paisagem. A lama se forma rápido e os cavaleiros inimigos encurralam os defensores atordoados. A prioresa espreme os olhos, como se a escuridão a protegesse do que presencia.

– Afasta-se de mim, seu estúpido – grita enfim, bufando e socando os controles. Então se recompõe e se afasta, levantando-se da cadeira. – Não preciso de você para que me diga o óbvio. Vou para os meus aposentos e veremos se esses invasores terão o que querem tão fácil...

* * *

No pátio a resistência é mínima, os soldados que protegem o mosteiro estão atordoados pela chuva súbita e a explosão do portão. Táscia e Enoque passam a espada nos loucos que se opõem e lideram a tomada do perímetro, enviando seus guerreiros para invadir, encontrar as salas de máquinas e prender seus operadores ou quem tente fugir.

Porém, ainda que com atraso, chega a eles um barulho ritmado e forte. É um carro maior que qualquer coche, totalmente encouraçado em metal, deslizando sobre rodas largas e maciças. Vem rápido e não faz menção de diminuir o ímpeto. Se alcançá-los, vai esmagar os ossos de montarias e pessoas sem distinção.

– Não acabou ainda! Atenção! – Táscia se prepara para fazer sua montaria disparar para o lado, saindo do caminho. – Enoque! Não tentem atacar isso de frente!

A apreensão nos olhos dos invasores, porém, se converte em riso quando o monstro chega à área de terra batida e as rodas afundam com tudo, girando sem sair do lugar. O monstro está atolado e, não importa o que faça, seus cilindros de ferro cavam mais ainda a lama sob ele. A água que cai sem parar sobre a lataria abafa o barulho do motor. Na frente do veículo, uma cabeça que parece um cubo de ferro tem a bocarra aberta, um monte de buracos como uma colmeia fazendo as vezes de seus dentes.

– Cerquem esse monstro!

– Ele mal consegue se mexer! Vamos pegar o condutor e parar o motor!

Táscia e Enoque gritam para organizar os próprios soldados sob a chuva forte, mas são surpreendidos pelo berro ainda mais alto que a Tartaruga dá. Dezenas de virotes voam rápidos de sua boca e perfuram homens e animais ao mesmo tempo. Assustado com o ataque súbito, o cavalo de Táscia empina ao receber a saraivada de projéteis. A tenente cai junto com o animal ferido e por pouco não é esmagada.

O frio do barro nas roupas e couraça, tudo escorrega ao tentar se estabilizar. Ela se ergue do meio da lama ignorando a dor nas costas e as batidas do motor do adversário mecânico, mas o seu braço direito arde e repuxa, não pode ser usado para se apoiar, há dois virotes enfiados nele. Pode mexer os dedos, precisa parar esse monstro, então grita pela agonia que queima mesmo debaixo da chuva fria e se joga em cima da máquina, fora do alcance da cabeça que atira.

Enoque ainda está montado, outros que não tiveram feridas graves circundam a lataria e aproveitam que o veículo não pode se mover para atacar locais vulneráveis do motor, enfiando lanças e pedras. Táscia se apoia com os joelhos sobre a lataria do monstro e encontra a escotilha na parte de cima. Segura-a com a mão esquerda por fora, equilibrando-se sobre uma área morna, talvez perto da caldeira, e com um urro consegue girá-la e abrir para o lado contrário de onde está. Espia dentro e encontra um dorfe de pele rosada assustado e seminu, usando apenas calças com suspensórios, luvas e um par de óculos de mecânico. Confirma que está sobre a caldeira, atrás dele. Mesmo circundado por alavancas, tubos e comandos, praticamente indefeso, o condutor tenta sacar uma adaga para feri-la, mas Táscia enfia o braço inteiro e o perfura antes com sua espada. Ele cai sobre a alavanca de potência que aumenta a pressão do vapor do veículo. Tudo treme mais e mais. O calor sobe embaixo dela, e Táscia vê que há algo brilhando em azul dentro da caldeira, através da grade. "Pedra mágica?", pensa. Sua luz aumenta, quase cegante. Então ela deixa a lâmina em cima, ergue-se com o braço bom e logo que recupera a arma desce do monstro, apoiando-se nas próprias pernas.

– Saiam de perto! Isso vai explodir! – grita e cai sentada, a lâmina rúnica apontada para cima, concentrando-se o melhor que pode para que isso a proteja.

A Tartaruga acelera e cava o barro sob suas rodas grossas de ferro, fazendo voar lama para todos os lados, até que o motor engasga e explode. A energia que se espalha é azul e quente, não somente fogo, sendo absorvida por um único ponto como se fosse água que escoa em redemoinho para dentro de um ralo. Enoque observa, impressionado: é a espada erguida da tenente Táscia Elena.

* * *

A prioresa, sob o teto saralar que recebe as últimas gotas da chuva invocada pelos invasores, envolta pelos tubos e alavancas do seu painel de controle, olha sem piscar para as delicadas engrenagens, entranhas visíveis de um relógio com os mecanismos expostos e que continua seu labor sem se incomodar com a guerra e destruição que o cercam. Uma batida, outra mais forte e a fechadura arrebenta. Enfim estão aqui. Dois homens fedendo a suor e lama seguram um pequeno aríete e apontam espadas para a prioresa. Porém baixam as armas e saem da frente após um gesto de cabeça de sua líder, a mulher de olhar profundo coberta de barro da cabeça aos pés.

– Excelência, meu nome é Táscia Elena. Quero que saiba que a sua posição será respeitada e sua vida poupada se atender às minhas exigências.

Sem olhar para a mulher, de quem só conhece a voz e que cheira como alguém que acabou de lutar no lamaçal sob a chuva, a prioresa fala sem ânimo, sua boca soprando as palavras como se pesassem todos os neanos que viveu.

– O que querem de nós? Este mosteiro é isolado, nossos suprimentos são poucos, a não ser que ache que cerveja possa ajudá-la a vencer essa tal guerra.

– Sua posição é privilegiada, sabe disso. Estamos a uma marcha reta e sem grandes obstáculos de Cidânia e Coméria. Deveriam ter dado mais atenção a esse forte em vez de achar que iríamos atacar a fortaleza óbvia.

– Mas isso não é um forte, é uma casa de introspecção e...

– Por favor, eu só preciso que Vossa Excelência escreva e sele uma carta endereçada à Cidade Vidente, justo como eu ditar.

– A Hierofante não se importará com o que acontece por aqui.

– Eu insisto.

A prioresa se levanta e vira, fitando a mulher imunda. A invasora veste uma couraça azul sob a camada de terra molhada, com seu esmalte todo riscado, e na cabeça um elmo aberto e com uma crina alta loura em seu topo, exalando o odor terroso, como não se vê há centenas de neanos na Terra Pátria.

– Deixe-me ver o seu rosto, criança que se veste como uma antiga guerreira.

Sem cerimônia, Táscia tira o capacete e revela os seus cabelos loiros entrançados e desgrenhados, a testa suada coberta pela bandana cor de sangue e alguns fios dourados que escaparam da arrumação. Seu peito ainda inquieto, a respiração ofegante. A dor no braço direito ferido e sangrando ainda pulsante.

– Foi magia, não foi? – a prioresa fita os olhos azul-cinzentos da invasora.

– Que o céu me julgue – Táscia suspira –, mas usarei o que estiver ao meu alcance.

– Eu também não temo o julgamento da Mãe, nem acho que seja

o caso. Só acho irônico que a razão e o conhecimento das leis da Criação não nos protejam do caos e acaso que é a magia.

– Meu amigo diria que tudo faz parte das mesmas leis sob o céu. – Táscia olha para fora do aposento e lá está Ranolder, de cabeça baixa, agachado e apoiado na parede. A Prioresa se senta. – A sua defesa era boa, Excelência. Mas acreditou demais em coisas sem alma.

– Em uma terra de louvor à Deusa, depender daquilo que não tem alma. Foi esse o meu pecado?

– Me perdoe se pareço querer ousar explicar os mistérios do mundo. Eu sou só uma soldada. E aprendi que confiar nas pessoas é a única coisa que tenho. Não há como viver a guerra sem estar disposto a dar a vida pelo companheiro ao seu lado.

A prioresa faz um muxoxo e franze a testa marcada pela preocupação.

– Diga-me o que quer que eu escreva para a Cidade Vidente, criança.

– Ainda não. – Táscia acena e Ranolder dá um passo à frente, abrindo a mão. Um fragmento que parece um diamante bruto, mas do tamanho de um punho, com um brilho pálido pulsando devagar. – Encontramos isso naquele monstro gigante. Estava na caldeira, e nós sabemos que isso não é carvão.

A prioresa estaca e Táscia vê uma gota escorrer de sua testa.

– Se houver mais, nós queremos – diz a tenente. – Ao menos me explique o que é isso.

Lá fora, através do vidro bem lavado pela chuva, está o pátio enlameado onde a Tartaruga jaz atolada, subjugada pelo próprio peso, com um rombo nas suas costas pelo qual sai fumaça.

– Isso o que tem nas mãos é o que moverá o novo mundo. Mas não temos mais dele.

– Não me diz nada. Explique-me melhor.

– É mesmo um combustível. Mas é bastante raro por estas partes. É gunário. Minério das entranhas do mundo, como dizem os dorfes.

Táscia franze a testa.

– Anões e suas máquinas e artifícios. Mas me perdoe, Excelência, não me convencerá tão fácil. Não é apenas combustível. Tenho certeza que isso traz magia dentro. – Táscia sente o braço direito.

– É mesmo surpreendente, criança. De fato tem algo mágico que acontece com o gunário. Talvez porque fique tão fundo dentro da terra que...

– Está em contato com o próprio Sangue da Essência? – diz Ranolder sem poder se conter. O mago se levanta e entra na sala, sentando-se quando a prioresa lhe indica um assento.

– Tudo são artifícios – a prioresa olha para os controles de suas máquinas sem ninguém que as opere. – Se ontem foi a sabedoria dos Alvos que quase levou os mortais ao céu, hoje a ciência da terra, a ciência não-mágica, essa será o caminho da humanidade. Mas se a nossa fé nos ensinou algo é que não devemos chegar perto demais dos segredos da Criação. Ou podemos nos queimar como insetos seduzidos pelas lâmpadas.

Ranolder não aguenta e fala de impulso.

– Excelência, sabe que a sua visão é... Única, eu diria, para...

– ... para alguém do Templo? Para alguém de minha fé. Sim, eu sei. Mas em minha posição estudamos tanto que é difícil sustentar para nós mesmos o discurso que distribuímos a vocês. – A prioresa entrega à invasora um lenço branco e imaculado bordado com as próprias iniciais.

– Eu agradeço a sinceridade – diz Táscia, enxugando a testa. – A prioresa sabe que o Templo está perto de abrir o céu mais uma vez.

– É muito bem informada. Pois é o que dizem os boatos também entre nós.

– Apenas a verdade.

– Como tem certeza disso? Como pode me dizer o que é verdade, você que é uma vítima de políticos que nem questiona? Uma soldada, como me disse.

– Mas é isso mesmo que estou fazendo aqui. – Táscia chega mais perto e fala baixo. – Não me confunda com uma marionete, o meu caminho é justamente para encontrar essa tal verdade.

Abafando o riso, a religiosa pega um pequeno motor de corda e começa a brincar com suas delicadas peças.

– A verdade... Muitos dedicaram a vida a isso e não chegaram a lugar nenhum. Vivemos em um mundo habitado por seres que viveram pelo equivalente a gerações nossas e não ousam entendê-la. Diz o Ascendente Melquior em um de seus sermões que a perdição dos homens está em passar a curta vida olhando demais para o céu em vez de entender que a plenitude mora nos dias que caminhamos pela terra.

– Não sou uma pessoa que lê muito.

– Você quer impedir que o Templo abra o céu para fazê-lo você mesma? É isso?

– Se esse for o preço – Táscia franze a testa e baixa o rosto, torcendo a boca.

A prioresa a observa por longos segundos, tentando encontrar a alma dessa menina.

– Perdoe-me, criança. Eu a distraio com meus próprios receios. Aceito a derrota, diga-me o que quer que eu escreva e vamos oficializar o fim de nosso duelo.

Ranolder

6

Após mais poucos dias de marcha, Táscia se alivia ao ver a bandeira azul e branca de Babélia hasteada sobre o portão Norte da Fortaleza de Nalbina. Localizada em um vale entre morros altos, mas pouco íngremes, é um importante entreposto para os viajantes entre Comêria e Cidânia. A tenente ordena a Enoque e Ranolder que montem acampamento perto dos muros e toma as providências para se apresentar às armas e pôr suas tropas à disposição da defesa do território.

Em seguida já está adiante do general Pyro para relatar a vitória na conquista do Priorado de Gatreia.

– Missão cumprida, senhor.

Pyro sorri e a convida para se sentar à sua frente, mas Táscia se mantém de pé, formal, e entrega-lhe uma carta escrita e selada, feita por Ranolder a partir de um ditado e várias pequenas discussões irritantes sobre as melhores formas de relatar os ocorridos.

– Estou feliz que esteja bem, soldada – Pyro abre o selo, sentado a uma escrivaninha luxuosa, mas cheia de papéis, livros de registros e correspondência empilhados no chão. A biblioteca do Marquês de Nalbina intacta, livros organizados por coleções e tamanhos nas estantes de madeira maciça, mas seus caros tapetes sujos das botas enlameadas pelo trânsito constante dos invasores.

– Senhor – Táscia diz com uma reverência.

– É mesmo impressionante que tenha conseguido tomar essa fortaleza com tão poucas baixas. Quando me disseram que estava aqui, admito que senti uma alegria que não sentia faz tempo.

– Mas metade de minhas unidades estão no priorado. Deixei-as para guarnecer o local.

– E fez muito bem. Vou despachar imediatamente algum reforço e estabelecer a comunicação com esta base de operações.

– Agradeço, senhor.
– Não deveria ser tão formal. É momento de relaxar um pouco, apenas não fique muito à vontade. Pois daqui a algumas horas, no começo da noite, teremos uma reunião de operações e seria ótimo que pudesse participar.
– Mas entre os comandantes? Isso vai ficar bem?
– Vai, sim. Eu tomo a responsabilidade, se for o caso. E você é parte disso, já.
Táscia tenta imaginar o que ele está querendo dizer.
– Então peço-lhe licença, senhor, quero informar o responsável para reconhecer meu acampamento como parte dos que devem receber suprimentos e suporte desta fortaleza.
– Concedida.
Quando a guerreira se vira para sair do escritório, Pyro diz:
– Espere...
– Senhor?
– Apenas estou feliz que esteja bem. Magna estava certa sobre você. É mesmo uma guerreira forte.
Táscia faz uma pequena reverência e sai mais apressada que antes, sentindo-se aquecida por dentro.

* * *

– Mas isso que Vossa Graça nos pede é um ato de covardia! – explode o Conde de Timber aos berros, calando por instantes todos os participantes da reunião em torno do grande mapa estendido na mesa. As chamas das velas tremem com as sombras projetadas por todos os presentes na sala escura. O suor incomoda os olhos claros do homem que piscam sem parar.
A Duquesa de Enhasa, descendente de Arcádia e Regente do Reino de Babélia da Ascensão, com um simples olhar recebe a confiança de Zorak, recolhido mais ao canto, sob um capuz que lhe esconde a cabeça sem capacete. A Regente toma a frente e respira fundo antes de responder à ofensa. A tensão na sala de guerra dos líderes de Babélia é palpável. L'dren, nobres e os comandantes das pequenas forças rebeldes que desafiam as três coroas da Terra Pátria sob a liderança do Templo são peças que não se encaixam, em constante atrito para ocupar o mesmo espaço. Táscia está do lado dos guerreiros, próxima a Pyro e aos outros oficiais babelianos.
– Sei que Vossa Excelência chegou agora há pouco e não está por dentro de tudo o que foi conversado. Aproveito e parabenizo-o por sua conquista e por avançar até esta fortaleza dentro do prazo.

Mas, voltando ao assunto: batalhas em campo aberto são gloriosas e preencheriam bem as páginas da história – diz a Duquesa –, mas, se quisermos uma chance em terminar essa campanha vitoriosos, precisaremos incomodar a sensação de conforto numérico e de equipamento deles. Acabar com a previsibilidade.

– Só que as batalhas são assim para garantir que apenas os militares sejam responsabilizados pelo resultado dos conflitos! – o Conde de Timber se afasta do mapa disposto sobre a mesa e pressiona as pálpebras para aliviar a tensão. – Não queremos envolver civis em destruição e derramamento de sangue, isso é parte da nossa incumbência, e é decisão minha, eu é que sou o comandante do Exército de Babélia, agora que a traidora Magna se foi. – Ao ouvir isso, Táscia cruza os braços. – A vitória será definida pela estratégia e bom emprego das unidades que cada lado possui. Vossa Graça deve entender que há um rígido código entre nós, militares, e...

– Por favor poupe-nos do discurso, general – a Duquesa diz com a voz firme, sem deixar dúvidas sobre quem está no comando. – Eu respeito a sua experiência militar e concedo que tem atuado bem no emprego de mercenários, porém não é segredo a sua aliança com o finado Duque de Zeltênia, que a Deusa o tenha. Eu mesma quase deixei esta terra naquela noite, e talvez o senhor não tenha superado o fato de que agora o comando do reino não é mais do grupo que busca manter a coexistência pacífica com Coméria e os outros dos Três Reinos...

– Mas isso é um ultraje, ter minha lealdade questionada e... – o Conde a interrompe falando mais alto.

– ... e permita-me continuar, por favor – A Duquesa berra, mas passa a pronunciar as palavras com calma após conseguir a atenção da audiência. – O que eu diria é que essa desejada coexistência é impossível. Babélia não pode mais se submeter a ser gado dos Três Reinos se quiser sobreviver mais um século como uma nação soberana. Esse reino já não tem mais nada. Mas o senhor é de uma geração que não entende que precisamos marcar a nossa posição e deixar claro para a Terra Pátria que não são todos que aceitam as regras do Templo, a bênção dos Alvos e os seus Três Reinos da hipocrisia. Só que acredito que não seria em um conselho de guerra, mas em uma audiência de justiça que a Regente poderia anunciar a destituição de suas terras e do seu posto, sendo-lhe proibido o exílio em qualquer lugar além de sua residência de campo, onde passará os seus dias de aposentadoria em perfeito conforto. – A sala silencia de uma vez. Os humanos evitam até olhar para os L'dren com suas armaduras escuras sem brilho, roubando a escassa luz de tudo o que há em volta, estátuas assustadoras prontas a aplicar julgamento sem aviso. – Amanhã cedo, quando Sarali já estiver no céu e tivermos o meu veredito sobre essa preocupação que alguns conselheiros me trouxeram, o senhor poderá se beneficiar dessa medida tão educativa. Claro que a versão oficial será o anúncio de sua aposentadoria honrosa após tantos neanos de dedicação a Babélia e à memória de Arcádia.

– Isso é traição! – o Conde grita. Seus olhos vasculham o salão antigo e decorado com poucas tapeçarias que contêm as cores de Coméria, procurando entre os presentes algum apoio para que não consumem o golpe. – Agora Vossa Graça mostra o que há por trás disso tudo. Há mesmo algo muito errado na morte do Duque de Zeltênia, que a Deusa seja testemunha disso...

Antes que o general possa sacar uma adaga ou fugir para qualquer lado, já há uma lâmina projetada da manopla da armadura negra de um dos L'dren em sua garganta. Seus espasmos de ódio e rosnados são contidos. O Conde puxa o ar pela boca, paralisado, evitando correr ainda mais riscos.

– Vossa Excelência aguardará o meu veredito amanhã cedo em uma cela digna da sua posição. Fico desapontada que fale do falecimento de meu estimado adversário, o Duque de Zeltênia, esquecendo que eu mesma corri perigo. É lamentável que não possamos dividir a visão do que seria a melhor estratégia para a campanha de Libertação de Babélia.

– Amaldiçoo a todos vocês! Estão se aliando a esses Albinos, esses que moram nas Sombras nunca verão a Luz! Malditos sejam!

E quando é arrastado para fora e as maciças portas de madeira se fecham, o estrondo traz silêncio para o ambiente mal iluminado por castiçais postos sobre o mapa da mesa do centro.

A reunião que já era para poucos se torna ainda mais restrita, e mesmo assim há clara distância entre todos eles. Diferenças de idade, origem, títulos. Táscia tenta entender Babélia e cada um dos seus detalhes pelos olhares e gestos trocados. Mas a Regente volta a falar e a tira do transe.

– Como eu ia dizendo antes do lamentável incidente com o nosso ex-comandante, precisaremos de várias frentes que vão a cada uma das capitais ou pontos de interesse dentro dos Três Reinos. Fortalezas e locais que possam ser tomados como Nalbina, aqui onde estamos, bem na fronteira comeriana com Cidânia, serão essenciais a partir de agora. Devemos agradecer ao general Pyro por isso – o arcadiano responde com uma reverência –, já que o Conde de Timber demorou para chegar, e quero citar a excelente fonte de mantimentos que a tenente Táscia Elena nos conquistou no priorado de Gatreia – Táscia vasculha o ambiente paralisada enquanto alguns olhares pousam sobre ela. – Buscaremos também dominar rotas de transporte e tudo o que puder nos dar qualquer vantagem. Enfim, os senhores já me entenderam. Vamos atuar de forma simples e resolver uma pequena coisa por vez. Queremos atrair as forças deles para combates menores e que possam ser resolvidos sem grandes casualidades. Seremos como salteadores, vamos usar surpresa e distrações para poder quebrar os números e a rede logística da Aliança.

– Agora já estamos em marcha e conquistamos alguns pontos importantes, mas como vamos entrar nas capitais deles sem forças suficientes? – pergunta a Condessa de Tamasa, uma velha babeliana que sobreviveu a muitas lutas e hoje usufrui de uma vida de conforto. – Será impossível fazer cercos sem equipamentos e números que incomodem as defesas.

A Duquesa de Enhasa não disfarça ao olhar para Zorak, que mantém sua grande túnica encapuzada mesmo dentro da sala escura, e então se vira para a audiência:

– No priorado de Gatreia encontramos algumas máquinas bem interessantes que vão nos ajudar em cercos. Por favor, ponha seus guerreiros em contato com Táscia Elena, se lhe interessar. Sobre as capitais... Bem, digamos que temos um plano para elas, mas preciso contar com a compreensão dos senhores agora. Não vamos revelar isso neste momento.

– Mas não estamos entre os nossos? – a Condessa dá de ombros. – Por que o mistério quando podemos depender disso para a nossa estratégia nessa campanha tão atípica e desesperada? Me perdoem, mas isso eu nunca vi em muitos neanos como militar. Nenhum reino se viraria contra três muito maiores e ainda por cima apoiados pelo Templo. Eles têm um exército também, os senhores sabem. O Círculo Sagrado. Vão fatalmente nos encontrar em batalha. Se temos alguma carta na manga, seria ideal sabermos.

– Porém não saberão, justamente porque ainda há pequenas manchas da influência dos Três Reinos entre nós, como o nosso ex-comandante – diz a Duquesa, primeiro olhando para o mapa, então para a Condessa. – Que essa seja uma boa prova de lealdade. O quão bem podem os senhores seguir as ordens e determinações deste conselho? O que posso dizer é que não vamos arriscar nossas mulheres e homens em situações desvantajosas. Por isso precisamos adotar cautela desde agora. – A Condessa faz uma cara feia e dá um passo para trás, como se quisesse se esconder nas sombras. – Sua Alteza, o Príncipe Zorak do Reino das Sombras, vai compartilhar a sua visão e participação na campanha.

– Meu povo tem métodos e máquinas de guerra que poderão ser a diferença que os números não mostram. – A voz melodiosa e com sotaque de Zorak enche a sala. – E Babélia está contratando mercenários que ajudarão a nos dar corpo para algumas operações, mas tenham tranquilidade. Quando o meu povo estiver com vocês, não será qualquer exército mortal que poderá se opor. E os senhores talvez ignorem que há jovens talentosos à disposição desta nossa aliança que têm muito a mostrar. – Táscia ergue a cabeça, mas ainda mantém os braços cruzados durante a tediosa conversa que decidiria a vida de todos. – Vejam, essa é a mulher que, com poucas unidades, venceu uma fortaleza equipada com a melhor tecnologia dorfe. – Então Táscia descruza os braços e dá um passo atrás, involuntário, percebendo que é com ela. – Ela foi pupila e companheira de Magna de Reiliânia, como todos sabem. É conhecido que cuidei pessoalmente em deter a *traidora* – e ele pronuncia a palavra com desdém – quando do lamentável atentado que nos levou importantes líderes. Mas, quando vejo pessoas como o velho nobre levado daqui como um criminoso, isso me faz pensar nas verdadeiras motivações por trás dos atos da comandante Magna. Ela era uma guerreira formidável. E essa garota, Táscia, é sua sucessora. Tem acumulado bons feitos, como o resgate do general Pyro, quando todos os senhores estavam avançados em suas missões e não tinham como se desviar para um problema dentro do nosso próprio quintal. – E virando-se para a Duquesa de Enhasa: – E como Vossa Graça disse, a conquista do mosteiro foi um passo importante. Todos aqui esperavam que você fosse morrer, criança. – Zorak diz isso olhando para Táscia, mas move o dedo sob a manopla negra, apontando para a audiência da reunião, com um sorriso debaixo das sombras do seu capuz. – Mas você mostrou que os seus mercenários baratos e despreparados podem fazer a diferença se estiverem nas mãos certas. Tomo a liberdade de fazer uma correção à patente dela, se Vossa Graça a Regente me permite, e anuncio em seu lugar, general Pyro, a promoção de Táscia Elena para capitã. – Alguns aplausos surgem entre os entediados líderes. – E faço público que tenho grandes expectativas para o seu trabalho. Acho que esse é o espírito que devemos ter se quisermos ser bem-sucedidos nesta campanha.

Táscia tenta engolir o pequeno sorriso que surge nos lábios, as bochechas vermelhas, mas os olhos de fogo de Pyro a atingem como que para lembrar-lhe de se manter profissional, afastando-a do entusiasmo.

– Meus parabéns, querida capitã Táscia Elena. O importante, senhores – diz a Duquesa de Enhasa, sorrindo e olhando para cada uma das faces –, é que cada mulher e homem nesta sala estejam dispostos a perder a bênção do Templo e renunciar a suas crenças hipócritas. Por muito tempo temos vivido pelo nosso conforto, longe do orgulho de sermos quem somos, os descendentes dos arcadianos, os humanos mais próximos do céu que já existiram. Nosso reino sempre buscou a glória das Deusas tentando entender qual o nosso papel como mortais neste mundo. Somos a representação da rebeldia de quem não aceita a realidade que os Alvos construíram para que fôssemos dóceis e submissos a eles. Temos o apoio daqueles que nasceram das Sombras – ela olha para Zorak ao seu lado, envolvido pela escuridão.

– Serão os rumores reais? Vossa Graça não pode estar querendo abrir novamente... – diz a Condessa de Tamasa.

– É isso mesmo, Excelência, que os rumores sejam confirmados, então. O que proponho não é apenas deixar de lado a nossa vida confortável como escravos bem pagos dos Três Reinos e dos Alvos. E isso nos faz hereges às leis deles. Sim. Mas se a heresia for o sinônimo da busca pelo conhecimento que há no céu e de estarmos mais próximos de nossas Mães, estamos dispostos a pagar o preço. É em nome da verdadeira liberdade, de não vivermos sob a tutela ou permissão de nenhum reino ou raça.

– Mas se os arcadianos estão espalhados pelo mundo é por conta dessa arrogância. Eu não posso me comprometer com tanto... – a Condessa mexe no anel que está em uma das mãos.

– Pois não há mais volta, Excelência. E eu espero ter a sua lealdade, como nunca duvidei de tê-la até agora! – diz a Duquesa, falando mais alto e com os olhos arregalados. – Prepare-se, minha estimada Condessa. E também todos os senhores, titulados ou não! Cada um de nós liderará pequenas forças, mas todos os nossos caminhos nos levarão a esse fim – a Duquesa aponta para a Terra do Leste, no extremo do mapa, onde há um desenho da muralha circular da Cidade Vidente. – Vamos à porta da Hierofante, à sede do Templo, tomar dela a outra porta, a que os meus antepassados construíram. Nos encontraremos em frente aos muros dos falsos profetas para recuperarmos a Torre de Babel!

As expressões de horror da maioria berram o silêncio. Não há como se empolgar para sair em viagem por uma estrada de loucos que levaria o pequeno reino à última carga de sua existência. Táscia sente um calafrio poderoso, que vai desde as pernas que tremem até a base de seu pescoço.

* * *

Ao sair da sala de guerra, Táscia se afasta o mais rápido possível daquele lugar onde todo o chão é um rico tapete e todos os batentes são protegidos por guardas. Quando chega a um corredor de vão aberto, sob a noite rubra que esconde as planícies que se estendem cinzentas e escurecidas, encosta-se para descansar e tentar entender o que é a Torre de Babel e do que estavam todos falando. É surpreendida por uma presença inesperada.

– General Pyro! – Táscia dá dois passos para trás, virando as costas para a coluna entre os parapeitos. As tochas que iluminam o caminho se dobram à presença do arcadiano como se fossem parte dele.

Os olhos púrpura e os cabelos rubros contam a origem estranha desse homem alto e sempre vestido para a guerra. Ele a perscruta sem rodeios, e a garota tenta resistir a desafiá-lo pela atitude inconveniente.

– Senhor... Pode me dizer o que tem a tratar comigo? Meu relatório não ficou de seu agrado?

– Nada – diz Pyro. Táscia franze a testa. – Eu tinha que te passar a promoção, mas Zorak se adiantou a mim. Então perdi a chance de falar com você. Mas... Talvez só quisesse vê-la de perto de novo... sem falar como seu superior. A aluna de Magna, guerreira das reiliani. Eu vejo você carregando a espada dela na cintura e é bajulada por Zorak diante de todos em um conselho de guerra. Parece que minha confiança está sendo recompensada.

– Eu agradeço, mas estou certa que exageram por conta da conquista do mosteiro e...

– Aquela Condessa que estava reclamando lá dentro – Pyro a interrompe – não vai viver mais um neano se não entender que a única escolha é morrer por essa causa. – Táscia repara em Pyro e vê seus olhos purpúreos brilhando, ametistas mortas. Cansados.

– Continuo pronta.

– Eu agradeço por estar do meu lado. Parabéns pela promoção, capitã – e ele sorri um sorriso triste.

Táscia sente o coração acelerar ao ver o general tão distante da figura de sempre. A têmpora dele coberta de cabelos rubros que cresceram sem cuidado. Na guerra não há tempo para a vaidade. Estica a mão em um impulso e coloca-lhe o cabelo para trás da orelha.

Pyro fecha os olhos e se concentra no toque, como se a lembrança de afeto o levasse ao tempo de Arcádia. A visão de sua mãe-regente, a rainha Xala, sentada na varanda branca, Sarali refletida nas lajotas hexagonais de tamanho exatamente iguais, encaixadas sem vãos por técnicas esquecidas pelos humanos. A soberana sentindo-se pronta para abrir o céu. Sua irmã Aquanis deitada no colo dela.

O Cavaleiro de Fogo vê as mãos da mãe escorrendo os longos cabelos de um azul muito claro, quase alvos, para trás da orelha da menina.

– Esse toque é bom. Lembra-me dos meus motivos para estar aqui.

Táscia, só um pouco mais baixa, aproxima-se e deita a cabeça no ombro de Pyro. Solta o ar preso dentro de si como se libertasse o próprio espírito. O tecido que reveste sua pele antes do contato com a armadura carrega um leve perfume almiscarado misturado ao suor. Até mesmo os arcadianos transpiram. A pele com suas pequenas imperfeições que só podem ser notadas quando se está tão perto. Marcas da adolescência, cicatrizes da espada, as primeiras rugas que mesmo aqueles corpos feitos para as almas que dormiram através das gerações mortais carregam.

Ela desce pelo pescoço até encontrar o pingente com um rubi da cor dos cabelos dele. Pyro segura a mão de Táscia e dá um passo para trás. Olhares fixos, ninguém desvia. A garota se aproxima e Pyro relaxa os dedos, sem deixar de segurá-la.

– Você nunca tira essa joia – diz Táscia.

– Nem você descobre a testa.

Táscia repara nos próprios pés, nem reconhece os calçados de couro tão desgastados pela campanha.

– Não gosto de me ver sem isso.

– Há algo embaixo de que não quer lembrar. Já eu uso isso para não me esquecer.

– De que é um arcadiano.

Pyro encosta a cabeça na de Táscia.

– De que se não fosse pelo que o meu sangue e a minha família representam – diz ele –, eu não teria a minha vida. Seria apenas mais um sacrifício para o funcionamento da Torre de Babel.

– Deve ser difícil viver em função de um legado.

– Se não for por isso, viver pelo quê?

– Pelo que é só seu. Você mesmo?

– A vida já é um caminho tão solitário. Acha mesmo que se pode encontrar paz se fechando, sendo apenas um indivíduo?

– Eu só consigo ver dessa forma. Me desculpe.

– Então me conte que plenitude encontra na solidão. No último longo sono que dormi, estar dentro de mim mesmo por tanto tempo não me fez ver a paz. Somente uma prisão pela qual andava livremente. Parece uma ideia conflitante, mas não é. Todas as portas levavam para lugares diferentes que no fundo eram os mesmos. Nunca podia ver o rosto de Xala, ainda que ela estivesse em cada um dos cômodos. Já Aquanis me acompanhava, o frio de seu espírito como uma corrente que me congelava as juntas. E mesmo hoje na vigília não posso seguir minhas convicções sem pensar em como ela vive, como será que reina, o que será que transmite aos seus súditos. Você entende? Eu perdi a minha chance de ser um verdadeiro guardião elemental, um entre o Quarteto Maior. A Pedra de Salamandra esteve ao meu alcance, eu a vi, pulsando viva, sua essência em lava, e então foi destruída. Magna estava ao meu lado, não sei se você sabe dessa história.

– Eu não fazia ideia.

– Quando se perde a única coisa para que se foi criado, como aceitar os dias que se seguem?

Táscia faz um muxoxo.

– Mas ninguém é uma máquina com só um propósito. Somos gente, temos vidas.

– Não para o meu povo. Tudo era em função do conhecimento.

– Ignorar a própria possibilidade de olhar o mundo, mesmo que eu admita que a grama e as pedras sejam mais interessantes que sorrisos e livros. – Ela fecha as pálpebras, e a dor do cansaço de ter que enxergar todos os dias se isola. – A experiência de conhecer as coisas, abrir mão disso tudo em nome de atingir sabedoria? Isso não faz sentido.

– Para nós, arcadianos, o conhecimento da terra não significava nada. Mesmo agora o seu Templo prega a mesma coisa. A anulação do indivíduo, já que ninguém é mais importante que Pietru Negro ou os dogmas que empurram em vocês nas reuniões do Dia de Sarali, ora, o mundo terreno parece só uma passagem tediosa, uma espera pelo reencontro com a bênção da Criação. Por que a maneira de ver do meu povo lhe soa tão estranha?

– Eu não aceito mais o Templo e o caminho de Pietru Negro, ainda que tema à Mãe. Não sei se vejo sentido em ter que morrer para poder alcançar a verdade.

– Então acha mesmo que vamos alcançá-la em vida – Pyro sorri e pisca devagar.

– Você não? Então por que está aqui? Só para sofrer?

– Pode ser que seja só a vontade de enfrentar a ordem das coisas. Isso me faz querer continuar.

Táscia enche o peito devagar. Sente o ar tentando expandi-la por dentro, um incômodo.

– Não. Eu não tenho como entender – diz ela. – Não há uma

bandeira que represente o meu nome, a minha casa. Não há livros que registrem a minha história. Mas, se tivesse, eu acho que os destruiria.

– É tão importante ignorar o passado?

– Eu não sei. Talvez porque mal lembre dele. Mesmo assim eu ando para a frente sem olhar os lados e só vejo as feiras, o barulho dos teares, os rolos de tecido ocupando as paredes da sala, as viagens de entrega ou para tentar novos negócios.

– Você era uma comerciante? Vivia na estrada?

– Não necessariamente. Mas não me sentia em casa mesmo quando estava lá. Me faltava a sensação de pertencer a algo, ou melhor, de ter algo que parecesse meu. Ou eu mesma.

Pyro se mexe devagar para não desfazer o contato. Duro, nada à vontade. Sente-se com medo, como quando era um adolescente raivoso que surgiu nessa era.

– Meu pai sempre devia para alguém – continua Táscia. – Fechava um negócio para pagar a dívida de outro. Afogando-se em juros e promessas, nada que a gente fizesse parecia melhorar a nossa vida. A minha mãe também parecia impotente, não tinha voz contra as falcatruas dele. Eu não via a hora em que ele me venderia para um animal qualquer em troca de compensação financeira.

– E mesmo assim você escapou.

Táscia prende a respiração e desencontra os olhos de Pyro. Através da moldura entre as colunas e o parapeito de pedra, vislumbra dois pássaros noturnos riscando o céu vermelho.

– Não quis trazer algo ruim à tona – diz Pyro.

Táscia balança a cabeça.

– É que eu não escapei.

– O que houve?

Táscia balança a cabeça mais uma vez. Pyro recua.

– Só acho que isso deixa claro que não há nada em meu legado de que me orgulhe – ela diz.

Pyro olha para ela, mas não em seus olhos: acima deles.

Táscia toca a testa sob a bandana.

– Na verdade essa é uma boa lembrança. Essa eu tenho. Mas se eu quero andar pra frente não posso me prender ao passado. É como quando prendemos o casaco num pequeno prego que não nos impede de andar, mas estraga toda a roupa, é inconveniente.

– Você quer esquecer as coisas boas que viveu?

– Eu só quero paz para os dias que tenho agora.

Pryo respeita o silêncio por um tempo.

– Acho que nunca mais viveremos dias sem guerra – diz ele. Um frio toma conta de si, a presença de sua irmã Aquanis se expandindo contra o seu ardor. O encontro iminente com o seu próprio sangue sendo inevitável.

– Então ao menos vamos realizar alguma coisa. Pois eu não sei se poderia viver como as reiliani ou seu povo arcadiano, preparando-se a vida inteira para a guerra ou para um grande ritual de magia. Pelo menos para nós dois a existência tem um propósito claro.

As mãos de Pyro se aquecem e Táscia sente o calor dentro de seu peito.

* * *

A Duquesa de Enhasa ergue o pingente prateado na frente da porta do cofre, e o símbolo antigo desenhado ali emite um pulso amarelado junto com a joia. A placa de ferro maciço se desloca um pouco para dentro, então se escancara como se fosse leve.

Zorak, que estava longe, se aproxima, vestindo armadura completa. Antes de entrar, fecha o capacete âmbar, seus olhos de escuridão piscam devagar.

– Agradeço a Vossa Graça. Este depósito é mesmo muito conveniente.

– Cortesia do Marquês de Nalbina – diz a Duquesa com a voz baixa e sem tirar os olhos do chão, contemplando algo que só ela vê. – A sua família não precisará mais dele, já que estão presos e incomunicáveis. Tenho certeza de que nunca os Três Reinos esperariam que a gente conquistasse esta fortaleza tão rápido.

– Minha querida Regente – diz Zorak com a voz abafada de trás de seu capacete âmbar –, gostaria de ter a sua aprovação para mostrar à capitã Táscia o artefato que estamos transportando com tanto cuidado até o nosso objetivo.

Depois de um curto silêncio, como se ainda considerasse, a Duquesa de Enhasa finalmente responde.

– Claro. Sem objeções.

Táscia pega um castiçal com velas acesas e o leva para dentro do depósito que guarda diversos baús e objetos cobertos com panos amarrados para protegê-los. Na escuridão, do peito de Zorak saem dois olhos de luz afiados.

Quando a Duquesa recolhe o pingente, a porta do depósito se fecha sem que ninguém a toque. Como se notasse a curiosidade de Táscia, diz, com um sorriso discreto nos lábios:

– Magia.

"Por isso não há guardas", pensa Táscia.

Então ela se recolhe nas sombras observando os dois. Zorak e

Táscia avançam até iluminarem quatro caixas pequenas sobre uma mesa de pedra polida e que captura os seus reflexos. Cubos cheios de entalhes, são como esculturas dorfes de metal, com desenhos retos, angulosos, mas cortadas com precisão. Apenas uma delas tem na superfície superior uma luz âmbar solitária.

– São artefatos dos anões? – Táscia diz.

Zorak torce o nariz.

– E desde quando os anões são tão refinados em suas artes? Isso é tecnologia L'dren, feita pelos melhores artesãos de meu povo. Se a Duquesa puder ser gentil e abrir a única urna que temos preenchida...

A Duquesa dá um passo à frente e Zorak desencaixa a manopla de sua couraça. Com alguma dificuldade desprende um dos anéis de sua mão pálida e o entrega para a humana. Afasta-se para a escuridão.

Quando a Regente se aproxima, o anel desperta o objeto e desencadeia uma série de encaixes e desencaixes, uma dança delicada e precisa de peças geometricamente casadas, ganhando arestas e superfícies que culminam na abertura do artefato. Está claro que é um dispositivo de segurança.

Táscia olha por cima do objeto que agora não é mais um cubo, mas uma figura geométrica que não sabe como chamar, e dentro da pequena urna há uma linda pedra, pulsando luz própria e flutuando. Uma lembrança dormente a faz tocar na própria testa, viu uma linda pedra como esta há muitos neanos, mas era azul. Como água. Franze o cenho. Concentra-se nesta agora, da cor de âmbar como o capacete do L'dren, que sussurra um sopro melancólico que nunca termina.

– Ela parece estar fazendo barulho.

– Isso que você está ouvindo é o ar em seu próprio corpo. Ela ecoa o vento dentro de nós, é a Pedra do Silfo – diz a Duquesa, baixo como se não quisesse acordar a energia oscilante.

– Não sei o que é um silfo.

– É um elemental do ar – diz Zorak. – Toda a Transformação, que vocês mortais chamam de *magia*, desperta e evoca os elementais das forças primordiais da Criação. São seres místicos como nós mesmos e os Alvos, nossos "queridos" irmãos.

– E, pelo pouco que sei, vocês não podem usar magia. Por quê?

Zorak cruza os braços antes de responder.

– Pela crisálida. Talvez já tenha presenciado ela, mas ao menos sabe que a carne dos mortais não pode lidar com a magia também, a Transformação é tão poderosa que cristaliza os corpos e consome qualquer organismo. – Táscia coça o próprio braço direito, o ar preso no peito, prestando o máximo de atenção. – Se você cavar este mundo fundo o bastante, encontrará, depois de todas as pedras e metais que os dorfes tanto amam, a crisálida que protege o sangue da Essência. – A imagem da Tartaruga surge na mente da guerreira, que espreme os olhos para enxergar melhor. – Essa camada espessa impede o núcleo de nosso mundo de vazar e com isso acabar com toda a vida, seja mortal ou imortal, natural ou mística. A Transformação nada mais é do que o canalizar do sangue da Essência e a convocação dos elementais para configurarem a realidade a nosso favor.

– Falando dessa forma parece bastante complicado. – Táscia está hipnotizada pela luz que rodopia dentro da Pedra. – Em batalha isso deveria ser algo simples, já vi a magia ser usada em pequenas ações, mas em uma guerra pode ser artilharia, proteção, auxílio que venha do ar...

– Esqueça a simplicidade quando se trata da magia. Ela é uma força rebelde e instável, e, se é perigosa para os mortais, para os L'dren é fatal.

Táscia olha para aquele ser que viveu tantas décadas dentro de uma armadura escura. – O seu povo é muito sensível à magia e pode pegar a crisálida...

– ... em instantes. A nossa maldição não é viver nas sombras, mas sim ser tão sensíveis à luz de Sarali e ao seu sangue que nos consumiremos em crisálida a qualquer contato de nossa carne com os elementais de fora.

– Mas a crença arcadiana é que os elementais também estão em nossas almas – diz a Duquesa.

– E estão – Zorak se mantém longe, dá alguns passos ao redor da mesa. – Inclusive nas dos imortais e de qualquer povo místico. Mas para nós, místicos, essa ligação é ainda maior. Se a magia é o fogo, vocês são como troncos. Nós somos querosene.

– Por que estou aqui? – diz Táscia. – Nesta sala secreta, ouvindo sobre essas coisas do mundo mágico?

– Porque Magna confiava em você. Amanhã a capital de Coméria cairá sob um exército que não tem nenhum humano.

– Então será um ataque de seu povo.

– Sim. A minha comunicação com os meus irmãos é muito rápida, não há nada parecido entre os mortais, e desta forma evitamos que qualquer traição seja planejada. Esse general que foi deposto hoje estava deliberadamente atrasando seu avanço e entregando todas as informações possíveis para os comerianos.

– Eu não fazia ideia.

– Nem todos são diligentes e leais como você, Táscia Elena, herdeira da lâmina rúnica.

– Quando aqueles que estão de nosso lado souberem que Coméria já é nossa – diz a Duquesa de Enhasa –, terão que se decidir entre continuar cumprindo seus deveres ou ser mortos por trair os seus juramentos à Coroa. Uma escolha bem fácil.

Táscia cruza os braços, e isso faz com que Zorak abra um sorriso sob seu capacete.

– Através de séculos temos nos preparado para este momento – ele volta a falar –, para a libertação de nossa maldição.

Táscia se lembra de tantas pequenas pistas deixadas por Magna, as suas falas enigmáticas, o anúncio de algo grandioso e terrível de que faria parte. Vê o ínfimo instante em que seus olhos se cruzaram quando ela foi assassinada. Suspira, resignada, por não ter notado antes.

– Vocês querem abrir a Porta da Verdade – e ao proferir essas palavras, um calafrio sobe por sua barriga.

Zorak dá um passo à frente.

– Então você sabe. Pois bem. Na Última Fortaleza está o conhecimento para salvar o meu povo. Se a Criação é tão bela como as coisas que já vi... existem animais que vivem na escuridão e que têm luzes próprias, formas de vida mais exuberantes que qualquer uma que ande sob a luz. Além do calor e do dia, nas terras da eterna noite onde o meu povo sobrevive a vida é muito escassa, mas cada ser que perseverou é uma prova de que além das condições naturais está essa ânsia de viver, de passar adiante o seu legado, de perpetuar a própria existência.

– Mas a existência é absurda – diz Táscia, agarrando os próprios braços com as pontas dos dedos –, eu vejo aqui alguém que viveu neanos e neanos, gerações inteiras de humanos, mas que não se livrou da mesma dúvida. Você pode provar que nessa Última Fortaleza, além dessa tal porta, está a resposta para a sua maldição? Parece mera especulação, uma crença que é tão provada como a nas Mães que nos criaram e que te amaldiçoaram. Eu mesma sempre acreditei nisso tudo. Mas agora não sei. Você estava lá no dia da Maldição? E no da Criação? Quem garante que você não é apenas um desses seres que só podem viver na sombra porque é assim que as coisas são, e o seu papel não é entender isso e viver no seu lugar? – Táscia tem lágrimas nos olhos.

Zorak bate palmas de dentro das sombras e solta uma contida gargalhada.

– É essa dúvida que me move, criança. Se os Alvos acreditam entender a Criação e as suas maravilhas, eu ouso dizer que o conforto de sua posição os privou do que é a essência de ser um morador da noite como eu, que tenho todo o tempo do mundo e só posso observar tudo de trás de escudos âmbar ou protegidos pela sombra. O meu convite a você é para deixar o conforto da escuridão e enfrentar aquilo que pode te arruinar.

Táscia recua enquanto a urna é fechada. Perde-se nos intrincados movimentos do mecanismo que por fim a transformam em um cubo, exatamente como era quando entrou na sala. A luz solitária indica que é a única preenchida.

– Você disse que queria a verdade, Táscia Elena. Mas está do lado mais frágil para poder vislumbrá-la – diz a Duquesa de Enhasa, seu rosto lúgubre iluminado por baixo pela luz da urna.

A espada de Magna é leve para o braço, mas tê-la pendurada na cintura dá um nó no peito da jovem.

– Acho que essa vida não é a que as Mães esperam da gente – a Duquesa diz enquanto ela e Zorak se aproximam de Táscia. O trio observa as urnas enquanto a luz do castiçal lança suas sombras para todos os lados. – Um mundo controlado, submisso, cheio de armadilhas que separam as pessoas de seus anseios em nome de posições sociais e conforto. Esse é o projeto do Templo, essa é a organização da fé com todos os seus dogmas para que nenhum mortal sobre a terra os questione e viva sob suas regras.

– Esse é o projeto dos Alvos – diz Zorak –, imortais abençoados pela providência, que seja, já que você questiona até mesmo a existência das Mães, querida criança. Que todo ser natural, não-místico, viva sem o acesso livre à Transformação e que assim a separação esteja clara diante dos céus.

– Vocês só querem estar no lugar deles – diz Táscia olhando para as urnas.

– Eu admito que essa é uma vontade que não posso descartar – diz Zorak. – É algo que sempre surge em minha mente, enquanto durmo durante os dias. O que eu realmente faria de diferente se estivesse nessa posição?

– Os L'dren não sonham.

– O que nos dá muito tempo para pensar.

7

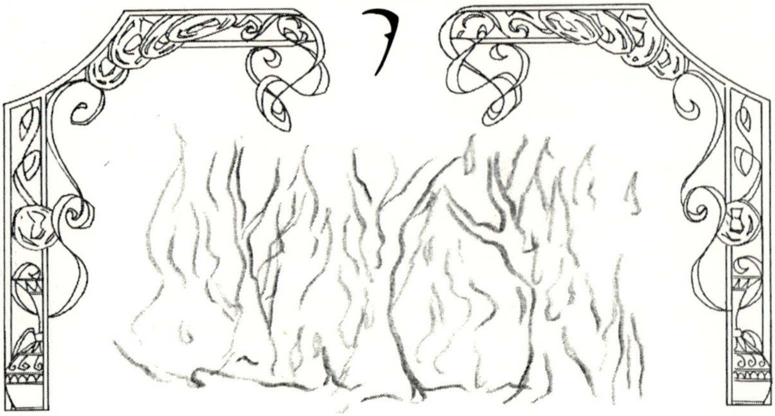

A TAÇA DE cobre cai e o vinho se expande em uma poça, logo chupada pelo chão de terra batida.

- Ah, mas que é isso! É vinho lestiano, não dá valor às coisas lindas do mundo? – esbraveja Ferd a Ranolder, que encara o chão umedecido com olhos desolados, o rubor de seu rosto escondido pela luz vermelha da noite.

– É por isso que não me arrisco nisso – diz Enoque, dando um tapinha no ombro do mago. Este inspeciona os próprios dedos, como se quisesse se certificar de que não são de papel.

– Isso é um exagero! Até Pietru Negro bebia vinho com os seus companheiros. A Deusa aprova!

– Não tem nada a ver com a minha fé, senhor Ferd. Estamos em guerra, gosto de me manter são e pronto, os inimigos não vão avisar a hora em que irão atacar.

No meio do pequeno círculo em volta do braseiro, Táscia ri e aponta a taça para Enoque, quase derramando vinho.

– Veem? Esse é um cavaleiro perdido no meio de mercenários. Sua dedicação é um exemplo, senhor Enoque. Mas, se aceitar as minhas ordens, eu lhe imploro que relaxe um pouco. De gente tensa e mal-humorada já basta eu.

Todos riem, exceto Enoque, enquanto Ferd circula enchendo as taças com o maravilhoso vinho.

– Muito generosa, tenente. Ter saído das festas dos maiores em Nalbina para vir se juntar a nós.

– Mais cuidado com suas palavras – diz Enoque com seu vozeirão grave. – Primeiro porque nossa líder nunca deixou de dividir as alegrias conosco. Segundo porque agora ela é a nossa capitã.

– Ai, Enoque... – Táscia balança a cabeça, olhando para a fogueira.

– Meus parabéns, capitã! – diz Ranolder, seguido de alguns que, mesmo não estando no círculo, saúdam a guerreira ao ouvir a informação.

– Maravilhoso! Então vamos comemorar – fala Ferd quase gritando, a voz amolecida pelo vinho. – À nossa capitã!

– À nossa capitã! – gritam vários, erguendo brindes e saudações.

– Quem diria que um dia tomaria o vinho dos sacerdotes nas taças dos reis – diz Ferd enquanto alguns mercenários se aproximam para cumprimentar Táscia.

– Fruto de saque do mosteiro – diz Enoque.

– Saque honesto de guerreiros honestos.

Táscia vira os olhos e beberica mais um pouco da estupenda bebida.

– Eu adoraria conhecer mais sobre os senhores – diz Ferd. – Mas a cortesia me pede que eu comece com um pouco sobre mim.

– A noite está muito linda para as suas lorotas de novo – diz Enoque com cara de poucos amigos.

– Deixe-o falar, Enoque! Estou curioso... – Ranolder está mais falastrão que o normal.

– Obrigado, mestre do oculto! Hoje faço parte deste respeitoso grupo, mas já servi em casas de relativa importância.

– Só se for como bobo da corte – diz Enoque, achando o flamular das bandeiras ao vento mais interessante.

– Ei! – Ferd fecha a cara, para depois sorrir. – Minha conclusão é que os bem-nascidos não governam nem protegem os seus súditos, e o Templo não salva ninguém neste mundo!

Há um silêncio momentâneo.

– Sério mesmo que é essa a sua conclusão sobre a vida? Precisou de vinho para dizer isso? – Táscia ri, os olhos pequenos.

– O que quero dizer, capitã, é que no fundo cada um quer pensar só no próprio umbigo, para não dizer outra coisa.

– Você está no meio de um exército de mercenários, Ferd. Aonde quer chegar?

– Estou dizendo que é natural cada um cuidar de si, então essas ideias de glória e ideais me parecem ridículas, se me permitem dizer. Eu vim das ruas, de um lugar em que tinha que ser mais esperto se não quisesse ser estuprado pelos mais velhos ou morto por causa de meras moedas roubadas. Tinha que comer escondido para não ter a refeição tomada por alguém mais forte. Mas, quando cheguei a servir aos comerciantes e até mesmo a alguns que eram casados com nobres – Ferd fala com orgulho, mastigando as palavras com a boca entorpecida –, não era diferente. Em vez de meter a mão e arrancar à força, era só usar as palavras. O fim era o mesmo: eles iam te violar os direitos se estivessem com vontade e arrancar as suas coisas se não as protegesse. Então acho engraçado esse papo todo de Templo, lutas em nome dos reis e essas coisas todas que podem ser lidas nas gazetas ou ouvidas nas falações do povo.

– Impressionado que alguém como você saiba ler – diz Enoque.

– Eu me impressionaria se o senhor soubesse – sorri Ferd. Enoque se levanta de repente e todos esperam o quebra-pau. Táscia observa os dois pronta para impedir que se matem, mas o guerreiro sai do círculo e vai andar pelo acampamento.

– Todos temos os nossos motivos para estar aqui, Ferd – diz Táscia, depois de um silêncio constrangedor. – Não ache que é o único que consegue ver tudo isso de fora. E lembre-se que você está aqui para nos passar informações. É essa a sua utilidade dentro deste grupo, para isso que foi contratado. Logo teremos de volta os batedores que confirmarão o seu palpite de forçar a entrada de Cidânia pelo portão do Norte, no bairro da Caixa de Carrapatos. E você vai estar conosco até o fim para garantirmos que seja responsabilizado por qualquer informação errada.

– Claro, minha capitã. Não se preocupe com isso. Eu considero um trato muito justo. Ao mesmo tempo fico muito curioso em saber mais sobre a senhora, de onde vem toda essa impetuosidade, essa firmeza, essa bravura.

Ferd é perfurado pelos olhos de Táscia, que permanece quieta. Ranolder respira fundo, recuperando-se um pouco.

– Eu não iria por esse caminho, senhor Ferd. Respeite a nossa capitã.

– Ah, me perdoe, mas não é nada demais o que estou perguntando. É tão pessoal assim, senhora capitã?

Táscia se ergue devagar e fica na frente de Ferd, que se sobressalta. Então continua e sai da frente do braseiro, deixando apenas os dois para trás.

– A tene... capitã fica muito sensível com perguntas pessoais, senhor Ferd – diz Ranolder com a cabeça pesada. – Eu não tentaria isso nem com ela sóbria.

* * *

Em sua barraca, deitada armada, como exige o tempo de guerra, ouvindo as risadas e extravagâncias de seus guerreiros, Táscia encara o teto de lona sem pestanejar.

Quando pisca e vê o escuro, surge a face em desespero do primeiro homem que matou. O sangue vazando em pulsos por sua boca, os olhos fixos no céu, perdido, incrédulo, conformando-se com o fato de que a sua vida se esvaía e que nada que fizesse poderia impedir isso.

Aperta as pálpebras para se afundar mais na escuridão. O vinho a mantém em movimento até que o cansaço se instaura, espalhando-se pelos músculos que acusam a fadiga e ela dorme.

A imagem recorrente da pedra empurrada está entorpecida pelo sangue que bebeu da morte de seus inimigos, mas toda dor e desconforto são apenas sugestões no mundo enevoado dos sonhos.

Avança, as mãos ardendo, os dedos sensíveis, apoia-se nos antebraços e se tensiona toda. A resistência cede e ela vence mais uma pequena distância, até que escorrega e grunhe, zonza. Porém desta vez a rocha não rola sobre si. Uma mão a apoia ao seu lado, impedindo que se fira. Uma presença quente, confortável. Então se vira para agradecer e desperta.

Quando abre a barraca, a noite vermelha pintada de estrelas ainda domina o céu.

* * *

Táscia, quase correndo, passa pelos guardas da fortaleza de Nalbina sem problemas e atravessa o atarefado pátio interno das muralhas sob a leve luz de Sarali, que começa a despontar de trás da irmã na imensidão rubra. Aqui não há descanso, guerreiros carregam armas e suprimentos nas costas ou com a ajuda de animais, engenheiros inspecionam transportes, verificando rodas e equipamentos, cozinheiros passam com aves abatidas e cestas de ovos para manter abastecidas as compridas mesas onde servem o desjejum. Com as informações dos atarefados soldados, Táscia encontra Pyro de pé, vestindo sua armadura alaranjada completa, faltando apenas o elmo e as manoplas, com a capa vermelha às costas, o cenho franzido, carrancudo, apontando para um mapa que um oficial segura enquanto outro presta atenção às mesmas informações.

– General – Táscia diz esbaforida.

– Capitã, bom dia – ele diz, não disfarçando um sorriso que surge de repente. Com um sinal, encerra a conversa com os oficiais. – Não se atrasem, o movimento tem que ser ágil. Agora vão.

– Eu... – Táscia pensa rápido e diz o que consegue elaborar em instantes. – Eu acho que não sei se devemos dividir nossas tropas. Por causa de Comir, acho que... – nesse ponto ela para, não quer revelar o que não deve, a cabeça ainda afetada pela bebida da última noite.

– Comir será dominada pelos L'dren – diz Pyro, olhando em volta, certificando-se que estão sozinhos. – Não haverá comunicação dos comerianos com os cidanenses. A arrogância deles é tão grande que mantêm as vidas normalmente. Agentes que estiveram na capital me relataram que terão um enorme espetáculo de Ópera com os melhores artistas que o dinheiro imundo deles pode pagar.

– Claro que você sabe disso tudo – Táscia olha para baixo, sentindo as bochechas corarem, respirando fundo.

Pyro sorri e põe a mão sobre o ombro esmaltado da armadura reiliani que ela veste, dando-lhe músculos e seios delineados até mesmo sob a proteção da couraça esculpida.

– Eu me alegro em saber que se preocupa comigo. Mas confie em nosso plano. Zorak é muito sábio, viver por séculos tem as suas vantagens. Ele seguirá para Majestosa para acompanhar um cerco que distrairá os denorianos e manterá a minha irmã imobilizada. Assim como eu, ele não acredita nesses rumores de que a Pedra de Ondina está lá. Eu e minha irmã somos muito ligados, saberia no mesmo instante se ela tivesse se tornado uma guardiã de pedra-alma. Mas não deixa de ser uma refém importante de se ter. Como Zorak me conhece e quer evitar que eu aja por impulso em um possível confronto com Aquanis, o papel de nossa brigada é ir para o outro lado, varrendo as principais estradas que levam até Lindebluma de uma forma que ninguém poderá nos flanquear. Juntos estaríamos mais fortes–

– ...mas muito mais lentos – Táscia fala interrompendo-o, soltando um suspiro em seguida. – Sim. Eu sei. A estratégia não me incomoda.

– Então o que foi? Queria apenas se despedir de mim, é isso? – Pyro diz, abrindo um sorriso com todos os dentes que Táscia nunca viu nele.

– É – ela diz, sua atenção fixa nos olhos cor de púrpura dele sob o nascer de Sarali. A sensação confortante do sonho a incomoda, desconfia até da alegria interna, como alguém sempre alerta para o perigo, o coração já batendo rápido para agir e se safar mesmo quando encontra ternura e algo que a aqueça. – Eu só vim mesmo para te ver uma última vez.

Pyro não se importa com quem possa vê-los e põe a mão no rosto de Táscia. Para ela, é um toque quente, como se nele sempre queimasse um fogo constante, confortante, que afugentasse qualquer frio.

Quando ele encerra o contato, Táscia abre os olhos.

– Fique viva. E nos encontraremos em Lindebluma.

– Você também, Cavaleiro de Fogo. E lá festejaremos.

* * *

O grupo de Táscia segue pela estrada mais ao norte de Lindebluma, estando mais próxima da capital de Coméria, Comir. Confiante após a vitória com quase nenhuma baixa no mosteiro, o grupo desempenha as suas funções com diligência e organização, trocando ideias e auxiliando uns aos outros, tornando a gestão fácil e fluida para a capitã e seus tenentes.

Cavalgando devagar, Táscia se perde no balançar do percurso, e há poucas horas do dia em que a imagem de Pyro não surja à sua frente. Ri da própria ternura, não se sentia como agora há tanto tempo, apenas o toque da brisa em seu rosto e a cabeça flutuante, as imagens que surgem sendo recortes de momentos e frases trocadas com o Cavaleiro de Fogo. Admite com amargura que talvez não tenha qualquer lembrança assim com a própria presença de Magna. Com a mestra, a segurança e a força eram os tônicos que a mantinham firme e vivendo cada neano com bravura. Mas agora o encontro com Pyro e a atração que lhe desperta a remetem a algo mais longínquo e secreto, confortante e quente, quando não havia a espessa névoa que a separa da própria infância. A vitória em Lindebluma será certa, ainda mais pela presença dos L'dren. Quer cumprir a sua parte logo para poder reencontrar o general e se reportar a ele.

A marcha segue forte, e desta forma cobrem o terreno esperado para o dia antes do meio da tarde morna e agradável. Táscia ordena que montem acampamento e aproveitem a folga para praticar algumas rotinas sob a luz gentil de Sarali e se preparar para dormirem cedo, sem excessos.

Andando entre as guerreiras e guerreiros, recebe sorrisos, pequenas reverências e saudações dos seus comandados. Rostos carrancudos e cansados se transformam em alegria e bom humor na visão da capitã.

– Coronel, como vai? – diz um guerreiro tímido que não consegue olhar Táscia nos olhos.

– Ela não é coronel, seu idiota! Conheça a patente de nossa líder, é sinal de respeito.

– Ah, me perdoe, coronel.

– É capitã, mas que droga.

Táscia solta uma gargalhada, a verdade é que isso de fato não a incomoda nem um pouco. Ergue o rosto dele e pousa uma mão firme em seus ombros.

– Você está bem? Verdade que recebeu uma carta da sua amada? – pergunta, mas ele logo esconde a cara mais uma vez.

Os magos sob a liderança do tenente Ranolder passam a tarde se concentrando e discutindo sobre as artes proibidas, e, quando veem a chegada de Táscia, convidam-na para praticar o uso de sua lâmina rúnica contra os seus feitiços.

– Hoje não, meus caros. E não exagerem nas invocações, guardem energia para a batalha que teremos em breve.

Já Enoque observa alguns de seus guerreiros em pequenos grupos trocando golpes com desenvoltura, ainda que seu olhar duro e cara fechada lancem uma cobrança constante que faz Táscia sorrir, lembrando-se de Magna.

Um deles é especialmente ágil, defendendo-se de três atacantes ao mesmo tempo, com bom jogo de pernas para conseguir uma melhor posição. Ele pede uma trégua aos companheiros, que desistem de tentar atingi-lo, e vem até a capitã com alegria nos olhos.

– Minha capitã, viu como melhorei? – diz o rapaz ruivo e de rosto sardento, agora com os cabelos mais compridos pelo tempo de campanha.

– Ei, volte para o treino – Enoque diz com sua voz de tenor.

– Está tudo bem, tenente. Só vou atrapalhá-los por um minuto. Não vou negar que você está muito melhor – diz Táscia, olhando para o rapaz de cabelos vermelhos que foi a sua primeira vítima quando chegou para treinar os primeiros mercenários que recebeu de Babélia. – Mas ainda precisa ser mais ágil no giro do pé de apoio, está deixando o flanco aberto. – Antes que o ruivo perca o entusiasmo, recebe um sorriso da capitã e um soquinho no peito que o faz recuar um passo. – Continue assim. Meus parabéns.

* * *

Com as barracas organizadas e as cargas assentadas pela companhia, Táscia aproveita para se refrescar um pouco no seu espaço privado. Solta os cabelos e retira a bandana da testa, não resiste a acariciar a marca que carrega, então molha o rosto e absorve a umidade da água, olhando o próprio reflexo que treme na bacia de lata. Acaricia a própria bochecha resgatando o calor do toque quando alguém entra sem avisar. Táscia se assusta e se vira de costas..

– Capitã, me perdoe. É que estava aberta – diz a voz inconfundível de Enoque, que baixa os olhos e sai da entrada, afastando-se. – Depois nos falamos.

Táscia enrola os cabelos em um rabo mas não os prende, apressada, e sai atrás dele, que anda calmamente entre as barracas como se garantisse que todos dormirão bem para o próximo dia.

– Enoque. Diga, o que foi?

Enoque olha para Táscia com os cabelos soltos e desarrumados, mas ela já tem a bandana de volta na testa.

– Eu... Perdoe-me, talvez esteja um pouco desacostumado com um mundo em que os dias são tão bons e gentis.

– Do que está falando, Enoque? Temos trabalhado duro, se deu certo até agora é porque temos posto muita energia na campanha. Nossos guerreiros estão respondendo muito bem. Não vou negar que também fico ansiosa ao saber da entrada dos L'dren no jogo, isso só mostra o aumento das apostas e o nosso risco. Mas não saímos de Babélia para realizar algo pequeno.

– Sim. Mas eu sinto que a nossa missão está terminando. A de pessoas como eu, não a sua. Não sei por quê, acho que depois da invasão a Lindebluma nós mercenários não teremos mais utilidade para os nobres.

– Não diga isso. Você é mais que um bom guerreiro, é alguém que me acompanhou todo esse tempo, não veria problemas em oficializar um cargo para você no exército babeliano. Estão me promovendo, não vou deixar de cuidar dos meus.

Enoque sorri e chuta pedras com a ponta da bota.

– Seria ótimo um soldo que me desse a chance de uma boa vida. Mas não sei se poderei ficar no final.

– Escute, acho que você está querendo me dizer alguma coisa. Diga. Tem algo te esperando lá atrás? – Táscia fala devagar, encarando-o de frente.

– Tenho... – Enoque então deixa de olhar para o chão e fita os olhos de Táscia. – Há alguém esperando por mim. Uma garota.

– Alguém especial, então – Táscia sorri e sente o toque de Pyro em seu rosto. – Ela poderia morar com você em Babélia.

Enoque cruza os braços e franze a testa.

– Capitã, você realmente acha que depois disso tudo só teremos a paz... A boa e velha paz?

– Por que diz isso? – Táscia sente um bolo na garganta, como se não pudesse se enganar o tempo todo, ciente do que ele está falando.

– Esses... Esses Albinos – diz Enoque, em voz baixa. – Esses imortais. Eu nunca vi esses povos se envolvendo em nada humano. Não me parece coisa boa. Não é como uma briga de dois reinos para ver quem vai cobrar o pedágio de tal pedaço ou uma disputa de dois filhos para saber quem herda as terras. Me parece maior que essas coisas, e isso me assusta. E sinto que não deveria me meter nisso se eu quiser voltar para casa.

– Mas estamos construindo algo juntos, não podemos ignorar o tipo de opressão que o Templo e os Três Reinos têm feito aos reinos menores. Os imortais podem igualar essa briga...

– Você acredita mesmo nisso, capitã?

Táscia põe a mão na testa e fecha os olhos, virando-se para o outro lado. A vontade de se manter alegre a todo custo deveria ajudá-la a mentir, mas serve como um juiz interno que a pune.

– Capitã – continua Enoque, virando Táscia com um toque nos ombros, encarando-a de frente –, se me considero alguém que te conhece um pouco... Por que você quer que tudo não seja mais como antes?

Táscia arregala os olhos de forma involuntária e dá as costas para Enoque de novo. Dá dois passos à frente e para, indecisa sobre o que fazer.

– Como me perguntou antes – diz o guerreiro –, há alguma coisa que você deixou para trás? Alguma pessoa? Não se preocupa com isso se o mundo se transformar de uma hora para a outra? Se esses Imortais forem os novos reis e dominarem tudo e... Capitã!

Enoque tenta acompanhar Táscia, que anda apressada para a própria barraca. Lá na frente alguém os aguarda e suspira aliviado de tê-la encontrado.

– Coronel! – diz o rapaz tímido de antes.

Táscia se recompõe e atende ao soldado esbaforido, ignorando o título errado.

– O que foi? Algum problema?

– Parece que um dos inimigos se entregou. Quer falar com você de todo jeito.

– Falar comigo? Só pode ser tolo. Eu não pretendo negociar com o inimigo.

– Ele... Ele disse que conhece a senhora, pediu para lhe entregar um bilhete. Não parece fazer muito sentido e...

– Dê-me isso – Táscia toma o pedaço de papel sujo e o abre para ler. Decifra as letras e palavras devagar.

Você prometeu que ia me escrever. Depois de quatorze neanos, resolvi vir ter notícias suas pessoalmente.

G. E.

Leu certo todas as letras, não há dúvida. O sangue lhe sobe pelas costas, as pernas formigam. A taquicardia é instantânea e Táscia respira fundo, tentando controlar o fluxo de ar, ignorando a tontura, é dona do próprio corpo, está tudo sob controle.

Depois de alguns segundos, Táscia diz:

– Ele está preso? – fala baixo, quase que de si para si.

– Como, senhora?

– Ele está preso? – Táscia repete mais alto, pronunciando com cuidado e o mais claro que consegue.

– Ah. Sim, senhora. A gente jogou ele numa jaula para caça no fundo de uma barracona de carga. Está lá no escuro, não vai conseguir ver nada e nem tem como fugir. O que a gente faz com ele?

– Nada. Eu vou ver quem é esse inimigo.

* * *

A doce contemplação que a dominava dá lugar a uma enxurrada de coisas que arrastam a alegria e leveza, sufocando-a. Só pode ser ele. Mas por que depois de tanto tempo isso tem que confrontá-la? Por fim, convence-se que é um teste da Mãe, ainda que não se sinta mais merecedora das bênçãos e orientações dos céus após atuar contra o Templo.

– É esta barraca.

Táscia anui sem dizer nada e aceita a lâmpada oferecida por um soldado.

– Ele está aqui, coronel – diz o guerreiro tímido de antes.

– Muito bem, pode ir. Obrigado, você fez bem.

Quando se afastam, Táscia ainda ouve o ralho do mais esperto com o pobre soldado que não lhe acerta a patente.

Respira fundo e, quando vai tocar a lona para poder entrar, alguém encosta em seu braço. O sangue sobe, preparando-a para se defender de uma ameaça.

– Eu vou acompanhá-la...

– Não, Enoque. Pode me deixar. – Começa a tremer e isso não ajuda em nada a taquicardia que vem em ondas.

– A senhora nem deveria falar com esse ousado, eu vou é arrancar a cabeça dele e...

– Por favor. Deixe-nos a sós – Táscia fala com firmeza, pronunciando as palavras claramente. Então vem o alívio quando ele a atende, mesmo que contrariado e resmungando qualquer besteira sobre riscos que uma líder não deve correr. Mais um calafrio sobe.

Como a se certificar de que a armadura ainda a protege, põe a mão no peito sem poder sentir o próprio coração. Ilumina os sacos de grãos e inspira o cheiro da comida, passa pelos mantimentos e agacha-se diante da gaiola de caça. Aponta a lâmpada para quem está dentro dela. O capturado se protege com o braço, mas ele sabe que Táscia quer vê-lo, então revela o seu rosto.

A barba por fazer é mais escura que o seu cabelo loiro, ainda mais comprido que quando o conheceu na infância, os olhos entreabertos tentando enxergar através do brilho. Olhos azuis. Nariz delicado e feminino, mas toda a pele suja pela estrada. Uma boca conhecida, coisas que nem imaginava mais ser capaz de sentir, memórias do toque de alguém e o afeto perdido. A imagem de Pyro é manchada e o ar forma um bolo na garganta. Táscia recolhe a lâmpada ao lado do corpo, precisa sair dali o mais rápido o possível.

Levanta e tenta manter as pernas sob controle. Afasta as lonas e sai, deixando os subordinados em suspense.

– Capitã?
– Podem libertá-lo. É mesmo um conhecido meu.
– Sim, senhora...
Para e, sem olhar para trás, fala devagar.
– Diga a ele que me encontre amanhã, ao nascer de Sarali, ali no campinho onde treinamos manobras de combate em grupo. Sabem qual é, não? Dá nem meia hora de caminhada daqui. Boa noite.

* * *

Táscia não teria dormido se não tivesse mascado algumas folhas que a induziram ao relaxamento. Mesmo assim teve um sono intranquilo. Andava trôpega por um caminho claro em meio à névoa, as pernas pesadas, arrastando-as para avançar, então tropeçava em alguma coisa e batia a cabeça em uma parede invisível, o líquido espesso e escuro jorrando da testa, ajoelhava e tentava cobrir a ferida com as mãos. Cheirava a vinho. O dia estava claro e então via que tropeçara em uma garota jovem, vestido sujo, cabelos loiros ondulados, deitada de bruços sobre uma poça do próprio sangue.
Desperta e se arrepende de estar viva.
Enredada no desconforto da presença desse rapaz, aperta os olhos e a cabeça dói pouco. Agradece à Deusa. Respira fundo. Pergunta-se por que se dá ao trabalho de ir encontrá-lo. Tem suas responsabilidades, isso está fora dos planos, pode trazer problemas para si e seus soldados. Quando sai pela barraca com os pés descalços, Sarali já nasceu e alguns subordinados a olham preocupados. Volta e se veste de qualquer jeito, põe a mesma calça de sempre, as botas que protegem os pés, nem troca a velha camisa com a qual dormiu. A couraça, o elmo, não precisará deles. Afasta a lona para sair da barraca, mas então decide pegar o cinto com a bainha e a lâmina rúnica. Veste-a sem entender por quê, não é uma batalha ou duelo, porém é como se carregasse Magna para ajudá-la.
Sob os protestos silenciosos dos soldados sobre comparecer a esse encontro, anda a esmo pelo acampamento tentando entender o que a levou até ali. Alguns comem o desjejum, outros ainda fritam ovos e toucinho, seu cheiro delicioso e inconfundível brigando com o de chá escuro forte, erva que acorda até quem tenha desobedecido às ordens e bebido. Aceita um gole e toma da caneca de uma companheira de armas.
– Boa sorte no seu compromisso, capitã.
– Obrigado. Voltarei logo. – Táscia mastiga um pão molhado em gema mole e volta para a passagem entre as bandeiras de Babélia. Anda devagar, quer adiar ter que encarar o passado que a espera no

campinho, mas tudo em seu treinamento reiliani era sobre passar por cima dos obstáculos. Antes que alguém tente impedi-la, inspira fundo o ar frio da manhã, exala-o ruidosamente e sai logo do acampamento.

Pouco mais de vinte minutos são como vinte horas. A dor na cabeça é só uma lembrança, aparece quando aperta os olhos sobre as pálpebras. Esvazia os pensamentos, presta atenção aos passos na terra batida salpicada de relva, na própria respiração, ouve o solado ritmado da bota atingindo o chão.

Toca a própria testa e a bandana que segura o suor e mantém os longos cabelos trançados sob controle. Lembrança estranha, como se a ideia de cobrir a marca nunca tivesse sido sua. A pele acidentada, há muito cicatrizada, sob a ponta dos dedos. O céu agora está cinzento, Sarali se escondeu.

Chuta as folhas à frente e o vento as afasta para a sua passagem. Anda sem hesitar, que isso termine logo e esteja pronta para a invasão de Lindebluma ao lado de Pyro, para o fim da campanha e a sua paz. Mas vê alguém no meio da estrada, ele não está no lugar combinado. Veste um casaco vermelho, colete sobre camisa com cravat e babados, calças justas e sapatos pretos sobre meias brancas. Porém tudo muito maltratado pelo caminho. Brincos nas orelhas, uma argola de um lado e uma joia na orelha direita, e os cabelos amarrados agitados pelo vento. O rosto dele esboça um sorriso involuntário, mesmo carregando rasgos espalhados no traje que mostram cortes e manchas de sangue. Táscia supõe estar sorrindo também.

À sua frente, Garlando Espendi vestido em roupas de festa destruídas pela estrada, ostentando o vermelho de sua casa.

– Estão faltando... Faltam a armadura e elmo – diz a voz dele, tão familiar, apesar de mais grossa, menos desafinada. Isso desconcerta Táscia.

– Não estou em combate, agora. Você me chamou. E eu vim... Fale... – Táscia não consegue pensar no que dizer. Um pouco de silêncio para recobrar a coragem. É apenas um homem que parece com uma mulher de tão bonito, suas feições e voz atravessando as névoas que a protegeram do passado por tanto tempo. Uma visão que assedia o seu espaço protegido como um aríete prestes a romper um velho portão apodrecido.

– Táscia Elena... Como em nossas brincadeiras, não é, Celestiana Tessitore? – Garlando Espendi olha para o chão com um sorrisinho nos lábios.

– Radon Lag. Ou seria Garlando Romenu Espendi? Ainda não pode me olhar nos olhos por muito tempo? Você não mudou nada – diz Táscia, inspirando o ar fundo, fortalecendo-se. Tem que estar forte.

– E você não parece em nada com a garota que conheci. Eu mudei, sou um homem, agora. Não está me vendo? E vou te dizer, há muitas coisas sobre mim que você nunca imaginaria.

"Ótimo", ela pensa. "Mas quem é que ele pensa que é para me dizer quem eu sou?"

– Estou no meio de uma campanha de guerra – Táscia diz, a testa franzida por baixo da faixa. – Vejo que há barba rala em seu rosto, está mais alto. Seus ombros parecem de um adulto. Era isso que queria me mostrar?

– Como pode ser tão fria? – formam-se lágrimas nos olhos azuis de Garlando. – Eu te procurei por toda a Terra Pátria, pensei que tinha morrido. Seus pais e você sumiram do mapa, você com aquele papo de que me escreveria quando chegasse e...

"De que importam essas coisas agora, minha Deusa do céu. Meus soldados estão me esperando, preocupados."

– Isso já foi. E você me encontrou. Não é isso que deveria importar? – Táscia olha para o lado e solta o ar, balançando a cabeça. – Fale comigo. Eu estou aqui. Não vou a lugar nenhum agora. Ouça, isso tudo é estúpido, eu não deveria ter vindo.

– Foi tão fácil deixar uma vida para trás, não é mesmo? Era só trocar de nome e sair pelo mundo se deitando com homens, Albinos, mulheres, Alvos e seria uma...

Táscia avança e larga o braço com toda a força esbofeteando a cara de Garlando, que cai sentado. Ele olha para o sangue que mancha as suas mãos.

– Você não me conhece. – Táscia fala alto, apontando o dedo para a cara de Garlando, mal controlando a tremedeira que vai desde a mão pelo impacto até a cabeça, o sangue fervendo. – Não pense que me conhece, garoto. Seu desgraçado, faz ideia do que tenho passado até aqui? Nunca vai entender o que é esse caminho que eu trilho.

Ele grita cuspindo saliva com sangue.

– Não conheço mesmo! Pela Deusa, por que eu te procurei tanto? O que eu esperava? Você sempre foi tão segura de si, nunca entenderia o que é viver neanos pensando em como outra pessoa estaria. Sem conseguir me concentrar para estudar para ser alguma coisa nesse mundo e honrar a minha família. Ser alguém importante para a sociedade!

– Não se faça de vítima, Garlando. O que é a sua vida de conforto perto do que passam as pessoas que fazem a guerra? Estudos? Família? – Táscia balança a cabeça, lembrando dos rostos daqueles mercenários desesperados que se uniram a uma guerra perdida e suicida. – Nós não sabemos o que é isso. Agora, honra você não sabe o que é, não use uma palavra que não conhece! Eu não deveria mesmo deixar todos os meus soldados preocupados vindo até aqui como se fosse algo importante. Admito que não sabia o que esperar desse encontro, a sua carta me pegou de surpresa. Não sabia se seria desagradável ou bom ver alguém conhecido no meio dessa loucura toda. Um rosto amigo, uma pessoa querida para mim – sente um calafrio. – Mas isso torna tudo mais fácil. Será mais fácil do que nunca seguir adiante, e só posso te agradecer.

– O que você pretende com essa guerra? – Garlando diz com um sorriso forçado no rosto. – Nada te passa pela cabeça quando as capitais humanas estão sendo destruídas pelos Albinos? Aposto que estão indo para Cidânia, ou estão voltando de lá? Se ao menos você soubesse no que está metida. Tola, você é só uma peça para o jogo deles! Te ofereceram o quê? Dinheiro? Armas bonitas como essa da sua cintura? – ele aponta para a espada de Magna. – Vai usufruir disso tudo quando? Depois que o mundo for destruído de novo por Metatron? – Táscia segura o ar, estacada. – Impressionada, não é? Eu sei muito mais sobre os poderes antigos que você nem sequer imagina.

– É por isso que preciso ir em frente. Vou encontrar a verdade. – Táscia repete na sua cabeça. "Eu vou encontrar a verdade".

– Verdade? – Garlando balança a cabeça, o mesmo sorriso desdenhoso no rosto. – A verdade não nos cabe, você é mesmo uma marionete na briga desses Imortais.

– Todos somos, Garlando. Você não me parece viver uma vida de provações, mesmo quando o mundo está de pernas para o ar. Algum dia faltou comida para você? Por acaso bandidos saquearam sua casa enquanto os governos estavam se preocupando com a guerra? Mesmo sujo a sua pele é mais lisinha que a de muitas garotas nobres que conheci. Mais bonita que a minha. Sem contar nas suas roupas de festa em pleno campo de batalha. Isso aqui não é um salão, Garlando Espendi. Eu vou embora, peço-lhe licença.

Táscia vira as costas e tenta sair sem olhar para trás, que perda de tempo estúpida foi essa. Odeia-se por essa decisão idiota. Então ouve o grito de Garlando.

– Não sei por que finge tanto que o seu passado não existe. Se eu não fizesse diferença na sua vida, você não usaria essa faixa vermelha. Ou acha que não sei que é uma lembrança por causa desse pano idiota que usei no seu curativo? Tá aqui, ó! – Garlando levanta um pedaço de pano velho e podre de dentro do bolso. – Vermelho é a minha cor. Minha cor!

"Obrigado por me lembrar disso, Garlando Espendi."

Com as mãos atrás da cabeça, Táscia desprende com calma a velha faixa da fronte com cuidado para não soltar as tranças presas. Vira para ele e mostra a sua testa, uma cicatriz grande e disforme bem no meio, acima das sobrancelhas. A pele acidentada de quando bateu a cabeça na caverna do Lago das Fadas.

– Tem certeza de que era a mim que procurava? Ou alguém que você inventou? – diz Táscia, aumentando o tom da voz. – Você me parece fora de lugar, isso é uma guerra. – Joga a faixa vermelha e desbotada no chão. – Volte para a sua família rica, a sua tia pode lhe dar roupas novas que substituam essas estragadas.

Táscia arregala os olhos incrédula quando vê que Garlando avança para tentar desembainhar a espada. Quase por reflexo já está colada nele, vê os mesmos olhos azuis das suas memórias, a sujeira do rosto do rapaz riscada por lágrimas, então o empurra para o chão. Garlando se levanta e tenta socá-la, o braço completamente exposto para um contragolpe. Táscia gira para trás sobre o pé de apoio e o agarra, forçando o cotovelo do rapaz contra a articulação. O osso resiste, estica e então cede. Ele fecha os olhos em agonia, a face contorcida de dor, enchendo os pulmões para explodir.

A visão de alguém tão querido incapacitado por suas mãos a espreme por dentro, Táscia engole em seco, quer gritar por desculpas. Mas ele a agrediu, ele tentou feri-la primeiro. Foi legítima defesa, treinou exaustivamente sob a rigorosa mestra reiliani para agir por reflexo nessas horas. E então agiu. Porém mais do que isso o que a magoa, o que a assusta é a culpa de ver que esse menino rico esperou mesmo por uma carta ou um contato seu desde aquele dia em que ela teve que ir embora em uma carruagem cheia de objetos de mudança. Esse tipo de coisa não existe em seu mundo.

O grito dele vem forte, um lamento doído demais, e Táscia deixa Garlando cair no chão. Ele se deita de lado, encolhido, e então ela grita dentro de si olhando para o próprio braço direito que quebrou o dele, que não é responsável por nada disso, não foi ela quem o procurou. "Você não é o homem da minha vida". Táscia está convicta que nunca disse nada que pudesse comprometê-la, "Se você é essa pessoa falida, destruída, que jaz na minha frente, não é minha culpa. Sinto muito que chore como uma criança. Todo mundo tem que carregar a própria bagagem".

Então um brilho forte a cega. Táscia cobre o rosto com as mãos e recua, o calor que surge leve torna-se o mais intenso que já sentiu na pele. As árvores em volta explodiram em chamas, crepitando, labaredas altas e violentas como a guerra, como foi que ele fez isso? Magia? Garlando é um Desperto, nunca imaginou que o herdeiro dos Espendi fosse capaz de algo assim. Em questão de segundos a fumaça será tão forte que vai sufocá-los, precisa tirá-los daqui. Mas a estrada é longa e a mata densa, precisa é extinguir esse fogo. Saca a lâmina rúnica e tenta respirar o ar quente demais.

– É inútil, Celes! Agora é a nossa hora. Se escapamos quatorze neanos atrás daquele incêndio, agora morreremos juntos. Como os meus pais e como o meu irmão. Você se lembra de Zícero? Pois ele nunca existiu! Essa é a hora em que terminaremos juntos, ninguém poderá nos separar mais.

– Você está fora de si, Garlando! – Táscia grita. E, quando ergue a lâmina para o céu, o toque da palma da mão com a gema liga-a a tudo que há em sua volta. As salamandras, os elementais do fogo, estão agitadas e saltam entre os troncos e folhagens aumentando as labaredas com o seu rastro. Multiplicam-se como se amplificadas por uma vontade muito maior que a do mago que as invoca do chão. Táscia esvazia os pensamentos para que deixe de se afligir com a morte iminente se não puderem sair, seja com a fumaça que poderá sufocá-los ou o fogo que consumirá suas carnes com a mesma voracidade com que engole os bosques. Esquece. Anula-se e torna-se uma com a ponta do aço da lâmina. E as salamandras são puxadas para si, absorve-as, sente-as queimar vibrando por seu corpo, mas ao contrário de antes há uma energia muito grande em ação, enorme, maior que a enfrentada pela gema que alimentava a Tartaruga na invasão do priorado. Como uma onda de lava explodindo, varre-a por dentro, fervendo seu sangue até que sua consciência esteja prestes a se desligar.

Então, vê através do fluxo que sai de Garlando essa energia mágica inexplicável, um lugar que nunca mais imaginou rever. A caverna do Lago das Fadas. O lugar que a marcou para sempre com os toques proibidos trocados com o rapaz que agora grita em prantos na terra, que lhe marcou a testa para que nunca esquecesse que lá naquela escuridão mora algo vivo, que respira pela vitalidade de cada ser que a habita, uma pedra tomada por espíritos elementais frios, fluidos, pequenas ondas de energia que agora lhe são visíveis. Espíritos da água. São ondinas, entende. Assim como os silfos, as salamandras e os gnomos. A pedra que viu no dia em que caiu e feriu sua cabeça era uma das pedras-alma, dessas que Zorak e a Duquesa tanto procuram. O frio nos músculos de Táscia é tão intenso que o seu braço direito deixa de sentir o toque da espada, está prestes a derrubá-la, até que estoura em seu âmago o som de um cristal se despedaçando. O seu eco traz um silêncio súbito e então está de volta à realidade.

Solta um gemido alto de dor e cai de joelhos com a espada erguida, o braço fraco, adormecido, a lâmina rúnica em brasa até que logo volta à mórbida cor púrpura de seu metal. A palma da mão da empunhadura formiga, ao abrir os dedos repara que a gema que toca carrega uma rachadura ainda maior. Em volta, não há mais fumaça, também foi absorvida. Garlando está sentado, respirando devagar.

Mas quando Táscia o vê prende o ar em seu peito, pois metade de seu rosto de menina, quase todo o seu lado direito, está tomado por uma protuberância sólida, um vidro da morte que só pode ser a doença dos magos.

Arrasta-se inspirando e expirando pela boca aberta, os olhos arregalados, reparando na mão esquerda dele que apoia o cotovelo quebrado, na boca retorcida pela dor da fratura interna. Controlando os soluços baixos que vêm de dentro, um dos seus olhos azuis chora quieto, o outro está coberto por uma máscara de vidro que lhe come metade do rosto até a ponta da orelha. Táscia encara aquele que a chama de Celes e o toca como Pyro a tocou. Acaricia-lhe a pele sadia molhada sob a íris azul e envolta por longos cílios claros, e não evita derramar as próprias lágrimas quando passa para a parte cristalizada.

"Me perdoa, Garlando. Me perdoa", Táscia pensa e chora alto. O nariz escorre e ela mantém o toque em seu rosto enquanto a sua cabeça pende molhando a terra batida com as lágrimas.

Queria pedir-lhe desculpas em voz alta, mas o que viu dentro do fluxo, a Pedra de Ondina, está em um lugar tão familiar, precisa correr e dizer a Zorak, pois isso vai abreviar a duração dessa guerra e evitar mais sofrimentos, mais dor para aqueles que lutam pela libertação desse jugo do Templo e dos Três Reinos.

"E obrigado."

Graças a Garlando está mais perto da verdade. Só que ele está no chão, abatido, e foi ela quem causou isso. Não pode curá-lo, não é uma maga. Sem saber como ajudar e com medo de feri-lo ainda mais, Táscia Elena, capitã do exército da liberação de Babélia, levanta-se e foge.

♉

O PEITO ARDE, o braço direito formiga, mas não adianta reclamar, não pode parar de correr, as pernas implorando descanso, concentra-se em cada pedaço de terra vencida, tentando emergir do meio de tantos pensamentos e imagens que a afogam.

Garlando Espendi.

De todas as pessoas do mundo, nunca imaginou que justo ele lhe daria essa importante direção para a missão. E é nesse aspecto que mantém o seu pensamento, que tudo é parte da resolução dessa guerra, deve se manter decidida a não olhar mais para trás. Viveu bem assim até hoje. Só que depois de tê-lo visto tão de perto, sentido até mesmo o seu cheiro por um instante, de repente entendeu de que não há mais por que ter vergonha de quem foi, essas coisas não podem mais feri-la. O teste veio, duro como sempre temeu, mas o venceu. Não vai mais se cobrir, que o mundo a veja por completo, que tudo o que a liga à memória da infância seja enterrado ou descartado na terra batida como aquela bandana desbotada. Em vez de pensar naquele garoto-homem quebrado no chão, no incêndio impressionante de sua fúria, respira o alívio indescritível que as revelações trouxeram, lembranças enclausuradas em casulos de silêncio que rasgaram a escuridão e vieram à tona. Melhor do que as imagens de uma noite dourada de neano novo é descobrir que aquele lugar tão mágico onde namoravam escondidos é onde está guardada uma das pedras que Zorak tanto procura. Uma das quatro chaves para abrir a Última Fortaleza. Justo em seu antigo lar. Tão familiar.

A obviedade daquilo cai pesada em sua cabeça, um peso enorme como o da rocha que arrasta em seus sonhos, mas ainda há como aproveitar essa oportunidade, acabou de ver dentro das próprias memórias de Garlando, está lá exatamente no mesmo lugar. Junto com tantas cores e sensações que dividiram, porém essas não importam, na caverna do Lago das Fadas só há o velho herbalista guardando a pedra-alma e ele está murcho, pronto para o fim. Deve alcançar Zorak antes que ele chegue a Majestosa, impedir que desperdicem mais vidas babelianas em um cerco que pode custar caro só para capturarem a rainha Aquanis.

Quando chega ao acampamento não há mais de onde tirar ar. Cai diante dos primeiros soldados que vigiam a entrada e já vêm acudi-la. Massageia com socos as coxas para espantar as câimbras e logo toma fôlego para levantar e continuar, não pode demonstrar fraqueza, muito menos perder tempo.

Enoque a aguardava inquieto perto dali e corre ao seu encontro.

– Capitã! O que aconteceu? Está imunda. Está ferida?

Táscia não reparou que está coberta de fuligem, mas, mesmo com todo o fogo, não se feriu. Esbaforida, ergue a palma da mão enquanto arranca ar de onde pode, tentando convencer o amigo preocupado.

– Eu estou bem, Enoque... Eu... Preciso ir até Zorak... Ele precisa saber, é urgente.

– Mas o que houve, aquele moleque conseguiu te ferir? O que ele fez? Quer que a gente vá atrás dele e...

– Enoque. Me escute. Aquele... era Garlando... Eu o conheço há muito tempo, ele não é nosso inimigo. – Táscia olha para o lado por alguns instantes e fala quase que de si para si. – Ele não é perigo para ninguém, essa é a verdade...

– Então não entendo o que ele fez para te deixar assim. Zorak está a uns dois, três dias de viagem se estiverem seguindo o percurso combinado.

– Deram a volta na Floresta do Silêncio, não é?

– Sim.

– Eu sozinha com uma montaria poderia tentar cortar por dentro dela e os encontrar antes de chegarem a Majestosa.

– Por dentro da floresta? Você não tem... Bom, não importa o que haja na tal floresta, é a melhor chance que teríamos, com certeza há pontos de controle nas estradas. – Enoque vê que Táscia mantém a testa franzida, encarando o chão. – Você não pretende que eu vá junto, pretende?

– Não...

– E nem pode falar a respeito do que vai avisar a Zorak, não é mesmo? – Táscia não responde e Enoque cruza os braços, virando-se para o lado. Suspira e se volta para ela.

– Muito bem. Eu cuidarei para que os guerreiros se mantenham alerta.

Táscia pensa na lâmina rúnica e a fissura grande na gema.

– Eu precisava falar com o Ranolder.

– Ele está recolhido com alguns dos magos para treinamento. Posso mandar alguém buscá-lo.

– Não, não se preocupe. Não tenho tempo, preciso mesmo ir.

– Tem certeza? Eu posso cuidar disso.

A capitã sorri.

– Obrigado, meu amigo. – Respira fundo e tenta elaborar as instruções importantes. – Avancem mais devagar e deem suporte para a invasão de Cidânia, conforme o combinado. Pyro está à frente e tenho certeza que não vão poder nos parar. Não quero que a nossa companhia sinta que há um problema que lhes tire o moral. Depois dessa minha entrada cansada e suja, duvido que não tenham desconfiado de que há algo acontecendo. Mas pode dizer que consegui uma informação muito importante e preciso avisar nosso comando, e que isso é algo que pode impedir mais lutas inúteis e adiantar o final dessa guerra.

– Eu farei isso.

– Agradeço mais uma vez. Vou arrumar minhas coisas, pegar algo para uma viagem rápida e leve.

– Vou cuidar para que tenha um cavalo descansado e veloz.

Táscia sorri com os lábios fechados e pisca devagar os olhos azuis cinzentos. Enoque vê a sua testa descoberta.

– E a propósito, é uma bela marca que tem aí. E não é de hoje, está claro. Combina com o seu rosto. – Táscia leva a mão à testa involuntariamente e desfaz o sorriso. Enoque emenda logo ao perceber o desconforto: – As cicatrizes são os troféus dos guerreiros, já deve ter ouvido falar disso.

– Milhares de vezes. É o tipo de coisa que minha mestra diria. Bem o espírito dos reiliani.

– Não deveria cobri-la. Precisa tomar um pouco da luz da Deusa para queimar um pouco, igualar a cor da pele.

Táscia sorri agora mostrando os dentes.

– Eu não vou mais cobri-la. Não preciso mais.

* * *

O cavalo é mesmo muito veloz, já se sente mal de ter que se separar dele na entrada da floresta. Dentro da cabeça a missão toma a frente, mas desencadeia uma luta desigual com as lembranças do passado, que não ajudam em nada. Tudo aquilo que reprimiu por tanto tempo grita pedindo a sua atenção. A ironia do destino que trouxe em Garlando a chave para uma das pedras abre as imagens das urnas mágicas a serem preenchidas e a sonhada verdade que finalmente pode estar ao seu alcance, mas então recria beijos, toques, sorrisos de quem fazia coisas proibidas, agia como o seu coração mandava, escapando da luz da vigília de seus pais para se embrenhar na escuridão das rochas do Lago das Fadas. O ímpeto falha. As conversas tão sérias com os líderes da revolução que libertará os seres vivos, lhes devolverá o conhecimento sobre a verdade e a vida, agora inofensivas como brinquedos esquecidos e que deveriam estar dentro de um baú. Zorak e os problemas do mundo afundam em uma caverna proibida onde a coisa menos importante é o artefato arcadiano que esconde.

Magna a diria que deve continuar andando para a frente, o avanço implacável de uma falange reiliani que empurra e subjuga quem quer que as confronte.

A estrada é um fantasma de seu cotidiano antes da guerra. Quieta e triste, mas letal. Viajantes solitários ou imprudentes são raros, já que há pontos de controle que inspecionam cargas e intenções. Na direção da floresta só há a presença babeliana que continua carregando os lentos Três Reinos para os cantos ou os levando a se enclausurar em suas capitais. O maior perigo são mesmo os salteadores. O primeiro grupo nem viu Táscia passar correndo, já que foi detectado por ela graças à fumaça de uma fogueira muito mal escondida. Mas o segundo a surpreendeu: a capitã viu um homem camuflado em uma árvore enquanto seu cavalo era alvejado por um virote no lombo. Disparou em agonia até onde aguentou. Quando o animal começou a babar e ter espasmos, notou que o virote estava envenenado e era o fim dessa curta amizade. A visão do belo cavalo sofrendo não foi pior que o seu último suspiro relaxado ao receber a lâmina bem inserida na nuca. Desabou sem sofrer.

Táscia estica o seu braço direito e os dedos adormecidos e acaricia o animal, mal sentindo o próprio toque. Isso lhe dá calafrios. Graças à Deusa, não falta muito. E então, do alto de um morro, vê um pedaço da floresta que começa a surgir enorme e silenciosa, coberta por uma espessa névoa. Corre em direção a ela aproveitando a ladeira e, com a bússola nas mãos, mergulha no labirinto, confiando mais na sua vontade de ir adiante que na capacidade de atravessá-lo.

* * *

As árvores a engolem sem esforço. A luz não atravessa as folhas, pois a noite mal se insinua e Táscia já anda pela escuridão. Sua calça e longas botas a protegem, empurra as plantas e abre caminho para avançar, o frio do ar úmido mais pungente que o ruído de sua própria mente.

Escuta apenas o organismo que é a floresta. As árvores são os pulmões que incham e desincham com o leve movimento das folhas. Os insetos e predadores que são os seus membros se entranham por toda a parte, como se a procurassem. Táscia é uma intrusa e não quer esperar que a expulsem, então confere a direção no pequeno aparelho que guarda como à própria vida. A tensão é tanta que mal tem coragem de parar para tentar caçar ou apanhar frutas, e só bebe água de um cantil para não se desidratar.

E quanto mais avança se embrenhando por barrancos e troncos apodrecidos, forçando trilhas onde não há, vencendo arbustos e folhagens enquanto afasta os animais de seus refúgios, mais as antigas memórias pedem passagem.

Eles entraram no apartamento tomado pela umidade como se fossem os donos da casa. Sentaram-se à mesa e exigiram um chá quente. Sua mãe foi cuidar disso a pedido de seu pai, nada à vontade com a visita.

Todo avanço pela floresta leva para baixo. Como se estivesse descendo um funil vivo que vai absorvê-la quando chegar ao buraco para onde tudo culmina.

Não há cansaço, corpo preparado para longas marchas, só há o farfalhar contínuo, os pés buscando a firmeza antes do próximo passo e a direção que a bússola aponta. Cada passo mais perto do final disso tudo, lembra-se da Porta da Verdade e dos olhos cansados da Duquesa de Enhasa. E do piscar lento de Zorak.

– Tô com bastante seda denoriana, é pra ganhar muito dinheiro com essas vendas – disse um dos homens sem face.

– Mas vocês vão me arrumar uma licença pra vender isso? Eu já passei maus bocados da última vez, a corporação do Rio Claro tá fiscalizando feio. Confiscaram tudo e vocês vieram me cobrar pela mercadoria. Não dá pra ser assim, só tem um espaço pra vender, não adianta se os fiscais não estiverem comprados. Os outros comerciantes vão forçar pra cobrarem a gente.

– Não sei se você pode escolher. Se não fosse pela gente não iam nunca mais conseguir trabalhar nessa área. Os Três Reinos já não confiam em Carli Tessitore, mas a gente confia. Você sabe que somos os únicos que nunca te abandonaram e te ajudam com isso. Cadê o chá, hein?

– Já vem o chá. Gina, cadê o chá?

As copas das árvores mais altas parecem estar presas no céu. O fôlego lhe falta, senta-se em um tronco cheio de musgo e não pode evitar de se preocupar se Garlando está bem. Foi uma fratura simples, é só imobilizar que vai colar direitinho. Ou que use magia, já que todos sabem magia nesse mundo maldito, menos ela mesma. Desembainha a lâmina rúnica e a ergue. Seu braço perde a força e ela cai no chão. Abre e fecha a mão direita, sente o vigor indo e vindo da palma. Apanha a espada com a mão esquerda, ela é leve como sempre. Passa para a direita e a embainha, com medo de desnudá-la de novo.

Estava escondida no mezanino sem paredes onde dormiam, sob os cobertores na cama grande dividida. Os homens sem face abriram a porta com força que mostrava que a arrombariam se fosse necessário.

– Carli, você estragou tudo. Seu desgraçado puto-de-alvo. Você achava que fazer um acordo com a corporação ia te garantir um lugar de volta? Agora tem investigação em cima do Barão pra saber dos esquemas de contrabando. Ele quer a porra da minha cabeça. – O homem sem face tinha um longo bastão de madeira escura na mão direita.

– E por isso vocês querem a minha? – Carli tinha uma pistola com pavio aceso nas mãos. Gina já estava chorando e olhava para cima toda hora, tentando se certificar que a filha estava escondida. O primeiro tiro berrou e atingiu o homem sem face no rosto. – Minha família não vai mais servi-los, seus animais. Que o fim dos Tessitore seja como tudo o que vivemos até hoje, juntos!

O grito injetou sobrevivência e a garota sentiu cada fibra do corpo retesar, pronta para explodir. A mãe ergueu a sua pistola e tremia apontando para o segundo homem sem face.

– Atira, Gina! Atira! – gritou Carli.

O tiro saiu barulhento e bem longe do alvo, lascando um pedaço do batente da porta para a rua. Foi o tempo de o segundo homem sem face apanhar o bastão do chão e arrebentar a cabeça do pai, que não pôde se defender, afinal a arma só tinha mesmo um tiro. O primeiro impacto fez com que desabasse de lado com a têmpora vazando no assoalho de madeira podre. O segundo homem sem face golpeava o caído Carli sem hesitar, ouvindo os gritos da mãe e do outro atingido no rosto. A garota se assustou porque não sabia bem o que sentia. Seria alívio?

– Me mata logo – disse Gina com a boca mole, a face salgada de lágrimas.

– Ah, eu não vou matá-la – disse o segundo homem sem face. – Não agora. – Largou o bastão no chão e agarrou o próprio saco, a outra mão sacou uma adaga que era quase uma espada curta. – E cadê a sua filha? Primeiro vou terminar com ela na sua frente e só aí você vai morrer, sua desgraçada!

– Minha filha fugiu horas atrás – gritou Gina. – A gente sabia que isso ia acontecer. Ela vai ter uma vida boa. Não vai ter que viver desse jeito esperando as migalhas que sobrem debaixo da mesa. Ela vai estar no topo. No topo desse mundo! Não vai ter que vender a própria dignidade pra poder comer. – E quando a mãe tentou pular para o lado, o segundo homem já estava sobre ela.

A garota não suportou e se levantou de baixo das cobertas. Segurava uma faca que recebera para se defender. Os cabelos da cor de palha, emaranhados e armados, queriam cobrir a sua visão, mas os pôs para trás.

– Celes! – gritou a mãe. – Não. Não. Pelo amor da Deusa. Não...

– Ah, fugiu, né? Você que espere aí, menina. – O segundo homem sem face pôs a adaga no pescoço de Gina enquanto a pressionava com um braço sobre o seu peito. – Ou vai querer que eu mate a sua mãe? Venha cá agora! Puta merda, onde conseguiram dinheiro pra essas armas? Pelo jeito foi vendendo a nossa mercadoria, não foi?

Os olhos da mãe mal podiam ser vistos sob a luz das lamparinas que exalavam o cheiro de óleo. Tudo era escuro e a garota só queria que assim ficasse, mas precisava ver, não podia olhar para o lado, não podia ignorar tudo o que estava acontecendo. E os olhos da mãe diziam que tudo ia ficar bem e que ela não tinha culpa de nada daquilo. E que se alguém nessa família era o responsável era o homem com a cabeça esmagada pelos golpes de bastão ali do lado. E então sua mãe se debateu e envolveu a lâmina do segundo homem sem face com o próprio sangue.

A garota não gritou. Só sentiu um aperto no peito e saiu correndo escada abaixo. Pulou e afundou a sola do pé no nariz do homem sem face, que ainda se surpreendia com o sacrifício da própria refém. O sangue jorrou da cara dele e respingou sobre a mãe, que ainda gorgolejava no chão. A garota afundou a faca nas costas dele com toda a força, porém demais, não pôde soltá-la, aí apanhou o bastão que estava no chão e infligiu a eles a mesma sina de seu pai. Primeiro no segundo homem sem face, que desmaiou após um golpe. Depois no primeiro, que ainda gemia com o rosto esburacado, arrastando-se para fora da casa. A garota bateu forte nas juntas das pernas dele para que não fugisse e no resto do corpo até que os gemidos parassem e os seus próprios braços ficassem dormentes. Então correu para a noite vermelha.

Ela chorava em silêncio, coberta de sangue respingado, correndo sob a luz de poucas lâmpadas. Algumas cabeças se projetavam para fora das janelas, mas ninguém perguntou o que estava acontecendo e nem saiu para ajudá-la. Esse era um bairro onde brigas domésticas e gargantas cortadas não mereciam atenção.

O braço direito adormecido. Táscia se lembra da sensação de bater em alguém até perder a sensibilidade. Talvez por isso a morte do guarda da mansão a tenha afligido tanto. Não por ter sido a primeira vez, mas por no fundo nunca mais querer repetir essa mesma atrocidade.

E agora ela entende.

Respira fundo o ar úmido de dentro da floresta e fortalece o propósito de informar a Zorak o que sabe e dessa forma encurtar a campanha.

Por que a lembrança dos pais?

– Você está no fundo do mundo. Quando queria estar no topo dele – diz uma voz soprada como o vento entre as folhas.

Táscia segura o punho da espada na bainha. Mas desiste em seguida, olhando em volta e não encontrando ninguém.

– É sábia por entender que a sua arma não lhe servirá aqui.

O choro começa sem aviso e ela ajoelha, a umidade do orvalho atravessando o tecido grosso das calças sujas da fuligem e da viagem até a pele. A respiração acelerada, como se estivesse prestes a ser engolida pelo abismo verde, e a vontade de se apequenar, tornar-se nula, desaparecer. O suor esvaindo a sua alma, o coração dentro do peito batendo forte, é o fim, mas mesmo assim não o aceita, rejeita-o, não pode terminar assim. Ela respira fundo. Não há imagem que a salve, o ar pesado que as árvores exalam não é bom o suficiente, os pulmões se enchem de um gás tóxico que não a alivia, está tremendo e as lágrimas não cessam. É como se suasse o próprio sangue. Sente-se fraca e se deita no chão vivo da selva, entre os insetos e a terra úmida, para nunca levantar. Deitada de lado, encolhida, como se fosse gestada pelo ventre frio e escuro dessa floresta que engole a luz e a calma, olhos ardendo e pedindo que tudo termine rápido. Mas se arrasta pela vigília com a orelha grudada na terra.

Não há tranquilidade na morte.

– Está sozinha. Sabia que para nós não há conforto nos sonhos porque nunca há o despertar?

A luz fragmentada é vermelha. O fim é vermelho.

– A verdade. Por que a verdade? Não se contenta em viver o caminho dos seus, que é claro como o de uma flor? Diga-me, florzinha, não existe beleza no murchar e dar lugar a outro broto que recomece o ciclo?

Zorak nunca viu a luz de Sarali sem escudos e proteções. Para os L'dren não há um novo dia para renovar a vontade de continuar, apenas viver a noite eterna sem poder despertar dela.

– Acha mesmo que os tomos eternos trarão fim para a sua dor? Que parte do conhecimento dos glorificados é mais valiosa que a visão da formiga, que vê o mundo tão imenso e incrível, e no seu curto tempo realiza com diligência a sua missão pequena. Não há beleza nisso?

Sonha que tudo o que faz é carregar uma pedra ladeira acima, e não importa o que faça ou quantas horas dedique a isso, sempre falta muito do caminho. Quando finalmente o vence e está prestes a terminar a sua tarefa, pisa em pedrinhas que a fazem ceder e derrubar a rocha lá embaixo. Só lhe resta descer até ela e recomeçar.

– Por que sempre carrega essa pedra?

Táscia prende a respiração ao constatar que ela pode enxergar aquilo que vê apenas em sua própria cabeça.

– Porque... Porque é o meu papel.

– É o seu papel cumprir uma tarefa inglória e que nunca se completa?

As formigas andam em frente aos olhos de Táscia sem incomodá-la. Carregam folhas muito maiores que seus corpos.

– A existência é absurda – diz Táscia, quase que para si.

– Existir é o maior dom que nos foi dado. Você continua a avançar ignorando a presença e a sua ligação com ele?

– Ele quem?

Táscia para e respira fundo o ar pesado. Então se vira para o céu, as copas são uma rede densa e enegrecida, uma gaiola que mantém todos na floresta sob uma noite perene.

– Não ignora? – diz a voz. – Mas então por que não o assume?

– Assumi-lo? Cada um tem o seu caminho. Não há nada que eu possa fazer por ele.

O rosto de Garlando atrás de uma camada de vidro turvo. Suspira tentando se aliviar. Ele preso em sua garganta, engole-o.

– Acha que as lembranças veladas são suficientes? Se não pode dizer em voz alta, está nas sombras.

Táscia se ergue e, ao se ajoelhar, afunda-se entre folhas secas e frias. Desembainha a Lâmina Celeste e procura o seu reflexo no metal negro. Pouco iluminada é a Floresta do Morro do Silêncio. Enxerga olhos que piscam devagar, cada instante em que cobre a vista encontra uma dor constante, que não se cansa, tentando avisá-la dos seus limites.

O metal gelado na testa é um alívio, até que se acostuma com a temperatura.

– Ele também esteve aqui – diz a voz na cabeça de Táscia. – É por isso que posso vê-los, você e ele, ligados com a clareza da luz de Sarali. Se ele sofria? Sim. Mas também encontrou o que pensava perdido dentro do silêncio que é a minha morada. O que encontrou? Não me pergunte isso, criança. Cabe apenas a ele. O que ele ou você vão encontrar no fim não é da minha alçada. Você insiste. Eu entendo. Mas com que direito podem os imortais ou mortais roubar a dádiva que nos foi concedida pela Criação?

– Você fala do que há no céu.

– Sim, o céu. É o que está em seu caminho, a culminância final de seus atos. Aqui eu me despeço, Celestiana Tessitore.

Táscia é uma chama que se apaga, como a floresta em brasa que Garlando consumiu. Ela esfria e perde o seu brilho. Desiste de andar.

* * *

Táscia acorda deitada de lado no chão duro. Abre os olhos e se ergue devagar. Não lembra onde está. Vê uma estrada de terra batida, atrás de si uma floresta que parece uma barreira viva intransponível. Do outro, um pequeno barranco com raízes expostas no meio da argila.

Anda e sobe um pequeno aclive, a cabeça livre de pensamentos, concentrando-se no ar que inspira ou na terra que marca com as suas botas, deixando cada vez mais a imensidão verde para trás. O aclive termina com a visão de uma grande planície cortada pela trilha que seguiria até o horizonte se não fosse coberta por um exército grande acampado nela. As cores de Babélia.

– Zorak.

Táscia solta um longo suspiro e fecha os olhos, satisfeita com a carícia da brisa.

FIM DA SEGUNDA PARTE

PARTE III

DESTRUIÇÃO

1

Quando Táscia anuncia que sabe onde a Pedra de Ondina está, vê por alguns instantes a hesitação nos movimentos de Zorak, aquele que já presenciou tantas coisas. O L'dren dá um passo atrás e fala em voz baixa.

– Você tem certeza do que está falando? A pedra-alma da água, foi isso mesmo que viu?

– Sim. Vocês me mostraram uma das pedras, ela é daquele jeito mesmo, mas azul, pulsando um líquido transparente.

Então Zorak avança e se aproxima até que o seu capacete âmbar quase toque no rosto de Táscia, que não se move.

– Espero que não esteja desperdiçando o meu tempo. Leve-me a ela.

E logo que Sarali se põe e poucas instruções são despejadas para o capitão das forças que farão o cerco a Majestosa, que se manteria até segunda ordem, começam uma viagem apressada, que seria pelo céu se não chamasse tanta atenção.

A montaria de Zorak é um lobo gigante vestido em uma armadura completa com mecanismos visíveis entre suas juntas, mais máquina do que fera. Sem demonstrar o medo que o monstro lhe inspira, Táscia sobe com cuidado e engole um grito quando o local onde encaixa as suas pernas se fecha em volta delas, travando-a. Quando o bicho dispara saltando entre obstáculos, encontrando o melhor caminho nos locais acidentados e acelerando pela estrada, entende por que está bem presa a ele. Zorak o conduz sem trocar palavras e cobrem a distância de um dia de viagem a cavalo em metade do tempo.

Param quando Táscia já quase caía da garupa, sem segurar as correias de segurança com firmeza, pois o sono exige a sua parte do corpo exausto. Dorme como uma pedra durante as horas do dia seguinte. Sem sonhos, sem anseios. Como se a sua mente se desligasse o máximo possível antes de ter que encarar a cidade onde cresceu.

Acorda e Zorak está sentado. Observa-a de dentro de seu traje protetor do mesmo jeito que estava horas atrás, não deve ter pregado o olho.

– Você não dormiu? – ela diz, coçando os olhos grudentos.

– Sim.

– Não parece.

– Eu não preciso fechar os olhos para descansar.

Táscia olha para uma bolsa grande que guarda algum tipo de caixa, ao lado de Zorak.

– Isso são suprimentos?

– Isto? – Zorak olha para o embrulho. – Isto é para guardarmos a pedra-alma que você diz ter encontrado.

– Ah, uma daquelas urnas? – Táscia se lembra da Duquesa lhe mostrando a pedra-alma.

Zorak anui, em silêncio.

– Obrigado por acreditar em mim. Mas não precisa se preocupar. Acho que não teremos problemas.

Zorak não diz nada. Lembranças antigas e sem estímulo agora despertam na alma do L'dren, espreguiçando-se dentro de sua mente.

* * *

A paisagem dos muros que envolvem a agitada Criane surge na planície sob uma leve garoa e Táscia franze o cenho agora exposto, deseja apenas apanhar a pedra-alma e se afastar o mais rápido possível desse lugar.

Que seja a cidade onde seu antigo nome significava algo mais que uma lembrança reprimida pelos golpes da vida, que seja o lugar onde todas as suas descobertas mais íntimas foram enterradas sob a faixa na testa.

Nada disso importa.

Pois não há mais faixa para esconder nada, mas também não há Celestiana Tessitore. Apenas Táscia Elena, filha-amante de Magna de Reiliânia, capitã de infantaria do Exército Revolucionário de Babélia da Ascensão. E é ela quem anda ao lado de Zorak N'ldir, último príncipe do povo das sombras, rumo à abertura da Porta da Verdade.

– Perdida em pensamentos de glória mais uma vez? – diz a voz levemente abafada de Zorak, de dentro de seu traje. Sinaliza para o monstro que montam e ele diminui o ritmo.

– Apenas lembrando que é aqui que está a pedra-alma – Táscia não completa um sorriso. – Acho que isso facilita as coisas. Incrível como esse seu animal corre.

Zorak ignora o comentário sobre a montaria.

– Sim, você conseguiu algo incrível, criança. Mas saiba que eu não arriscaria uma campanha dependendo de um acaso, de um golpe de sorte como esse que me apresenta. Já tinha um plano de contingência, usaria o fragmento da Pedra de Ondina que Aquanis carrega em sua diadema. Talvez goste de conhecer os amigos que tenho. Vamos abrir a maldita porta de um jeito ou de outro.

A estrada raspa no começo de um pequeno bosque pouco antes de chegarem à entrada do Leste, mas, para evitarem qualquer tipo de fiscalização, vão para o meio das árvores, contornando os muros de Criane, mantendo distância, rumo ao Sul.

Táscia olha para os lados, mas não reconhece nada, está perdida no meio da vegetação que filtra o céu na Floresta das Fadas. Aqui sente-se Celes e nada que repita para si mesma pode mudar isso.

As memórias vêm em enxurradas, tentando retomar o espaço que lhes é de direito na cabeça da mulher que por tanto tempo ignorou o porquê de ser quem é agora.

Os cabelos compridos correndo ao vento, os paralelepípedos que pavimentam a maior cidade de comerciantes da Terra Pátria, todas as vezes que olhou para a noite vermelha chegando com o medo de não poder ser quem sonhava ser.

– Precisamos encontrar um lugar em que eu possa me cobrir de Sarali. – Zorak ordena ao animal que pare sem proferir uma palavra. Desmontam e o L'dren olha para o céu. – O traje não pode suportar tanto tempo sem que os seus cristais recobrem a força.

– É uma caverna que estou procurando. Lá estará coberto o suficiente.

Zorak dispensa a sua montaria com um simples aceno, e a fera corre floresta adentro, escondendo-se de qualquer um que possa falar.

– Por que mandou ele embora? Não achei o lugar ainda... Faz muito tempo que não venho aqui.

– Ele vai me encontrar quando eu quiser. Você já esteve aqui antes?

– Sim... É a cidade onde cresci – Táscia diz baixo.

– Criane, então, hã? A capital do comércio, a Comuna Onde Todos se Encontram. A obsessão de vocês por dinheiro e posses é inexplicável para nós. Mas admito que deve ser ainda mais difícil para um mortal entender o que me leva a essa campanha suicida.

– Por ter deixado um reino onde você é o representante da casa de linhagem mais antiga?

Zorak gargalha por baixo do seu capacete âmbar.

– Quem te contou tudo isso?

– Eu me informei. Não sigo as pessoas que não respeito.

– Você é mesmo cheia de boas surpresas, capitã Táscia Elena. Quem poderá impedi-la de logo se tornar uma major?

Táscia ruboriza, perdendo até a referência que achava que tinha encontrado. Não faz ideia de onde estejam, só tem uma leve lembrança das sombras que as folhagens projetam sobre a sua pele, a luz de Sarali e as gotículas de chuva tentando chegar ao chão.

– Mas eu sou capitã de Pyro. Criaria um batalhão para mim? Isso não vai causar problemas na hierarquia de Babélia?

– Que cause. Se você me conhece um pouco, sabe que sou a favor de honrar o que as pessoas fazem, e não tradições, linhagens e nenhuma dessas imbecilidades. Aliás, a sua mentora encontrou essa espada que tem em sua cintura ao confrontar um L'dren que acreditava em todas essas coisas. Tradições, linhagens, ancestralidades...

– É mesmo? Eu queria muito saber sobre isso e— então Táscia tem uma ideia para achar o caminho da caverna.

– Hm? Termine o que você estava dizendo – Zorak murmura.

– A espada. É isso. Se eu usar a lâmina rúnica, talvez eu possa sentir se há magia por perto.

– O que nos levaria à pedra – o L'dren anui. – Inteligente. Mas eu prefiro me afastar de seu experimento, por obséquio.

E Zorak dá alguns passos atrás, sumindo dentro da floresta. Táscia se vê sozinha e saca a antiga espada. Tocando a pedra, com sua rachadura ainda maior após o encontro com Garlando, concentra-se no zumbido contínuo que é a presença mágica que só os iniciados podem acessar.

Um leve frio lhe percorre o corpo, então surge uma imagem.

Vê a si própria quando defendeu o golpe de Garlando e quebrou-lhe o braço. Uma sensação vinda de trás dela faz com que saia do transe. Seu braço direito formiga.

Seu peito acelera, presta atenção na respiração e puxa o ar devagar, a garoa que passa pelas folhas cai na cicatriz no meio de sua testa. Vira-se na direção do fluxo que passeou por sua carne.

– Eu... Eu acho que sei onde está a pedra-alma.

***

A entrada é a mesma de tantos neanos atrás. Ela balança a cabeça e solta um muxoxo por não ter percebido que apenas algumas árvores cresceram à sua volta, por isso passou por elas umas três vezes antes de usar a espada. Uma estranha familiaridade a faz sorrir. Os músculos do rosto repuxam, desacostumados.

Quando entram na caverna da Lagoa das Fadas, Táscia mal vê a sua bota de soldado pisando pelas pedras úmidas, mas os seus pés de menina, às vezes descalços, às vezes com sandálias, firmam-se para reencontrar o caminho até as galerias mais fundas. Lá brincava com Garlando, brincadeiras de jovens que descobrem os seus corpos, apenas criancices que não tinham futuro, ela se convence. Mas no escuro as suas silhuetas eram desenhadas pelos poucos fungos brilhantes e os toques arrepiavam mais que o frio. Poderiam os mais novos saber tão mais sobre essas sensações para que atravessassem neanos e tantos esforços para esquecê-las? Ou foi o preço da novidade e da inocência, a vontade de irritar o pai controlador e de afirmar quem é que mandava na própria vida.

– Difícil para você enxergar aqui, não? – a voz de Zorak, livre do capacete, agora aberto, ecoa de leve pelas curvas.

– Para você é natural. Mas eu me acostumei a ver o que os fungos e os peixes brilhantes dos laguinhos me deixavam ver.

– Uma humana da cidade que conhece cavernas. Muitas histórias para contar?

– Garanto que nem uma fração das que você tem.

– Você se surpreenderia em como a vida dos imortais pode parecer entediante. Quando não se tem a urgência de viver cada dia como se fosse o último, tendemos a passar o tempo de outra forma.

– Como, por exemplo?

– Aprendemos a apreciar o som da respiração e a mergulhar no fluxo do sangue em nossos corpos. Organizar cada pensamento, perseguir cada possibilidade e entender nossas ações. Sem a necessidade de respostas imediatas para as dúvidas que surgem, mas apenas se perder nessas divagações, andando por cada veia e pedaço da carne sem medo do que vamos encontrar.

Táscia solta uma pequena gargalhada.

– Um riso seu. Isso é raro e eu posso vê-lo claramente. Você sorri mais à vontade quando não tem luz? Não, não feche a cara. – Zorak solta um muxoxo, Táscia abre um sorriso menor. – Isso. O que eu falei foi tão estranho assim?

– Não.

– O que foi então?

– É que você descreveu justamente o que acho serem os nossos... Sonhos. E dizem que vocês não sonham.

Se pudesse enxergar no escuro, Táscia veria a expressão no rosto do L'dren. Mas notou que ele parou de andar por alguns instantes.

* * *

Táscia põe a mão na testa, acaricia a cicatriz, o leve afundamento na pele. Estranho imaginar que o que Garlando ia mostrar naquele dia, tantos neanos atrás, pudesse ser de verdade. Durante todo esse tempo pensou que era um estratagema para levá-la até ali e trocar a visão desse segredo pelos seus favores.

Era até gracioso ver como ele se esforçava para seduzi-la, aquele menino rico e medroso tentando domar a filha dos Tessitore, que prometia nunca se casar com homem nenhum.

Com um suspiro admite a questão oculta: se soubesse que o amor nunca mais seria tão intenso e verossímil, teria feito algo diferente?

– Essa abertura, isso não existia antes – o coração de Táscia acelera. Zorak não esboça reação, apenas a segue.

As paredes sinuosas revelam uma luz pulsante que os leva até a entrada de uma câmara ampla demais para essa caverna cheia de galerias espremidas.

A Pedra de Ondina é como as outras que viu nas urnas, mas ao mesmo tempo não poderia ser mais diferente. Sua luz azulada que se expande pelo teto e a maneira como os reflexos de água se comportam dão a impressão de que estão no fundo de um lago, cobertos pelas tentativas frustradas de Sarali de atravessá-lo com seus raios.

A pedra-alma flutua girando devagar, desprotegida, no meio daquele salão natural. A sua única companhia é o guardião apoiado à parede e três corpos espalhados por ela, todos avassalados pela crisálida.

– Alvos... – diz Zorak, para então correr até a pessoa caída, sempre se mantendo o mais longe possível do artefato mágico como se fugisse de uma bomba. Começa a falar na sua própria língua, palavras ininteligíveis, mas carregadas de pesar.

Antes de decidir se pergunta ao L'dren o que está acontecendo, Táscia reconhece os últimos traços de carne do moribundo. Um arrepio a percorre e as pernas bambeiam: esse é o arcadiano que estava na mente de Garlando, o herbalista louco que tanto provocou em sua infância. O velho Lucien que vivia do lado de fora de Criane. Consumido pela doença dos magos, metade do seu rosto tomado pelo cristal, como Garlando, seu sangue misturado ao vidro azul. Em seu tronco, uma espada álvica cravada.

Zorak continua falando em sua língua ancestral. Mas não está falando sozinho, o homem está acordado, o olho que não foi comido pelo vidro se mexe devagar.

– Minha Deusa, ele está vivo – Táscia sente o único olho que funciona do velho em sua direção. Em um impulso se ajoelha e começa a apalpar os cabelos trançados rentes à cabeça até encontrar a ponta e, diante do herbalista, desfaz o penteado, espalha as madeixas compridas sobre os ombros. Zorak olha para ela impassível, em sua expressão de desagrado desde antes, seus traços delicados desenhando uma angústia que o envelheceu neanos em instantes. – Sêo Lucien... Sou eu... A Celes.

O nome sai pesado, tenta segurar algo ruim que lhe embola a garganta. Lucien pisca devagar, como se quisesse indicar que já sabia.

As lágrimas de Táscia se misturam à umidade do chão.

– Eu encontrei Garlando... Eu queria entender tudo o que está na minha cabeça agora, mas nada está fazendo sentido. Quando pensei que eu tinha deixado essa cidade para trás, sei lá, e agora tudo volta de uma vez, eu não... O que Garlando fazia no meu caminho, o que você faz aqui na minha frente agora? – Táscia aperta o braço direito com a mão esquerda olhando para o corpo explodido em cristais do velho herbalista. – Eu machuquei Garlando, sêo Lucien, mas eu não queria ter feito mal a ele. Mas ele estava lá, como se de repente eu tivesse que lidar com aquilo sem a chance de escolher. É esse tipo de coincidência estúpida, dessas que nunca acreditei, que nunca fizeram sentido, pois se a gente começar a aceitar que nossas escolhas não poderão nos afastar das coisas que queremos nos afastar, pra que escolher? É por isso que é mais fácil confiar em destino ou em alguma baboseira do gênero? Na droga do Templo sempre me disseram que a Mãe da Luz vai nos guiar para onde quiser, ou, melhor, por acaso Ela sabe mesmo mais do que cada um de nós do que a gente precisa?

Lucien fecha o olho bom. Se pudesse mover seu pescoço empedrado, viraria para o lado e esconderia a face.

Táscia respira fundo e se levanta, tenta recuperar a concentração.

– A urna, por favor, senhor Zorak.

Zorak baixa a bolsa de viagem e tira dela a caixa preta. A garota veste um par de luvas arcanas que estão dentro, como as da Duquesa, e vai até a pedra-alma.

A Pedra de Ondina acessa a mente de Táscia, chama-a para as suas memórias e para mergulhar na energia infindável de todos os espíritos que carrega. Mas entre todas essas imagens o rosto de Garlando, puro, inquebrantado, brilha e se sobressai a toda a rica história dos arcadianos.

– Vocês no final das contas conseguem envolver todos em suas lendas grandiosas – Táscia abre as mãos e a luva isola a sua pele da magia antiga e maliciosa. – Como se cada um não fosse um universo em si.

– Táscia Elena – diz Zorak sem virar para trás –, esse homem que você chama de Lucien é um arcadiano, ninguém menos que um dos criadores dessas chaves que reunimos para abrir a Porta da Verdade. Seu nome é Janus Ondi– mas ela o interrompe.

– Eu sei! Eu vi tudo quando me liguei à maldita pedra! Mas não me importam os seus nomes – Táscia berra e sua voz alta ecoa pela caverna –, as suas descendências, as suas tradições! Não quero saber!

– Importam sim, se você quer tanto saber a verdade.

– Então é isso que vai estar além da Porta? Mais surpresas que mostram que as nossas vidas são prisões, que corremos dentro de um copo de vidro sem entender que nunca poderemos sair dele? – Táscia coloca a pedra-alma dentro da urna de isolamento e fecha o invólucro. A luz que iluminava a câmara é escondida dentro da caixa brilhante. Zorak aumenta a força da iluminação cerúlea de sua armadura. – Que é como carregar um fardo enorme, uma pedra gigante, impossível de ser arrastada, por uma ladeira que nunca se contenta com os nossos esforços? E que se quisermos ir além disso precisaremos conhecer todos os nomes e histórias que só enaltecem uma sucessão de nadas? Bem, ao menos eu posso subir em cima desses tomos de registros inúteis para vencer a borda dessa gaiola transparente. E o que mais me assusta é imaginar que nada lá em cima vai elucidar essas coisas todas. Só haverá mais ferramentas para feitos grandiosos. Qual será o tamanho do próximo fardo?

Zorak se levanta devagar e começa a falar, sem deixar de olhar para o corpo caído de Lucien.

– Você é mesmo uma criança. Isso que você enfrenta não é nada perto de séculos de dúvidas sobre o simples sentido da existência. Não se compara nem a um dia do que é a minha vida. Se eu quisesse agir como você, um mero piscar de olhos, uma maldita flor que já começa a perder as pétalas desde o instante que desabrocha, se eu fosse enfrentar as questões do mundo com esse pessimismo, eu sairia sob a luz do dia de peito aberto e acabaria com a dúvida. Mas a morte, o abraço dela, ah, essa exige uma coragem maior que a dos que vivem para reclamar da fortuna. Esse homem – Zorak aponta com os dedos negros da manopla protetora para o velho arcadiano no chão – foi o primeiro humano em que já confiei neste tempo que me foi dado. E o primeiro que me traiu. Por ter medo de enxergar a verdade, ele deu um passo atrás no dia final, pondo a perder neanos investidos por meu povo, que só ansiava um dia poder olhar Sarali sem um maldito capacete. Você tem medo da verdade por quê, Táscia Elena? Ou que verdade é essa que você procura, sendo que não pode nem assumir a sua própria? Qual é o seu nome?

– Táscia Elena.

– Esse é o seu nome?

Táscia anui, olhando para o chão de pedra agora escurecido pela ausência da pedra-alma.

– E você vai me trair, Táscia Elena? Porque você foi uma das pouquíssimas flores efêmeras em que já confiei, e agora vejo a mesma dúvida que fez com que esse Janus Ondino fugisse. Sabe por quanto tempo o procurei? Mais de quatrocentos neanos se passaram desde a queda de Arcádia. Quantos grupos foram despachados para encontrá-lo, quantos jovens promissores perdidos pelas mãos do Templo e desse arcadiano, afinal é sabido que incidentes estranhos foram abafados pelos inquisidores. Eu perdi a esperança em reunir as pedras-alma faz tempo, mas não podia mais esperar. Fui convocar antigas alianças, não iria depender de um único maldito plano. O meu povo está diante da ruína definitiva. Mal nos reproduzimos mais. A vida sob Sarali é a única forma de continuarmos.

– Então quer me convencer que tudo isso é pelo seu povo. Zorak, isso não combina com você.

– É por mim, criança. Eu faço isso por mim. Pelo que eu quero descobrir e entender. Mas eu estou pronto para pagar o preço do tempo para poder ir adiante. Se a vida é o que fazemos com o tempo que nos é dado, e eu ganhei muito mais que você, alguém argumentaria, eu posso lhe ensinar o que a minha experiência tem de bom.

Zorak pega a espada no tronco de Lucien e a arranca de uma vez. Sangue negro explode aliviado. E, com um golpe, o L'dren arranca a cabeça do herbalista tomada pela crisálida, que se espatifa no chão como se feita de vidro.

Táscia arregala os olhos e tenta conter os calafrios.

– É assim que se lida com a pressão do tempo. Isso é o que vocês chamam de enterrar o passado. Agora engula a maldita hesitação e prepare-se se quiser estar ao meu lado. Porque eu reuni tudo o que podia para este momento, e é agora que vamos abrir a Porta da Verdade. – Zorak vira de costas para ela.

– Zorak... Eu...

– Não se apiede dele. Sobreviveu por dias sem alimento ou água, só das forças que a magia ainda lhe insistia doar. Agora está em paz. Já temos a pedra-alma, por favor me dê uns instantes. Quero ficar sozinho.

A garota carrega a luz fraca da urna para fora da câmara escura, as pernas bambas pela emoção. Zorak diminui a intensidade da iluminação da roupa e permanece sentado diante do corpo de Lucien, no meio das trevas.

2

A VIAGEM COM Zorak após o incidente na Caverna das Fadas é silenciosa. Quando param para as suas refeições, o L'dren come pouco e deixa a maior parte das rações para Táscia. Ela mastiga quieta, sem tirar os olhos do animal-máquina que é a montaria. Guardada em um compartimento na carcaça do monstro está a urna que encerra a pedra-alma.

Vê Garlando, herdeiro de um grande clã banqueiro e agora mago conhecedor da Transformação. E vê o velho Lucien, na verdade um antigo príncipe arcadiano que foi para o seu amigo de infância o que Magna foi para ela. Todos são tão importantes para o mundo, o que uma tecelã, uma vendedora de tecidos pode fazer pela humanidade e a Terra Pátria?

Passa a mão na testa e sente a cicatriz na ponta dos dedos.

Até para um L'dren o passado incomoda o espírito. Zorak vislumbra as paisagens, calmo, os olhos de sangue perdidos sob o seu elmo âmbar.

Táscia quer os dedos de Pyro sobre a sua pele mais uma vez, sentir o seu toque sobre a cicatriz desnuda. Dizer a ele que agora entende que o passado é tão relevante para o que somos como o que vivemos em cada dia. Mas deve-se andar para a frente sem ficar remoendo o que não pode mudar.

* * *

O acampamento fica no alto de uma colina, e Lindebluma, a capital de Cidânia, reluz tranquila os seus muros revestidos como na antiga arquitetura arcadiana como se não estivesse ameaçada de invasão.

Táscia pula logo da montaria e sai andando com as próprias pernas doloridas. A cabeça flutuante, os olhos pesados. Precisa deitar um pouco e descansar, mas ainda há assuntos a tratar.

– Por que estamos acampados do lado de fora? – Táscia pergunta para os primeiros soldados que encontra.

– Eles resistiram, senhora. Com quem estou falando? – diz a mulher, olhando para Zorak. Ele se despede da montaria monstruosa, que já se afasta. A soldada está armada e coberta de bandagens e cicatrizes em tratamento.

– Com uma capitã do batalhão do fogo, Táscia Elena.

– Somos do batalhão do fogo, mas sob a capitã Raine. Mas a ajuda demorou, não conseguimos entrar, fomos bloqueados pelas defesas do inimigo.

– Não acredito. Onde está Pyro?

A mulher não responde, procura algo pelos lados e aponta uma grande tenda. Táscia não insiste, porque já está irritada e não quer agredir a guerreira ferida e que ainda digere uma derrota. Logo se aproximam da bandeira azul e branca babeliana destacada contra a lona negra. Guardando a entrada estão aracnas, pesados construtos de guerra L'dren, como a Tartaruga do priorado, mas com a carapuça e longos membros feitos de metal negro como se fossem aranhas gigantes, ainda que só possuam quatro patas. A sua presença indica que há oficiais de alto escalão no local.

Deixada pelos soldados que os guiaram, acompanhada de Zorak, Táscia passa pela porta e espreme os olhos para se acostumar à mudança de luz. Percorre o ambiente e só encontra as armaduras negras protetoras dos imortais. A única humana é mais baixa, veste um manto azul-claro e uma couraça branca ornamentada. É a Duquesa de Enhasa.

– Capitã Táscia Elena – ela diz e toca os ombros da guerreira como se tentasse impedi-la de se aproximar do centro da mesa.

– Vossa Graça. Onde está Pyro? Não é ele o comandante deste acampamento?

Um dos L'dren se vira e se aproxima de Zorak. Conversam sem abrir a boca ou emitir som. Eretos e estáticos, é como se nem respirassem.

– Pyro? – diz Táscia, um pouco mais alto e com os braços abertos, procurando-o em volta. – Onde ele está? Temos um trunfo, ele vai ficar feliz em saber disso – mas não convence nem a si mesma, e o peito se enche de uma sensação ruim. Ela aperta os lábios, coça o nariz e apalpa a cicatriz na testa, para então passar a mão pelos cabelos mal trançados, soltando um suspiro ruidoso.

– Pyro não está mais aqui, capitã – diz a Duquesa, encarando o chão coberto com um belo tapete.

* * *

Táscia olha para a bandeira azul e roxa de Arcádia sobre um montinho de terra.

– Como foi que isso aconteceu? – sua voz sai baixa e desafinada.

– Nós estávamos sendo cercados, os movimentos do inimigo foram diferentes do que as informações diziam – diz a Duquesa de Enhasa.

– Do que quem dizia?

– Já está feito, capitã. Não há por que...

– Quem dizia? – Táscia grita sem tirar os olhos do túmulo improvisado de Pyro.

– Isso não ajuda em nada, precisamos é nos organizar para o cerco e...

– Ninguém aqui nesse conselho vai me dizer o que estou perguntando? Zorak?

– Capitã, estou sabendo de tudo agora mesmo, como você. Temos é que entender a situação para que a invasão não tenha novos contratempos. Capitã?

Táscia sai empurrando Enhasa, enche o peito de ar, quer estar longe desses imortais e suas más notícias. Zorak vem atrás.

– Controle-se. Isso é uma guerra, as baixas acontecem.

Ela olha para o chão, mãos fechadas em punho, dentes rangendo. Quer chorar, mas as lágrimas estão presas em algum lugar escuro e não vêm à tona.

– Foi culpa nossa – diz Táscia com a voz embargada. – Nós demoramos muito. Se eu não tivesse encontrado o Garlando e nem ido até Criane para pegar a pedra-alma...

– Capitã.

–... Eu tinha que ter vindo me apresentar para o cerco de Lindebluma o mais rápido possível.

– Táscia Elena! – Zorak grita e segura nos ombros de Táscia. Seu aperto é forte demais. – Eu já disse, isso é uma guerra. Até hoje você soube lidar com as baixas de seus comandados, por que seria diferente agora? Eu preciso de você firme até o final, é isso que espero da aluna da Magna. – As palavras do L'dren tornam a pedra mais pesada e inconveniente prestes a rolar pela ladeira. – Você me levou a um trunfo importante, a Pedra de Ondina nos poupou um cerco pesado de Majestosa e muitos recursos. Pyro era um soldado da nossa causa, um dos líderes dela. Ele sabia o preço disso. Honre o sacrifício dele – mas a guerreira tem os olhos perdidos em qualquer outra coisa. – Ouça-me. Eu preciso de você firme. Temos que tomar Cidânia o mais rápido possível, e então vamos para a fase final da campanha.

Táscia ouve o som de passos apressados batendo na terra, Enoque e Ranolder vêm chegando.

– Eu posso ser dispensada por alguns momentos antes de voltar para a reunião?

Zorak se vira sem falar nada e olha para o céu.

– Eu já volto – diz Táscia. E sai com os dois companheiros.

* * *

– Ficamos sabendo da morte do general Pyro. Sentimos muito – diz Enoque enquanto caminham pelo acampamento lúgubre, entre gemidos de feridos ou o silêncio dos derrotados.

– Era apenas um oficial cumprindo o seu dever – diz Táscia, sem olhar para os lados.

– Sim. Sei que vocês eram próximos e—

– Agredeço o sentimento – Táscia o interrompe. – Como está a situação?

Enoque e Ranolder se entreolham. O guerreiro diz:

– Nós chegamos tarde demais, tomamos um caminho mais longo porque Ferd nos disse que havia perigo de emboscada.

Táscia para de andar e respira fundo, olhando para o céu.

– Seguimos as orientações – continua Enoque –, afinal era o nosso informante, mas isso nos fez perder quase um dia. Quando chegamos ao acampamento e vi a derrota sofrida pelas forças de Pyro, entendi que havia algo errado.

Ranolder cruza os braços e franze a testa.

– Um dia em que todos bebiam e jogavam conversa fora, não tirei os olhos dele – Enoque fica na frente de Táscia e põe uma mão no ombro dela. Fala olhando nos olhos da capitã. – Quando os homens e mulheres estavam caídos de sono pela cerveja, Ferd se levantou como se não tivesse bebido nada e saiu. Ranolder me ajudou com um feitiço de oclusão, e eu o segui sem pressa. Ele andou quase uma hora, o desgraçado. Sempre mudando a trilha como se apenas passeasse, parava para mijar, disfarçando e olhando para trás. Se eu não estivesse escondido nas sombras pela magia de meu amigo, ele teria me descoberto. Ele sabe muito bem evitar ser seguido. Finalmente encontrou alguém vestido em um manto, e quando cheguei perto o suficiente entendi do que se tratava. Recebeu um saco de moedas pesadas, fez um bolo no bolso. Sorria, tentando parecer casual. É como eu disse, é um cara que faz isso há muito tempo. Está bem claro. Não conheço jeito fácil de te dizer isso, capitã, mas ele estava passando as nossas informações para o inimigo e foi por isso que sofremos uma derrota tão grande nesse ataque. Acho que toda essa história de Majestosa ter a Pedra de Ondina foi uma mentira em que caímos direitinho.

– Pyro sempre foi contra essa informação. Dizia que se isso fosse verdade sentiria a ligação com a irmã – diz Táscia. – Nem Zorak acreditava nisso, estava é se aproveitando do rumor para distrair os denorianos. Mas eu já ouvi o suficiente. Onde ele está? – diz a capitã, voltando a andar.

– Ferd está preso, os Albinos não tiveram pressa de julgá-lo, pois sabiam que você gostaria de saber disso.

– Só me sinto é culpada por ter confiado nele. É, eu entendo – Táscia suspira e considera como o próprio Pyro tomou uma decisão errada a respeito dele.

– Capitã, não precisa se incomodar com isso. Vai ser julgado bem rápido pelos próprios oficiais, nem acredito que ele tenha mais informação para passar.

– Sim, mas quero visitá-lo.

* * *

Ferd está amarrado dentro de uma gaiola no meio da lama, sentado no chão como se estivesse desmanchado. O rosto pintado de manchas roxas, cabelo empastado e o sorriso forçado. Enoque e Ranolder estão logo atrás. Táscia abre o cadeado e entra. Antes que possam acompanhá-la, a capitã tranca-se dentro da cela com ele.

– Capitã. O que está fazendo? – diz Enoque. Então arregala os olhos e solta o ar, gritando: – Ranolder, vá trazer ajuda!

– Olá, capitã. – Ferd vê Táscia desembainhando a lâmina rúnica. – Acho que te entendo, mas já falaram bastante comigo, como pode ver.

Ela imagina se a morte rápida seria justa, já que caiu como se fosse uma orc estúpida na malícia do mercenário preso à sua frente. Enoque está falando alguma coisa, tenta convencê-la de que nada que fizer vai ajudar a recuperar o seu orgulho de ter sido feita de idiota. Ou de que isso não vai trazer nenhum conforto para o seu espírito. Mas o rosto de Ferd fica tão estranho com o nariz entortado pelo golpe com o lado da espada. As pessoas não parecem mais pessoas depois que não têm feições. São apenas carne. Os seus urros de dor se confundem com risadas. Talvez ele esteja rindo dela. Talvez ela mesma esteja urrando. Táscia tenta não se lembrar de quando derrubou os assassinos de seus pais com uma barra de ferro. O jeito como a cabeça de Ferd sangra com os talhos abertos pelo impacto do metal, ossos e pele, os dentes que são cuspidos, ou seriam fragmentos do próprio maxilar?, tudo isso apenas deveria descarregar o choro que não se liberta. O peito não se alivia, é uma eterna vontade de se descongestionar, uma constipação da alma, mesmo esbaforida pela força desproporcional, sem técnica ou cuidado, apenas atuando sem cessar para que ele se misture para sempre à lama. Perdida na selvageria, ela só quer a satisfação, sem nunca tê-la.

Os gritos de Enoque e Ranolder, unidos aos daqueles que tentavam abrir a gaiola, já cessaram. Agora falam baixo, entendendo que não há mais o que ser feito.

Táscia pega a chave cheia de lama e abre ela mesma o cadeado. Vira-se e olha uma última vez para o homem inerte, nunca entendeu o que é a justiça, a vida sempre vai fazer as escolhas serem postas à sua frente como os erros grosseiros que são, e mesmo que tente com toda força não poderá fazer delas uma coisa bonita. Então que seja algo horrível. Finito como a respiração, fútil como uma bolsa cheia de prata. Uma massa confusa e suja.

Suas botas cheias de lama, suas roupas e armadura cheias de respingos de gente. Táscia corre dali para a reunião que não pôde contar com ela.

Pyro de Mammon

3

Os INIMIGOS RECUARAM. Agora os mercenários mais bem pagos engrossam as fileiras cidanenses que contêm poucos alistados.

Estão acuados. Falharam em rasgar as forças de Babélia antes que pudessem chegar perto dos muros. Agora vão pôr tudo na resistência ao cerco.

Em Coméria não faziam ideia que as muralhas feitas pelos primogênitos não precisariam suportar vômitos de canhões e nem derrubar escadas dos invasores, que morreriam como moscas pelas chuvas de flechas ou cozidos por óleo quente. Hoje, como daquela vez, seria uma luta injusta, regida por outras táticas empregadas pelos poderes ancestrais.

A recém-promovida major Táscia Elena está à frente aguardando o pôr de Sarali para executar as ordens dos superiores.

Neste momento só gostaria de reaver a Chama Cortante, a espada de Pyro, e destruir seu usurpador. Pensa nos olhos do arcadiano quando parecia preocupado ou acometido de uma angústia, seus lábios firmes se negavam a sorrir.

– Capi... Major. Saiba que estamos prontos – diz Enoque, ao seu lado por todo esse tempo. Tem as feições endurecidas pelas privações, mas ainda é o mesmo, sempre disposto a segui-la aonde for.

Táscia saboreia o conforto de ter um companheiro fiel.

– Eu sei, velho amigo. A noite chega, que os pálidos L'dren libertem a escuridão.

E, assim como a luz de Sarali recua cada vez mais rápido quando termina de se esconder atrás da irmã, os corações dos babelianos batem incomodados, atendendo às primeiras instruções.

Táscia ergue o braço para eles, que se inflamam, gritando entusiasmo fingido para cobrir o pavor e o frio na barriga que sempre antecedem as lutas. Na vanguarda estão algumas caras conhecidas, como a do guerreiro ruivo que foi o primeiro a servir de exemplo na sessão de treinamento que aplicou tão logo chegou ao acampamento do Marquês. Parece que faz tanto tempo. Ele sorri para a major e aponta a sua espada erguida para o céu.

* * *

– Não será como Coméria, eles já sabem o que os espera e vão dificultar a ocupação nas ruas – Táscia disse a Zorak horas antes, dentro de um luxuoso abrigo L'dren, enquanto o príncipe não tinha o seu próprio alojamento providenciado.

– Isso só vai atrasar o inevitável – o L'dren se serviu de uma taça de vinho e abriu o capacete, que se encolheu e se encaixou atrás de sua nuca, confiando na proteção da lona especial de seu povo.

– Obrigada, mas preciso estar alerta. – Táscia balançou a cabeça e ergueu a mão para uma taça de vinho que lhe foi estendida.

– Eu ansiava por um ataque simultâneo – continuou Zorak –, mas todos os planos do mundo não podem antecipar os imprevistos. Temos novos trunfos, porém as máquinas têm que estar dentro das capitais. Prossigamos com o plano.

– Pra que temos que instalar essas máquinas?

– Eu já disse que precisa confiar em minha liderança. A proteção de cada informação tem sido essencial para chegarmos até aqui. E talvez você devesse também ouvir as instruções que os seus superiores diretos têm a lhe dar antes de me questionar.

– Eu sou só uma maldita capitã, é por isso que não posso saber de tudo? – Táscia gritou. – Por que me dá títulos se não me dá confiança?

Zorak apoiou o cotovelo do braço que segurava a taça sobre a outra mão.

– Eu lhe prometi a verdade. E mesmo assim me confronta enquanto luto para entregá-la?

– Só quero entender, os homens estão assustados com os boatos do tipo de magia que estamos invocando e se no final das contas estão lutando do lado certo e —

– Basta – Zorak subiu o tom de voz e a rispidez. Então retomou a tranquilidade e o cinismo que lhes eram peculiares. – Você já deveria ser capaz de lidar com as dúvidas de seus subalternos. A desconfiança e os questionamentos são coisas normais. Tanto que estou aqui te atendendo. Mas entenda de uma vez que isso que você sente é apenas a solidão de quem tem a coragem de estar à frente das coisas. Não vai ter a bênção dessas pessoas todas e muito menos a sua gratidão.

Táscia apertou os olhos e viu o pai justificando seus trambiques como um único meio de poder pôr comida na mesa.

– Enxergue isso como quiser – Zorak continuou. – Mas liderar é estar disposto a contrariar. Eu não vou lhe dizer o que espera que eu diga por medo de desagradá-la. Só posso é certificá-la que preciso de você ao meu lado. Perdi Pyro. Você também perdeu. E perdi Magna. Nem preciso lembrar como isso te afetou. Prometi levá-la comigo através das portas e então vamos encontrar a tal verdade.

– Então a sua confiança vai até onde o seu julgamento decide o que eu posso saber?

– Penso que deveria ser o mesmo com todos os povos. Para os L'dren é uma situação simples. Para poder liderar deve-se primeiro aprender a servir. Se você é uma soldada do Exército Revolucionário de Babélia da Ascensão, pode servir à sua bandeira, Táscia Elena? Pode servir a mim?

Táscia olhou para os móveis adornados que decoravam o apartamento de realeza dos L'dren no meio de uma fazenda de suor e sangue.

– Perdoe-me – ela diz por fim. – Eu sei o meu lugar. Mas, se a nossa relação permite, gostaria de ser sincera.

– Pois não. Seja.

– Eu... – as palavras entalaram, mas Táscia persistiu. Soltou o ar e viu livros empilhados em uma língua incompreensível. Pegou um enquanto Zorak a observava em silêncio. – Eu tenho pensado nisso desde a hora que vi aquele monte de terra em cima de Pyro. Você já pensou no preço dessa verdade? Eu imagino a Última Fortaleza como um templo enorme, onde os espíritos dos primogênitos se reúnem para ouvir um sacerdote que não existe, mas um grande cristal vivo que emana as palavras da Deusa.

– Das Deusas. Pois a Noite também nos ensina.

– Eu esqueço da Noite. Ela esconde o que mora no céu, é um véu vermelho. Profundo. Mas o dia é claro, azul, tento ver através das nuvens onde estará a tal morada. Você pode vislumbrá-la?

Zorak exalou o ar pelo nariz e esboçou um sorriso.

– Empresta-me a sua lâmina rúnica?

Táscia se encolheu logo que ouviu o inusitado pedido. Quando ele insistiu com um aceno, apontando para a sua bainha, tirou-a devagar da proteção e estendeu-lhe o punho da espada com o coração batendo rápido, como se o entregasse para uma criança que pudesse feri-la.

– Afasta-se – disse Zorak. Táscia, já incomodada, deu alguns passos para trás, dando a ele o máximo de espaço possível.

Zorak segurou a lâmina e, olhando para o cabo sobre a palma de sua mão, disse:

– A gema está rachada.

– Eu sei.

– Você deve tomar cuidado, a dissipação fica prejudicada. Você sabia que nós não usamos esse recurso há séculos? Para não morrermos com o fluxo da magia dentro de nossos corpos, usávamos um minério que se consumia no processo e agora está extinto do mundo de Anmadun.

– Eu não me interesso. O que você queria me mostrar?

Zorak soltou o ar pelo nariz com um sorriso nos lábios e, após medir o espaço em volta, fez um movimento rápido com a mão, perfurando o ar. Em um instante, a espada acionou algum rápido mecanismo e alongou o seu cabo, tornando-se uma lança de quase três vezes o seu tamanho original, mantendo a lâmina púrpura de escuridão inalterada.

Táscia ficou medindo a arma inteira, sem conseguir sorrir e nem dizer nada. Só voltou de seu transe quando o príncipe a recolheu, devolvendo-a pelo cabo para a guerreira, mantendo-se sob a mira da ponta da espada.

– É só deslizar aqui, perto da guarda, é muito sutil e bem-feito. Recomendo que treine antes de usar isso em batalha.

– Obrigada.

– Eu te mostrei isso para reforçar o meu argumento de que há muito mais nas coisas entre o céu e a terra do que podemos entender sozinhos. Não adianta especularmos. O que posso te dizer com certeza é que não é um templo que há no céu.

Táscia não devolveu o sorriso. Então franziu a testa cicatrizada.

– O que quero dizer é que a cada dia que passa eu penso menos em como seria vê-la. A verdade – ela diz enquanto observa a espada L'dren antes de embainhá-la.

– Me pareceu o contrário.

– Não vou negar que tenho curiosidade. Mas que preço é esse que nos cobram, que infligimos ao mundo? Tudo rui à nossa volta. Se não é a morte de outros que trazemos, é a dos nossos.

Zorak sentou-se sobre macias almofadas, mergulhado na sombra.

– Você está começando a falar como eles.

– Quem?

– Como todos que abandonaram a marcha, que se acovardaram diante do caminho para a verdade.

– Eu não estou me acovardando – Táscia lembrou das palavras de Pyro que falavam do legado arcadiano.

– Você está falando como Janus – Zorak virou-se para o lado e mirou onde não havia luz.

Táscia se ajoelhou diante de Zorak para ver seus olhos vermelhos e escuros. Ele os voltou para ela.

– Não vou abandoná-lo. Eu sou honrada. Eu só quero absorver o custo que isso tudo está pedindo de nossas almas. Poderemos ser os mesmos depois? Eu sinto medo de não me reconhecer mais.

Zorak acariciou a bochecha de Táscia com a ponta do dedo até chegar à cicatriz na testa.

– Esse não é o preço da guerra ou de desafiar as Deusas. Isso que você sente é apenas o preço da vida, criança.

Táscia se afastou do toque.

– A propósito – Zorak sorriu com o canto dos lábios –, você não é mais capitã. Saberia se tivesse ido se reportar ao seu superior. Agora é major.

* * *

As muralhas de Lindebluma tremem com os trancos dos canhões babelianos. Os estilhaços e a poeira criam uma nuvem que circunda as feridas da capital. Mas ela não está indefesa.

Os primeiros tiros que cospe não são de balaços, mas de balas encadeadas, duas meias-esferas ligadas por uma corrente. Quando as primeiras passam ao lado de Táscia e Enoque, montados, atingem pontos das primeiras fileiras da infantaria, rasgando-as como se fossem manteiga.

Táscia sente o coração subir até a boca e parar quando vê os corpos estraçalhados pela artilharia inimiga, entre eles o rapaz ruivo que acabou de acenar para ela dividido em duas metades, o olhar estático fixo no céu. A guerreira puxa o ar como pode e grita:

– Mantenham a formação! Não saiam de seus postos! – Avança um pouco com a sua montaria e acena para a infantaria que já começa a se encolher, buscando abrigo uns atrás dos outros por instinto.

– Nossas forças não são suficientes, major! Para que insistir nesse cerco? – grita Enoque, e para o seu cavalo inquieto ao lado de Táscia, que luta para manter suas tropas em posição.

– Eu já expliquei antes. Precisamos manter a artilharia agredindo os portões mais um pouco.

– Mas a deles está destruindo a nossa infantaria! Não vamos ter gente pra atacar depois que abrirmos um buraco. Isso é um ataque suicida!

– Enoque! – Táscia grita mais alto. – Mantenha os seus homens prontos para o ataque. Siga as suas ordens, eu estou seguindo as minhas.

– Pessoas estão morrendo por uma simples decisão arbitrária que ninguém entende. A major entende?

– Enoque!

O mercenário grunhe e parte com o seu cavalo para o extremo da linha, tentando coordenar um reposicionamento que não os deixe ao alcance dos canhões de defesa.

Táscia sente uma dor no peito ao ver a formação esburacada pelos canhões. Os corpos se arrastando, os gemidos pedindo misericórdia e que alguém termine as suas vidas. Mas Zorak pediu que mantivesse o ataque o máximo de tempo possível, e é isso que vai fazer.

E então os canhões da defesa diminuem a sua cadência, como se passassem a economizar munição.

O movimento dos L'dren vem logo em seguida. Táscia não conhecia os detalhes, mas junto com uns vinte trabucos vieram pelo menos umas cinquenta aracnas que ajudariam a quebrar as defesas internas dos cidanenses.

Ao ordenar a retirada da infantaria, Táscia ignora os olhares duros de Enoque e dos soldados que entenderam que foram usados apenas para ganhar tempo. Posiciona-se com o seu cavalo fora do alcance dos canhões e acaricia o animal enquanto os magos da Duquesa de Enhasa tomam posição junto das máquinas. A euforia do combate não a impede de punir a si mesma, a taquicardia vai e volta, controlada com muita respiração cuidadosa. Obriga-se a olhar para os soldados destruídos pelos tiros de defesa.

Os trabucos são armados com projéteis, mas o que os incendeia é a magia essencial dos praticantes das artes da Transformação para que não se apaguem facilmente. Outros são armados com as próprias aracnas que, encolhidas como se fossem enormes tartarugas, serão jogadas por cima das muralhas. Táscia compreende que a sua distração serviu para exaurir a artilharia inimiga, pois gastaram tudo o que puderam para tentar destruir a vanguarda sem imaginar que ainda havia uma força de trabucos e aracnas para chegar.

"Um custo alto demais. Maldito seja, Zorak!", pensa Táscia.

Ouvem-se então os sinais estrondosos e alarmes de sopro, seguidos pelos violentos movimentos dos contrapesos dos trabucos.

Primeiro as parábolas encobrem as muralhas com as aracnas e as bolas incandescentes. Quando descem é com força, chovendo sem alvo, aterrissando em prédios, ruas e soldados sem distinção.

Táscia se concentra nas suas atribuições, engole a raiva. O sangue aquece seus braços, cobrindo até o formigamento da mão direita. Dá a ordem de preparo, seus homens respondem prontamente. As montarias estão ansiosas. Com a Lâmina Celeste estendida, ouve os chifres sendo soprados.

Mais um alarme grave que faz as almas tremerem. Mais uma saraivada de projéteis, voam as aracnas em peso para terminar de quebrar as defesas de chão.

Falta pouco agora. O coração de Táscia bate rápido, a armadura a impede de estufar o peito. Inspira todo o ar que consegue e arruma o elmo reiliani na cabeça. Sob a sua longa crina loira está protegida, mesmo que ao vesti-lo sempre esteja exposta ao perigo. Esconde os cabelos trançados, eles que cada vez mais se mostram apenas um incômodo. Não há tempo para se preocupar com a aparência se nem sabe se sobreviverá até amanhã.

– Major! – um grito e uma extraordinária visão a despertam desses pensamentos.

Algo grande, maior que qualquer prédio, rompe o céu vermelho do começo da noite com luzes azuis, contornos acesos que marcam um monumento negro, uma espécie de pirâmide invertida e sombria, rasgando o ar. Saindo dessa caixa invisível por uma porta de trevas, esse colosso se expande, como se quisesse engolir a cidade com a bocarra de um gigantesco corvo, e pousa sobre os prédios, fazendo-os de poleiro, esmigalhando-os.

– Major?

Táscia procura a origem da voz e encontra Enoque empalidecido.

– Quais as ordens? Pela Deusa, o que está acontecendo?

À sua volta as mulheres e homens exigem uma resposta, deram as suas vidas por essa ação sem fazer ideia de como se desdobraria. Eles precisam de uma resposta.

– Babélia! – Táscia grita. Os cavaleiros não se inflamam, continuam hesitantes, sem conseguir acalmar os animais e nem se encorajar para ir adiante. A major se concentra na missão para não se incomodar com eles. – Isso é o que chamam de zigurate. É tudo parte do plano! – grita, apontando a espada para cima, a outra mão segurando a rédea da montaria inquieta. – Os portões da cidade serão abertos a qualquer momento!

– Mas os canhões não estão vencendo a muralha! – grita um dos oficiais. Seremos alvos fáceis para as carabinas!

– O que está lá dentro está do nosso lado. As aracnas vão acabar com a resistência interior em minutos. – Táscia grita, mas a sua voz é quase suplicante. – Ninguém vai tentar proteger os muros se estão sendo comidos por dentro. Vamos avançar logo que os portões forem liberados.

E de fato não vem mais fogo das muralhas. Sarali já se pôs completamente e o crepúsculo dá lugar ao rubro. Táscia inspira fundo e atiça o seu cavalo.

– Sigam-me! Ataque total! Ataque total! Os portões são nossos! – Táscia dispara sozinha, deixando os seus guerreiros paralisados para trás.

Mas a visão da babeliana vestida como uma guerreira do mundo antigo, com elmo de longa crina e couraça torneada, quebra o resto da hesitação, e os babelianos a seguem chamando uns aos outros à carga. A massa de carne e metal formada pelos cavaleiros pesados avança pelo campo, seus cascos ribombando, para então tomar a forma de uma flecha ao convergir para a ponte que atravessa o fosso e dá no portão principal.

Táscia não para de rezar secretamente para que não falhem na abertura dos portões. Se não, seu grupo será um alvo fácil para as flechas e tiros dos defensores. Mas ninguém defende a cidade que convulsiona por dentro. A sombra gigantesca paira, infligindo medo pelo simples fato de ser incompreensível.

A cada pedaço de terra vencida o pavor se intensifica.

– Avante! Avante! – Táscia grita, sem nem saber se ainda lidera seus soldados, se ainda a seguem para a vitória. Fala primeiro para si mesma, para se convencer do próprio plano.

Mas aqueles são seus companheiros. Se não confiar em quem está ao seu lado, em quem o faria?

Os muros já tomam toda a visão e os cavaleiros estão na distância de tiro, expostos. Mas ainda assim eles avançam.

De cima da ponte, Táscia vê uma fresta dos portões se abrindo, a descarga de alívio toma conta de sua carne e lhe enche os pulmões.

– Babélia! Babélia!

E, no breve momento em que atravessam a larga entrada agora escancarada pelas aracnas, com as espadas erguidas e as couraças azuis prestes a serem tingidas de sangue, estão prontos para morrer.

Táscia rasga quem entra em sua frente, a cabeça fixa no oponente que quer encontrar, mas se perde na confusão dos gritos e corpos que se acumulam atrapalhando a passagem, cada vez mais raro um pedaço de chão sem vísceras ou líquidos corporais.

O zigurate terminou o transporte através do invisível e agora paira sozinho, uma montanha tecnológica, um pesadelo artificial dos L'dren. Ranhuras pulsam o sangue azul e brilhante correndo por toda a sua superfície lisa.

Aracnas mantêm a formação na vanguarda, atacando com suas patas de lança ou partindo ao meio os oponentes com as rajadas de energia.

Atrás da linha de pouco mais de uma dúzia das máquinas pesadas, Táscia procura aquele que empunha a espada flamejante do seu general caído. A arma se destacaria no meio dessa luta, apesar de haver chamas por toda a parte.

De repente uma trombeta retumbante cobre a cidade, um som antigo como as construções álvicas do coração de Cidânia.

O exército babeliano não encontra a sua origem. Mas os L'dren sabem de onde vem e que ameaça traz. Guerreiros imortais e aracnas olham para o céu.

Tomando Anmas e a noite rubra, sombras ovais salpicadas de pequenas luzes flutuam pelo ar. Suas hélices em alta rotação engolindo os gritos daqueles que agonizam na batalha.

– Minha deusa, o que é aquilo? – grita um mercenário.

– É um aeronavio álvico! Somos alvos fáceis aqui! – berra um oficial babeliano.

– Fiquem perto dos imortais! –Táscia grita para quem conseguir ouvir.

A resistência cidanense recua e os invasores entendem na hora que isso não é um bom sinal.

– Criança, ao meu lado! – diz um L'dren armado para Táscia, com forte sotaque.

Ela obedece e desce da sua montaria, afastando-a com uma ordem. O animal hesita, mas ela insiste. Com um incômodo no peito por abandoná-lo, aproxima-se do imortal e das aracnas. As bestas metálicas encolhem as patas dianteiras e abrem grandes placas que saem de sua cobertura superior, cobrindo os corpos de metal negro. Os guerreiros L'dren retiram uma peça retangular e comprida das costas, e com dois movimentos expandem-na para a altura de seu corpo, um escudo que se alarga e que acreditam ser resistente para o impacto que vier.

O pequeno grupo de imortais, pouco mais de vinte guerreiros e uma dúzia de aracnas, forma uma espessa parede de escudos negros como a sombra.

Táscia sabe que não há como fugir, melhor ficar perto deles do que correr para achar uma casa ou prédio. Mas os mercenários e babelianos não acreditam nisso e tentam forçar entrada pelas portas e janelas, pois as ruas receberão sem proteção o que quer que chova do céu.

Entre os imortais, Táscia ouve gritos que podem ser instruções de combate, mas parecem incentivos. A parede fecha as últimas brechas, não pode enxergar mais nada. Está enclausurada entre o raro aço de que são feitas as roupas dos guerreiros. O cheiro no ar de sangue e carne aberta é pungente.

– Não dá pra ver nada – diz para o L'dren ao seu lado.

– Vão tentar quebrar nossas cascas. E então vão nos atacar com magia – ele responde com uma voz calma demais.

– Como pode ter certeza disso?
– Porque é assim que eles nos enfrentam desde o início dos tempos.
Estando sob as armaduras dos L'dren, Táscia imagina que estará livre da magia. Mas não saber o que está acontecendo do lado de fora é pior do que a sensação de proteção.
Alguém grita na língua imortal e em seguida há o silêncio. Ouvem-se primeiro estalos em sequência, um breve intervalo, e então pesados impactos seguidos nos escudos ou nas couraças negras.
– Tudo certo pro enquanto. Vão tentar de novo, aguarde – diz o L'dren.
Táscia segura o punho da lâmina rúnica sobre a palma da mão pronta para absorver feitiços.
– Não tem ninguém para devolver fogo? – pergunta ela.
– Sinto o zigurate despertando, seu interior ferve pronto para explodir.
– Mas não pode fazer isso logo?
O L'dren solta uma breve risada de dentro de seu capacete.
– Não. Temos que aguentar. Depois do transporte ele fica muito vulnerável, é para isso que estamos aqui. Para protegê-lo enquanto está indefeso. Paciência, criança. Vocês são mesmo ansiosos demais.
Mais uma saraivada e os fortes impactos. Táscia ouve grunhidos de dor. Então mais ordens e incentivos.
"Esse monstro gigantesco está indefeso. E depois de Coméria é claro que eles já esperavam um ataque aqui", pensa.
Mesmo o ar dentro da formação dos imortais vibra pulsante, como quando se está no meio do fluxo que os magos criam para as lutas na hora de arremessar feitiços.
– Maldita máquina, ataque logo! Eles vão nos atacar com magia!
Sente um tapinha amigável na ombreira. Táscia acredita ouvir a própria ansiedade do companheiro L'dren, o seu corpo metálico inquieto.
O ar fica mais denso e uma onda brilhante atravessa as menores brechas entre os escudos sombrios. E então o som estridente de vidro quebrando e rasgando a carne.
– O que foi isso? Os escudos falharam? – Táscia indaga, mas não ninguém responde.
Membros inquietos, metal se encontra com metal.
– Os escudos não resistiram? – ela insiste.
Os imortais se dispersam e a major vê o céu e as sombras que pairam nele mais uma vez. Então uma rajada brilhante e perfeita como uma espada de luz varre a noite rubra, cortando duas das embarcações voadoras ao meio, derramando suas tripulações e maquinários

por cima dos prédios. Mas pelas ruas há vários L'dren que não se moveram ao fim da formação.

O próprio imortal que protegeu Táscia se apoia nela. Mas ele é pesado demais. Ela tenta ajudá-lo a sentar no chão sem derrubá-lo.

– Pela Deusa, você está ferido. – Táscia constata que a primeira chuva foi de enormes esporões de prata, e um deles está cravado no peito do guerreiro. Mas, em vez de sangue, cristal azulado e manchado de negro brota em volta do projétil que rompeu a couraça.

– *Zigura'tel nellun* – ele diz, ofegante.

– Eu não te entendo. – Táscia olha em volta, os L'dren já dominam a situação no campo de batalha. O ar é mais leve, sem o fluxo forte da manipulação mágica. As rajadas de luz vindas da pirâmide invertida negra continuam rasgando o céu e por fim dispersam o ataque aéreo.

– O zigurate... Está acordado... – diz o L'dren.

A batalha está terminando, mas Táscia ainda precisa vingar Pyro.

– Meu nome é Táscia Elena – ela segura a mão coberta pela escura manopla do guerreiro.

– Eu sei o seu nome, criança. Todos os L'dren sabem, mesmo que finjam não se importar.

Táscia sente um frio na barriga, como se todo o corpo já não estivesse em alerta máximo.

– *Odi na Gurosu.*

– Seu nome é Gurosu? – a babeliana sente nas pontas dos dedos as ranhuras da couraça L'dren, sua superfície é cheia de linhas sulcadas, justo como a pele humana. – Você sente dor, Gurosu? Eu...

– Dói sim, Táscia Elena. Meu corpo está quebrado, então dói. Assim como sinto as dores de cada um desses à nossa volta.

Corpos de casca negra rasgados pelos esporões que poderiam derrubar ursos ou os gigantes que vivem no Sul.

– Nós humanos não podemos sentir as dores uns dos outros. – Táscia vê mercenários e soldados sem vida, pessoas que lhe ofereceram cerveja ou a discriminaram por ser estrangeira, por puro ciúme ou antipatia. Não importa. Suas histórias terminaram e ninguém as ouvirá mais.

– Ah, você pode – diz Gurosu de dentro de seu capacete. – Pode sentir as dores do espírito. Por isso o *Ledin* gosta tanto de você.

– *Ledin*... O Príncipe Zorak?

Gurosu assente.

Táscia levanta esticando os joelhos cansados. Não tem mais vontade de lutar e nem de andar mais dez passos. Mas precisa. Suspira e o corpo se nega a continuar. Ignora-o.

– Você vai morrer, Gurosu...

– Sim. Mas para renascer como uma aracna.

– Eu...

– Não é nada de tão complicado. Mesmo quando a nossa carne petrifica com a crisálida, é assim que chamam?, as mentes seguem para sempre. Se há a angústia de uma morte da carne, há também a persistência do espírito.

Táscia se lembra dos caídos que perderam membros ou que nunca mais puderam se erguer pelas próprias pernas. Os sorrisos esperançosos ou os suspiros resignados quando não se sentiam cobrados por não poderem continuar nas fileiras. Seu coração bate mais rápido, e um formigamento que começa no braço direito a faz mover as pontas dos dedos.

– Olhe para mim, criança. Você teve a coragem de abraçar o lado desconhecido. Mas a você bastaram poucos neanos. O meu povo elucubrou tanto, escondido nas sombras do mundo da noite. Montando máquinas e planejando para os dias que nunca chegavam. Mergulhados em intrigas e disputas por posições, sendo que o nosso destino sem esperança só se intensificava a cada vida mortal que testemunhávamos. Mas *Ledin* surgiu e cresceu dentro de nosso mundo sem qualquer apoio, tentando lembrar que nossa raça tinha um claro propósito que não poderia ser esquecido.

Gurosu fica quieto, a boca arreganhada como se buscasse ar. Desmonta o capacete, que se recolhe, e Táscia enxerga seus olhos profundos de sangue, seu nariz comprido e pontudo como suas orelhas. A sua pele pálida como os cabelos escorridos, trançado em padrões rentes ao couro cabeludo para enfeitar sua aparência. Há um pouco do sangue arroxeado dos imortais na borda de seus lábios finos.

– Está sofrendo?

– Não há dor. Eu apenas me sinto perdendo o contato com meu próprio corpo. A crisálida venceu e já não sinto mais as pontas dos dedos, nem tenho forças para dobrar os joelhos.

– Eu sinto muito – Táscia aperta o cabo da espada.

– Não sinta. Eles vão me consertar. Entenda, criança. *Ledin* Zorak só te ama porque a sua alma se perdeu do mundo. Descola-se das coisas que fazem os dias mais fáceis.

A luta continua em volta, mas os gritos e estrondos mais distantes. Táscia não sente força nas pernas.

– Também não posso mais dobrar os joelhos. Quero me deitar ao seu lado e morrer.

– Mas voltaria como uma aracna.

Táscia sorri.

– Não há escapatória para quem quebrou o contato com o mundo – diz Gurosu.

E a babeliana se lembra de Magna.

– A crisálida da alma?

– Essa é a única que existe.

Táscia se ergue e já há alguns L'dren se aproximando com pequenos veículos para carregar os caídos para o zigurate.

– Eu preciso recuperar algo importante nesta luta.

– Sim. Vá. Eles precisam de você. Lutaremos juntos mais uma vez, criança.

Táscia estica a mão e sente a crisálida que sai do corpo de Gurosu. Ela é fria e cortante. Sente um beliscão no dedo e um pouco de seu sangue rubro mancha o vidro azul. O L'dren pisca devagar.

* * *

Montada em um animal com as cores de Babélia encontrado perto de um cavaleiro morto, a major abre espaço distribuindo golpes, reunindo alguns de seus guerreiros com gritos, mas já não há mais resistência organizada. As aracnas cuidam dos poucos oponentes cidanenses que restam com rajadas de energia e atropelam quem está na frente com suas patas compridas.

Nessa dança de fogo, Pyro se destacaria. Prédios e corpos acesos pelos projéteis dos trabucos babelianos por todos os lados. E, como se as Deusas se divertissem com as atuações dos que encenam suas vidas sobre a terra, Táscia finalmente encontra a Chama Cortante, a espada mística do Cavaleiro de Fogo, empunhada por um inimigo a cavalo que faz frente até às monstruosas arcanas.

"É o usurpador", Táscia pensa. Se a sua motivação quase se apagou ao lado de Gurosu, reacende com força total. Repelindo os agressores sem pensar, a major avança rasgando o pátio ardente para encontrar o homem que derrotou Pyro.

Com a mão esticada, o usurpador incendeia com uma bola de fogo um babeliano que cai de sua montaria e, talvez por piedade ao vê-lo se debatendo em agonia, decapita-o com a espada em chamas. Fixa o olhar em Táscia Elena e se vira para ela, reagindo ao desafio para duelo contra alguém formidável.

O falso Cavaleiro de Fogo ergue a mão para disparar contra Táscia, mas ela tem a lâmina rúnica preparada. Em vez de pegar fogo, a major sente o frio da magia correndo por sua carne após percorrer a espada e a dissipa.

As montarias se encontram em um palco de chamas e Táscia apara um golpe brutal da Chama Cortante. Controlando os animais como podem, cada um vê o seu adversário de perto.

– Sou Táscia Elena, serei a sua oponente, ladrão! – grita ela.

– Alexander Galliardi – ele franze a testa, seu rosto fechado pela barba e o elmo vermelho. – Não sou um ladrão. Enfrente-me, babeliana!

Alexander se afasta e ergue a mão para concentrar um feitiço, mas, antes que possa invocar os elementos, Táscia estica a lâmina rúnica com um movimento rápido, tornando-a uma lança, e desfere um corte na montaria do adversário. O animal empina relinchando e arremessa o mago de fogo para o chão.

Táscia recolhe a lâmina para a forma de espada e desce do cavalo.

– Essa maldita magia será a perdição dos homens – diz, apontando a arma para Alexander.

– Ora, se essa é a sua opinião, por que vocês buscam o conhecimento proibido? – O falso Cavaleiro de Fogo recua e se ergue. Táscia deixa que ele se prepare para a luta.

– Porque os L'dren saberão como controlá-lo.

– Tola! Se o tiverem não dividirão com os mortais!

– Ah, então será como os Alvos e o Templo fazem – Táscia se posiciona de lado, protegendo seu tronco. – Nos tratarão como crianças irresponsáveis.

– Mas é o que somos! Precisamos nos educar para lidar com essas forças, repensar as leis que nos proíbem há tanto tempo, sim, mas é com discussão que poderemos garantir um futuro de prosperidade para os mortais.

– Essa conversa é perda de tempo! Eu terei a espada de Pyro, você não tem direito a ela.

Táscia estoca, e quando o golpe é aparado faz um giro rápido e atinge o braço de Alexander, que grunhe e recua. Aproveitando a abertura para terminar o duelo, a babeliana avança, mas é surpreendida por um bote de fogo que sobe de repente. Seu rosto arde. Põe a mão na bochecha, uma queimadura incomodando.

– Nunca imaginei que você tinha uma lâmina rúnica, Táscia Elena. Seus superiores Albinos devem tê-la em alta conta. Mas como dissipar a magia que não demora para ser invocada? Esta espada que empunho contém um fragmento da Pedra de Salamandra.

– É só uma arma com fogos de artifício. Pare de falar e lute.

Avançam e trocam golpes repelidos com habilidade. Quando as lâminas se juntam e seus rostos estão próximos, tentam se intimidar tentando provar quem deseja mais a vitória. Alexander assusta a babeliana ao incendiar a sua espada e aproveita a distração para atingir-lhe a perna. Táscia sente o músculo puxando, a dor lancinante e agora os movimentos comprometidos. Precisa terminar isso logo.

"A espada invoca magia muito rápido. Como dissipar magia que não pode ser prevista?", Táscia pensa em um instante longo demais.

Alexander ataca com a espada incandescente sem trégua, ciente da limitação da oponente.

É uma luta de vida ou morte, não se espera honra de um duelo que pode decidir o destino do mundo.

O braço direito de Táscia formiga e ela mal mantém a postura das pernas.

Magna riria de sua derrota. Dependendo demais da lâmina rúnica, nem ao menos dificultando a vitória de um mero feiticeiro. Não foi uma performance digna de uma reiliani.

Isso a faz sorrir. A reprovação constante da mestra, sua mãe-amante, era o que a mantinha avançando.

O adversário continua agredindo, então Táscia se aproveita do próprio desequilíbrio e salta para trás. Aperta a empunhadura, sente os tendões ardendo, e na palma da mão direita o frio do toque da gema da Lâmina Celeste.

"Se a magia não pode ser prevista, que eu a antecipe o tempo inteiro".

O corpo gela, a carne aberta para o fluxo mágico torna-a tão anestesiada quanto os seus músculos tomados pela doença dos magos. Táscia inspira o ar fundo e se mantém aberta para absorver a magia. Tem que ser rápido, se houver um fluxo grande de repente pode ser o seu fim na crisálida.

E como Pyro foi extinto, também será a sua Chama Cortante.

Quando a espada que Alexander empunha tem o seu fogo apagado, a expressão paralisada do mago guerreiro entrega a sua surpresa.

Neste momento aterrissam com estrondos as aracnas que chegam para proteger a major babeliana. Mas Táscia não lhes dá atenção. Dança com o corpo amortecido, sem sentir as próprias pernas, e com um corte de baixo pra cima rasga a couraça de Alexander no tronco e o faz derrubar a espada.

– Incrível – diz o falso Cavaleiro de Fogo. – Você deixou a lâmina rúnica aberta esse tempo todo para que eu não pudesse usar a magia da espada. Admito a derrota. É mesmo um demônio que não teme nem à crisálida, Táscia Elena.

– Então morra, usurpador! Pyro te aguarda no mundo dos espíritos!

Táscia se desliga da lâmina rúnica e ergue a arma para o golpe de misericórdia, sentindo mais uma vez o calor à sua volta e as dores no corpo.

Pensa em Pyro e nos seus olhos cor de púrpura. Um último sorriso triste.

De repente é atingida por um jato de água e é arremessada para trás.

O céu da noite e o brilho das chamas, a cabeça girando, a dor absurda do impacto em seus seios sob a couraça. Mesmo protegida por camadas de pano e metal, é tão forte que mal pode respirar.

Alguém ao fundo grita por Alexander, as aracnas devem estar atacando quem quer que tenha intervindo. Tenta se apoiar no cotovelo para se erguer, a dor incapacitante do impacto no peito e os músculos pulsando de dor ao mesmo tempo.

Então armaduras negras a cercam, suas cabeças mergulhadas no âmbar, pequenas luzes azuis que correm por suas arestas.

– Acalme-se, criança. A vitória é nossa.

E Táscia desmaia.

L'dren

4

Os cadáveres são empilhados em carroças e levados para as valas e fogueiras mais próximas.

Táscia está sentada no meio das caixas de carga que transportam para um dos prédios que servirá de base da ocupação de Lindebluma, respirando devagar, ignorando que cada vida ali teve uma história, um universo de vontades e escolhas. Agora terminadas.

Como Pyro.

O absurdo da existência, mais uma vez a imagem recorrente dela mesma rolando uma enorme pedra penhasco acima. Está quase lá, firmando os pés no solo escorregadio e cheio de pequenas rochas que a fazem deslizar. Ela posiciona cada passo com cuidado, um pouco mais perto de finalizar a tarefa. Mas o dia está quente demais e a armadura a sufoca. O peito dói como se a cabeça tivesse esquecido como respirar. Isso é uma armadilha que sua mente prepara. Táscia esconde essa ideia no fundo de seus pensamentos. Agora só alguns metros a separam do cume, então um vulto surge e lhe estende a mão. Ela espreme os olhos para enxergar contra a luz. É Pyro, com um quase sorriso no rosto emoldurado pelo brilho do céu.

A babeliana chega ao topo do mundo e é só esticar a mão para que possa estar ao lado dele. Hesita suportando o peso da pedra. Quando decide dar o próximo passo adiante o calor se torna insuportável, puxa o ar com a boca, quer arrancar a armadura, mas não pode largar o fardo. Pyro agora está em chamas, como se fosse a própria Sarali na terra. Táscia escorrega e só tem o tempo de sair da frente da pedra para não ser esmagada. Vê-a descendo barranco abaixo, rolando sem consideração por todo o seu esforço.

Lá no alto não está mais Pyro ou ninguém com quem se sentiria bem. O topo do mundo é vazio e solitário. Táscia expira o ar, resignada, e desliza pela ladeira mantendo o equilíbrio para buscar a pedra.

Desperta do sonho em vigília com um cumprimento de Ranolder.

– Posso me sentar ao seu lado? – diz o mago.

Táscia anui e aponta um caixote para ele.

– Ninguém carrega os mortos em crisálida – diz Táscia, olhando para o nada –, apenas os mortos pela violência a que estamos acostumados.

– A major sabe por quê?

– Não.

– É porque os L'dren vão levá-los – Ranolder coça os olhos. – Dizem que servem a eles para as suas máquinas.

Táscia massageia em volta das têmporas e vira-se para baixo, balançando a cabeça para negar as próprias conclusões.

– Eu não entendo.

– Pois é a verdade.

– Eles usam os corpos dos mortos em suas máquinas como o quê?

– Como fonte de energia. Combustível, se preferir assim.

– Eu nunca soube disso.

– Nem eu, mas a convivência com os babelianos tem me sido bastante instrutiva.

Táscia se levanta e vasculha o ambiente procurando algo, sem sucesso.

– Não vejo corpos de L'dren.

– Esses são retirados por eles mesmos o mais rápido possível.

– Usam eles mesmos também como combustível?

– São muito mais valiosos que isso.

– Tenho medo de saber por quê.

Ranolder se levanta e chega um pouco mais perto das pilhas de cadáveres.

– Talvez a resposta esteja diante de nossos olhos – ele aponta para a frente.

Uma aracna em patrulha passa devagar com o ritmado movimento de suas longas pernas. Táscia estremece e respira fundo.

* * *

Por dentro, um zigurate parece bem maior. Talvez pelo pé direito alto sustentado por paredes de metal escuro percorridas por veias azuladas, culminando em padrões geométricos que não deixam de ser belos, apesar de desenhados para ser apenas eficientes. Sem vestir o capacete, Zorak guia Táscia entre os aparelhos automáticos. L'dren podem ser vistos enfiados até o peito em estações de trabalho que mais parecem sarcófagos. Esses não vestem seus trajes de proteção, Sarali não pode feri-los aqui dentro. O espaço diminui, e agora Táscia respira esse ar parado e com gosto de metal seguindo por túneis por onde mal passam os L'dren em pé, já que são mais altos que os humanos.

Zorak permanece em silêncio, como se o zigurate fosse um templo onde falar em voz alta ou comentar assuntos irrelevantes fosse falta de polidez.

O Príncipe da Sombra e a sua acompanhante desembocam em uma câmara larga e alta para a qual todas as veias azuis convergem. Em seu centro há uma chama cerúlea pulsando suspensa. Táscia repara que dentro da energia dançante há um L'dren aprisionado, de seu corpo em crisálida e em estase saem cabos que se tornam os ramais que estão por todas as paredes da máquina.

– Este... não é Gurosu – diz Táscia, sua voz espremida da garganta pela respiração interrompida.

– Não. Este é um Arconte, o L'dren que comanda esta estação de observação e restauração de nossos guerreiros.

– Isto não é uma máquina de guerra?

– É uma ferramenta. E, como todas, pode ser usada para construir ou destruir. Você deveria se sentir honrada, criança, pois, em toda a história dos L'dren, nunca qualquer outro povo entrou em uma estrutura dessas.

– Então é por isso que me olharam como uma invasora.

– Exato. No passado apenas aqueles que falavam com o céu e a terra podiam ter acesso a zigurates.

– Os sacerdotes?

Zorak solta um riso espontâneo.

– Não há esse tipo de gente em meu mundo. Sei que no seu há aqueles que dizem falar com as Mães e ter os seus favores. Mas para nós esses não existem. Para nós, falar com o céu e a terra não é esperar inspiração divina para justificar nossas atitudes e julgamentos. Os nossos "sacerdotes", como vocês dizem, são os estudiosos das estrelas e astros, dos elementos que constituem o universo. Não apenas a sua camada externa, mas o seu cerne, o que não pode ser visto mas que há em todas as coisas. Mas mesmo em tantos neanos não pudemos reverter a nossa condição. Só enfrentamos os dias em trajes poderosos e complexos, a própria magia ainda é mortal para nós. E é para completar o entendimento do meu povo sobre a verdade de todas as coisas que precisamos acessar a Última Fortaleza, onde mora a Ciência do Bem e do Mal.

Táscia vasculha aquele corpo inerte queimando em azul sem parar e sem nunca ser consumido.

– Esta energia pode nos matar?

– Ela te tornaria crisálida em instantes e se alimentaria da sua força vital.

– Então essa máquina é movida a –

– Isso mesmo – Zorak a interrompe. – Um zigurate funciona com corpos feitos em crisálida.

[O que alguém que sonha faz aqui...], uma voz ressoa dentro da cabeça de Táscia.

Zorak ergue os olhos sem se mexer.

Os olhos brilhantes do Arconte fazem Táscia recuar. As mãos da moça se fecham como se um frio a dominasse, cruza os braços na altura do peito.

[Não posso ler os seus medos para aplacá-los. Então é uma fagulha efêmera que logo sumirá], o Arconte não move o seu corpo estático, apenas gira um pouco a cabeça e a encara com olhos flamejantes que podem enxergar a sua alma.

– Onde está Gurosu? – Táscia pergunta.

[Gurosu. Um nome. Os nomes não são importantes para a visão coletiva. Porém... O Príncipe da Sombra compartilha de sua atenção aos nomes. Por quê?]

– Arconte, nós vamos sair – diz Zorak, tentando segurar o braço de Táscia.

[Afirmativo.]

– Não, espere, Zorak. – Táscia não deixa que ele a toque e se desvencilha. E se dirige ao Arconte.

– Por que diz que o Príncipe da Sombra se apega aos nomes?

[Uma pergunta curiosa, pois nunca falei com alguém que não pode ver a visão coletiva. A razão é que nele estão rostos que se repetem, há um que nunca desaparece. O de alguém que sonha e que tem sonhado por séculos, não usual para a sua espécie...]

– Já basta – Zorak tenta interrompê-lo, sem sucesso.

[... e também há você, breve fagulha. Isso explica por que esse líder desconsidera as regras de nossa irmandade e te traz aqui dentro.]

Táscia olha para Zorak, que vira as costas para o Arconte e encara um túnel do outro lado da sala. Ela começa a andar, ele relaxa os ombros e a ultrapassa, tomando a dianteira mais uma vez.

Atravessam o corredor claustrofóbico em silêncio, até que sons de metal batendo reverberam pela câmara em que o caminho termina.

Há uma piscina de líquido âmbar onde corpos pálidos de L'dren caídos em combate, estourados em crisálida, estão em repouso. Cientistas do zigurate supervisionam as máquinas que esticam braços negros mecânicos para colher os guerreiros conservados e os encapsular em habitáculos preenchidos pelo mesmo caldo turvo. Os autômatos então fazem furos nos cristais protuberantes onde encaixam os cabos, completando a ligação.

O peito de Táscia é pequeno para o ar que tenta inspirar. Um bolo na garganta que não se alivia. Segura-se no parapeito e mastiga as perguntas que precisam de respostas, mas teme que elas não a satisfarão.

Quando vê a cápsula que tem o L'dren aprisionado dentro do líquido ser encaixada em uma forma negra, nada que ouvir explicará por que não é permitida a um guerreiro simplesmente a morte. São acopladas a essa peça membros grotescos colados com um calor cegante. Não há como não associar essa imagem a um enterro, exceto que neste caso não há o descanso, mas um novo despertar para continuar lutando do outro lado da existência.

– Eu não consigo encontrar Gurosu daqui. Parecem todos iguais vistos dessa forma.

– Você já o viu sem o traje? É raro para um mortal nos distinguir as feições.

– Isso não me ocorreu. Eu o vi sem capacete por pouco tempo. Talvez não o reconhecesse mesmo. Mas isso é muito cruel. Quantos desse serão feitos?

– Talvez uns vinte. No máximo trinta.

– Trazer alguém da morte como um monstro artificial. Até onde vai a sua ambição, Zorak? – Táscia aperta o parapeito, sente o braço direito dormente.

– Não somos monstros. Apenas vivemos pelo mesmo objetivo.

– É por isso que não reconhecem os seus nomes? – Táscia vira para Zorak, abrindo e fechando os dedos do braço da espada que continuam formigando. – Para que seja mais fácil desconsiderar os indivíduos em nome de um ideal único, é isso que é a sua visão coletiva?

– Assim é que se vive para vencer uma maldição. Você pode nos julgar? – Zorak a olha de lado, sem mover a cabeça.

– Então é esse o preço de se chegar ao topo do mundo? Abrir mão de tudo o que nos faz únicos, despir-se de nossa individualidade só para seguir em frente?

– Eu vivo pelo meu único objetivo e você o conhece. Não entendo a sua acusação. E eu respeito acima de tudo aquilo que me motiva a sair do descanso a cada aurora. Eu vejo essa aurora através de um sonho âmbar de dentro de meu traje, mas nunca a sua luz atingirá meus olhos sem que algo me proteja dela. Todos nós, L'dren, vivemos como essas aracnas que tanto te escandalizam.

– Mas vocês ao menos têm nomes! – Táscia grita e soca o parapeito com a mão esquerda, rangendo os dentes. – São indivíduos. E se os nomes não importam, por que há um que não sai da sua mente? Seria o nome arcadiano do velho Lucien da caverna? – Zorak cruza os braços e continua olhando para a fábrica de guerreiros. – Eu não posso lê-lo como o Arconte, mas eu vi como você reagiu naquele dia! No fim das contas você não é uma aberração para o seu povo, um líder que não segue as próprias leis que regem os seus súditos? Aí dentro está o meu nome – Táscia aponta para a cabeça de Zorak –, pode o nome de uma mera criança ocupar a mente daqueles que só vivem pelo coletivo?

O Príncipe L'dren fecha os olhos, os cientistas continuam trabalhando na construção das aracnas sem dar atenção à discussão deles.

– E qual é o seu nome, Táscia Elena? Você pode me dizer de fato quem é e o que te faz tão única para me causar tantas preocupações, para me fazer romper as leis de meu povo, como disse, pode me dizer a razão pela qual a aurora lhe é suportável para que saia de sua cama? Se não, cale-se, por favor.

Táscia se prepara para sair correndo dali e nunca mais se atrever a entrar de novo naquele templo proibido para mortais. Mas apenas olha em silêncio, o sangue fervendo, e comemora quando Zorak se afasta para fora do aposento.

Dentro da piscina alguns L'dren acordarão para lutar mais uma vez.

* * *

Zorak sorri com a presença de Táscia.

– Minha humana preferida.

Atrás deles o monumento assustador que se estica para o céu, mais alto até que o palácio real da cidade tomada. Tantos prédios silenciosos como se fossem cascas ocas, mas sua evacuação não foi permitida. Todos os civis são reféns e deverão respeitar os horários e regras estabelecidos pelos invasores, vivendo sob lei marcial.

No coração de Lindebluma, o zigurate que surgiu há poucos dias permanece rígido e estático como se sempre tivesse estado lá. Uma estátua negra e lisa que observou sem reagir a invasão da capital de Cidânia pelos L'dren e os exércitos babelianos, uma luta que de tão desigual seria melhor descrita como um massacre.

Os grupos de mercenários que não estão ocupados saqueando lojas e casas se entregam a atividades ainda mais baixas. E por isso Táscia ouve as reclamações de Enoque, sem saber se as odeia mais por serem verdades ou porque não consegue se importar com elas.

– São mal pagos, Enoque. O que quer que eu faça? Que saqueiem a cidade inteira – Táscia diz sem nem olhar para cima, sentada sobre um caixote de madeira e ansiando por um bom banho quente há dias. – Eles estão extravasando, capitão. Também perderam amigos e muito mais pelo caminho. Somos o exército dos perdidos, lembra? Para se alistar é só não ter aonde ir!

– Não estou falando de coisas. Mas os nossos homens estão atacando mulheres e crianças, matando animais. Sabe do que estou falando? Ou preciso deixar claro que as estão violentando?

Táscia enfia a cabeça entre as mãos, respirando fundo, lutando contra a taquicardia que aumenta e dificulta a inspiração. Abre a boca e puxa o ar ruidosamente.

– Major, quer mesmo que eu veja tudo isso como algo normal? É assim que todos devemos ser?

Táscia se ergue de uma vez e sai esbarrando em Enoque, correndo pelas ruas violadas. Ranolder e o guerreiro a acompanham de perto.

Em uma loja de especiarias que só reconhece pelos restos de ervas moídas no chão, já que está completamente depenada, soldados saem com sacos abarrotados de tudo o que podem carregar e sorriem para a sua oficial superior. Uma loja de tecidos tem seu último rolo levado por um homem e uma mulher armados e sujos da luta. Táscia se lembra de quantas horas de sua vida já perdeu em um tear, mas a visão do provável dono desmaiado no chão com o nariz manchado de sangue seco a faz esquecer.

– Vê, Enoque, só estão roubando o que sobra. O resto já foi retirado por nós mesmos. É isso que paga a nossa campanha, afinal.

– A senhora enxerga o que está à frente. Está bem. De qualquer forma eu preciso mesmo conversar sobre a nossa permanên...

– Mercenário! – Táscia grita e avança pondo o dedo rente ao rosto do guerreiro, que não se move. – Estamos no meio de uma campanha, o seu contrato não terminou.

– Major, a senhora não entende, eu gostaria de acompanhar Ranolder e...

– Enoque, talvez não seja a melhor hora – diz Ranolder.

Táscia grunhe e vira as costas para seus capitães.

– Não vou liberar o pagamento de vocês se quebrarem o contrato!

– Dinheiro não é o problema e...

Ouvem um grito engasgado que logo em seguida é abafado a poucas lojas de distância. As sombras das ruas estreitas se misturam a um cheiro nauseante de cem mil flores. Doce, amadeirado, seco, ácido, horrível.

Na perfumaria, em meio a frascos esmigalhados e um lago de fragrâncias que não combinam, a penetração forçada de um soldado em uma mulher quase desmaiada e segura por outros dois faz o sangue de Táscia borbulhar.

Antes de gritar, derruba o agressor com um chute no rim.

– Animais, saiam daqui!

O primeiro sai nu, de quatro, como um porco, sem saber se sente dor pelo golpe de bota ou pelos vidros que lhe cortam os joelhos. O segundo põe as mãos ao alto pedindo clemência, mas o terceiro ousa retrucar.

– Esses são os malditos que nos dominam, major. Eles devem sofrer o que nós sofremos!

Sem sacar a espada por não achá-lo digno, Táscia rasga-lhe a cara com um vidro bojudo que apanha do chão. A dor do corte une-se à do álcool cheiroso na carne viva. Enquanto o homem corre e tenta estancar o sangue com as mãos, gritando, a major se vira para os seus capitães, Enoque e Ranolder, após deixarem a loja.

– Pronto. Disciplina – Táscia esfrega os olhos que ardem pelos aromas intensos.

– Enoque, vá na frente, eu vou ajudar a moça – diz Ranolder.

– Major, por que está desse jeito? Não está vendo no que estamos nos tornando? – diz Enoque, tentando acompanhar o passo apressado de Táscia, que se afasta do lugar.

– Capitão. Não sei do que está falando. Isso é guerra – Táscia estende a mão mostrando a cidade prostrada, ausente de vida, como se suas ruas combatessem uma grave infecção. – O que pensava ver nisso aqui? Mas está acabando. As máquinas L'dren estão prontas, podemos nos preparar para o fim disso tudo.

– Só que é esse o problema. Você não está vendo que nós não temos mais nenhuma utilidade para eles? Nós seremos os próximos a ser massacrados.

– Eles precisam da gente.

– Até agora.

– Eu sei do que estou falando. E veja como fala comigo, sou sua superior.

– Não mais. – E essas palavras de Enoque doem mais que a visão das atrocidades e toda a destruição que está em volta da cidade. Mas Táscia quer apenas o silêncio. Os choros e murmúrios da cidade destruída são melhores que o barulho que não termina nunca. É melhor que os gritos e as lamúrias. Por um momento espera mesmo que a civilização humana se acabe e que tudo isso seja destruído pelos tais zigurates.

– Pare de falar, capitão.

– Minha major – diz Enoque com sua voz grave. Após uma pausa e um longo suspiro que move seu peito, continua. – Eu te segui até aqui porque via em você muito mais do que todo o propósito. O dinheiro, os lados na guerra. Nada disso fazia sentido para um homem que já não tinha nada como eu. Só que não vejo nem mais o propósito. Você está quebrada como aqueles vidros. Todos estamos. E eu não quero isso, eu posso escolher me retirar antes de ir até o fim.

– Eu preciso ir até o fim – Táscia diz devagar, palavra por palavra –, Enoque, e você vai comigo.

– Não posso ir, me perdoe por isso.

Táscia se levanta e saca a Lâmina Celeste, ferida e cansada como ela, no beco onde se encontram. Nas sombras está frio, e é ali que prefere que isso acabe.

– Não posso ir até o fim sozinha, Enoque.

– Então venha conosco, major. Ranolder precisa confrontar Kaward, ele é um desses arcadianos que sobreviveu ao fim do mundo, como os que nos lideram. E se para mim não há propósito, quero ajudar quem tenha.

– Eu tenho um propósito! – grita Táscia com a voz desafinada. Enoque saca a sua espada de duas mãos, sabendo que está em desvantagem, e recua para uma rua, onde poderá brandi-la. – Se eu desarmá-lo, e você sabe que consigo, você virá comigo até o fim.

– Major... – Enoque sente um embrulho na garganta por ver aquela mulher formidável daquele jeito, a grande líder que transformou pessoas sem propósito em guerreiros. Porém ela está quebrada como a sua espada, que carrega uma gema trincada de valor inestimável.

Quando Táscia estoca, é sem vontade, é como se a Lâmina Celeste pesasse como nunca. Mas ela dança muito bem, e Enoque recua rápido e com cuidado para não ser cortado pelos ágeis golpes horizontais. A major não busca desarmá-lo, luta cega, como se não distinguisse inimigo de amigo. Enoque sai das sombras projetadas na rua e, quando fica sob Sarali, a sua lâmina reflete luz nos olhos dela. Isso não a impede de atacar, o golpe vem do alto com as duas mãos e o capitão mercenário o apara com a lateral do espadão.

Próximos, Enoque vê nos olhos furiosos de Táscia que ela deseja que isso acabe, mas que não pode fazê-lo sozinha. Apoiando-se na perna de trás, o guerreiro faz carga para a frente. A major se desequilibra, batendo as costas na parede, e desiste, largando a espada ao chão.

Depois de respirar fundo duas vezes sem tirar os olhos de Enoque, que já não mantém guarda, Táscia recolhe a lâmina rúnica e sai dali. Vai direto para o acampamento, procurar instruções dos L'dren. Enoque aguarda, mas ela não olha para trás.

* * *

Farda sem dobras, impecável como a postura, a antiga espada L'dren na bainha, cabelos presos em tranças rentes à cabeça, calças compridas justas e botas engraxadas. O coração inquieto, o som dos próprios pensamentos engolidos pelos murmúrios educados. Música, cordas arranhadas e um cravo preenchem o ambiente, sem nunca sobressaírem às trocas gentis de palavras insinceras.

Uma taça nas mãos, Táscia olha o movimento incessante. Círculos que se criam e desmancham, parceiros intercalando-se em novas combinações, como as próprias danças que logo iniciarão. Os assuntos podem ser diferentes, mas os sorrisos são os mesmos, as mesmas perucas brancas, rostos rebocados por pó, cores e rendas, camadas de perfumes e seda que escondem o que cheira mal. Os trejeitos sempre amigáveis mas distantes.

Bem-nascidos dançam ao ritmo da uma suave melodia. Cada vestido custou um neano de trabalho de camponeses e será dispensado após essa única aparição na sociedade. Penas coloridas pairando sobre as cabeças, as caudas dos trajes varrendo o já impecável chão.

Encostada em um pilar de mármore com relevos álvicos que imitam uma árvore, Táscia beberica o vinho claro e tenta manter a postura. Impassível e imóvel como se estivesse em serviço de guarda.

A Duquesa de Enhasa se aproxima, seu vestido exuberante é azul-claro e deixa um rastro de sutis brilhos quando se move sobre o piso de lajotas xadrez. Como se fosse uma fada que surgiu no mundo dos mortais.

– Não faça essa cara – ela diz. – Queria muito que se divertisse nesta noite.

– Vossa Graça deve estar brincando. Somos o inimigo e estamos em clara desvantagem numérica. Ainda não me conformo que essas pessoas podem comer e beber do bom e do melhor enquanto os seus exércitos se matam na guerra.

– Você é injusta se não entende que isso não passa de um duelo, só muda o campo de batalha.

Táscia engole o comentário na ponta da língua e apenas faz uma pequena reverência.

“Uma luta em que perde quem tem a roupa menos ostensiva ou quem não aguenta beber vinhos que custam o preço de um burro de carga.”

– Mas não vamos discutir entre nós – diz a Duquesa. – O anúncio do banquete virá em breve. O que pretendo aqui é evitar mais lutas desnecessárias.

– Zorak vai estar conosco?

– Sim. Ele só está terminando alguns preparativos. Mas fique tranquila. Estamos chegando ao fim dessa viagem. Quando olho para tudo o que está acontecendo, nem acredito que tenha se desenrolado tão rápido.

Táscia preferia estar caçando corruptos a estar prestes a se sentar com o Templo e os próprios Alvos para discutir os rumos do mundo. Esvazia o resto da taça e a entrega para um criado, que a recolhe em uma bandeja.

E logo outro de peruca branca cheia de cachos surge de trás de uma porta dupla ornamentada. Com um sinal, a música para e lhe dá o silêncio e a atenção de todos.

– Sua Majestade, a Rainha de Cidânia, agradece a presença de todos e os convida para esta reunião entre tão distintas pessoas. O jantar está servido.

Táscia respira fundo e ignora um sorriso da Duquesa.

* * *

A mesa é longa o suficiente para reunir todas as pessoas importantes do mundo. Coberta com uma toalha branca, imaculada. Sobre ela muita comida que mal será saboreada, tamanha a tensão no salão, mais incômoda que as camadas de roupas apertadas e maquiagem.

Táscia respira fundo, mantendo-se ereta, concentrada nos tantos talheres e taças à sua frente. Há tantos bem-nascidos que se este lugar fosse destruído agora mesmo limparia o cenário político da Terra Pátria. O seu sacrifício seria justo. Porém há também alguns Alvos, entre eles um homem que lhe chama a atenção, realmente muito belo, seu rosto coberto em tatuagens intrincadas e cabelos e olhos da cor do mel. Parece ser o mais importante entre eles. Mas logo Táscia volta a imaginar como tudo seria mais fácil se algo matasse a todos de repente. Como Magna daquela vez.

A Duquesa de Enhasa saboreia o vinho claro sorrindo, demonstrando que não tem medo de poder estar sendo envenenada. Mesmo duvidando que alguém tentaria isso em um encontro diplomático, tratou de se precaver com uma mistura preventiva que serviria para salvá-la caso acontecesse. Ela e Táscia tomaram o antídoto antes de comparecer à festa.

A Rainha de Cidânia aprecia o gesto da Regente babeliana e sorri, elegante.

Só há o som dos talheres em contato com os pratos, quase silêncio se não pelos cochichos enquanto todos esperam pela chegada dos L'dren.

As suas cadeiras estofadas vagas, os olhares dos Alvos fixos nos poucos babelianos da mesa.

Táscia vasculha o banquete procurando uma mulher de cabelos púrpura claros e escorridos. Não encontra.

– Quem aqui seria a Rainha de Majestosa, Aquanis de Babel? – pergunta ela, sem se importar com o silêncio que se torna ainda mais denso. Na verdade se diverte com isso.

A Duquesa de Enhasa beberica da taça, disfarçando o incômodo.

Uma bela Alva que usa um diadema prateado sobre os cabelos loiros, quase brancos, diz em voz baixa:

– Não há representantes de Majestosa aqui, hoje.

– Perdoe-me, a senhora não se apresentou – diz Táscia.

– Nem a senhora. Ainda assim se dirige a todos sem consideração pelos estatutos, ou mesmo pela importância, já que fazem parte desse encontro.

– Eu não preciso de permissão para falar e – mas Táscia é interrompida pela conhecida voz do Príncipe L'dren.

– Por favor, coronel Táscia Elena, deixe-me ajudar a recomeçarmos essa reunião – Zorak diz em voz alta, surgindo pelas portas duplas acompanhado de Shuyin e Ardyn, seus guerreiros L'dren de confiança.

"Coronel?", pensa Táscia, sem se surpreender com mais uma incumbência que se acumula na grande rocha.

– O Príncipe de Dren'Llene, a Sombra do Leste, Zorak N'ldir – anuncia o criado com uma entonação teatral.

Todos se arrumam em suas cadeiras, ansiosos pelo início da reunião.

Zorak, Shuyin e Ardyn se sentam, o príncipe na posição do meio dos dois. Todos sem suas armaduras, vestidos em roupas negras que desenham os seus corpos esguios pelas faixas acinturadas e o longo talhe dos panos. Suas peles parecem mais pálidas que a própria toalha, que ainda não tem nem uma mancha.

– Peço desculpas a Sua Majestade, a Rainha de Cidânia, por nosso atraso – diz Zorak, mas a mulher não esboça reação. Seus olhos, como os de todos os comensais, estão fixos na figura do Príncipe das Sombras. – Mas deixem-me anunciar os meus motivos para essa indelicadeza e poderemos partir para o debate que se espera desta inusitada reunião. Apesar de agradecer o ato de boa fé ao nos entregarem a filha da Condessa de Lufenia aos nossos cuidados, queria aproveitar e dizer que ela não estará sozinha na sua estadia entre meus aliados. – Todos se entreolham e aquele que é o mais belo entre os Alvos quase derruba a taça, por sua agitação.

– O que Vossa Alteza está dizendo? – pergunta a Rainha de Cidânia com o olho direito tremendo, movendo-se o mínimo para não perder a compostura.

– Estou dizendo que ela terá a companhia de outro filho do Conde de Lufenia, já que ele mostrou que não se importa com as vidas daqueles que têm o seu sangue. Mas esperem. – Zorak estende as palmas das mãos na direção dos comensais, a expressão serena. – Antes de começarem os burburinhos, tenho mais um anúncio. Vosso filho mais novo, Majestade, também estava com ele. Acredito até que a relação entre os dois meninos não seja segredo dentro desse conselho. Então resolvemos que a filha da Condessa não deveria sentir saudades de rostos familiares, logo a reunimos com seus amigos. Terão com quem conversar sobre banalidades e assuntos em comum. E também lhes garanto que não precisam se preocupar em verificar se isso é um blefe. Aqui estão joias de cada um deles para que se certifiquem que não desperdiço o tempo dos senhores.

Zorak tira de dentro de seu casaco comprido dois objetos brilhantes de ouro. Seus motivos mostram o trabalho de mestres ourives que não existem mais sob as Mães, e suas gemas únicas denotam a raridade das peças. Mas o que mais chama a atenção da Rainha de Cidânia, que se abana enquanto solta uma interjeição, é que ambos estão manchados de sangue.

– Você é um animal, Zorak – diz entre os dentes o mais belo dos Alvos.

– Oh, Vossa Alteza está entre nós. Há quanto tempo não nos vemos? Talvez tempo demais para o entendimento dos que morrem, Aredhel da Casa da Luz Dourada. Mas rogo-lhe, não vamos perder os bons modos à mesa e nem envergonhar as casas primogênitas na presença de nossos companheiros mortais.

A Rainha de Cidânia observa os anéis segurando-os com as pontas dos dedos, as mãos tremendo, e anui, olhando para os oficiais cidanenses fardados, como se certificasse que são autênticas.

– Agora podemos conversar – diz Zorak. – Tenho certeza que não haverá acidentes durante nossa estadia em território hostil... Não, essa não é uma boa palavra. A casa de nossos adversários é mais adequado.

– Você tem os meus irmãos como reféns – um rapaz de pele perfeita e olhos azuis de cílios grandes se levanta e a taça à sua frente quase cai. – Essa já é a prova de levarmos muito a sério essas negociações que estamos conduzindo!

Táscia também se ergue e o ar para, todos prendem a respiração. Um criado enche o copo de um conselheiro ruivo, vestido em um vermelho brilhante, que mal segura um arroto, ignorando o que ocorre à sua volta.

Zorak se vira para o jovem.

– Por acaso Vossa Excelência está falando comigo? Perdoe-me, mas não o reconheço.

– Sou Myrio, o Conde de Gongaga. Que então saiba quem sou. Meus irmãos devem estar horrorizados por essa situação, e eu já admirava a minha irmã, cumprindo o seu dever de forma corajosa. E ainda assim vocês, seus imundos, têm a pachorra de ignorar as convenções de disputas dignas.

– Por que não se cala, Dom Myrio? – pergunta a Rainha de Cidânia com a mão erguida, sem tirar os olhos da taça de água da qual beberica em seguida. – Por favor, senhorita... – e uma jovem criada de seu lado esquerdo cochicha-lhe algo no ouvido –, perdão, coronel Táscia Elena, sente-se e espero que desculpe a indelicadeza de nosso sobrinho. – E dirigindo-se a Zorak. – Vossa Alteza tem a nossa total atenção. Mas antes que mais chamas surjam nessa mesa, permitam-nos ir direto ao assunto. O que vocês procuram? Digam-nos o que podemos fazer para que desocupem a nossa capital com seus guerreiros e máquinas abomináveis.

Os lábios finos de Zorak formam um sorriso vagaroso, sucumbindo à tentativa de não rir da negação dos humanos sobre a própria situação. Respira fundo e diz:

– Vossa Majestade fala de máquinas, e sempre que reparo nelas me lembro de por que estamos nessa campanha violenta, que suja a obra da Criação. Mas acredite, digna soberana, elas são um mal necessário. E é para que não precisemos delas nem para o simples ato de estar sob Sarali que marchamos. Enquanto não pudermos nos libertar dessa prisão de aço e cristais que é o mundo da sombra, infelizmente não poderei vos devolver a cidade.

Um pequeno alvoroço, ainda que contido, toma conta do banquete. O mesmo conselheiro ruivo de vermelho brilhante corta um pedaço grosso de carne, garfa-o junto com batatas assadas e mastiga, sua barba já imunda de migalhas.

A Rainha gagueja, como se o colar armado de sua roupa a sufocasse, mas consegue falar.

– Primeiro Coméria. E agora Cidânia. Vossa Alteza sabe que não poderão tomar a Terra do Leste.

– Eu vos parabenizo – diz Zorak –, pois mesmo sem toda a força álvica que deverá nos encontrar diante da Cidade Vidente seu reino foi bravo e nos ofereceu uma boa resistência. Mas por mais que nossos belos irmãos os tratem com fingido respeito, o real intuito deles sempre será proteger o mundo onde mora a verdade. Peço-lhes humildemente, líderes humanos, que nos garantam passagem até a Torre de Babel e garantimos que não haverá mais mortes. Abram os portões da Cidade Vidente e não defendam a passagem para o céu.

Táscia sente um calafrio e baixa os olhos para os talheres de prata e o prato com duas pequenas batatas e uma fatia de ave que lhe foram servidos, mas não tocados.

– Zorak – diz o Alvo Aredhel. Tem os olhos fechados, depois os abre enquanto se esforça para que a voz permaneça calma. – Vocês nos pedem que negociemos em nome do Templo, o que é um desrespeito a essa instituição que há tantos neanos divide as maravilhas da divindade com os que morrem. Mas, ainda que eu não responda por eles, garanto-lhe que ninguém vai permitir que abram a Última Fortaleza. Faltam-lhe chaves, é um fato conhecido por todos nesta mesa, e até mesmo chegar perto da Torre para acioná-la não será possível. Eu entendo que tentar argumentar com você é como falar com o vento, mas é meu dever transmitir a nossa posição.

– E também havia quem dissesse que nunca mais pisaríamos no Mundo Iluminado depois da queda de Arcádia, meu irmão. Ou mesmo lá atrás, quando houve a maldição e você e eu nem éramos parte da Criação. E aqui estamos.

– A sua irresponsabilidade é antiga como a rusga de nossos povos, não é mesmo? – Aredhel beberica da água servida na taça de cristal e a devolve à mesa controlando um leve tremor na mão. – Ainda que vocês consigam acionar a Torre, por acaso já preparou essas crianças que te seguem para o Desafio de Metatron?

Táscia arregala os olhos e depois os estreita, como se aquilo que visse poderia ajudá-la a compreender a conversa.

– O Desafio será imposto a todo aquele que presenciar a Porta da Verdade – continua Aredhel, elucidando as dúvidas de todos os presentes que não tiveram coragem de perguntar. – A mera visão do divino e a presença de seu Guardião são suficientes para quebrar até mesmo as mais poderosas convicções e por isso–

– Mas é também algo que é experimentado por cada indivíduo – interrompe Zorak – e que testa a força de sua vontade. É claro que o acesso ao céu será permitido apenas àqueles que estão prontos para ascender.

– Então posso supor que você só anda com os dignos? – Aredhel sorri com os lábios colados.

– Isso não será importante se eu puder rechaçar até mesmo Metatron.

Aredhel ergue a cabeça, olhando para o teto, e solta uma gargalhada espontânea, porém logo controlada. Após se recompor, diz:

– Você mexe com o equilíbrio de um mundo. Se ao menos compreendesse a delicada organização do que é a vida...

– Então divida-a conosco, Príncipe da Casa Dourada! – Zorak aperta um dos talheres e já não controla a voz. – Ou não são os humanos que morrem aos montes para proteger os seus segredos ainda dignos de conhecimento? E o meu povo ainda não cumpriu o suficiente de seu castigo por desafiar as leis das nossas Mães? Qual é o saldo dessa dívida que nossos ancestrais nos deixaram como legado? Você pode nos elucidar? Nós mal nos reproduzimos, as mentes dos imortais se quebram com a passagem do tempo por não verem saída para as próprias prisões em que a nossa existência se define. Agora mesmo há anciões que acreditam na inseminação de humanas para construir um exército de mestiços para conquistarmos a luz! Seres de milhares de neanos, não jovens como eu e você, que há pouco vimos o fim de um milênio. Se não quebrarmos essa maldição e obtivermos o perdão das Mães, será o fim daqueles que vivem nas sombras!

– Outras espécies foram extintas da terra criada – diz Aredhel, devagar. – Ainda assim a vida persiste.

– Mas nós também somos os primogênitos, seu cínico desgraçado! – berra Zorak, levantando-se e batendo na mesa, derrubando as taças.

– Ah, agora quem é que perde a compostura? – diz Aredhel, de olhos fechados, bebendo um gole da água, deixando o vinho que lhe foi servido intocado.

– Para a morte fria com a compostura! – Zorak esmurra a mesa. – Recolhemos os nossos caídos e os devolvemos à luta graças à nossa ciência, tudo o que aprendemos por tantos neanos está sendo usado nessa marcha insana. E ainda assim, quando nos olhamos nos olhos, vocês glorificados nos tratam com desprezo, como se não fizéssemos parte da mesma coisa. A mesma origem. Nascemos juntos para não morrer, e é com um desapego lamentável que se contentam com o desaparecimento de seus pares. – Os olhos do Príncipe L'dren estão brilhando, suas mãos tremem.

A Rainha de Cidânia acena e os imortais aparentemente se recobram. Suas respirações ofegantes, uma visão rara, seus espíritos agitados.

– Senhores – ela inspira fundo e limpa a garganta. – Se alguma coisa nós entendemos dessa vida é que a nossa carne é frágil e tudo é passageiro. O que nos preocupa é o que podemos deixar para as gerações vindouras, o que aprendemos com nossa história e–

– Aredhel! – Zorak grita rangendo os dentes, interrompendo o discurso. A Rainha de Cidânia arregala os olhos, desacostumada a ser ignorada. – Tragam tudo o que puderem para a Cidade Vidente. Reafirmem as suas alianças e–

– Sua majestade, a Rainha de Cidânia, está falando... – diz o Conde de Gongaga.

– Cale-se, antes que eu acabe com esse teatro de forma trágica – Zorak rosna olhando-o com o canto do olho.

O Conde fica mudo e cruza os braços.

– Não economizem esforços se tentarem nos impedir – continua Zorak, ainda falando alto. – Se o meu povo enfrenta a extinção, saiba que vamos bater com tudo o que temos e arrastar para a escuridão todos de vocês que pudermos.

– As Mães estão do nosso lado, meu irmão sombrio – diz Aredhel. – A Natureza nos favorece. Sempre foi assim. A sua voz é a da loucura, e é por isso que nem os milhares de neanos puderam tirar-lhes a visão nublada da realidade. E agora nada que tentem pode mudar isso.

Zorak apoia as mãos na mesa e inclina o corpo para a frente. Poderia perfurar a parede com o seu olhar.

– Que assim seja. Esteja lá no dia dourado, pois vou encontrá-lo no campo de batalha.

– Muito cortês de sua parte marcar a data para o embate – diz Aredhel.

– Como um verdadeiro senhor – diz o conselheiro ruivo, enxugando a sua barba da sopa e restos de gordura com o guardanapo bordado.

O Príncipe da Sombra agora já controla a respiração. Ergue-se e seus acompanhantes fazem o mesmo de forma silenciosa, sem alvoroço.

Táscia olha para a Duquesa de Enhasa, que faz um sinal a um criado para lhe arrastar a cadeira depois que se levanta. De pé, olha para os seus aliados.

Quando todos se aproximam da porta dupla, caminhando dentro do silêncio constrangedor, uma voz destemperada tenta rompê-lo.

– Não tão rápido! – grita o Conde de Gongaga, com a fala já afetada pelo vinho.

Zorak para, mas não olha para trás. Táscia se volta para o cidanense tentando organizar os pensamentos, ainda buscando encontrar um sentido nas palavras dos imortais e desvendar o próprio papel dentro disso tudo.

– Você mesma, cadela dos imortais!

– Dom Myrio, agora já foi longe demais! – a Rainha de Cidânia levanta a voz e tenta controlar a situação. Tremendo, arrancaria ela mesmo o sobrinho da mesa se os bons modos não a impedissem.

Táscia encara o Conde de Gongaga franzindo a testa cicatrizada. Ele tem os cabelos escuros penteados, a farda bordô bem passada e impecável. Estaria acostumado a lutar com quem não teria pudor em feri-lo?

O Conde continua tagarelando. O absurdo dessa reunião se reflete em sua fala.

– ... E acho que só houve trabalho, faltou o entretenimento para os honrados convivas dessa noite histórica.

Para Táscia está claro que o excesso de leituras sobre relatos de guerra cheios de diálogos heroicos e atitudes inusitadas o tenham levado a isso.

– ... e por isso eu proponho fazer eu mesmo uma demonstração – continua ele a falar com a língua solta pelo vinho – de que a Aliança e os Três Reinos não devem temer essa ameaça dos insurgentes.

Táscia analisa os seus gestos altaneiros, a voz alta e despudorada que constrange todo o banquete. Provável que a sua competência como guerreiro esteja sendo questionada e sua posição nas atribuições da campanha esteja em xeque.

Os primeiros murmúrios tentam quebrar o silêncio e talvez intervir na loucura do rapaz. Mas logo se calam, engolidos pelas próprias reflexões.

– Que tal um duelo entre eu, o Conde de Gongaga, Comandante do Terceiro Regimento de Lindebluma, contra a coronel babeliana Táscia Elena não sei de quê. Aqui neste salão – ele aponta para as portas duplas – onde dançaram os senhores da Terra Pátria. Lutaremos para o deleite dos convidados, até o primeiro sangue, pois a tragédia deve permanecer fora dos belos portões que nos separam da selvageria da guerra.

Táscia respira fundo e olha para Zorak. O L'dren nem se vira para ela, um sinal claro de que deve fazer como preferir.

Ela anui para o Conde e aos poucos todos se levantam, uns hesitando, outros soltando comentários inaudíveis.

Os dois duelistas estão no meio do espaço de baile em suas fardas de gala. Assim como o conde está armado com um belo sabre na bainha, Táscia tem a Lâmina Celeste à cintura, mas agora não servirá mais como enfeite. Um grande círculo de poderosos formado para assistir à dança do casal. Os insurgentes são poucos e permanecem próximos à saída do salão.

Para Táscia, Zorak parece entediado, ou talvez a sua mente ainda esteja inquieta pela discussão no jantar.

A agora coronel respira devagar, concentra-se em manter o espírito calmo. Ainda bem que não bebeu mais do que poucas bicadas de álcool.

– Há quem proponha duelos com pistolas. Alguns passos e então a mira rápida, um tiro certeiro – diz o Conde de Gongaga. – Mas não há honra em derrubar um adversário sem o suor do próprio corpo.

"A única boa maneira é a eficiente. É mesmo um idiota, deve ter passado todos os seus neanos sem saber o que é uma situação de vida ou morte", Táscia pensa. Não diz nada, concentra-se em como derrotá-lo. E então saca a espada L'dren, sua lâmina roxa escura brilha sob o grande candelabro de centro do salão.

– Vejo que está com pressa, que assim seja. Vamos resolver isso logo – diz o Conde, e desembainha seu sabre, uma espada prateada tão polida que é como se tivesse nojo de sujá-la.

A Rainha de Cidânia se mantém ereta, mas o incômodo está estampado em sua face.

Dom Myrio vira de lado e afasta as pernas, sua postura é elegante. Mas mostra que a sua especialidade é justamente executar bem movimentos treinados à exaustão. Ele aponta a arma para a adversária.

Táscia apenas fica de lado, protegendo seu tronco e órgãos vitais pela simples pose de combate. A espada está baixa, apontando para o chão. Isso irrita o Conde.

– É mesmo uma grosseira, vou te ensinar sobre bons modos em um duelo e–

Antes mesmo que alguém anuncie o início da luta ou que o Conde se diga pronto, Táscia avança com um passo largo sem perder a postura, desvia de um golpe ágil do adversário, um corte preciso e firme – provável que ele esperasse um contato de lâmina – e praticamente se põe diante dele.

O conde de Gongaga não previu que o golpe não viria da espada dos Albinos, mas da cabeça da mulher que, com um rápido impulso para trás, aterrissa com um impacto seco e feio no meio do seu rosto.

Ele dá dois passos para trás, ainda enxergando tudo branco, e é só quando os gritos de comoção enchem o salão que vê o próprio colo e o chão xadrez, já de joelhos, encharcado do sangue quente que respinga de seu nariz como se fosse uma bica.

Táscia dá as costas a ele e já vai embora.

– Sua cadela sem honra, isso é um duelo e –

– Silêncio! – grita a voz que o Conde não queria ouvir. É a Rainha de Cidânia. – Vossa Excelência já envergonhou a própria casa e o reino ao qual deve lealdade. Pela Deusa, fique quieto e evite mais constrangimentos!

Mas ele não fica. Táscia deixa a residência cidanense ouvindo ameaças e promessas de que se encontrarão no campo de batalha.

– Estarei esperando se conseguir sair vivo dessa terra – Táscia murmura.

* * *

Na carruagem luxuosa que balança sob a noite, Táscia e a Duquesa de Enhasa acompanham Zorak, ladeado por Shuyin e Ardyn.

A coronel espera algum comentário sobre o duelo, mas Zorak não o faz.

– Shuyin, liberte os reféns, todos eles, logo que desmontarmos o acampamento e estivermos em movimento para a Terra do Leste.

– Não os levaremos para o cerco da Cidade Vidente? – pergunta Táscia.

– Não. Pois não vamos negociar mais nada. As suas vidas não me interessam, e nenhuma ameaça que façamos vai facilitar a nossa luta nessa campanha. Eu já aprendi essa lição. Os Alvos não negociam, e agora está mais claro que nunca que os humanos não podem tomar a frente de nada, são apenas coadjuvantes. A batalha que vamos levar a eles será a definitiva, e não há tratados que os salvarão da nossa ira.

– Então agora partimos para a Terra do Leste – diz a Duquesa de Enhasa.

– Sim, Vossa Graça irá com a força principal. Mas eu vou me ausentar, rumo à terra das sombras.

– Mas por que ir até lá agora?

– Para buscar um amigo. Ele nos aguardou por muito tempo até a sua ajuda ser necessária. Coronel Táscia Elena, prepare-se, pois você vai comigo.

Táscia é percorrida de baixo para cima por um calafrio e vê que a Duquesa desvia o olhar, irritada. Visitaria a terra das sombras, a morada dos imortais. Um mergulho na escuridão antes da batalha sob o dia dourado de Nean.

Aredhel

5

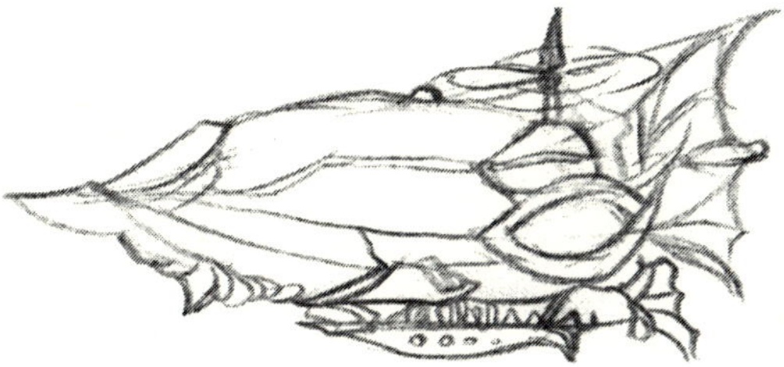

Táscia nunca imaginou que o mundo fosse tão pequeno. Vistos de cima, as distâncias e obstáculos são insignificantes. Pensa em todo o tempo que perderia contornando uma montanha ou forçando a marcha através de pântanos e florestas fechadas. De cima são miniaturas, brinquedos das deusas em um quintal.

O oceano, a visão mais incrível que tem em vida, aquele lençol azulado e brilhante, suas ondas são como seres efêmeros que surgem e desaparecem para dar lugar a outros.

Entende por que seria impossível navegar esse mar. Depois de algumas horas de distância do continente, há enormes montanhas de gelo flutuantes por toda a massa de água que, apesar de claras, seriam difíceis de iluminar de noite ou mesmo desviar as pesadas embarcações e evitar uma colisão fatal. Essas geleiras demarcam a fronteira entre o mundo da luz e o da sombra.

Mas como é aterrorizante voar. O vento cortado pelas barulhentas hélices, as sacudidelas causadas pelos golpes de ar, cada minuto que permanecem no céu é agradecido à Deusa. E o frio. Agora imagina o que seria o deserto gelado que Magna disse enfrentar em sua provação.

A noite está clara, é a alta da cheia, Anmas flutua como uma bola de fogo que banha tudo com sua luz avermelhada.

Corredores com grades de proteção desenhadas com a paciência de mestres artesãos circundam o aeronavio, algumas partes abertas, outras cobertas com vidro. Táscia pisou para fora e andou devagar pelas estreitas passarelas, mas mesmo com a segurança dos altos parapeitos não teve coragem de ficar por muito tempo e agora vê tudo de um setor fechado. Veste peles e casacos grossos que limitam os seus movimentos mas a aquecem, não é muito diferente de uma couraça completa para guerra, mas bem mais leve.

Zorak veste a sua armadura mesmo sob a noite. Depois de deixar o passadiço, agora sorri com o canto dos lábios, observando a surpresa nos olhos cinzentos e arregalados, e a boca sempre aberta, de uma das poucas humanas que navegou pelos céus com os L'dren. Abre o seu elmo, que se encolhe sozinho, suas placas deslizando sobre elas mesmas até que somem na proteção do pescoço.

– Está com frio? – ele pergunta, gritando para ser ouvido contra a rotação barulhenta das muitas hélices.

– Não muito, estou bem agasalhada. Estou é com medo mesmo. Quando isso balança, parece que vamos cair.

– Não vai cair – ele gargalha. – Eu garanto.

Os dois entram por uma sala onde o barulho penetra bem menos. Ainda fria, mas nela podem falar sem ter que berrar. Rodeados por canos e tubos presos às paredes de ferro, veias expostas da complexa construção que desafia o conhecimento humano.

– Não entendo uma coisa – diz Táscia, andando pela saleta e cheia de manivelas que controlam mecanismos incompreensíveis e escotilhas pequenas e grandes para a passagem de objetos ou tripulação.

– Diga.

– Se temos esses veículos, por que não usá-los contra os Alvos?

– Mas nós usamos. Para movimentos como esses, de noite, sem esquadras, mantendo a discrição. No passado já os enfrentamos em batalhas navais aéreas. As casualidades são imensas. E, como você sabe, meu povo está se extinguindo.

– Mas se eles nos atacarem do céu, seremos alvos fáceis. Vai ser um massacre. Precisamos de uma contramedida.

– Nós usaremos flechas para derrubar os pássaros. A mesma estratégia de desde o começo dos tempos.

– Pois espero que sejam flechas bem fortes. – Táscia encosta a mão em uma placa de metal e sente a vibração constante das entranhas do aeronavio.

Zorak anui com um movimento curto.

Táscia olha pelas linhas que sulcam a pele do L'dren. Os olhos são poços vermelhos, fixos no chão. Uma pergunta que tem ansiado fazer lhe chega à garganta, e desta vez ignora a vontade de se calar.

– Você tem estado quieto desde o banquete com os cidanenses e os Alvos.

Zorak olha através da carne de Táscia, mas ela não se intimida e diz:

– Por que está me levando para o mundo escuro?

– Porque te prometi a verdade. E se você realmente se interessa pelos meus motivos, é preciso que saiba de tudo.

– Então vou conhecer a sua verdadeira casa? Você conheceu a minha. Bem, de longe, não pudemos entrar na cidade e eu te apresentar o apartamento.

– Infelizmente, não – diz Zorak com uma voz sem expressão. – Mas vou te mostrar um pouco do velho mundo sem luz. Você vai me acompanhar enquanto aviso a um amigo que é chegada a hora em que precisarei de seu auxílio.

– Uma pena, gostaria de conhecer a morada dos L'dren.

Zorak respira fundo. Um ato tão raro que é normal pensar que eles não precisam de ar.

– Eu não posso voltar para casa – ele mantém os olhos voltados para baixo. – Os pretendentes ao trono nunca levaram a sério o meu objetivo e a essa altura já dominaram a minha terra. Eles fazem tratos com os Alvos, o plano deles é que haja uma trégua bem longa após o fim da guerra e a minha derrota.

– Como assim? Não são inimigos mortais desde o início dos tempos? Como podem planejar uma trégua enquanto estão em perigo de extinção?

– Eu preferiria que você visse com mais ironia a ideia de "inimigos mortais desde o início dos tempos". Quem dera os movimentos do mundo fossem tão simples e previsíveis.

– Então eu não entendo mesmo. O que você está fazendo aqui? Eu pensei que lutasse pelo seu povo, eu me enervei com a arrogância daquele príncipe álvico e–

– Mas eu luto pelo meu povo – Zorak a interrompe, levantando a voz. – Só que acima de tudo está a minha própria visão do que significa isso. Os L'dren não apoiaram a minha visão. Por mais que estejamos em perigo de extinção, acreditam que é melhor viver com serenidade os últimos neanos que nos restam do que arrastar a todos para um suicídio coletivo.

– É assim que você me revela o que está fazendo? Difícil ter que ouvir isso a essa altura. Era melhor quando havia o mistério – e Táscia cruza os braços como se quisesse se aquecer.

– O mistério é mais sedutor que a verdadeira face das coisas. Você está certa. No fim, eu estou levando o meu povo ao mesmo fim que ajudei Arcádia a ter. Talvez eu me veja como responsável – ele sorri, porém baixa o rosto e Táscia não pode mais ver a sua boca detrás da proteção do pescoço. – Mas já passamos tempo demais nas sombras, é hora de os seus olhos se acostumarem à falta de luz e enxergarem bem onde você está.

Táscia fica quieta, esboça levantar-se, mas desiste.

– Eu a decepciono – diz Zorak.

– Não é isso – ela responde rápido demais, está claro que é isso mesmo o que sente. – Mas tenho tentado seguir adiante sem me entregar às vontades egoístas. Eu só queria estar acima disso tudo.

– Pare de achar que é especial e que não age por você mesma. Como é que pode querer atuar por um suposto bem maior se não está em paz nem com o seu próprio espírito?

– Você não tem como saber disso – Táscia levanta a voz e Zorak fecha os olhos, como se se concentrasse no som das hélices abafado.

– Eu vi o seu desespero ao falar com aquele Alvo maldito! – ela continua. – Antes daquilo eu gostava de imaginar, sonhava, talvez, que você resolveria isso tudo sem mais violência, sem pôr vidas em perigo.

Zorak toca o braço de Táscia, a manopla da couraça é gelada como a sua pele albina.

– Táscia Elena. Não cometa o mesmo erro de que me acusa. Não tente deduzir o que se passa pela minha cabeça. O que importa é que agora lutamos, e lutamos do mesmo lado.

– Então é isso. Nunca vamos saber o que se passa na cabeça um do outro.

– Parece ser o preço para que nossa aliança continue.

Ficam quietos por alguns instantes, depois Zorak se vira e vai até uma escotilha que dá para os corredores internos.

– É melhor se recolher. Ainda faltam algumas horas até o mundo onde não chega a luz de Sarali.

* * *

Deitada em sua cabine particular, pequena, mas aquecida o suficiente. Táscia vê pelas janelas de vidro hexagonais que o dia dá lugar ao crepúsculo, mas o seu relógio de bolso indica que Sarali não deveria estar se pondo a essa hora. Na verdade, não consegue dizer que se pôs ou mesmo se está no céu. Táscia percorre-o com os olhos, a Deusa da Luz não está em lugar nenhum.

Sem nuvens, uma noite límpida quando deveria ser dia.

Primeiro vem a escuridão vermelha, o manto vinho que engole a pouca luz restante do céu. E então não se vê mais nada.

Um frio escuro, nessa terra também não há calor. Uma noite eterna, a morada dos sombrios.

* * *

Táscia sente a falta da Duquesa de Enhasa, se pergunta se ela já teve a oportunidade de conhecer o mundo dos L'dren. Ao mesmo tempo sorri da ironia que era a sua ânsia de ver de onde Zorak veio, afinal tudo o que não consegue nesse momento é enxergar qualquer coisa fora do aeronavio.

A porta pesada se abre e um L'dren surge sem a couraça. Veste uma roupa branca cortada rente ao corpo, mangas longas, a barra do casaco indo abaixo das coxas, assim como os seus longos cabelos escorridos. Parece um fantasma alto demais, é sempre surpreendente ver o corpo esguio de um imortal sem a sua proteção contra o dia.

– Príncipe Zorak convoca – diz com dificuldade, o sotaque carregado, usando a língua comum como se tivesse nojo de seu som.

Táscia se levanta e segue para o passadiço, onde os L'dren se concentram e comandam o veículo. Aparelhos cheios de canos e marcadores com ponteiros indicando coisas que para ela não fazem o menor sentido. A cor escura do metal que decora o ambiente contrastando com as cores de cobre e prata dos tubos, ajudando os técnicos a identificar aonde cada um vai. Enormes vidros cujas molduras só se notam de perto, pois tudo o que há lá fora é o breu.

Táscia aguarda a saudação de Zorak com os olhos entrebertos e os braços cruzados.

– Estamos chegando, criança, mas esse já é o mundo da noite – diz Zorak, também sem sua armadura de proteção. Suas roupas são negras, ao contrário dos tripulantes, mas o desenho é bem semelhante. – Como eu disse, não vamos descer à minha terra natal. Porém, pedi aos meus navegadores que passassem por essa borda, então daqui a pouco poderá vê-la através desse vidro sobre o qual todos estamos. Mais algumas horas de escuridão e chegaremos ao nosso destino.

Táscia dá dois passos atrás quando o chão se abre debaixo de seus pés, como duas portas que deslizam aumentando a fenda. Não há para onde correr, logo toda a sala de comando está sobre apenas um vidro indestrutível. Mal distingue a abertura das placas de metal, pois tudo que há sob elas é o negrume da paisagem indistinguível.

– Olhe para a frente – Zorak diz.

E quando Táscia o faz, de repente pequenas luzes azul-claras surgem pontilhando a escuridão no horizonte que é visto pelos largos vidros que circundam o passadiço. Multiplicam-se e enchem seus olhos, linhas e pontos que contornam muitas estruturas, uma imensa cidade nas trevas.

Debaixo de seus pés, Táscia vê que os prédios são como muitas pirâmides cortadas e fundidas umas nas outras, nunca altas o bastante, mas afundadas nos terrenos ou margeando-os. Suas arestas iluminadas dão definição para as formas, um mar de linhas retas e cerúleas sobre campos que nunca veem o dia. O mais perto que já viu parecido com isso foram os padrões e motivos dorfes em seus tecidos tradicionais na época em que trabalhava vendendo-os.

– Aqui é muito mais longe que a terra das reiliani – diz Táscia.

– Sim, com certeza – Zorak mantém o olhar na reação da humana.

– Magna me contou que o conheceu em um território L'dren.

– Ah – ele anui com um movimento curto de cabeça. – É a... Cidade da Borda, em sua língua comum, o lugar mais próximo da Terra Pátria que o meu povo frequentou durante muito tempo, desde antes da queda de Arcádia. Foi lá que os primeiros testes de deslocamento espacial dos zigurates foram feitos. É uma terra que a luz de Sarali mal atinge, o terreno ideal para sabermos se a distância de transporte seria vencida e ao mesmo tempo não ofereceria tantos riscos para a nossa constituição física. Foi lá mesmo que a conheci. E também foi onde ela conquistou a espada que você carrega na cintura. Uma grande honra para um não L'dren, e pode ter certeza que mesmo entre os meus seguidores há quem desaprove que um objeto tão raro esteja nas mãos de uma humana.

Táscia olha em volta, mas ninguém deixa os afazeres para se incomodar com a presença dela. Não sabe dizer se o desprezo dói mais que a possível implicância.

Zorak se vira de costas, olhando para fora.

– Você conhece a história dessa espada?

– Só o que ela me contou.

– Então me acompanhe para a minha cabine. Lá há menos barulho. Vou lhe dizer o que eu sei, aí junto de suas memórias você pode ter uma visão melhor do que ocorreu.

Atravessam os estreitos corredores em silêncio e entram na cabine luxuosa do príncipe. Táscia se senta em uma poltrona confortável no canto, olhando para Zorak, que se senta entre grandes almofadas circundadas por um dossel delicado. Como se Zorak notasse sua inquietação, de pernas cruzadas e segurando os braços com as pontas dos dedos, começa logo a sua narrativa como ensinado pelos grandes mestres de retórica de seu povo. E para Táscia as imagens se formam como se não fosse uma história contada, mas vivenciada por eles.

* * *

Nesta terra havia apenas a vastidão rubra de Anmas refletida na neve sob a eterna noite do continente das sombras. E o frio. Daquele que entra pelos ossos e esfria o sangue, adormece os membros e a vontade. A pele de urso era pesada e grossa, mas mesmo ela fracassava em impedir a ação do clima. Magna bufou, gemeu um lamento, dobrou os joelhos e tombou para a frente, a pequena parte descoberta de seu rosto encontrando a neve acumulada. Os olhos começavam a fechar, adormecendo com a pele em sua volta, não viam mais o gelo, perdiam o foco com a sensação do congelar, próximos que estavam do chão, quase petrificados, entreabertos.

O que Magna via era a frustração da queda durante a parte final de sua Surgência, o duríssimo processo para se tornar uma Escudeira, e por fim uma cidadã reiliani completa e que pudesse viver apenas para servir ao Exército. Mas agora a única coisa que se tornaria era mais sujeira que poluía a alvura que cobria a terra. Imersa na claridade, os músculos anestesiados. Enterrada no infinito, suas lembranças gritavam antes que se desligasse para sempre em um sono sem conforto.

* * *

Viu-se deixando a ilha de Láconi, a capital da bela e isolada Reiliânia. A partida para o teste final da Surgência fora em uma manhã fria, mas nem de longe tão fria quanto a morte que enfrentava agora, e o seu pequeno barco a vela saíra mar adentro sem despedidas. Uma navegação melancólica que depois do primeiro dia não ficara nada tediosa, pois tivera que evitar de se chocar nos blocos de gelo flutuantes ao se aproximar do continente das sombras.

Quando desembarcara, mal conseguira esconder o veículo e já evocava a concentração de cada minuto de preparo para sobreviver à iniciação.

Depois de mais de duas décadas de treinamento, a parte final da Surgência consistia em partir para o Norte por pelo menos trinta dias e trinta noites sob a eterna sombra, já que Sarali não iluminava essa parte do mundo, e só retornar se obtivesse uma relíquia das civilizações antigas. Qualquer resquício da guerra mítica da formação do mundo mortal entre os Alvos e os Albinos serviria.

Durante duas novenas, Magna seguira pelas tundras e então alcançara as planícies da Glória Perdida. Marchava bem protegida do frio com peles pesadas, alimentava-se dos peixes dos lagos gelados e da caça difícil de se obter quando Anmas não estava cheia. Onde estava já não podia ver a Mãe da Noite no céu, mal conseguia aproveitar a sua ínfima luz para seguir viagem. Mas se entrasse muito para o Norte nem ela haveria, pois aqui começava o mundo em eterna sombra.

Então a reiliani vislumbrara uma montanha que parecia lapidada, um monumento da punição das Mães ocorrida há tanto tempo que só poderia ter sido feito pela duradoura tecnologia dos antigos.

Porém aqui já não havia nada de útil, era um local conhecido e descrito exaustivamente pelas reiliani que completaram a Surgência. E também era onde o verdadeiro perigo começava.

Magna procurava a luz de Anmas, as manchas rubras entre as sombras que ajudariam o seu avanço, e assim contornava os prédios escuros e de ângulos retos e afiados entre as árvores que penduravam presas de gelo e cresceram em sua volta desde a derrota dos Albinos.

Pretendia recolher logo a relíquia e o mar branco era a melhor opção, para depois retornar e passar os dias restantes em pequenas ilhas próximas a Láconi. Só não podia voltar antes do tempo para as suas examinadoras, pois perderia a chance de obter o título de Escudeira e ser uma cidadã plena. Além da expulsão definitiva do Exército.

* * *

Teimosa e sem querer se entregar à morte, Magna despertou. Teve um sonho curto e revolto, estava deitada sobre a areia branca na praia de uma das pequenas ilhas, onde as guerreiras adolescentes se retiravam para treinar, e brincava com uma amiga. Nuas, aquecidas pelo dia, sorriam e chutavam os montinhos acumulados pelo mar que batia em seus pés embalados pelas ondas. Então a sua pele arrepiava e o frio a dominava, Sarali sumia do céu e, quando tentava buscar um abraço da amiga para trocar calor, ela havia se tornado areia. Branca como a neve. Uma pontada em sua barriga, uma cólica, então a própria morte rasgava o seu ventre. Acordou assustada.

Ainda sonolenta, mas viva, ergueu-se devagar, tateou as bolsas com dedos dormentes, arrancou e mastigou um pedaço de carne seca para não cair no sono de novo, um longo gole de água e um pouco de aguardente para aquecer. Precisava de calor, seguiu para o primeiro lugar que servisse, encontrou por sorte uma pequena caverna. Aqui não cabia nenhum urso vermelho, desses que viviam na borda do céu iluminado. Acendeu o fogo com dificuldade. Os dentes batendo, a respiração fria queimando-a por dentro. O silêncio era riscado pelo toque da brisa que uivava leve na entrada. Os animais se mantinham longe, deixavam-na se recompor enquanto ajeitava todas as camadas de peles que não a protegiam de fato do terrível frio. Magna permitiu-se mais alguns minutos até que a roupa fingisse que a esquentava. Apagou a fogueira e seguiu viagem, aproveitando a trégua do vento.

Andou por algumas horas, as subidas e descidas dificultadas pela neve, mesmo usando sapatos que não a deixavam afundar demais. Ao menos isso tornaria os seus músculos mais tonificados.

Entre alguns troncos que pareciam mortos há tanto tempo e o

último resquício de vegetação antes da noite eterna, terminou de escalar um morro e suspirou aliviada. Lá estava o mar branco, tinha certeza que era ele. Vendo de frente entendeu que na verdade era um grande lago que refletia o céu rubro e que mesmo assim parecia feito de leite. Piscou os olhos e os coçou. Pensou ter visto pequenos brilhos afiados andando em volta da margem da água turva. Apertou as pálpebras e teve certeza, os brilhos diminuíam e se afastavam. Magna deitou-se no gelo fofo devagar e ficou imóvel até que sumisse de vista. Havia criaturas na noite eterna que nem mesmo uma reiliani gostaria de enfrentar.

Desceu devagar, considerando se mantinha uma tocha acesa para iluminar por onde andava, mas aí chamaria atenção demais e se tornaria um alvo nítido para aquilo que queria evitar.

Quando chutou um bolo de neve que voou barranco abaixo, curvou-se e confirmou que estava na beira do mar branco. Nesta eterna noite mal iluminada, pouco distinguiu quando a água turva engoliu o gelo. Vasculhou a calma superfície do lago e notou pequenos pontos azulados que se destacavam. Eram as adamanis, pedras duríssimas lapidadas ou cortadas por métodos nunca conhecidos pelos mortais. Rezava a lenda que eram usadas como fonte de energia ou parte das estranhas máquinas dos Albinos, e eram o primeiro alvo das reiliani que enfrentavam a Surgência nesta terra.

Sem a neve ou o vento, era a melhor hora para encontrar um ponto para usar o equipamento de pescar numa dessas pedras. Agachou-se e sacou a varinha e conferiu se a longa linha de barbante trançado estava bem enrolada no carretel. Soltou a trava para que pudesse ser descarregada sem resistência. A isca era um pedaço de metal que atraía as adamanis. Como as pedras brilhavam quietas longe da margem, teria que usar um dardo com o metal na ponta e atirá-lo com o máximo de precisão, torcendo para que o barbante não enroscasse ou se soltasse do projétil.

Pela posição das leves luzes, havia uma concentração delas à sua esquerda, abaixo de uma ponta de terra de onde poderia jogar o dardo. Respirou fundo e piscou os olhos devagar, depois se virou para dar a volta e se dirigir para lá.

Então, sem qualquer preparo, Magna deu de cara com um urso vermelho que furtivamente se aproximou. Sobressaltou-se e prendeu o fôlego. O vapor da respiração saiu da boca do bicho enquanto ele caminhava nas quatro patas, medindo a presa.

A reiliani se agachou e desembrulhou os dardos dos panos sem tirar os olhos do oponente. O animal grunhia inquieto, e então ficou de pé, em posição de ataque, as patas largadas, uma tentativa de intimidação. A guerreira mal teve tempo de esticar a arma na sua direção e o urso já a testava com golpes. Arrancou metade do dardo com uma patada. Magna recuou, mas notou tarde demais que estava de costas para o barranco. Fora estúpida, excesso de confiança.

Olhou para os lados e não havia escapatória. Pular no mar seria perder o equipamento e a chance de completar a Surgência, então receber o abraço mortal da água gelada. O medo de não poder se tornar uma reiliani, a vergonha de voltar e ter que admitir que não poderia ser uma Escudeira, mas apenas uma *mitera*, uma mãe que geraria os filhos que a sociedade criaria, e teria que se deitar com um dos homens reservados para o coito a cada ritual de procriação. O pensamento a repugnou. E no que imaginou ser uma hesitação do oponente, Magna avançou e virou o dardo quebrado, apontando a parte afiada para o peito do animal, mas ele não aguardou, pulou à frente e tentou abraçá-la. O urso urrou com a ferida infligida a si mesmo e teria recuado se o impulso de sua carga não fosse tão grande. Isso fez com que Magna andasse para trás até a borda do penhasco e, sem conseguir se apoiar, pisasse o ar em falso e jogasse mais neve lá para baixo. Sem apoio, sentiu-se puxada para a queda, vendo por instantes só a cabeça do bicho que herdara suas coisas na terra acima.

Duas, três batidas do coração, o movimento do corpo sem apoio, flutuando no ar.

Então o impacto e a noite sendo coberta pela água de leite, a visão turva, o gelo de todas as partes do mundo a invadindo e a perfurando, a agonia da roupa pesada, tentando se desvencilhar desse fardo, o corpo cedendo, a respiração exigindo o seu espaço, concentrando-se como podia, lembrando-se do mandamento de manter a calma, sempre a mesma lição para afogamento inesperado. Desvencilhou-se dos próprios invólucros e lá se foi uma bolsa, a própria pele de urso que a cobria era lastro que a mataria, impedia que se debatesse, soltou um dos braços, o outro já adormecido, o urso a teria atingido, mas precisava voltar para cima, agora a pele animal deixava o seu corpo, era apenas uma mulher, leve, o equipamento estava lá em cima, não a levaria para o fundo, mas precisava de uma adamanis ou a Surgência estaria perdida, bateu os braços, as pernas, com disciplina, a respiração gritando, ganhou o controle e rasgou a noite líquida que a engolia, era se concentrar para cima e logo respiraria. Ressurgiu na noite com um urro, puxando todo o ar que pudesse passar pela boca e narinas. Agora deslizava pela superfície, braços e pernas cumprindo suas funções, peito e a garganta pegando fogo, doíam, mas agradeciam o ar engolido às pressas. O corpo adormecendo. Queria dormir. Não via para onde ia, só tinha que ser uma margem, havia uma rodeada por luzes que brilhavam sozinhas no escuro. Bateu as pernas e jogou os braços mais um pouco, o líquido abriria caminho. Ainda a vontade de dormir. Encontrou a terra no movimento repetido das mãos em concha, arrastou-se, batia as pernas chutando a lama, os olhos inúteis pois só se via o escuro. Estava com sono. E dormiu.

* * *

Magna despertou sob um aconchegante calor. Bem embalada, aquecida, seu corpo preguiçosamente aceitando o peso das grossas peles que a cobriam. Porém estava praticamente nua sob as camadas. Os músculos mal obedeciam quando tentava se mexer. Os olhos focalizaram o teto e não estava em caverna, mas em um prédio construído com rocha esculpida e bem acabada, arquitetura desconhecida. A luz bruxuleante de fogo aceso tremeu e a lembrança da queda no mar branco a assustou junto com as sombras que se projetaram nas paredes do estranho aposento. O fracasso na Surgência não poderia ser consumado, encontraria alguma relíquia e voltaria para Láconi o mais breve possível.

Até que ouviu um gemido constante que poderia ser um murmúrio, respiração lenta e ruidosa, pernas que se arrastavam devagar como se tivessem todo o tempo do mundo.

Tentar se defender era estúpido, sua carne não reagia, mas tinha de enfrentar o que quer que viesse, ergueu-se para encarar a ameaça. A cabeça latejou em onda de dor, tudo girou como se tivesse bebido por dias. Magna suspirou entre os dentes. Ainda havia o som gutural e contínuo, os pés esfregando o chão.

Então a reiliani notou que além de pesados as pernas e braços estavam amarrados. A frustração subiu com o sangue e ajudou a recuperar o estado de alerta. Virou de lado e encontrou olhos fundos e antigos que a fitavam. Era uma estátua de pé. Ser de pele enrugada, sulcada como o tronco de uma árvore, vestido em placas de metal mais vivas que ele próprio, pois emitiam pequenas luzes que se destacavam da superfície negra e reflexiva. As costas curvadas, sua vontade escorrida como os longos cabelos que iam até o chão e formavam ninhos brancos. Orelhas pontudas como folhas na direção do teto. De sua boca entreaberta vinha o gemido que pairava sobre o crepitar das tochas que iluminavam a prisão.

– O senhor me salvou? – Magna quebrou o silêncio enquanto mexia os braços e pernas testando as amarras. – Por que estou presa?

Ele se aproximou e Magna teve certeza de que não era um homem, mas um L'dren. Agora a cabeça procurava a explicação para o aprisionamento, ouvindo sem parar os sussurros em uma língua que nunca poderia entender. Observada por olhos de sangue mortos pelo tempo.

A força sobre-humana e súbita com que teve o pescoço agarrado por uma única mão, o toque frio do metal da armadura de trevas, o ar de que foi privada, e então Magna perdeu a consciência em segundos.

* * *

Sonhou com estocadas que a feriam. Enterrada até o pescoço, era perfurada por baixo da terra como se um animal a tentasse comer sem que pudesse vê-lo. Foi retirada quase sem vida por vultos irreconhecíveis, seus braços adormecidos e impotentes. A barriga cheia de furos que vazavam sua vida, as pernas lavadas de vermelho. Os vultos a enchiam de emplastros e unguentos, adormeciam as pontadas para que quando fosse curada tudo começasse de novo. Resignou-se quando foi ajeitada em um casulo e devolvida para o buraco onde o horror continuaria.

Criada para que a dor não a dominasse, moldada para que nenhum elemento a dobrasse, inquebrantável como o escudo que manteria a parede coesa, ainda que não houvesse mais lutas a serem lutadas e a glória das reiliani fosse recontar o passado pela eternidade. Ela sobreviveria.

* * *

– Nunca vi uma tão forte. É mesmo formidável.

A voz suave e afinada como a de uma cantora que não recitasse heroísmos de outrora. Porém não era voz de mulher.

Magna abriu os olhos e sentiu as pernas bambas. Ainda amarrada. Olhos de sangue a observavam, mas esse era um rosto liso e sem marcas, como o de uma criança, ainda que adulto e bem formado, sem máculas ou cicatrizes, troféus que denotassem a sua bravura. Cabelos brancos e compridos, córregos de água coberta de neve. Um sorriso tão frio.

– Ele não vai parar. A cabeça dele já se perdeu.

– Por que estou...

– Porque ele não sabe quando parar. Não entende que o que quer que tenha feito, está feito. Vive apenas para isso. Dizem que ainda se acham por aqui, na fronteira da luz, velhos L'dren que sobreviveram à guerra que nos trouxe a sombra. Que nos confinou a essa terra de noite eterna.

– Você é um L'dren.

– Sim, eu sou, garota. Mas eu estava contando uma história. Ouça-me, é tão raro poder falar a sua língua, perdoe-me se o sotaque lhe parecer muito estranho. – E era de fato, pronunciava os "r" e "l" como se fossem sons iguais, ainda que com uma sutil diferença. – Uma história dos antigos L'dren, eles tão poucos, menos que hoje em dia, claro, pois perderam a guerra e foram queimados aos milhares pela luz de Sarali quando nos foi proibida. Esses velhos que se esconderam na última terra antes dos mares de gelo ou antes que descobríssemos continentes ao leste ou pudéssemos voar protegidos da maldição. Esses antigos L'dren vagavam perdidos por essas terras, sem fazer ideia de como continuar a própria existência.

– Estou me sentindo zonza. – A cabeça de Magna girava, pernas moles, braços adormecidos.

– Está sob o efeito de fortes drogas. Isso eu te garanto. Não quer ouvir o que tenho a dizer? Acho que é de seu interesse.

Magna se virou e tentou se arrastar apoiada no chão. Mas era como se fosse uma cobra, um animal rastejante, e a tentativa era infrutífera. Saindo de baixo das cobertas, estava muito frio, precisava de roupas, precisava sair dali.

– Deixe-me ajudá-la. – O L'dren projetou uma lâmina de sua manopla e, com um movimento curto, rompeu as amarras dos braços e das pernas. Magna se apoiou nos cotovelos e tentou recuperar o controle.
– Vou falando, acho que você pode ouvir. Sabe, antigamente foi disseminada a ideia de que para perpetuar um povo que quase nunca engravidava, já que são raras as vezes que uma L'dren é fertilizada com sucesso, menos de uma vez por neano, algo assim, precisávamos nos misturar a outras raças. Miscigenação. Imagine isso.

Magna se lembrou do sonho e teve calafrios.

– Os antigos L'dren iam até as bordas do mundo iluminado, onde Sarali apenas nos incomodava e queimava de leve, sem força o suficiente para nos cristalizar, para acasalar com qualquer bicho que andasse em duas pernas e tentar manter vivo o nosso próprio povo. E descobrir se a nossa semente tão rala poderia dar frutos.

As pernas lavadas de vermelho.

– Isso nunca deu certo. Os mestiços de humanos com L'dren eram sensíveis à luz e viviam menos que os mortais comuns. A magia direta lhes causava crisálida, ainda que para eles as nossas proteções operassem... Como é que os humanos do Templo dizem? Ah, *Milagres*.

O choro veio sem demora, Magna amaldiçoava as lágrimas rangendo os dentes. Era o fim da sua carreira como Escudeira, e nesse momento a vergonha a punia. Mãos sobre o ventre, não havia ferimentos. Tudo dormente, do centro do corpo até as pontas dos dedos. Mas se algo estivesse dentro dela, se tornaria apenas uma *mitera,* nunca mais uma guerreira que poderia seguir carreira.

– Onde ele está? – perguntou Magna entre os dentes, bufando.

– Vagando por aí. Mas não acho que você sobreviva a uma luta com ele. É um antigo, alguém que viveu vidas e vidas como a sua.

– Por que está me ajudando? – os olhos de Magna cobertos pelo vermelho da raiva.

– Eu não estou te ajudando. Só estou entediado, gosto de andar por aqui onde estão os resquícios da guerra pela luz. Entender como o meu povo que um dia viu a glória pode estar restrito a essa condição de viver nas sombras.

– Então o que quer de mim, desgraçado?

– Ver até onde vai. Você sobreviveu a tudo isso. Não vejo por que não pode ir mais longe.

– Animal maldito.

– Meu nome é Zorak. Qual é o seu nome?

– Vá foder um urso.

Zorak deu de ombros e viu Magna se esconder nas sombras. A reiliani rastejou até encontrar utensílios, garrafas em cima de prateleiras formadas por afundamentos na rocha sólida das paredes. Cheirava uma por uma as suas bordas, os dentes quase batendo pelo frio que agora a afetava.

– Isso que você pegou é o que ele tem te dado. Vai te fazer desmaiar. Aquele outro ali é uma aguardente bem potente. Boa para o frio, mas não sei o que pode fazer com uma humana. É o que eu tentaria.

Magna puxou a tampa e cheirou mais uma vez, parecia aguardente mesmo, arriscou um gole. Afinal, se ele a visse como estava, não teria chance de fato. Tontura forte, quase vertigem. Largou-se e olhou para o teto, luzes dançantes. Então surgiu um ânimo que a queimava, os braços e as pernas a obedeciam de novo. Conseguiu se sentar e encarou Zorak.

– Como é o seu nome, criança? – o L'dren perguntou mais uma vez.

– Magna.

– Magna... É uma reiliani, não é mesmo? Está aqui tentando roubar os restos da minha civilização?

– Vai me impedir?

– Ora, você é que não conseguiu completar a missão. Foi capturada e, se não fosse por minha causa, não estaria aí sentada. Seria o animal de estimação eterno dele e... – Zorak arregalou os olhos e balançou a cabeça, os lábios colados. – Ih, acho que ele está voltando. Se eu fosse você, não o enfrentaria de frente. É mesmo forte demais. Arrisco dizer que até para mim.

A reiliani tomou mais dois longos goles da garrafa boa e se enfiou embaixo das cobertas tentando ficar o mais quieta possível. Juntou as mãos e pés como se lembrava de estarem antes e enrolou um pouco da corda nos punhos, disfarce apressado, seria fácil de desvencilhar, e passou os braços sob as pernas. Respirava devagar, recuperando o calor e o ímpeto. Logo ouviu o L'dren se arrastando e o sussurro contínuo na língua dos antigos. Zorak já tinha sumido de vista.

Olhos entreabertos, Magna distinguia os movimentos do seu captor. Ele se agachou e o seu hálito cheirava a mato velho, frutas podres. Suas mãos brancas e compridas que terminavam em garras riscaram devagar a bochecha da reiliani. Ela não tinha pressa, apesar de mal controlar o coração que se agitava. Talvez a maldita bebida.

O antigo largou seus equipamentos. Magna se virou devagar, como se estivesse dormindo, e viu cair no chão próximo a ela uma cinta, placas de uma couraça, um objeto longo e negro. Uma bainha de espada. Abriu mais os olhos e reparou no punho da arma, a guarda escura refletindo a luz da vela e uma gema púrpura cravada no cabo. Então mais uma vez veio o hálito podre em seu rosto e a sombra do L'dren a cobrindo. A espada estava perto o suficiente.

Magna se virou e suspirou devagar, fingindo o sono.

Ele já não tinha as calças, pernas magras como galhos tortos, pele de árvore antiga, não como a de um homem velho, mas um pedaço de floresta morta e pantanosa. Vinha pronto e o mais ereto que conseguia. Afastou as peles uma a uma até chegar na sua presa. Virou-a de bruços para que pudesse penetrá-la mesmo amarrada. Magna aproveitou que ele não podia ver o seu rosto e arregalou os olhos para enxergar o ambiente. Poderia alcançar a espada, do seu lado direito, se soltasse rápido as cordas mal ajeitadas. Estava quase encostando na sua coxa, ele ficaria surpreso, não imaginava que ela estaria acordada e reagiria. Lembrou-se do treinamento e ignorou tudo o que estava prestes a acontecer mais uma vez. Mesmo que já estivesse maculada por esse animal, precisava agora de foco e calma. Respirou o ar gélido e rezou às Mães para que o corpo reagisse bem ao esforço repentino que faria. Ele nem veria o que ia atingi-lo.

Quando começou a senti-lo tentando forçar-se para dentro dela, Magna tombou para o lado direito e afrouxou as mãos, encolhendo as pernas. O velho L'dren deve ter achado que ela estava participando, pois se manteve concentrado na difícil missão de encaixar-se meio flácido. A reiliani inspirou o ar fundo e organizou os pensamentos. Teria que ser rápida, precisa e não hesitar. Ergueu o quadril um pouco para sentir o peso do oponente, ele não era muito pesado sem a armadura. Ouvindo o gemido e os murmúrios insistentes, a imagem do fracasso na Surgência fixou-se em sua mente quando decidiu agir. Magna soltou-se, com a mão direita arrastou a espada para baixo de sua coxa e prendeu a bainha, libertando a lâmina roxa e a segurando com a empunhadura invertida.

O antigo ainda tentava a penetração quando Magna dobrou o braço e então o esticou com força, afundando o metal escuro no lado da coxa cinzenta do L'dren sem muito jeito e virando sob ele, os joelhos fechados agora apontados para cima, empurrando-o para longe. Mas ele mal se moveu. Antes que pudesse reclamar da dor da espada pendurada em sua perna, com velocidade inesperada o L'dren agarrou o pescoço da reiliani e ela quase perdeu os sentidos. Com o resto de sua vontade, Magna agarrou a espada esticando a mão esquerda e afundou a lâmina até perpassar a perna velha do L'dren. Dessa vez ele sentiu e urrou, caindo de lado com a afiada arma espetada para cima, puxando-a pela lâmina roxa mesmo até arrancá-la e cair, tilintando ao chocar-se no chão. Tossindo após ter o pescoço liberto e vendo o sangue negro como o piche escorrendo pelas pernas do oponente, Magna aproveitou a única abertura e, com um impulso de raiva, chutou-lhe o nariz com a sola dos dois pés. Enquanto ele grunhia, a a cartilagem deslocada, de suas narinas jorravam mais sangue negro, a reiliani se ergueu e quase caiu com a tontura, porém ficou estável o suficiente para tomar a espada manchada do chão. Empunhou-a com as duas mãos e decepou a perna ferida do velho com uma cutilada vertical firme, ignorando seus gritos ininteligíveis. Ainda assim, embora visse a sua própria arma roxa manchada com sangue e pronta para atingi-lo em um golpe de misericórdia, o antigo socou a adversária com as costas da mão, atirando-a longe. Magna bateu na parede e derrubou os frascos de remédio, a espada ficou no meio do caminho. O L'dren pintava o chão de negro procurando uma arma, sua velha vida esvaindo em uma poça de escuridão cada vez maior como se quisesse engoli-lo, e então a sua presa, aquela que geraria os mestiços que restaurariam a glória do povo das sombras, corria em sua direção com uma garrafa nas mãos e saltava com o joelho em seu peito.

Magna esmurrou o rosto do Albino, e a pele era tão dura que até lhe esfolou a mão. Bateu duas ou três vezes, talvez tenha lhe deslocado o maxilar. Então enfiou a garrafa de entorpecente na boca torta do antigo enquanto tapava o nariz dobrado e ensanguentado. Era bastante remédio. O L'dren se afogava tentando buscar ar e se debatia, empurrou a mulher para longe, forçou um vômito que não vinha, tossindo e tentando cutucar a goela, mas tudo em vão, já tinha engolido muito. Logo desmaiou, o líquido escorrendo de seus lábios.

A reiliani ofegante não contemplou por muito tempo a abominação com os olhos virados e desmaiada. Correu até a espada e, com um golpe de cima para baixo, seco e preciso, separou-lhe a cabeça, terminando uma existência de milhares de neanos.

Peles, suas velhas roupas, o que fosse possível apanhar. Tomou mais da bebida forte que levou consigo e se preparou para voltar para Láconi.

* * *

A bebida lhe dava ânimo, as pernas cambaleavam sem forças mas seguiam adiante como se algo as chicoteasse, ainda que a barriga roncasse de fome. Magna não tinha mais equipamento e se concentrava para se manter andando. Seguiu por horas no escuro mal iluminado por uma tocha, túneis infinitos e desativados, talhados com perfeição pelos malditos L'dren. Galerias e galerias que deveriam levar para os seus velhos lares. Foi na direção do frio, de onde viesse seria a saída, e encontrou uma abertura que a pôs em um lugar alto sob o céu vermelho. Abençoou a brisa leve do ar estático da noite. Olhando para as estrelas, imaginou a direção, mas a verdade é que estava perdida e, se as suas orações algum dia serviram para alguma coisa, só restava esperar a compaixão das Mães.

Na cintura vestia a espada do Albino em sua bela bainha escura, possuía a relíquia que completaria a sua Surgência. Agora só restava voltar para a casa das reiliani.

A neve branca tingida por Anmas era como uma massa de carne de cordeiro rósea. Magna andava por esse mar de morte pensando não mais no prazer de comer, mas na simples sobrevivência. As pernas cambaleando pelo entorpecimento, pelo menos não se incomodava com o frio. O estômago exigia a parte dele e o corpo fragilizado o ignorava, insistindo adiante.

Tudo girando, o álcool era forte demais e o sangue já corria devagar, não era mais uma situação de vida ou morte. Os calafrios a deixaram depois de vencer o antigo e agora só havia o sono e a fome. O que a vencesse primeiro. Ajoelhou na neve. Até o peso das peles era excessivo, mesmo a leve arma albina pesava. Vomitou algo cujo cheiro o nariz resfriado e entupido não reconhecia. Não havia escapatória. Precisava dormir. Só um pouco, então continuaria a viagem. O gelo fofo onde sua cabeça pousou era aconchegante. Os sentidos se foram e cochilaria um sono sem sonhos para que a missão terminasse. Suspirou.

* * *

– Você conseguiu.

Magna abriu as pesadas pálpebras devagar, a cabeça doendo e girando, e viu Zorak iluminado por uma fogueira. Acima dele, o céu da noite rubra com poucas estrelas.

O cheiro de carne assada a tirou do sono e encheu-lhe de água a boca. Sentou-se e encontrou o bicho espetado sobre o fogo.

– É pra você mesmo, mas ainda está meio cru.

Apanhou o espeto, e nem o calor do pauzinho que lhe queimou os dedos a impediu de abocanhar o que quer que aquilo fosse. Soprou dentro da boca, estava quente de verdade, e engoliu sem nem saborear direito.

– Calma. Não vá morrer engasgada depois de tudo.

Comeu um pouco mais devagar até só restar a gordura nas mãos. Lambeu-as sem cerimônia.

– Tem mais um pra assar. Primeiro tome isso – Zorak jogou um odre de couro e Magna o aceitou.

Tirou a tampa do odre, cheirou, apenas o odor do couro, e entornou a água na boca até secá-lo. Era a melhor bebida que já provara, a sensação ainda mais gostosa que quando desjejuava nos treinamentos. O mágico paladar de quem voltava dos mortos.

A noite já não soprava o frio, amena. Magna aos poucos recobrou a consciência.

– Eu te agradeço... Zorak – disse, esforçando-se para olhá-lo nos olhos.

– Eu aceito a sua gratidão.

Magna quis sorrir, mas sentiu o peito espremer o coração.

– Eu não posso voltar para Láconi. Não desse jeito – pôs a mão no ventre.

– Pode ser que ele não a tenha engravidado.

– Pode ser. Mas não sei quantos dias fiquei ali.

– Foram alguns dias, sim.

Ela olhou a noite e depois se voltou para o L'dren ao seu lado. Seus olhos pareciam negros, sem pupilas, sua pele lisa tingida de um vermelho claro pela noite, refletindo o crepitar das chamas. Vestia uma couraça negra e couros peludos que o protegiam do clima. Cabelos brancos e compridos escorriam pelo negrume das roupas.

– Você vai voltar para o seu povo? – disse Magna.
– Eu já vivi demais entre o meu povo.
– Mas o mundo iluminado não é para os seus.
– Quem assim quis? É isso que quero saber.
– As Mães – Magna franziu a testa.
– Você tem certeza disso? Ou é o que ouviu dizer?
– É o que dizem os sábios. Mas essas questões filosóficas não me cabem. Minha vida é das reiliani e se vivo é pelo meu povo – Magna aceitou o novo espeto e abocanhou mais um pedaço de carne malpassada.
– Eu também sou assim.
– Você daria a sua vida sorrindo para que o seu povo sobrevivesse a uma guerra?
– Não.
– Então não somos iguais.
– Se eu o fizesse, não poderia me vingar dos que nos derrotassem.
– Palavras de um covarde.
Zorak riu alto e se levantou, marcando seus passos na neve que se acumulava no alto de um morrinho.
– Você se surpreenderia – O L'dren se ergueu e encarou o céu. — Eu tenho bastante tempo neste mundo, mas não me agrada ficar parado no mesmo lugar. Acho que preciso me mover para me sentir vivo.
– Se eu voltar para Láconi – disse Magna –, elas descobrirão a minha gravidez e não poderei ser uma Escudeira.
– Ainda não sabe dis— dizia Zorak, mas Magna o interrompeu.
– Eu perdi a minha vida ali, dias atrás, mas se estou viva eu posso dizer com certeza que eu não quero ser uma mãe. Não desejo gerar uma vida. Mesmo que não fosse uma reiliani que quer ser uma Escudeira. Eu, Magna, não desejo isso.
Zorak olhou para Magna e cruzou os braços.
– Há formas de tirar um filho, mas eu não sei como – ela continuou.
– Nem eu.
– Talvez possa me ajudar a chegar a alguém que o faça. Eu lhe entrego a minha vida, mas imploro, não me deixe ter um filho. Se eu não me sentisse tão envergonhada por meu fracasso, acabaria com a minha própria existência agora mesmo. Mas nem isso sinto que tenho o direito de fazer.
– Você matou um de meu povo. E não há perdão para alguém que tira uma das poucas vidas dos L'dren. Eu devo matar você e os seus familiares, esta é a lei dos L'dren contra a audácia de um mortal que

atente contra nós. – Zorak piscou devagar, então deu dois passos, aproximando-se dela. – Mas eu não consigo ver sentido em tantas tradições que só levam o povo das sombras para a perdição a cada neano que passa. Você viu o resultado da loucura dos antigos. Não há esperança para nós. Eu vejo tudo isso como se andássemos em direção ao fim sem ao menos nos darmos conta do que estamos fazendo.

Zorak ergueu o rosto de Magna, tocando-a no queixo. Magna se desvencilhou.

– Se você me dá a sua vida, eu a aceito. E sim, posso ajudá-la com o que precisa. Mas o meu preço é alto. É o preço daqueles que buscam entender o que está acima de tudo.

Magna balançou a cabeça e suspirou, com a mão sobre o ventre.

– Eu não entendo dessas...

– Diga-me – Zorak falou mais alto. – Você me dá a sua vida, Magna de Reiliânia?

A mulher se levantou e encarou o chão. Encheu o peito do ar frio e expirou, baixando um joelho até tocar a terra dura em volta da fogueira.

– Minha vida é sua. Eu a perdi e você a me devolveu.

Zorak sorriu e soltou o ar pelo nariz, divertindo-se.

– Então me acompanhe e verá que até mesmo os L'dren poderão andar sob a luz do dia.

* * *

"E tudo isso para quê?", pensa Táscia. Magna abriu mão da cidadania reiliani e tudo pelo que se preparou a vida inteira. Seu sonho violado como a sua carne, mas para aquela mulher era só questão de direcionar a sua determinação para outro conjunto de regras. E isso era servir a Zorak ou ao seu povo. Em troca da chance de permanecer viva, renunciou à sua verdade pessoal e a substituiu por outra.

– Você a julga, Táscia Elena?

A mortal ouve a pergunta e se lembra da sua mãe-amante, as imagens passam rápidas, desde quando foi libertada por ela da podre taverna em Babélia até o momento em que a viu ser assassinada pelos L'dren como uma traidora na casa do Marquês de Bervênia.

– Eu ainda não entendo por que ela morreu. Ouvi tudo o que disse esperando que a explicação surgisse. Mas no fim das contas não há uma razão.

Zorak se levanta e se aproxima, ao fundo o ruído constante dos motores que mantêm esse monstro pesado no ar.

– É natural. Imagino que ela não teria te dito mesmo.

Táscia abraça os próprios braços após subir um calafrio.

– Dito o quê?

– Que estava morrendo. – Zorak respira devagar, esperando que Táscia absorva a informação. – Que o seu espírito empedrava a cada dia e mal podia comer ou exercer o seu ofício de soldado. Ela tinha crisálida, Táscia Elena, em um nível que nenhum humano teria suportado por dias. Ela aguentou por mais de uma cheia.

– Mas como ela pegou crisálida? – Táscia tenta ligar os fatos, lembrando-se da forma como ela chegou depois de tanto tempo, dos treinamentos constantes, das queixas e palavras pessimistas, da carta na casa do Marquês. Mas é melhor ouvir qualquer coisa que seja do que ter que pensar nisso sozinha.

– A nossa missão, a que a manteve afastada. – E então Zorak conta a Táscia como a Pedra de Salamandra foi destruída, como a intenção dos Alvos de impedir que os L'dren abrissem a Última Fortaleza os levou a sacrifícios inconcebíveis entre os emotivos humanos.

Táscia pensou em Pyro e sentiu seu peito comprimir, como se alguém a esmagasse por dentro. Ele, como Magna, também perdera a única razão para permanecer nessa campanha, mas mesmo com tudo destruído, permanecera firme em um caminho sem esperança, seguindo sem questionar o sonho de Zorak. E agora estavam mortos. O sangue de Táscia ferve e o braço direito, formigando, se prepara.

– Todos que te seguem morrem. É isso também que espera de mim?

Zorak fica em silêncio. Então diz o que lhe vem à mente.

– Pyro foi derrotado em combate. Uma morte digna, não ficou esperando o seu corpo murchar em uma cama. Magna decidiu abrir mão da própria vida, pois não teria futuro. Usou o seu fim para movimentar o mundo, contribuiu com o nosso objetivo até o fim.

– E isso deve me fazer sentir melhor a respeito disso tudo? É isso que quer dizer?

– Não. O que quero dizer é que essas pessoas fizeram escolhas. Suas próprias escolhas. E você prefere ver isso como se as suas mortes fossem culpa minha. Culpe-me se isso te faz se sentir melhor. Mas eu apenas estou lhe dando a verdade, como prometido.

Táscia para, o peso da pedra é muito grande, não há como empurrá-la barranco acima. Não aguenta mais, que desça, que a atropele. Assim encontrará o fim.

– E isso nos leva ao incidente na casa de campo do Marquês de Bervênia. Graças à parte de Magna em nosso teatro, os nobres babelianos apoiaram finalmente a Duquesa de Enhasa à regência de

Babélia, já que a presença L'dren protegeria todos que estivessem ao seu lado. Foi irônico que a assassina dos traidores tenha sido a maior heroína do exército. Se antes os bem-nascidos babelianos temiam o poder militar dos Três Reinos e dos Alvos, um povo ancestral, agora tudo isso estava ao seu alcance. E, acredite, o dinheiro que esperavam vir de nossa parte financiaria quantas campanhas quisessem. Você mesma foi parte desse plano, pois os Agentes da Paz de Babélia prenderam os nobres que facilitavam a exploração dos recursos do reino por Coméria. Os aristocratas não tinham escapatória a não ser apoiar a Duquesa e os seus amigos misteriosos. Desesperados em ver seus semelhantes vendendo cada pedaço do reino para pagar as dívidas à Aliança, era a única forma de garantir os próprios privilégios. Mesmo que isso significasse uma guerra aos Três Reinos e ao Templo.

– Mas por que ir à maldita guerra se vocês podiam pagar a tal dívida? Se dinheiro não é problema, ninguém precisaria morrer! Mas não, você não quer ajudar a soberania de Babélia a voltar aos seus donos. Você finge que se importa com o destino de Arcádia, Príncipe da Sombra, mas tudo o que quer é usar a Torre de Babel e chegar a essa Última Fortaleza!

– Você compreende a minha visão.

– Mas por que Magna tinha que morrer? – Táscia grita com toda força e se sobressai às máquinas. Zorak a encara sem mover um músculo.

– Poderiam ter contratado um assassino qualquer para o seu plano de impressionar aqueles idiotas. E que estratégia invejável essa de destruir a sua maior guerreira para não levantar suspeitas, não? Justo para essas lealdades que poderiam ser compradas com esse monte de ouro que agora sei que existe. E mesmo assim os meus homens foram submetidos a um monte de provações, uma campanha de guerra feita com migalhas, o resgate improvisado de Pyro, e tudo teve que ser conquistado na unha. Pela Deusa, isso parece coerente para vocês, primogênitos? – Táscia abre os braços, tentando provocar alguma emoção no L'dren, sem sucesso. Soca a parede de metal e urra de raiva. Quando desiste e encara os olhos vermelhos de Zorak exigindo uma boa resposta, ele simplesmente diz:

– Ela morreu porque essa foi a sua esco– Um tapa em cheio lhe atinge o rosto. Zorak perde o equilíbrio, mas não cai.

Agora Táscia arranca uma reação dele.

O príncipe L'dren arregala os olhos vermelhos como se não acreditasse, mas não revida. Controla a sua imperceptível respiração enquanto Táscia sai do aposento sem dizer nada.

* * *

Em sua cabine confortável, mas sem vida, Táscia abre e fecha o braço direito, quer se certificar que o sangue ainda corre forte. As costas da mão formigando, a musculatura cansada e ardendo, exigindo descanso.

O rosto de Magna não desaparece até que adormece exausta. Um sono intranquilo, anda perdida entre cristais azulados manchados de sangue negro em uma caverna que só leva para baixo. A iluminação vem deles mesmos, suave, não emite sombras, apenas deixa tudo flutuando em uma aura da cor cerúlea do dia. Em silêncio, apoia-se nas pedras com cuidado para não escorregar e bater a testa, então adentra a escuridão onde a luz não chega.

* * *

Táscia é despertada pelo mesmo L'dren que vestia roupas leves e brancas.

– Chegamos. Príncipe requisita presença.

Ela coça os olhos e dissipa a imagem de Magna, que volta à mente após o sono rápido e estranho. A última vez que se encararam na casa do Marquês, prestes a ser morta no teatro de Zorak e dos babelianos. Táscia a imagina presa, imobilizada sob o mesmo fardo que um dia já esteve sobre ela, na maldita taverna de onde foi resgatada. Vê o sorriso de Magna, que só surgia para ironizar a fraqueza da filha-amante. Com a ponta dos dedos, arregala os olhos, desgrudando a secreção que os fechou para a noite, então os pisca e lubrifica, pronta para ver o mundo das sombras.

O aeronavio está em solo. Táscia desembarca por uma escada de degraus de metal, vestindo uma pesada roupa para o clima inóspito. Em volta do local de pouso estão pequenos cristais azulados, ou algo parecido com cristais, que brilham sem parar.

Um frio cortante atinge seu rosto, fecha-se mais nas peles e ergue a cabeça para ver o céu do mundo sombrio. As estrelas o preenchem em abundância, todas longínquas como as do mundo iluminado.

Zorak a aguarda na área plana e limpa que termina demarcada pelas pedras luzentes.

– A sabedoria imortal diz que cada estrela é uma Mãe, como as que pairam sobre o lado do mundo que você conhece. Aqui no lado da sombra não vemos nem Anmas e nem Sarali. Talvez lhe seja estranho ver tantas outras que habitam o firmamento.

– Um céu sem Mães. Somos todos órfãos aqui – diz Táscia e fecha os olhos. Vê Magna.

O Príncipe toma o braço da guerreira, que não reage, e a conduz para o prédio cujo contorno anguloso e pontiagudo só é notado pelos mesmos tipos de cristais azulados que desenham suas arestas e relevos complexos por toda a fachada.

– Para nós são as únicas Mães que importam. Nosso povo não tem a função das "mães" para as fêmeas. As progenitoras apenas entregam os seus raríssimos filhos para que os governantes os eduquem.

– Como as reilianis...

– Sim. Alguns historiadores do efêmero apontam para essa possibilidade. Como se a cultura reiliani tivesse alguma influência a partir de nossa forma de viver.

– Para vocês nós somos o "efêmero".

– E no fundo não somos todos? – Zorak sorri.

* * *

A construção L'dren é como um zigurate, paredes lisas e negras riscadas com desenhos na escuridão, formando caminhos retos e perfeitos. Tudo parece mágico, ainda que para eles a magia não seja possível. As portas abrem sozinhas, as pequenas estrelas artificiais enaltecem os contrastes. É como se andasse por uma cidade de trevas.

– Vocês têm uma fixação pela cor azul – Táscia não para de pensar no sonho desde que acordou. – Quero dizer, eu também adoro, mas isso parece exagerado.

Zorak solta o ar pelo nariz e abre um sorriso sem abrir os lábios. Sua figura sem a armadura, em seu próprio ambiente, é mesmo imponente, como um nobre.

– É a cor sagrada. A cor do dia que não podemos ver, a cor da crisálida que está prestes a estourar em cada um de nós, a crisálida onde viveremos se nos tornarmos aracnas ou habitarmos alguma de nossas máquinas para a servidão em sono. Os Alvos denorianos amam a terra efêmera e adotam o verde das vegetações. Os Alvos glorificados se vestem de branco e ouro, pois se sentem como partes da luz de Sarali e até mesmo de Nean. Mas isso tudo são apenas símbolos.

– É importante para mim entender como vocês pensam.

– Vou adiantar esse seu entendimento, então. Nós, imortais, somos as mesmas coisas que vocês e todas as raças que morrem. As pequenas diferenças estão em cada indivíduo, por isso sinto que é tolice definir um povo por suas cores e símbolos, as coisas que comem ou as roupas que vestem, a maneira de falar. Eu te garanto que sou o exemplo vivo de alguém que nega a própria cultura e arrisca a própria terra em que vive por um motivo que posso alegar coletivo. Mas o que me move, o que move qualquer um, é sempre um impulso individual. – Neste momento chegam a uma porta enorme e Zorak pede que Táscia se afaste. Ele se põe diante de uma máquina que fica ao lado dela, baixa e com um buraco largo e aceso em azul, então o príncipe insere nele o braço pálido após arregaçar as longas mangas. Uma vibração audível e rápida é seguida por um acionamento que abre o dispositivo em diversas camadas, como se fosse um local de segurança, um cofre, ou guarde o que é importante demais. Zorak oferece a entrada primeiro para Táscia.

– Você se lembra do Desafio de Metatron?

– O que você e o Alvo discutiram na mesa de Cidânia?

– Exato.

– O que é que tem?

– Acredita que poderia vencê-lo?

– Não sei nem se posso compreendê-lo.

– Os arcadianos escreveram sobre isso. Deveria ler alguma vez – diz Zorak, sem reparar no bico que Táscia faz. – Mas os humanos dizem que diante do guardião, nesse último momento, todos refletem sobre as suas vidas e tudo o que os levou àquela situação.

Táscia vê a imagem da pedra barranco acima em um relance.

– Não me parece algo difícil o suficiente.

– Pois é. Já presenciei, e aqueles com a vontade fraca caem e se desesperam diante desse confronto. Mas, para alguém como eu, é um exercício diário – diz o príncipe. Então aponta para a sala que se estende no fim do corredor. – Veja o que um indivíduo pode invocar em nome de sua própria ambição.

A área em que estão agora é vasta, como se pudesse abrigar um monumento. Táscia imagina que é em um lugar desses que são construídos os zigurates. Tudo é imenso, como se para todos os lados seguisse ao infinito. Então se aproxima de um parapeito, agarra-o firmemente com as mãos, sem deixar que o aço frio a desencoraje de tentar entender o que está à sua frente.

– Minha deusa, mas isso... Eu não entendo. O que é isso?

Uma forma gigantesca, ligada a tantos tubos e engrenagens quanto todas as fábricas de tecidos que já viu, placas de aço negro e as mesmas luzes que demarcam as suas arestas movem-se vagarosamente, acompanhando a respiração daquilo que dorme. Ela pulsa, ela emana uma energia tão antiga que faz Táscia tremer.

– Esse é o valor das antigas alianças, Táscia Elena. – De forma teatral, Zorak se apoia no parapeito e fala alto sem se preocupar com quem ouça, sua voz ecoando forte pelo oco colossal que os imortais cortaram dentro da terra. – Amigo antigo! Aqui estou, Zorak N'ldir,

Ledin dos L'dren da Noite Oriental, para evocar os pactos ancestrais! Ajude-nos a romper a realidade e alcançar o conhecimento do Bem e do Mal e com isso libertar o meu povo de sua velha maldição! – E virando-se para a guerreira, ainda impressionada por nunca tê-lo ouvido gritar: – Acompanhe-me, coronel Táscia! Marche ao meu lado quando conquistarmos o dia de uma vez por todas!

Táscia vê nos olhos vermelhos do L'dren um brilho inédito, a confiança dele lhe inundando até mesmo o espírito, tão abalado e propenso a desistir. Ela está tremendo, fecha as mãos com mais força, quase deixando de sentir o braço da espada. Então solta o ar pela boca, e a taquicardia surge enquanto tenta entender a presença majestosa que permanece lá embaixo. As lágrimas saem sem anúncio, e a babeliana se pergunta se até mesmo esse incrível aliado que surgirá estará pronto para a última caminhada.

6

CELES OLHAVA PARA os técnicos dorfes tentando entender o que faziam no tear mecânico a vapor, agora emperrado. Talvez aprendesse a consertar sozinha e seus pais não tivessem que gastar dinheiro chamando-os.

– Senhora Tessitore, isto está uma lástima, tem remendos demais, o certo seria trocar as peças – disse o dorfe ruivo atarracado e com a camisa aberta. Se já não bastasse o mau cheiro que ele exalava, abundavam pelos e barba compridos demais em toda a pele exposta. O outro era loiro sujo, usava suspensórios sobre uma camisa escura, toda manchada de graxa. Um par de óculos de proteção por cima da testa.

A mãe de Celes cruzou os braços e falou enquanto olhava para a máquina, como se pudesse trazê-la de volta com a força de vontade.

– Se está uma lástima é porque vocês nunca consertam direito! Só remendam, parece que fazem assim para quebrar de novo em pouco tempo.

– Senhora, não fale desse jeito das máquinas dorfes, somos muito cuidadosos com as coisas que fabricamos. E além disso só temos recebido favores, precisamos é de pagamento em espécie. Essas roupas e tecidos que nos arrumam não são da melhor qualidade – ele pinça um pedaço da própria camisa com a ponta dos dedos, estica e solta –, já que estamos sendo francos.

– É dinheiro que vocês querem? Mas é para deixar a máquina funcionando mesmo, entenderam? Não quero saber de remendo para daqui a duas novenas termos que chamá-los de novo.

Os dois técnicos fizeram uma reverência, escondendo os sorrisos sob as barbas grossas.

– Celes, cuide da oficina que eu vou resolver isso e já volto.

Celes assentiu e, entediada, ficou perto dos anões que trabalhavam desmontando um pedaço do tear. Havia engrenagens sem lubrificação e alguma coisa fazia as bobinas travarem.

– É você que opera esta belezinha, menina bonita? – perguntou o ruivo, despertando Celes do seu transe.

– Hã? Sim, sou eu.

– Nunca tinha te visto aqui.

– Normalmente quem lida com os técnicos são os meus pais.

– E o seu pai não está aqui. Não vejo ele faz tempo – ele disse. Celes cruzou os braços, abraçando-se com essa constatação.

– Ele vem hoje, deve estar chegando. A minha mãe também já volta.

– Ah, sim – disse o ruivo. O loiro sujo deu uma risadinha, tentando fingir que ainda estava olhando para a máquina.

– Se eu soubesse de você eu não me incomodaria em receber favores.

Celes sentiu o arrepio escalando as costas e deu um passo atrás.

– Nada que não possa conversar com o pai dela, Tero – disse o loiro.

Se ao menos eles soubessem que o seu pai nunca aprovaria ela estar sozinha com dois homens estranhos, entenderiam que qualquer nojeira que pensassem seria impossível. Celes temeu por sua mãe, se Carli descobrisse que ela a deixara tomando conta da oficina sozinha e ainda por cima para conseguir dinheiro emprestado. Sentiu a raiva subindo e o peito ficou estreito demais para puxar o ar. A respiração dificultada.

– Eu preciso dessa máquina funcionando. Vocês não podem andar com isso?

Tero, o ruivo, tinha uma longa chave de fenda na mão, a apontava para Celes. Então ele a virou e, com o cabo, encostou-a na barriga da menina, na altura da cintura, sobre o vestido de algodão que ela mesmo tecera na oficina.

– Nós, dorfes, somos bons para as humanas. Deveria ser menos defensiva, mudaria de vida, a trataríamos como uma rainha.

– E seu pai não deveria mais nada para a gente – disse o loiro. – O problema é que dizem que somos grossos demais. – E, pondo a mão na virilha, gargalhou.

Celes pensou nas ferramentas que estariam sobre a mesa da estação de trabalho, se conseguiria correr até elas, mas as pernas começaram a tremer, o corpo ficou pesado.

O ruivo deslizou o cabo umbigo abaixo e só parou por notar as lágrimas escorrendo no rosto dela.

– Ei, menina, que é isso. Não fique assim – e, como ele erguesse a mão para tocá-la no rosto, uma voz os interrompeu.

– Celes? Você está aí?

Era Garlando Espendi, vestido de forma impecável, provável que estivesse indo à reunião no Templo.

– Oi, Garlando. Estou. – Celes tremia e se apoiou no lado da máquina, as pernas mal a obedeciam. Os dorfes recuaram e fecharam a cara.

– Você está trabalhando hoje? Sério? – Garlando pôs as mãos na cintura e balançou a cabeça com um sorriso idiota no rosto. – Hoje é dia de Sarali, pensei em te convidar para irmos à reunião ouvir o sermão da sacerdotisa.

– Trabalho todos os dias – disse Celes, com esforço. Parecia que Garlando perguntava esse tipo de coisa só para incomodá-la.

– Moleque, estamos consertando o equipamento dos Tessitore e precisamos da atenção da senhorita, aqui – disse dorfe ruivo.

– E eu conheço vocês? – perguntou Garlando, cruzando os braços.

– Como é que é? Você é muito ousado para um merdinha – o dorfe avançou dois passos, olhando para cima, mas o loiro sujo ao seu lado estava inquieto, vigiando os arredores.

– São mesmo grosseiros os dorfes – disse o garoto loiro que parecia uma menina com um sorriso no rosto. – O nome Espendi diz alguma coisa para vocês? Meu nome é Garlando Espendi e quero saber quem os senhores representam. Assim a guilda vai saber quais estrangeiros desrespeitam os clientes em Criane.

– Ora, moleque – o ruivo disse baixo, engolindo a raiva. – Muito bem, então – aumentou a voz para que fosse ouvido. – Senhorita Tessitore, depois entramos em contato com a sua mãe para falar a respeito disso. Tenho outros compromissos e não posso ficar esperando o dia inteiro para ser pago pelo meu trabalho.

– Mas você não consertou nada! – disse Celes, com a voz alta em um lampejo, ainda tremendo, nervosa.

– Paciência. Precisamos mesmo ir. Seus pais sabem onde nos encontrar.

E saiu na frente pisando duro, o loiro sujo juntando as ferramentas o mais rápido que pôde para seguir Tero para fora da oficina dos Tessitore.

– Que animais! – disse Garlando. – Deixaram as coisas soltas desse jeito. O que aconteceu? Quero o nome deles, vou contar para minha tia.

– Aconteceu que agora não vão arrumar a máquina, minha mãe vai me arrancar o couro.

– Mas do nada?

Celes rangeu os dentes, tentando controlar a respiração.

– Eu não aguento mais, Garlando. E mesmo com todos os problemas você apareceu e agora eles saíram...

– Ei! Mas que culpa eu tenho? – disse ele abrindo os braços. Seu perfume caro e enjoativo encobriu o cheiro de graxa.

– Garlando, é melhor que vá embora. Eu falo com a minha mãe, acho que ela vai entender.

– Mas... mas se o problema é arrumar a máquina, eu falo com Timonez e consigo alguém para vir aqui. Vou fazer isso.

– Eu não preciso da sua maldita ajuda! – Celes gritou.

– Mas seus pais vão te encher – Garlando ignorou o berro. – E esses dorfes ficam arrumando problemas, ô povinho complicado. Fica calma. Por que você está chorando?

– Vai embora daqui! Vai para a porra do Templo rezar e repetir tudo o que a sacerdotisa Mãe disser.

Garlando arregalou os olhos, tentou tocar no ombro da sua amiga, mas Celes o repeliu. E voltou a mão para abaixo do umbigo, como se estivesse segurando as suas entranhas.

O jovem Espendi saiu dizendo que ia mandar alguém para consertar as máquinas. Celes mordia os próprios dentes, tentando respirar.

* * *

Táscia vê o pôr de Sarali no céu para trás da Mãe da Noite. Logo, tudo estará rubro.

O seu bando está inerte, sem vida, após perder os mais fiéis soldados em Cidânia. Agora desguarnecido, desfigurado pela terrível batalha ao lado da cordilheira da Cicatriz, nomeada assim por ter surgido como uma ferida da espada de Metatron há mais de quatrocentos neanos. O embate que custou pelo menos três generais do Exército Revolucionário de Babélia da Ascensão. E por isso Táscia Elena foi coronel por ainda menos tempo que havia sido major, tornando-se general, como Pyro e Magna antes dela.

O que sobrou de suas guerreiras e guerreiros foi reunido a outros retalhos de batalhões, formando uma divisão para a agora general Táscia Elena liderar. As imagens de tudo o que se sucedeu para chegar a esse momento evocam sacrifícios e crescimento, enaltecendo a grande a honra de estar ali. Mas a verdade é que para a guerreira nada disso faz diferença.

Ao longe, onde a vista ainda alcança, o exército lestiano os aguarda na entrada das muralhas da Cidade Vidente, a capital da Terra do Leste e a sede da religião deste pedaço do mundo. A presença de forças dos Alvos não é só esperada, mas quase dada como certa para proteger o lar da Hierofante e da cúpula do Templo.

É um começo de noite agradável, Anmas pinta agora o mundo de vermelho como Táscia fará amanhã no campo de batalha. E nenhuma das duas se importa, pois apenas seguem suas naturezas.

"Quando foi que me tornei assim", pensa Táscia enquanto anda entre as barracas dos seus subordinados. Os mercenários que a acompanham desde lá de trás a saúdam, gritam o seu nome, oferecem-lhe cerveja e água de fogo dorfe. Aceita essa última, engole sorrindo e o estômago esquenta, feliz com a fagulha de ânimo. Mas em seguida pensa no garoto ruivo que foi seu exemplo de treino de espada, cresceu como guerreiro durante a campanha e no fim foi estraçalhado por tiros de canhão de balas encadeadas na invasão a Lindebluma.

Teria perdido a garota alegre que em uma noite da passagem de Nean pôde até se dar ao trabalho de bordar para um menino de quem gostava, mesmo odiando esses trabalhos manuais? Táscia põe a mão na testa e no céu ainda não está a presença do grande Deus Nean que cobrirá o mundo com sua luz dourada e iluminará o continente por algumas horas. O momento em que até os L'dren poderão se banhar com a bênção de uma estrela.

Ignorando as tendas dos nobres generais babelianos, Táscia procura onde estão os imortais, e aqueles que não estão ocupados demais jogando dados, enchendo a cara ou agarrando tetas e paus lhe indicam o caminho.

Uma tenda de líderes L'dren parece simples de fora, lisa demais, há mínimas imperfeições na sua lona reforçada e fabricada de um jeito antigo que Táscia adoraria conhecer. Encontra a moradia de Zorak e se certifica junto a três pessoas diferentes para ter certeza de que não vai bater no lugar errado. Há alguns vigias por perto, e na porta um humano soldado de elite da guarda real. Claro que os L'dren não fariam o trabalho de cães de guarda.

– O senhor Zorak não precisa de mais companhia nesta noite, mulher – diz o guarda com a cabeça erguida, observando-a de cima.

– Seu estúpido, sou aquela a quem chamam Lâmina Celeste – diz Táscia, apontando a espada sacada em um instante para o nariz dele. – Se não reconhece o meu rosto, que tal a minha arma?

– Ah, a queridinha dos Albinos – diz o homem de armadura enfeitada. – Minha senhora, perdoe-me se pareço pouco delicado – a sua cortesia não disfarça a ironia –, são as minhas ordens não permitir que ninguém incomode o senhor Zorak enquanto está relaxando para o dia de amanhã.

– A responsabilidade é minha, pode deixar que eu aviso que fui eu quem insistiu – diz Táscia, empurrando o soldado e passando, parte dela desejando que ele compre a briga e tente atacá-la. Mas ele não o faz, talvez pesando o que traria mais problemas, impedi-la ou deixá-la ir de uma vez.

Dentro da barraca nada tem a aparência humilde que o lado de fora sugeriu. A iluminação delicada de lamparinas colocadas nos lugares certos para criar um clima aconchegante. Mobília e objetos sofisticados circundando voais que protegem as figuras deitadas em uma grande cama que fica na altura do chão. Almofadas de seda, ou algum outro tecido brilhante e de dificílima feitura, espalhadas com as roupas despidas pelos corpos engalfinhados.

Táscia não espera muito, notam-na e, com a ordem sussurrada mas direta de Zorak, começam a se vestir. Logo dois soldados e uma soldada passam ao seu lado encarando-a com suspiros e cenhos fechados por terem sido interrompidos. A jovem apenas olha para o príncipe L'dren, que agora fuma alguma erva de um aparelho de fumo que liga mangueiras a uma cumbuca de fumaça sem se importar com a nudez exposta, olhando para a escuridão do seu aposento mal iluminado. Sua pele é mesmo totalmente branca, em alguns lugares há marcas que não sabe dizer se são veias ou desenhos que não se encontram no corpo de humanos. E não há umbigo, o que a intriga, ou pelos, o que lhe agrada.

– Diga, minha criança preferida – diz Zorak, soprando fumaça de forte cheiro adocicado.

Ignorando o sangue que se agita e lhe causa calor, Táscia repensa cada palavra antes de dizer, ainda assim se arrependendo de cada uma delas:

– O senhor tem a guarda de elite de Babélia para vigiá-lo. É como se fosse um bem-nascido.

– Para vocês eu sou visto como um nobre. O que posso dizer? Foi para isso que me interrompeu? Não deveria estar se deitando com alguém ou bebendo algo que a fizesse esquecer que a partir de amanhã à noite podemos todos estar mortos?

– Vi dois homens e uma mulher saindo daqui. Não sabia que gostava de homens.

Ainda sem olhar para Táscia, Zorak diz:

– Humanos são humanos. Homem, mulher, tanto faz o que tenha entre as pernas. É como um cão que proporciona momentos agradáveis ao seu dono. Você já teve um cão? É adorável ver como nos amam e estão dispostos a tudo para nos ver felizes.

– Cães também mordem – Táscia range os dentes, deixando-os à mostra.

Zorak gargalha, mas até o seu riso é discreto e suave como a sua voz. A visão de sua pele de mármore e seus longos cabelos mais brilhantes que o tecido em que está sentado fazem com que Táscia suspire. Afasta a imagem e mais uma vez ignora o calor que corre dentro de si.

– É por isso que gosto de você, criança. Nunca parece ter medo de nada.
– Eu não tenho medo de você.
– E por que não, quando parece ser a regra por aqui?
A ideia de descobrir se a pele dele é fria como dizem ser a dos L'dren a faz esfregar as coxas o mais discretamente que consegue. Imagina se é a água de fogo.
– Me desculpe, não sei o que estou dizendo. Tomei água de fogo e...
– Aqui há água pura, muito melhor que esse lixo dorfe que tomou.
– Água?
– Não é a água pura que você está pensando – Zorak sorri.
Ou talvez seja a ideia de que amanhã estará morta, pois um exército de lestianos com a ajuda dos Alvos os aguarda tomar o primeiro movimento. O rosto do príncipe é delicado e andrógino demais, como uma memória de Garlando que prefere destruir, que não tem orgulho de manter, e, quando sua testa descoberta toca os voais que separam o imortal dela, respira fundo.
– Eu... Eu não quero morrer.
A dura ausência de sua mestra sempre à espreita. A dura ausência de Enoque e Ranolder depois de desertarem-na em Cidânia, as quedas dos que a acompanharam, empilhados e carregados para piras funerais. Pyro. A ausência de Pyro. Agora, quando olha para a divisão que comanda, não se sente à frente de nada. Está despida de todas as proteções que tem, ainda que use uma couraça nesse exato momento.
– Todos vamos morrer, Táscia Elena. Mesmo eu.
– Eu não quero morrer enquanto não souber a verdade do mundo.
– De novo com isso? O que acha que vamos encontrar quando estivermos lá diante da Última Fortaleza?
Táscia encara o chão e as lágrimas já se acumulam sob os olhos. O peito acelera, abre e fecha a mão direita para sentir os dedos formigantes. Zorak se levanta, agora de joelhos e virado para ela.
– A Última Fortaleza pode parecer algo intangível para vocês, mortais. Mas para o meu povo é como voltar para casa. É a chance de podermos sair à luz do dia sem precisar trapacear contra as leis do mundo, ter que construir e entender máquinas complicadas apenas para não sermos transformados em cristal sob Sarali – Zorak por fim se apoia em uma perna dobrada, e seu corpo esguio e levemente torneado se estende na frente de Táscia, que agora olha para cima para poder encará-lo tão de perto.
– Vocês não têm medo de morrer?
– Nós vivemos na escuridão por gerações da sua espécie, acostumados a expor a pele à luz vermelha de Anmas ou nas noites douradas.

Dizem que ela é nossa mãe, mas não concordamos, somos todos filhos da mesma coisa, Nean. Sarali e Anmas são dois lados dessa mesma coisa. Quem acredita que a luz e as trevas são forças opostas são vocês, que precisaram até criar um Templo que espalhe o desespero e pânico pela população. Medo de magia, proibições. Se é a verdade do mundo que você procura, eu te ofereço aqui e agora. Por que precisa ir até o fim por isso? Eu posso protegê-la, criança. Você não seria uma simples cadelinha para mim. Vejo uma determinação que é invejável até pela extrema eficiência e frieza de meu povo.

As últimas palavras acordam Táscia do transe, que já quase a levava a se entregar ao imortal alto e perfeito diante de si. Tão próximo, a androginia dele lembra-a mais uma vez da imagem de Garlando, aquele inocente garoto que não queria crescer. E é isso que precisa deixar para trás. Falta muito pouco para chegar à Última Fortaleza, onde poderá conhecer a origem de tudo o que há no mundo criado.

Zorak está à distância de toque. E Táscia o toca com seus dedos calejados e indelicados por causa da guerra. A pele dele é fria, sim, mas de veludo, tão perfeita e torneando cada pequena reentrância dos músculos. A sua anatomia é um pouco mais alongada que a dos humanos, além da famigerada falta de umbigo. Diverte-se com a visão de seu sexo quase sem pelos e, respirando fundo, toca-o no peito com a testa marcada. O coração de um L'dren bate bastante devagar, como se nem precisasse bombear sangue para mantê-lo de pé. De olhos fechados, Táscia se perde nesse momento por alguns segundos, imaginando tudo o que conversaram até então e o que poderia ser a sua vida a partir dali.

O L'dren observa a humana com curiosidade e sente uma melancolia quase esquecida quando ela se afasta devagar, virando-se e partindo sem olhar de novo os seus olhos rubros sem pupila.

* * *

Mesmo tendo visto a luz dourada da passagem vinte e seis vezes, Táscia ainda se emociona com a ideia de presenciar Nean. Mas hoje o fará no campo de batalha que se estende à sua frente, na manhã do último dia de 393 da Descendência de Pietru Negro.

Do alto da montaria ela desponta, coberta pelo elmo reiliani de Magna, crina cor de areia e espichada que divide a superfície azul, os olhos azuis-cinzentos envoltos pelo metal pouco adornado, feito para protegê-la, não enfeitá-la. A couraça de músculos definidos e torneados para que os inimigos não tenham dúvida de que é uma guerreira que estão enfrentando. Empunha lâmina rúnica, escura e que não reflete o céu do fim da escuridão para os L'dren. Seu braço direito quer fraquejar, mas não pode deixar que os soldados sintam a sua hesitação.

Zorak e os L'dren aguardam a sua vez de participar dentro das máquinas quadradas e pesadas que os blindam do dia. Mesmo para os imortais, a ansiedade de transpor a última barreira é insuportável. O Príncipe da Borda da Luz sorri e vislumbra imagens de conquista, mas é como se suas pernas e braços estivessem cobertos de crisálida, gelo percorre o corpo cansado de esperar. O temor de falhar a dois passos da Porta da Verdade.

As paredes brancas da Cidade Vidente cobrem o horizonte como um longo abraço. Uma fortaleza onde mora a fé do mundo reconstruído, a sede do Templo, que é guardada por um enorme monumento a Pietru Negro, um colosso de pedra com a espada apontada para o céu onde moram as mães. Quem olha a terra sagrada à distância o enxerga primeiro. Então, para trás das altas muralhas despontam prédios de mármore à moda arcadiana, e no centro um grande circunfixo aponta para o céu, a torre maior da casa da Mãe do Templo, a Capela da Assunção, sobre a qual está a chave para o conhecimento do início dos novos tempos, a Torre de Babel.

Porém antes dela estão muitos que a guardarão com a vida, mulheres e homens que viram neanos sob o jugo da Aliança, certos de que a magia seria a perdição dos mortais e o retorno ao medo que se seguiu à Luz do Julgamento. Hoje eles se certificarão que isso não se repetirá.

E acima das bandeiras e lanças dos tantos que não deixarão a grama presenciar a passagem de Nean há aeronavios álvicos, barcos de guerra que flutuam com o balanço do vento, suas hélices estabilizando a formação que lembra a qualquer invasor que a retaliação virá do céu ainda preguiçoso para o dia tão importante.

Táscia agradece à sombra que o seu elmo lhe dá, pois as lágrimas vêm mais uma vez sem aviso. O coração batendo rápido, a vontade de fechar os olhos e só acordar quando tudo estiver acabado. Ainda que negue a sensação, que implore para que a deixe pelo menos agora, entende que é sua e que precisa acolhê-la. Respira o melhor que pode, tenta encher os pulmões e não se deixar comprimir pela armadura, retomar o ritmo do pulso do sangue, e é graças a isso que não deixa que o braço direito quase derrube a espada. Os murmúrios dos soldados nervosos cobertos pelo do vento, a general de Babélia já não os ouve, apenas sente a inquietação que vibra em sua própria pele. Precisa falar com eles. Agora mesmo. Mesmo que o medo peça a palavra.

"O que eu digo a eles?"

Sarali começa a se pôr atrás de Anmas, a sua luz suave aquece a pele, o último alento. Em volta de Táscia, os capitães em suas montarias esperam as últimas palavras. Entre eles também está Raine, agora uma major, e outros que a renegaram lá atrás, quando tomou o lugar de Magna. Cada um deles que pediu transferência a outras divisões, que alegou motivos pessoais, que criou justificativas para se afastar, pois não se submeteria a uma garota inexperiente que não oferecia compensações suficientes para guerreiros veteranos. Virada para eles com um sorriso discreto, gratidão verdadeira, mesmo que transborde de ódio pelo orgulho ferido, transforma isso mais uma vez em motivação, força para vencer o medo e levantar a lâmina rúnica. Ainda que haja o peso de entender que agora não é mais cabo ou capitã, major ou coronel. Mas a general que herdou para seu comando até os poderosos lanceiros de Pyro.

Pensa no que seria adequado.

O coração espremido e a vontade de sumir.

"Estou com medo, irmãs e irmãos. Não consigo levantar o meu braço nem que disso dependa a minha vida. Ou a de vocês. Mas estou aqui não porque confiaram em mim, pois quase nenhum de vocês o fez, mas porque não poderia viver um único dia a mais neste mundo esperando que alguma coisa me fosse dada, essas sobras que caem das mesas deles que sentam lá em cima, e eu tivesse que me convencer de que seria o que mereço, de que seria o que preciso.

"Vejam lá em cima na cidade dos escolhidos pelas Mães, é o pináculo, no seu topo está a Torre de Babel. Lá está o legado do povo que me acolheu, mesmo que não da forma que eu gostaria. Eu visto essas cores agora. As cores do Exército Revolucionário de Babélia da Ascensão. A Torre de Babel foi roubada por esses protegidos dos Alvos. Quem disse aos imortais que poderiam escolher os humanos que estariam acima dos outros?

"Eles são poderosos, mas não anseiam em descobrir mais nada, os segredos estão à disposição daqueles que vivem no topo do mundo. Mas não se mostram a nós. São esses segredos que eu procuro.

"O que queremos é nos rodear de ouro como as sacerdotisas do Templo ou voar como fadas em navios pomposos? Porque, se for, confirmo que a existência é mesmo absurda. Muitos de vocês devem querer. Mas eu os julgo, porque se toda a morte e sofrimento que infligimos no caminho foi para trocarmos de lugar com eles, que as Deusas reajam e nos punam aqui mesmo.

"Eu só quero abrir a porta e descobrir a Última Fortaleza. Que os segredos em seus tomos libertem da noite os L'dren, e seja estendido diante dos nossos olhos um vislumbre que nos livre desse ciclo de troca de poderes, essa luta por assentos enfeitados e privilégios.

"Estou aqui hoje porque o segredo dos antigos é o conhecimento da verdade.

"Se a verdade vai nos livrar da morte ou nos aproximar do que faz as Mães, só Elas sabem. Se a uma mortal for dada a chance de entender o impulso da vida e o seu sentido, então eu a quero. Porque não suportarei viver nesse ciclo para sempre."

É com essa eloquência e clareza que gostaria de poder falar com eles. Mas não diz. Esta é a hora da guerra e soldados são molas prontas para estourar. Então que recebam os comandos que esperam, adiante, à vitória.

– Babélia! – grita a general Táscia Elena, em alto e bom som. Por um instante até os desinteressados se atentam para ouvi-la. – Ao comando de cada bandeira, sigam os seus comandantes. Aguardamos o sinal dos Imortais, eles nos darão a deixa para a carnificina. Hoje é o final dessa maldita campanha, espero que estejam prontos para rirmos no final. A luz dourada vai nos guiar por esta longa noite. Não temam, pois temos amigos fortes também. Vamos vencer!

Os soldados sorriem, mesmo os mais temerosos e orgulhosos. Pois veem ali uma mulher como eles e que não hesitará em dar o seu melhor até o fim da passagem de Nean. A ovação começa tímida e logo contagia a todos, que riem e choram, dão tapinhas nos ombros e fazem piadas, sem nenhuma esperança de vitória renovada, mas armados da coragem de seguir até o fim pelo último pedaço da jornada.

Táscia está inflamada e aperta o punho da lâmina rúnica com força, espremendo-a como que para impedir que fuja. Quando a ergue, o entusiasmo do exército aumenta e ela se deleita da onda de impulso que a percorre por dentro.

Seja qual for o seu resultado, que termine este tempo e comece o fim do mundo.

* * *

Mal chega a noite e Nean surge no horizonte. O movimento é lento, e a cada instante a camada de dourado que inunda o mundo é o sinal de que não há mais volta.

A montaria funga e relincha, remexe as patas como se quisesse se certificar que o chão não a engolirá. Táscia se equilibra e acaricia a crina bem aparada. Mais um animal esplêndido que servirá à guerra das criaturas ditas inteligentes. Talvez se orgulhe de participar desse importante momento da história. Pelo menos ela tenta se convencer de que se sente assim.

Pequenas lembranças das festas de neano novo da infância, o rosto andrógino de Garlando ao seu lado no meio dos vaga-lumes. Fechar os olhos é pior, então olha para o céu.

Os guerreiros inquietos, a espera sempre mais terrível que a possibilidade de se acabar com as vísceras espalhadas na terra.

A primeira trombeta.

Alta, retumbante, mesmo que aguardada surpreende, o aviso para o início do ataque. O peito segura o coração disparado. A espera não parece mais tão terrível como antes.

O espírito de uma reiliani pediria calma e concentração máxima. Mas as reiliani eram uma lenda no campo de batalha. Mulheres que viveram suas vidas aprimorando-se apenas pelo caminho da guerra, qualquer embate seria a consumação daquilo que respiravam todos os dias. O treinamento, a sua própria existência. Todos esses aqui não são reilianis. Do lado de Babélia há até fel-myns, um ou outro Alvo da terra que não acredita na glória de ser um dos primogênitos. E todos eles têm medo.

Mesmo ela. Acima de tudo ela.

Táscia Elena não é uma reiliani, ainda que vista o capacete de Magna e sua couraça. Ela então evoca a falsa coragem que influenciará os incautos e lhes permitirá avançar para suas próprias mortes.

Grita a plenos pulmões com a lâmina rúnica desnuda e erguida para o céu, o corpo quase negro da arma brilhando como obsidiana polida.

O berro ecoa e empolga as fileiras, por um momento até comemoram a segunda trombeta que indica o início da marcha leve.

Batem suas armas, esmurram as couraças na altura do peito, prontos para a última luta, seja qual for o preço. Mesmo que os seus corações gritem que não.

Táscia ignora o barulho o melhor que pode e tenta vislumbrar a situação. A Torre de Babel no topo da Capela da Assunção é aonde deve chegar, que em toda a batalha esteja concentrada nisso. Na terra batida da planície as fileiras já se movem, de cima talvez a guerra não passasse de um jogo de tabuleiro. O suor frio ignorado, os calafrios que se sucedem, saboreados.

Trombetas soadas, a defesa templária ainda imóvel, seus longos arcos e máquinas de projéteis preparados para a primeira saraivada. Uma luta especialmente misteriosa, já que nenhum desses humanos e humanoides presenciou alguma arma dos imortais, e o que os registros dizem parecem explicações vindas das lendas, não descrições encontradas nos tomos de estratégia.

Para Táscia só resta confiar nas palavras de Zorak e seguir as instruções. Enche o peito de ar e trava a mente no intuito de chegar ao topo de tudo isso. E então de lá para o topo do mundo.

Os poucos L'dren gritam para seus batalhões e soam alarmes para a execução das manobras.

"Agora os zigurates", Táscia pensa.

Um estrondo ensurdece mesmo quem o esperava, o ar treme e faz com que os mais destemidos recuem, impressionados pela visão que desafia a realidade.

Como se a matéria negra rasgasse o próprio vento, os zigurates surgem em pleno ar, como manchas de tinta reluzentes em um jarro de água límpida, crescendo e se espalhando no espaço até se tornarem monumentos imensos que rivalizam com a enorme estátua de Pietru Negro que guarda a entrada da Cidade Vidente.

Blocos obscuros como os segredos dos imortais, suas bases estreitas desafiando o conhecimento dos arquitetos que não viram o nascer do mundo.

Três zigurates agora estão lá, o ar já não treme mais. Em escolta logo chegam aracnas e os últimos guerreiros L'dren que lutarão a derradeira batalha de seu povo.

* * *

– Você me pede que eu mate os nossos homens? – gritou Táscia, gesticulando, olhando para o chão e para Zorak, sem saber em quem prestar atenção. Zorak tem os braços cruzados, olhos fechados. A luz baixa das velas em uma tenda habitada apenas pelos mais importantes dessa empreitada. – Me responda!

– Criança, o que espera que eu diga? Há algo que te confortará ou que faça você entender que isso é uma guerra?

– Mas essas pessoas não têm nada, elas acreditam no que eu falo a elas, é a minha cara que está ali—

Zorak estendeu a mão espalmada para cima.

– Esta é uma luta que será decidida pelas máquinas e veículos. Guerras imortais não são definidas por duelos individuais e carnificinas enfeitadas pela honra como é de seu costume. É apenas morte, criança. Morte sem beleza, executada com eficiência.

Táscia virou o rosto e as costas para o L'dren. Faltava tão pouco, tudo o que a prendia no passado estava vencido. Agora só restava isso para que tivesse o vislumbre da verdade.

– O que quer que eu faça, então? – perguntou com a voz controlada, falando entre os dentes.

– Eu já disse. Aguentem o máximo que puderem as saraivadas, precisamos de tempo para completar o transporte dele. Vamos ajudá-los a se defender da artilharia. Então sua missão depois disso é chegar até a Capela da Assunção, onde tomará a Pedra de Gnomo. Mas em tudo isso o importante é garantirmos a chegada dele. Sem ele ao nosso lado, nem a pedra-alma da Água que você encontrou será de grande utilidade.

* * *

– Escudeiros! – grita Táscia.

O zumbido do campo de batalha diminui. Pés e metais que se chocam, as fileiras de escudeiros se posicionam à frente. Logo atrás, magos cravam no chão os cajados com artefatos elaborados e, em trios, começam as rezas que ativarão o fluxo.

Gritos de ordem são dados e cada um cumpre suas funções, escudos erguidos formam paredes e a energia canalizada pelos magos logo se torna palpável. Táscia não sorri, mas a satisfação de ver um grupo grande trabalhando em harmonia é ótima.

Vêm as primeiras flechas e tiros de canhões. As setas zumbem rasgando o vento, mas param na eficiente defesa como gotas de chuva em um resistente telhado. Os tiros de canhão se estilhaçam como bolas de terra em paredes invisíveis, o trabalho dos magos é muito facilitado pela presença dos zigurates que mantêm o suprimento infindável para o fluxo.

Provocações e escárnios enchem o ar. Estão vivos, pelo menos por mais alguns momentos.

A luz de Nean reluz na Cidade Vidente, brilha a grande espada erguida do monumento de Pietru Negro, ofuscante e atraindo todos os olhares, marcando a presença do colosso guardião da cidade para todos que o presenciam.

De trás do brilho vem um zumbido mais alto que o de todos os murmúrios dos guerreiros. Táscia olha para o céu, pois é de cima que a onda de ruído chega.

Um ponto, dois, então dez. Muitos. Veículos que flutuam em formação perfeita, um enxame de poucas abelhas cujo som cobriria o campo de batalha mesmo se um silêncio incômodo não o tivesse dominado.

Comandos são dados para que as defesas se preparem, mas o que quer que venha de cima só vai poder ser parado pelos escudos mágicos. Táscia observa com receio os magos ampliando os círculos e a intensidade da proteção, isso é como esticar o fluxo até o limiar de seu rompimento. E a crisálida estará pronta para romper suas carnes.

* * *

– Mas por que temos que ganhar tempo para os zigurates? E quem é ele de quem você tanto fala? Por que não vir com tudo logo desde o começo e diminuirmos as baixas? – Táscia gesticulava.

– Porque é isso que eu quero que eles pensem. Que somos estúpidos e que estamos só tentando ganhar o mínimo de vantagem tática ao não revelar nossas armas.

A general franziu a testa.

– Por acaso ele é aquilo que vimos na sua terra...

A Duquesa sorriu e saiu da tenda. A luz das velas rivalizou com o fogo das tochas, e logo estavam no escuro de novo.

– E ela sabe exatamente o que aquilo é? – Táscia apontou para a porta da tenda. – Para mim foi incompreensível, eu só vi um monte de metal e mecanismos, um corpo enorme, nada que eu pudesse distinguir tão bem. Eu estou comandando a maldita infantaria, são as partes vivas desse jogo e...

– Calma, criança. Eu não posso dizer mais do que isso. Há métodos de vasculharem a sua cabeça, não posso correr esse risco, não é necessário que conheça o nome dele ainda. Apenas saiba que é uma aliança que acertei há quase cem neanos.

Táscia ficou pálida. Sempre teria que ser levada pelas marés. Aquilo era mais uma confirmação do que uma verdadeira decepção.

– Táscia Elena – disse Zorak –, considere-se honrada pela confiança que recebe a sua própria posição. Eu tenho muitas coisas a decidir e resolver para ter que também satisfazer a sua ânsia de ser importante. A mortalidade exige esse falso controle sobre tudo o que há em volta, não é mesmo? Eu entendo, mas mesmo isso você deve enfrentar se quiser conhecer a verdade sobre a criação.

– Só estou tentando entender como agir melhor, executar minhas funções com eficiência, como você mesmo disse.

– Então respeite a minha decisão. Faça com que eles acreditem que sabem tudo sobre a nossa estratégia. Faça com que os nossos próprios homens se surpreendam com as jogadas secretas. Eu conheço os Alvos, eles realmente pensam que sabem tudo o que há sob Sarali. Isso será a sua perdição.

* * *

Nova saraivada de tiros para nas defesas, Táscia cavalga entre os grupos gritando incentivos e corrigindo formações. Qualquer falha de posicionamento romperia a parede, a disciplina é a coisa mais importante de uma luta, dizem as reiliani.

Aeronavios álvicos se aproximam, o enxame age mesmo como se a sua mente fosse uma só.

Então os primeiros disparos do céu mostram por que os mortais não lutam as lutas dos antigos.

Canhões e arpões rasgam as fileiras como se fossem papel, a esperança de aguentar por uma hora ou duas se desmancha. Táscia respira rápido para controlar a ansiedade que escala o seu peito e para no pescoço. A armadura a impede de puxar o ar.

O horror de seus guerreiros contra tal poder de fogo não pode ser contido por gritos e incentivos. As defesas mágicas aguentaram os primeiros impactos, mas mesmo adeptos concentrados teriam dificuldade de manter o fluxo sob esse bombardeio.

– Protejam os magos! Escudos para os magos! Aumentem o fluxo!

Táscia larga a montaria e ergue um escudo caído entre os cadáveres despedaçados. O equipamento pesado, um escudo torre, como os usados antigamente pelas falanges.

– Sigam-me! Ao meu lado! – a garganta de Táscia arde enquanto berra alto, e é com assombro que presencia o contra-ataque dos zigurates.

Um aeronavio é varado por um dardo de energia, seu casco se abre como um ovo, derramando tripulação, carga e hélices que giram sem controle e mais nada a levitar.

A general com o escudo em mãos reúne soldados em volta de um grupo de magos que transpira e reza com força para que o fluxo se expanda e fortaleça as paredes invisíveis feitas de magia. Embaixo, formam a barreira de metal movida pela carne. Alguém grita que a infantaria templária avança rápido.

– Eles vão tentar quebrar o fluxo. Defendam os magos, não lhes deem nem um centímetro, escudeiros!

Táscia aperta a espada e se vê rezando a Magna por proteção, logo a reiliani que nunca acreditou em nada. Lembrando-se do truque ensinado por Zorak, aciona o mecanismo perto da guarda e, em um movimento rápido, estica a arma para o lado. O cabo desliza como por um trilho, triplicando o seu comprimento. Trava a lâmina rúnica estendida, agora uma lança leve e praticamente indestrutível.

– Formação! Preparem-se para o impacto!

Mal as duas fileiras de pouco mais de vinte guerreiros cada se organizam, os templários chegam em forte carga, ainda sob o fogo vindo de cima.

O impacto chacoalha cada osso de Táscia, que firma os pés na lama lodosa de sangue e excrementos que um dia foi grama dourada dos campos da Cidade Vidente. Com um suspiro e fúria, devolve a pressão recebida.

– Empurrem! Empurrem, desgraçados!

As lanças vão por baixo buscando aberturas nas articulações, os templários se defendem com escudos menores ornados com o circunfixo, suas armaduras completas que os cobrem da cabeça aos pés os deixa lentos, mas protegidos. É uma luta de resistência entre os desesperados babelianos e os bem treinados e disciplinados guerreiros sagrados. Inimigos formidáveis.

– Aguentem! Não cedam! – grita Táscia, mas é apenas mais um urro, não um comando que possa ser distinguido nesse mar de suspiros, pontas e agonia.

A chuva de projéteis dos aeronavios deve estar aumentando, pois o fluxo de defesa se intensifica demais. Táscia sente isso em sua própria pele que formiga, e os incentivos são inúteis, a barreira mágica deve ceder a qualquer momento.

E é agora.

Um mago se perde na canalização e seu corpo explode em cristais, abafando o último grito que morreu antes dele.

– Saiam de perto dos... – mas a crisálida engole só braços e pernas dos mais sortudos, pois outros magos e guerreiros caem empalados pela própria carne endurecida projetada de seus corpos, lanças de vidro azul cobertas de sangue espesso.

Os templários recuam assustados, suas couraças de ouro e prata refletindo o céu dourado de Nean, e Táscia aproveita a abertura para estocar um no vulnerável ponto perto do pescoço. Larga o escudo e gira sua lança negra com brutalidade, o perfeito fio da lâmina rúnica rasgando as proteções como se fosse um martelo pontiagudo, neutralizando inimigos com precisão, um a um.

Antes que possa respirar aliviada pelo momento de trégua, solta um grito de susto, o braço direito perde a força e derruba a arma. Tenta sentir os dedos: ela os vê, mas não pode senti-los. O peito arde e o coração bate rápido, mas escudeiros já a protegem enquanto se recompõe.

Com o rombo da defesa mágica, bolas de fogo explodem nos magos desprotegidos e seus escudeiros. As formações se quebram e os berros de confusão os invadem, mais fortes que a vontade de saírem disso vivos.

– Ao meu lado! Ao meu lado! Mantenham a maldita formação, escudeiros! – o braço de Táscia desperta e consegue recuperar a arma, então ajeita o escudo pesado e volta à postura de luta. Empunha a lâmina rúnica estendida como lança. – Ao meu sinal, vamos pra cima deles. Magos, preciso de alguém pronto pra jogar fogo nesses desgraçados. – Olha para o lado esquerdo, não vê Ranolder. Queria que estivesse ao seu lado. Ele saberia a melhor forma de aproveitar a confusão mágica ao favor de Babélia. Do lado direito não está Enoque. Seria um pilar para enfrentar esse avanço dos templários. As lembranças não duram mais que instantes, a guerra não deixa tempo para hesitação.

As bolas de fogo aquecem os escudos, o suor transbordando sem reservas. Sem qualquer alento de amigos, ignora a carnificina, como se tudo fosse silêncio, e só lhe resta esperar a própria morte. A derrota é iminente. O som dos próprios pensamentos mais alto que gritos de falsa bravura, que os urros de agonia pelo fim antecipado das vidas. Táscia respira rápido, seria uma boa morte, então que seja levando templários com ela, que a Lâmina Celeste pereça cobrando um preço alto do inimigo.

Enche o peito para chamar os loucos que largarão a formação de defesa e partir em uma carga suicida pela glória.

– Zorak, me perdoe.

O sangue para de pulsar e por um breve instante tudo congela. Então sente o tremor que não é o da terra sob as botas de metal nem o impacto dos bombardeios. A pele formigando, algo rompe as paredes da realidade e o rastro dessa violação ribomba por todos que se esforçam no campo de batalha.

Na retaguarda de Babélia, algo maior que os zigurates invade o vazio, sua matéria pedindo passagem ao ar, escamas mais antigas que o primeiro suspiro dos homens brilham sob a luz de Nean, misturadas a maquinários nunca imaginados pelos mortais.

Sua presença se projeta cobrindo os babelianos, mas os liderados pelos filhos da noite mal notam o que acontece. Poderiam ser nuvens, nada justifica uma pausa na luta.

Táscia procura no colosso algo vivo, talvez seja um enorme zigurate comandado por algum monstro. Reúne a coragem que precisa.

– Ao meu lado! Morte para os escravos da luz!

Alguns a acompanham no ataque, então a general se aproveita da distração do inimigo com o que quer que tenha acabado de surgir detrás de si para que os seus guerreiros recuperem a confiança. Ela, que estava prestes a desistir, agora esmaga com a ponta do escudo a cabeça de um templário que derrubou no solo enlodado de entranhas.

Que o sangue dos inimigos aqueça a sua pele e que o ímpeto de selvageria não termine nunca. A sua imagem deve ser terrível, pois rasga membros e incapacita oponentes sem dificuldade. Está vestida no vermelho da morte. Quando as armas a ferem, rejeita a dor e devolve as agressões com fúria redobrada.

Sozinha no meio de uma abertura na aglomeração, à sua volta jazem aqueles que ousaram estar na sua frente. No centro dos muros que refletem o ouro do céu, a estátua de Pietru Negro tem na ponta de sua espada um brilho intenso que se acumula, aquilo não é natural. O monumento colossal está pronto para defender a cidade sagrada ainda que não possa mexer seus músculos de pedra.

Táscia arrisca uma olhada para trás para entender o que assustou os inimigos, e, além das lâminas místicas brandidas pelos zigurates que fatiam os aeronavios, ela vê o que só pode ser a visão de um deus entre os que lutam.

Tudo o que habita as lendas pode chegar ao mundo real, já presenciou isso, mas nada poderia tê-la preparado para a verdadeira forma da abominação que Zorak trouxe para o seu lado.

* * *

Hoje de madrugada, Táscia saiu logo da tenda procurando a Duquesa de Enhasa, que estava parada mais adiante com o queixo colado no peito, olhando para algo que segurava entre os dedos.

– Vossa Graça tem um minuto?

A Duquesa se virou e guardou o pingente dentro das suas vestes, abaixo do pescoço. Ela respirava devagar, mas ruidosamente. Seus olhos queriam chorar, mas seus lábios sorriam.

– Perdoe-me se é má hora, mas preciso falar com você.

– Diga-me, general. Como posso te ajudar?

– Pare com as formalidades. Vossa G... – Táscia soltou o ar preso no peito e balançou a cabeça – Você sabe quem eu sou, de onde eu vim, tudo o que passei desde o começo até agora, quando estamos diante do fim de tudo.

– Sim. E estou orgulhosa de ver que Magna estava certa de confiar em você. Veja onde chegou.

– Pois não me importo! – Táscia mentiu, pois se não pudesse estar entre os grandes e sentando em suas mesas, certamente teria sucumbido durante a marcha absurda a que se submetera. – Eu só quero ouvir de alguém que não seja imortal, que seja normal...

– Só que não sou normal. Esta é a minha terceira vida em Mammon – disse a Duquesa, mantendo o seu constante sorriso.

– Ah. – Táscia soltou um muxoxo e se virou para o lado, bufando e então puxando o ar pela boca. – Pare com esse sorriso, Duquesa!

Pare de fazer parecer que está sempre tudo bem. Você sabe o que Zorak despertou? Pois eu vi e não entendi. Por que Magna me colocou deste lado – disse entre os dentes, espremendo os olhos e os dedos.

– Você viu o que ele despertou. Um privilégio que nem eu tive, apesar de saber do que se trata – disse com uma voz suave. – E se conheço o príncipe o suficiente, é porque ele te estima. E a quer do lado dele até o fim. Mas confie nele, dizer nomes ou explicar com minúcia coisas que o tempo vai revelar são perda de tempo. E é uma forma de nos proteger dos inimigos se porventura a capturassem.

– Isso é ridículo! – Táscia cruzou os braços e olhou para o céu, onde Sarali já começava a despontar de trás da irmã vermelha.

– Era isso que queria me perguntar? Não está satisfeita. Mas te peço, babeliana, ande conosco esta última marcha. E então as respostas finalmente virão.

– Eu só queria acordar disso tudo.

– Acordar? Não sente que isso que vive é a realidade?

– Não.

– Isso é ótimo – a Duquesa solta um risinho entre os lábios fechados. – Um antigo ensinamento arcadiano dizia que nunca devíamos estar certos de ser real aquilo que sentimos ou vemos.

Táscia se virou para ela, descruzando os braços.

– Qual é o seu nome?

– Meu nome?

– Sim. Eu quero saber o seu nome. Não o seu título.

– Ah, faz tanto tempo que não me chamam assim no mundo da vigília. Apenas minha irmã que só se comunica através dos sonhos. Meu nome é Dorin.

– Dorin? – Táscia perguntou, e a Duquesa de Enhasa anuiu. – Depois de ter visto tudo o que fizemos, você não duvida de nossa escolha?

A Duquesa inspirou o ar fundo e disse:

– Pense em minha irmã. Sim, Leene, a Rainha de Babélia, aquela que você viu em uma cadeira de rodas. Imagine-se aprisionada em um corpo que não funciona nesta realidade, uma presença desencaixada, menosprezada e ridicularizada pelos nobres babelianos que a viam como uma inválida. Para alguém que nunca viveu no mundo dos sonhos, como explicar que o que vemos todos os dias pode ser o que uma borboleta, por exemplo, enxerga em seus pequenos momentos de sono?

– A dor que eu sinto nos ferimentos e que se tornaram cicatrizes é real.

– Muito bem. Eu chamo isso de nossas transformações. E se nesta realidade que vivemos, ainda que sejamos o sonho de um inseto, existe tanto egoísmo e destruição mútua entre as pessoas para se manter em lugares seguros, não seria melhor idealizar uma existência em que não julgassem aptos ou inaptos aqueles que por desígnio das Mães se tornaram ou simplesmente são diferentes? Quando conversava com minha irmã, deitada em minha cama e ela na dela, ouvia sobre as suas histórias imaginadas, mundos que não existem e maravilhas tão belas e sensíveis que não poderiam vir de alguém quebrado. Mas seu corpo é uma limitação, e aqueles que não a compreendiam a puseram de canto, usando seu sangue e título para construir seus pequenos castelos de orgulho e privilégios. O que não sabiam é que nós conversávamos e fomos costurando com paciência e diligência uma forma de nos libertarmos da prisão feita de contratos e burocracia em que tentaram nos manter. E aqui estamos nós, hoje, diante da sede de poder que tentou esmagar o legado arcadiano por séculos.

Táscia deu dois passos para olhar mais de perto aquele rosto sereno. A Duquesa continuou:

– Este mundo precisa ser transformado, Táscia Elena, general do Exército Revolucionário de Babélia da Ascensão. E, assim como as suas dores e cicatrizes vêm do que a fizeram a mulher que é hoje, a magia é a Transformação do mundo sob as mães.

– Já entendi como você vê tudo isso. Mas lembre-se: eu não sou uma babeliana – Táscia fez uma reverência e saiu.

* * *

Os zigurates são altos como as catedrais, edifícios feitos para aproximar os humanos das Mães no céu, mas o que atendeu ao chamado e confronta os guardiões dos segredos do mundo tem três, quatro vezes a altura do mais alto dos prédios que Táscia já viu antes.

Projetando-se de um corpo largo e robusto como uma fortaleza, um pescoço de pele brilhante e trincada, escamas com reentrâncias profundas se misturam com cabos e mecanismos. Músculos antigos como os rancores dos imortais movem-se vagarosos, uma criatura fundida ao colossal construto pela tecnologia ancestral dos L'dren. As únicas coisas claras na sua estrutura negra são ovais brilhantes e púrpura, como a pedra da espada de Táscia.

Sua bocarra tem dentes grossos e enegrecidos muito maiores que lanças, se abrisse totalmente a mandíbula poderia engolir metade do campo de batalha. A cabeça coberta por um elmo escuro e liso, com aberturas para os chifres de cristal escuro, como se feitos da primeira crisálida originada pela criação. Seus olhos estão cobertos, como se precisassem cegá-lo para os horrores que cometerá.

Os membros enterrados na abominação que é o aparelho, de suas imensas costas três pares de asas se agitam vagarosas, elas também ligadas por cabos e remendos artificiais, aumentando as sombras que encobrem o terreno onde se decide o destino do mundo.

– Minha deusa... O que foi que Zorak trouxe à luz? – Táscia balbucia.

A aparição do monstro mantém os templários na defensiva, como se ainda tentassem entender o que está acontecendo, quebrando o seu foco há pouco inabalável.

– Não tentem entender o que isso seja. Só saibam que está de nosso lado. Avante, Babélia. Avante! – Táscia grita para os soldados próximos, enquanto tenta se convencer que essa lenda do mundo antigo cumprirá a sua função e furará os bloqueios até os portões da Capela da Assunção.

Outro dos zigurates é alvejado pelos aeronavios, mas se mantém em combate. Destroços que chovem dos céus dissolvem mesmo as sólidas formações dos guerreiros templários.

Banhada de sangue espirrado, a presença da general inspira de capitães a soldados a se manterem na vanguarda, uma luta dominada pela bravura em que manobras inesperadas e a entrega total em proteger o próximo, derrubando um inimigo por vez, vencem a organização dos guerreiros sagrados. Só existe o foco, só existe a concentração.

– Não olhem para trás, aquilo está do nosso lado! – Táscia recolhe a haste com um movimento e transforma a lâmina rúnica em espada de novo. – Para frente! Para frente! Ao meu lado!

– General, não é só o monstro, tem mais gente nossa vindo e–

– Concentre-se, Raine! – ela grita para a major.

O céu dourado pinta o caos de uma beleza que não combina com a cacofonia e o absurdo, por isso Táscia grita para acreditar que ainda mantém o grupo unido, tentando suportar as visões que se acumulam, pessoas com quem trocou incentivos e canecas de cerveja caindo inertes e despedaçadas.

Olha para a estátua de Pietru Negro e a espada do colosso brilha mais do que nunca, como se a sua luz estivesse prestes a explodir e acabar com essa brutalidade.

E então ela explode.

Táscia arranca a sua espada da fenda da armadura de um templário que ainda gorgoleja, assim como matou o seu primeiro oponente, para acompanhar com os olhos uma rajada de luz que rasga a planície com uma onda de fogo, incinerando a todos como formigas sob uma lupa que concentra a luz de Sarali.

Agora é Babélia que não crê no que está vendo. Não há defesa mágica ou comum para aquilo.

– Ataque total! Ataque total! – Táscia ergue o braço dormente da espada para não deixá-los se abalar com o contra-ataque. – Para cima deles, não vão matar os próprios homens! – berra, já sentindo a rouquidão.

Quem não corre desesperado tenta seguir as ordens, e todos partem em direção aos muros, onde magos defensores aguardam em fila. Suas mãos concentradas na altura do peito, brilham em conjunto e disparam bolas de fogo.

– Ao meu lado! Ao meu lado! – Táscia mal tem tempo de erguer a lâmina rúnica e invocar o seu poder, absorvendo e dissolvendo algumas delas para a sua direção. A magia mergulha o seu corpo em um gelo intenso que por um instante lhe arranca toda a dor, para depois concentrá-la toda no seu braço direito. Ela grita e derruba a espada no chão. Os babelianos que se safaram fecham um círculo à sua volta, mas são atingidos por mais bolas de fogo e flechas.

Táscia range os dentes, grunhe pela própria fraqueza e apanha a espada com o máximo de força, ignorando o formigamento e forçando-se a sentir as pontas dos dedos.

A major Raine, que a interrompeu há pouco, cai gritando com a armadura de couro em chamas. Táscia pula sobre ela para abafar o fogo.

– Calma. Fique calma – Táscia olha nos olhos da guerreira e Raine engole a agonia, respirando curto, com a boca aberta, tentando se manter forte para a sua líder.

Um tremor de cascos ou passos ágeis se aproxima, morreriam em um ataque de cavalaria, Táscia pensa. Então há um estrondo.

E uma voz familiar.

– Ergam-na – ordena a voz.

A general rola no chão rápido, pronta para reagir, mas quem a observa não é uma ameaça, mesmo sendo vultos imponentes, formas grandes e negras contra a luz dourada do céu.

– Zorak? – Táscia afasta os L'dren que tentam levantá-la. Os imortais estão acompanhados por aracnas que obrigam os templários a recuarem com suas poderosas rajadas de energia.

Zorak N'ldir está montando o seu lobo mecânico negro, grande como um cavalo de guerra. Ao seu lado está a Duquesa, sentada não na sela, mas em um assento especial em que cabem duas ou três pessoas lado a lado.

– Táscia Elena. Acompanhe-me até a Capela da Assunção – diz o L'dren olhando para a guerreira suja de guerra.

Táscia ergue Raine, que aperta o braço da general como agradecimento.

– Obrigado, general.

– Vá, major. Vamos vencer!

E, com um aceno, Raine parte para manter o perímetro de segurança em volta dos líderes L'dren.

– O que é aquilo que você chamou? – Táscia grita para Zorak no mesmo instante, apontando para o colosso que se ergue como um prédio, maior que os zigurates. – Por que ele não faz nada? Essa estátua está acabando com a gente.

– Ele vai fazer – Zorak sorri sem o seu capacete âmbar, pois sob Nean até os L'dren podem andar com a pele exposta.

Táscia sobe no espaço lateral do lobo-montaria, que firma suas pernas orgânicas amplificadas por próteses, e fica junto com a Duquesa de Enhasa. Então se vira para os seus guerreiros com a testa franzida e ordena, assertiva:

– Major Raine, deixe os L'dren na vanguarda, mas fique perto do muro! A estátua não vai atingi-los se—

Mas antes que possa terminar de falar, uma rajada massiva de energia pulsante atravessa o campo de batalha, uma lança de luz que vara a estátua de Pietru Negro e atinge a abóboda da Capela da Assunção. De lá de trás das forças de Babélia, o gigante monstro ainda mantém a boca aberta enquanto fecha vagarosamente as asas, recobrando forças para um novo ataque.

– Observe, general, o verdadeiro poder do mundo antigo. Contemple a força de Bahamut, um legítimo primogênito da Criação – diz Zorak apresentando a criatura com reverência.

Sem piscar Táscia observa quando metade do salvador de pedra tomba de lado, destruindo um pedaço do muro e esmagando prédios e vidas, dissipando imensas nuvens de poeira que cobrem a Cidade Vidente como um lençol.

– Vamos entrar enquanto estão ocupados demais morrendo e não conseguem reagir. – Zorak dá um tapinha no corpo do lobo e o animal dispara em direção à cidade. Táscia se segura como pode e respira, tentando vislumbrar o que está acontecendo, ignorando o irritante sorriso sempre presente no rosto da Duquesa.

A luta no campo está chegando ao fim e, como Zorak bem disse, não foi decidida pela infantaria nem por estratégias de combate que envolvessem mortais, mas por veículos e máquinas que se impuseram pela força massiva. Uma disputa de poder de fogo baseada em escala e cadência. E o resultado é um campo de batalha onde os corpos dos humanoides parecem migalhas entre enormes cadáveres de aeronavios, zigurates, aracnas, balistas e catapultas.

O que corta os céus não são as lanças e espadas de metal dos guerreiros, mas as rajadas de energia das máquinas voadoras e de terra que fazem os últimos momentos do combate. A chegada de Bahamut desequilibrou demais as coisas e a vitória babeliana é iminente. Então por que a cada minuto que passa Táscia sente um gosto amargo crescente na boca?

Zorak não precisa de rédeas para controlar a montaria, que corre ágil, às vezes derrubando com suas pesadas garras quem ousa ficar na frente, avançando sem hesitar. Um aeronavio ostentando verdes e dourados, maior que todos da sua frota, diminui a altitude, ao que o príncipe L'dren responde com dardos de energia saídos da cauda do lobo mecânico. Elas parecem atingir o alvo, mas se chocam em paredes invisíveis.

Quando o veículo está pouco mais alto que um prédio de alguns andares, um de seus tripulantes se atira sem medo, caindo com forte impacto no chão, que se afunda em sua volta. Ele estica as pernas e aguarda pela chegada dos invasores, sem tomar posição de combate. Já Zorak interrompe a corrida e se encolhe, hesitando por um instante.

Nesse ínfimo momento, uma onda de energia vinda de um ataque muito rápido desferido pelo adversário rasga o vento e por pouco não atinge a montaria, que empina. Táscia é atingida na cintura e é arremessada na terra, gritando quando atinge o chão.

– General! – grita a Duquesa, que também caiu, mas sem ferimentos. A regente se ergue e corre para o lado dela.

Zorak parte para cima do inimigo e salta para o lado, desviando por pouco de um corte que rasga o solo e sobe para o céu. Mas agora o lobo mecânico é atingido e despenca, dividido ao meio.

A carne do corpo ligado à máquina se remexe, estrebuchando. Táscia sente a queimadura e a dor ardendo e se alivia ao ver que o animal morre rápido, sem precisar de um golpe de misericórdia. Estão praticamente embaixo dos portões da cidade sagrada, abertos pelo próprio Pietru Negro, uma estátua entre escombros.

– Precisamos continuar, general – diz a Duquesa de Enhasa. – Dá para andar?

– Vai ter que dar, senão vamos desperdiçar o que o Zorak está fazendo. – O sangue quente de Táscia escorre entre os dedos. O acolchoamento da armadura está encharcando e não consegue fazer pressão suficiente.

Duas aracnas se aproximam, carregando guerreiros L'dren sobre suas carapaças. São Ardyn e Shuyin, os favoritos do príncipe.

– Vamos acompanhá-las até a porta da Capela. Levantem-se! – diz Ardyn, que salta para o chão. – Criança Táscia Elena, deixe-me estancar o ferimento. – Ele tira um frasco de um bolso lateral do traje e joga o pó na ferida sem cerimônia. A pele de Táscia queima de dentro para fora, os músculos reagem com espasmos. A dor que quase lhe rouba a consciência escapa entre os dentes por um grunhido assustador.

– Deusa, como dói – Táscia diz espremendo os olhos.

– Mas cauteriza rápido. Não deve mais haver hemorragia.

– Não mesmo. Impressionante – Táscia toca a pele curada e, apesar do local adormecido, só sente um calor forte. – Vamos logo, Zorak não vai poder nos acompanhar. – A general se levanta com o apoio dos companheiros. Sente o músculo repuxando um pouco, mas não há mais resquício do ferimento.

Os dois L'dren e as duas humanas seguem muro adentro da Cidade Vidente e então para as escadarias, enfrentando pouca resistência nas ruínas após o ataque do dragão ancestral.

* * *

Sob Nean na noite dourada, Zorak inspira a brisa que rasga a nuvem de poeira.

Aredhel abre os braços, expondo seu torso nu e decorado com pinturas curvilíneas que acompanham as linhas de seus músculos.

– Precisa de tamanha proteção para me enfrentar, irmão? – ele aponta com sua cimitarra para Zorak. – A luz de Nean não irá feri-lo.

– Você está protegido pela magia, glorificado. Pretende zombar dos amaldiçoados até quanto sua vida corre perigo?

– Desgraçado! As Mães estão comigo e é sob a luz do Todo que vou libertá-lo de sua maldição.

"Magia. O impulso da Transformação que movimenta tudo o que há. Ser glorificado com tanto conhecimento, viver dentro da magia e conhecer as engrenagens que formam o universo e não poder usá-la por medo da crisálida, eis a verdadeira maldição que aflige o meu povo", pensa Zorak, mas em um átimo essa ideia se dissipa e avança com sua lâmina rúnica desembainhada. Aredhel não se surpreende e toma posição defensiva, repelindo os cortes com elegância, suas pernas dançando para tirar o corpo do alcance dos ataques do oponente.

O Alvo aproveita o retorno de uma esquiva, roda em um círculo e investe para demonstrar ao irmão caído que ele não ditará o ritmo da luta.

Olhos fixos, a concentração não vacila de nenhum lado enquanto as espadas forjadas por técnicas milenares testam indivíduos que guerreiam uma vez a cada dez gerações humanas.

– Por que trai a glória dos primogênitos para desafiar a vontade das Mães? – diz Aredhel, brandindo a sua arma com o ritmo de um balé coreografado. – Não entende que o sofrimento das vidas mortais que manipulou decairão sobre sua existência?

– Vocês falam demais até quando confrontam a Morte! – Zorak solta um grito de guerra e, ao esquivar de um corte vertical, encaixa um soco em gancho na barriga de Aredhel, mas um brilho verde mostra que atingiu uma barreira invisível. Mesmo assim o golpe projeta o Alvo para o céu. Zorak salta junto com o auxílio de sua armadura mecânica e em pleno ar trocam golpes. Sem as pernas para permitir os movimentos de defesa, Aredhel só consegue se encolher para que os ataques que o atingem não o firam fatalmente. Com a insistência, a barreira mágica cede, e Zorak arranca o primeiro sangue do inimigo com um rasgo superficial no dorso. Para quem vê do campo de batalha, é como se dois mensageiros alados das deusas se digladiassem no meio da noite dourada.

Zorak grita em triunfo ao ferir seu inimigo. Aredhel se mantém encolhido, como se apenas desejasse que a luta acabasse, mas então se liberta em um estrondo, abrindo os membros e revelando asas de luz, golpeando o L'dren com um voleio, projetando-o como uma bala de canhão na direção da estátua de Pietru Negro. O impacto ocorre na altura do único ombro que ainda permanece inteiro do colosso guardião destruído. Aredhel vem flutuando e pousa perto do oponente.

– É mesmo um hipócrita ao criticar minha couraça – diz Zorak, cuspindo sangue azul escuro, quase purpúreo. – Exibe-se quase nu, mas coberto por magia!

Aredhel pisoteia Zorak, que ainda tenta se desvencilhar do mármore onde foi cravado. Após receber alguns golpes resignado, o L'dren se liberta desviando os chutes do glorificado e toma a sua espada caída para devolver uma sequência de ataques. Quando está quase forçando-o para uma borda, o Alvo realiza uma conexão com a Magia e, do centro de seu peito, jorra a luz como se fosse a Mãe Sarali, cegando Zorak e queimando o seu rosto albino.

– Eu disse que as Mães estão comigo – diz Aredhel, aguardando o oponente se recuperar, sem pressa de destruí-lo –, posso canalizar o dia como qualquer elemento da Criação. Se não fosse a presença de Nean para protegê-lo, eu teria a força da Mãe para torrar a sua cabeça. – Zorak só enxerga o vermelho de uma noite comum, sua cabeça queimando por dentro em um intenso ardor. Mas a maior dor é a decepção consigo mesmo por não poder vencer o velho irmão.

– Em sua arrogância de querer mudar a ordem natural das coisas, agora cambaleia em minha frente, prestes a ser aniquilado – continua Aredhel. – Sua cabeça gira em conflito, não é mesmo? Entender a própria limitação é a maior ferida que se pode receber em um duelo. Mas vou acabar com o seu sofrimento.

O Alvo glorificado aponta para o campo de batalha onde as formações dissolvidas mal sustentam a luta após o duelo dos titãs. Bahamut se move devagar, auxiliado por sua máquina.

– Os dragões foram os primeiros da Criação, e hoje o mais antigo deles luta em nome da Destruição. É inacreditável que conseguiu convencer uma criatura tão sábia e ancestral a lutar por seus objetivos egoístas. Daqui de cima podemos ver os mortais pequenos e indefesos que são, eles precisam de nossa liderança, da sabedoria de partes da Mãe que somos.

O sangue sobe à testa de Zorak, que range os dentes. Não por ódio das palavras de Aredhel, que soam como as de um ser superior, isso é o que os Alvos fazem. Mas ódio de si mesmo. Existir como um amaldiçoado é insistir todos os dias para viver sem a luz do dia, sem o calor e conforto que é de todos, é sobreviver em uma sociedade reclusa que só reconhece e respeita o mais forte. É ser um imortal que nunca encontrou a paz, senão quando liderou os gananciosos humanos. Tudo isso atravessa seus pensamentos no momento que olha para o céu e imagina a Última Fortaleza que o salvará da crisálida. Brada em fúria e ataca o vulto de Aredhel, que se desvia com movimentos precisos e perfeitos como se fossem combinados, até que em um jogo de pernas o Alvo fura a defesa descuidada de Zorak e o empurra para fora. O L'dren cambaleia, sua pele rachada acesa como brasa, e vê a altura que a sua queda percorrerá antes do fim. Dessa altura de três templos, nem ele sobreviverá. Mas, antes de cair, Aredhel segura-o pelo braço e fala com a voz triunfante de quem não duvidou nem por um momento da vitória.

– Cesse a sua existência, Zorak, Príncipe da Sombra. Daqui de cima do grande profeta dos humanos, mergulhe para a sua última queda. Eu lhe concedo um fim poético que repita a perdição de vocês, como no dia em que a Mãe da Sombra nos manchou a metade.

Zorak começa a voltar a enxergar, ainda embaçado, mas não mais um mar de sangue. Erguido de frente para o abismo onde o príncipe Alvo quer que se jogue. Olha para a Última Fortaleza que ainda não se vê no céu, mas que guarda o conhecimento que poderá curar todas as moléstias. Lembra-se da vez que desafiou a morte para provar o amor dele, quando saltou para dentro da noite sem se importar com o impacto com os prédios cobertos pelo rubro profundo. O nome que nunca o deixa, como disse o Arconte. Janus. Neste momento vê o rosto da Táscia, aquela criança tola que, assim como seu amado Pyro, nunca temeu a morte de cristal. Ela empunha sem hesitar uma antiga lâmina rúnica. Motiva-se pelo sacrifício, pronta para abrir mão da integridade de seu corpo. Sorri quando imagina que mesmo essa jovem efêmera pode lhe ensinar algo.

– Você ainda se lembra da glória dos primórdios, Aredhel? – Zorak pergunta, e com um gesto firme gira com uma mão um complicado mecanismo de sua armadura que se contrai e abre, revelando seu corpo albino. O calor de Nean é leve na pele suada do L'dren.

E observando a luta que já mingua, Zorak agarra a sua própria lâmina e se prepara para o salto que terminará isso.

"Janus, naquele dia há tanto tempo você não temeu a queda, ainda que fosse mais frágil que eu. E no fim suportou a crisálida por mais tempo que imaginei que um humano poderia. Talvez viveria como uma aracna se eu lhe pedisse, assim não teria que perdê-lo. Como eu posso temer a derradeira doença da alma, a morte de cristal? Pode sorrir de onde quer que esteja", pensa Zorak controlando a respiração, seu corpo pulsando ansioso para explodir.

– O conhecimento do Bem e do Mal é a ciência definitiva – diz Zorak. – Para nós, que sabemos tanto da Transformação, seria o passo que nos tornaria deuses. Como as nossas mães.

– Absurdo. Foi não entender a nossa limitação que nos levou à queda, meu irmão. Chega dessa loucura – Aredhel diz inspirando o ar devagar. – A glória dos primórdios nunca será esquecida. Eu me lembrarei desse mundo em que você existiu, com essa imagem na mente. Adeus, Zorak, voe para o fim – e Aredhel larga Zorak como se livrasse de um cadáver.

A queda.

Ela é tão rápida da altura que está que nem se compara com a memória daquele mergulho que venceu o tempo.

"Janus, você decidiu que os neanos nos separariam. Mas não houve um único dia em que pude esquecê-lo."

O vento acariciando o rosto de forma rude, os olhares descrentes dos rebeldes vendo seu líder cair do céu, mas a mente de Zorak se fixa em acessar lembranças tão antigas, religar-se com o que há entre a eterna luta das Mães. E mais rápido que previu o seu corpo arde e estilhaça, adagas de frio rasgam-lhe a carne e se abrem como longas asas que lhe interrompem a queda. Com um tranco o ar resiste aos seus novos membros e o empurra para cima, fazendo com que se equilibre e se mantenha planando.

Se antes os olhares dos aliados eram de temor, agora são de deslumbramento pela figura que desliza pelo céu, em voo ascendente pelas batidas vigorosas de suas asas. Dois pares delas, brilhantes e refletindo a luz dourada de Nean, feitas da crisálida e manchadas pelo sangue escuro de Zorak N'ldir.

Para o Príncipe da Sombra, os calafrios de vencer a queda se misturam à dor que amortece seus braços e pernas, reunindo toda a sua vontade em se manter voando.

Mas logo vem Aredhel, que não perdeu mais que instantes incrédulo com a façanha de Zorak e já se armou com suas próprias asas para enfrentar o rebelde irmão. São quatro as suas asas de luz e jorram fogo, que risca o ar em vigorosas batidas. Elas impulsionam o Alvo mais alto que o L'dren, sua silhueta definida em frente a Nean.

Os irmãos alongam suas lâminas, tornando-as lanças, e Zorak ascende rápido, encontram-se em um estrondo surdo. O L'dren urra de dor, seus dentes rangem cheios de seu sangue roxo. A lança de Aredhel atravessou o seu tronco rompido pela crisálida.

– Morra! Por que não morre? – Aredhel grita do fundo da garganta, seus olhos de âmbar faiscando de ódio.

Zorak sorri. Mas a dor é forte demais e a crisálida trinca se expandindo, não pode contê-la, até que engole o braço de Aredhel e sua lâmina que o atravessam como se fosse a bocarra de um monstro de vidro. Agora quem grita de dor é o Alvo.

– Eu já morri quando o meu povo caiu do céu, Aredhel. Agora você sabe o que é a crisálida em sua carne. – Apertando a empunhadura de sua lâmina rúnica, Zorak usa suas entranhas em cristal para acioná-la. O frio o domina por dentro, mas seus olhos estão fixos nas asas de fogo de Aredhel, que diminuem até se extinguir.

– O quê? O que é isso? Você não pode usar uma lâmina rúnica, pretende se matar?

Com as suas asas dissipadas pela lâmina rúnica, Aredhel luta para se desvencilhar de Zorak, mas está ligado a ele como se fizessem parte do mesmo corpo.

– Agora nós caímos. Juntos – diz Zorak, com um sorriso de sangue púrpura.

Quando, milhares de neanos atrás, os L'dren foram cobertos pela Sombra de Anmas e caíram das moradas no céu, seus olhos talvez demonstraram o desespero de quem entendia que era um passo sem volta. A perda da Glória de viver sob a luz, receber o calor da Mãe que contém o impulso da vida, manchados pela eternidade em suas compleições albinas, quase transparentes, enquanto a simples visão da luz do dia queimava seus olhos que sangraram até tornarem-se puro vinho.

Zorak, que não viveu a queda, a imaginou na expressão de Aredhel, cujo corpo indefeso e impedido de usar magia por causa da lâmina rúnica atravessava o vento, aproximando-se cada vez mais da terra que abriga todos aqueles que morrem.

Deseja ouvir a última súplica desse que não está acostumado às limitações, que viveu sempre abençoado pela Criação.

Mas Zorak não pode morrer agora, precisa completar a sua jornada abrindo de uma vez por todas a Última Fortaleza.

Precisa de força vital, da energia que apenas os seus irmãos possuem.

E, ignorando as imprecações de Aredhel, abocanha-lhe o pescoço, bebendo de sua seiva nos segundos antes do impacto dentro da Capela da Assunção, atravessando a sua abóboda.

* * *

Um pouco antes

A casa da Deusa é repleta de um branco que a torna grande demais, como se feita para abrigar todas as almas do mundo. Árvores de moradas álvicas representadas com seus galhos e troncos pelos pilares de alabastro e arcos entalhados. O chão de mármore espalha a luz que vem da imensa abóboda central de cristal dourado. Acima de tudo, afrescos contam a história da Criação em várias cenas pelo teto. Desde a Criação, a eterna luta das Mães antes que tudo houvesse, o seu suor tornado as estrelas que povoaram a escuridão da força original de Nean.

Mas todos os desenhos e detalhes da arquitetura levam para o trono postado no fundo do salão que ecoa com os passos de Táscia. Disposto em um recorte circular mais baixo do teto, bem acima do assento, um grafismo impressionante, uma intrincada mandala de onde se estendem diferentes asas, uma imagem que se funde na mente da guerreira para o resto de sua vida.

Há uma figura sentada no trono imóvel, estátua imaculada neste lugar sagrado, seu rosto uma expressão de serenidade inabalável, boca sem sorriso e olhos cerrados. Em sua cabeça a mitra decorada por raios que saem de um circunfixo apontando para o céu, de onde as Mães observam os filhos. O manto que a cobre é púrpura e escorre até os pés em faixas decoradas e ostensivas como tudo naquele local.

– Santíssima Mãe, perdoa-me, pois pequei – diz Táscia, segurando a lâmina rúnica em sua mão.

– Que a Deusa te abençoe – a voz da Grande Mãe longínqua é clara o suficiente para que seja ouvida.

Táscia olha para o chão, vê o próprio reflexo em algumas lajotas que são de mármore polido, amarelado pelo ouro de Nean que entra pelos vitrais claros das altas paredes. Inspira o ar e aperta o punho da espada para se certificar que ainda a segura.

– Eu lamento a invasão, mas acredito que saiba por que estou aqui – diz Táscia, concentrando-se para que os passos pareçam firmes. As rachaduras da gema da Lâmina Celeste roçam na palma pelos dedos inquietos.

– Ah, ovelha desgarrada. Você e os seus violam um lugar sagrado. Por que traz a espada à casa da Deusa? – o rosto da Hierofante permanece impassível, como se a voz ecoante viesse das paredes.

Táscia baixa os olhos para o chão, refletindo com a própria imagem a ideia de um dia ter se dedicado à fé pregada pelo Templo.

– Mãe, preciso da sua pedra-alma para cumprir a minha missão. Entregue-a e irei embora.

– Onde está a sua horda que vem trazer a morte a quem busca a vida?

– Encerre o discurso, Mãe. Não vim para discutir, mas para cumprir uma missão. Está mesmo sozinha? Quem deixaria a Hierofante sem guarda?

– Não preciso de proteção. Metatron está comigo. Você o vê? – a Hierofante aponta para cima, para o estranho desenho no teto recuado. – Ele é o guardião que nos separa do Conhecimento do Bem e do Mal, porque é do maior protetor que a verdade do mundo precisa.

– E é isso que eu quero. A verdade do mundo.

– Mas entende o que você faz? A quem serve?

– Eu estou com os L'dren, é fato. Mas não fale comigo como se me conhecesse.

A Hierofante não se move.

– Traria o fim do mundo dos humanos em nome dos Sombrios?

Táscia baixa a lâmina por um segundo e olha em volta, imersa na grandeza daquele salão e em imaginar quantas decisões que destruíram vidas saíram daquele rosto impassível.

– Mãe, você poderia me dar o que procuro? Poderia me dar a verdade? Eu não luto por L'dren ou Sombrios, não tem nada a ver com isso. Mas se meu caminho levar à verdade, eu aceito o preço.

– A verdade? – a voz é baixa, como se a Hierofante falasse consigo mesma.

– Sim, a verdade. A que vocês se esforçam tanto para esconder, ou precisamos mesmo fingir que vocês não tentam neste exato momento nos vencer para se apoderar das outras pedras-alma e abrir a Última Fortaleza? Se pudessem ter acesso ao Conhecimento do Bem e do Mal, passariam pelo mesmo Metatron que enfeita o seu salão e entrariam na casa proibida. Nós sabemos que é por causa da afronta que meu reino fez ao Templo que Coméria tentou acabar com a nossa economia, com embargos comerciais. Mas quando tentaram estrangular a aliança dos descendentes arcadianos e L'dren, já era tarde.

– Os reinos são soberanos. O Templo é apenas o guia...

– O Templo e os Três Reinos estão juntos. O que não posso entender é que mesmo agora, quando só estamos nós duas, ainda precise sustentar essas mentiras. É como se vivesse isso o tempo inteiro, é a única explicação.

A Hierofante se levanta, vestes longas de seda deslizam pelo trono, o rosto permanece impassível.

– Você sabe o que é uma vida dedicada a milhares?

– A Mãe diz isso, mas os sacerdotes corrompem e manipulam a fé dos incautos – grita Táscia –, quantos passaram suas existências rezando, confessando, repetindo tudo o que suas malditas multiplicadoras vomitavam nas reuniões novenais sem sequer imaginar o lodo, a sujeira que vocês promovem, tudo em nome de um poder que até agora eu mesma duvido ser possível de ser atingido!

– Não deve interromper a Santíssima Mãe – a Hierofante diz, e sua voz ecoa muito mais alta de repente, fazendo com que Táscia recue por reflexo. – Por acaso sabe, minha filha, o que é viver como os Alvos, onde só há vigília e nunca o descanso e nem as fantasias dos sonhos? O que é tomar decisões todos os dias que levam sim pessoas à morte, mas garantem que todas as outras permaneçam vivas e tenham uma passagem cada vez melhor nesse pouco tempo que é dado a nós, que não somos imortais? O que é não viver para que outros o façam? Sabe o que é isso, criança? Os seus Albinos lhe ensinaram isso?

Táscia se lembra dos L'dren que agora duelam com a guarda de elite do Templo para lhe garantir passagem livre para a audiência na Capela da Assunção com a Hierofante. Por um momento deseja trocar de lugar com eles.

– A pedra-alma, Mãe.

Com um gesto rápido demais, o chão é arrancado sob os seus pés e Táscia é arremessada longe, deslizando pelas lajotas de mármore diferentes, mas perfeitamente encaixadas, encarando as estrelas pintadas no teto. A lâmina rúnica fica no meio do caminho.

– Alguns precisam morrer para que outros possam viver – diz a Hierofante. – O sacrifício é um dos princípios que os mortais devem entender. Se quisermos conviver sob os olhos dos Alvos e dos Albinos, é importante saber o nosso lugar.

Táscia tenta se levantar quando o chão treme e uma protuberância a joga para o lado. A Hierofante se aproxima devagar, o rosto congelado. Atrás dela começam a ser condensados em pleno ar pedaços de pedras preciosas e terra que vêm de todos os lados. O primeiro bolo de rocha mergulha e se choca ao lado de Táscia, que rola no último segundo, mas ainda assim lhe lacera a perna, que começa a sangrar.

A visão do sangue incomoda a Santíssima Mãe, que solta um urro, mantendo seu rosto perfeitamente congelado, e com ágeis espasmos das mãos mergulha mais pedregulhos que destroem o delicado trabalho dos artesãos álvicos.

– Você é a responsável por esse derramamento de sangue na casa da Deusa. Pague com a sua vida!

Dos lados dela, grossos caules de plantas rompem o chão destruído e crescem como se neanos fossem segundos. Táscia percorre com os olhos a sala e não encontra sinal da Pedra de Gnomo, a sua espada está longe. Ignorando a dor na perna, arremessa-se para a frente e se choca com a Mãe, que se desequilibra, mas consegue controlar as plantas para que se enrolem às pernas e braços da garota. Os caules têm espinhos que rasgam roupas e carne e sangram Táscia, a dor aguda dificultando manter o foco na luta. Os olhos se embaçam e o sono chega sem anunciar, mas ela deve se manter em combate. Quando a Hierofante faz as plantas espremerem os seus membros, Táscia vê a sua derrota na forma de mais uma vinha que se ergue como uma cobra prestes a dar o bote, revelando uma bocarra aberta cheia de dentes. É o fim.

A raiva. Após tanto esforço e vidas que viu se esvaírem em sua volta, carregando essa desgraça em seu braço direito, pesando por dentro a angústia de suas perdas, mas acima de tudo a raiva de não ver nascer aquilo que com mais esmero cultivou, o broto que rachava as cascas e agora se aproximava tanto de desabrochar, a sua libertação.

Porém nota que dentro das roupas da Hierofante alguma coisa emite uma fraca luz. A pedra-alma. A pedra-alma está pendurada na altura do peito da Santa, Táscia precisa tomar-lhe a pedra.

Neste momento surgem de trás da Hierofante mais duas pessoas que não estavam na sala que a babeliana não distingue nem conhece. Talvez sejam sacerdotes.

– Santíssima Mãe! – grita a sacerdotisa.

– Suprema Aorya. Agradeço o auxílio, mas não precisarei de Vossa Eminência para cuidar desta criança. Como está a situação? – indaga a Hierofante sem se virar.

– A Cidade Vidente está tomada, eu não imaginava que isso fosse possível, mas os lendários trajes de combate dos Albinos são mesmo formidáveis, quase indestrutíveis. Estão lá fora e prestes a entrar. Vamos fugir, Santíssima Mãe, não é seguro ficarmos mais aqui. Precisamos nos retirar. O Inquisidor Roni está comigo, temos a sua carruagem esperando.

– Vou apenas terminar a punição. – A Hierofante se vira para Táscia, que está praticamente desmaiando de dor e sangramento. – Arrependa-se de seus pecados, criança, e irei abençoá-la antes de retornar à Essência. – A Suprema e o Inquisidor estacam sem saber o que fazer.

Táscia chora uma lágrima de ódio pela estupidez e procura nas lições de Magna o que ela teria feito, como teria evitado essa derrota tão rápida e incompreensível. Recria a luta em sua mente, como poderia ter feito melhor e não ter perdido a espada tão depressa. Decide por desistir, que desmaie, que venha o sono a dominá-la para se enterrar nele. Mas quando as pálpebras pesam para se fechar da luz, a última coisa que vê é uma lâmina brotando do tronco da Hierofante, que urra como um demônio por trás do rosto impassível. Táscia sente os caules afrouxarem por um momento e o formigamento que lhe toma as pernas e braços. Precisa da dor, precisa voltar à consciência.

– Suprema Aorya, maldita seja! – a voz da Hierofante retumba. No mesmo momento, os caules que sugavam a vida de Táscia agora se desvencilham e derrubam o Inquisidor e a Suprema, que se escondia por trás dele.

Não haverá outra chance. Táscia rola e está de bruços, ignorando a Hierofante que avança devagar contra seus agressores, plantas e pedras voando pela nave do Templo.

"Você precisa respirar fundo. Não existe dor, Táscia. Isso é da cabeça."

Com forças que arranca de si com grunhidos, sob as imagens de situações parecidas no duro treinamento com Magna, ela começa a se esgueirar. O Inquisidor de negro corta um dos caules e continua dançando com agilidade e a calma que Táscia não teve. Isso a enfurece. A lâmina rúnica está logo adiante.

– Você que cuidou de mim por toda a vida, a quem tratei como a uma filha. Como pôde, sua criança desgraçada! – esbraveja a Santíssima Mãe.

Os dedos de Táscia se esticam e tocam o pomo da espada. O punho. E então sente o seu peso ao tirá-la do chão. Mal tem força para senti-la como parte de seu braço direito pesado e formigando. Mas essa espada não exige força e é a sua única chance. A general se concentra e toca a gema L'dren no punho da arma. O fluxo de energia é intenso, atravessa o braço enfraquecido dela e então se expande, invisível, mas palpável em seu coração, até que um silêncio estranho chega e o salão para no tempo.

É quando a Hierofante está prestes a arremessar bolos de pedras cortantes contra os seus inimigos já dominados e sangrando sob os espinhos, mas a lâmina rúnica erguida absorve o fluxo em um vórtice, sugando os impulsos mágicos do salão até que as plantas percam a força e murchem devagar, como se flutuassem na água. Os pedregulhos se despedaçam e caem sem o apoio da vontade, a onda de magia no braço de Táscia, apoiada sobre um joelho, é a maior que já sentiu até então, mas a sua concentração também está mais forte do que nunca. A Hierofante dá um passo para trás e o seu peito em um instante explode em cristais pontiagudos. Seu rosto se despedaça e ela cai sentada. Então se deita, arfando. A Suprema e o Inquisidor também respiram alto, bastante feridos e tão surpreendidos com toda a situação quanto a Santíssima Mãe. Táscia se arrasta até a Hierofante para procurar pela pedra-alma.

– Criança. O que você fez?

Do peito da Hierofante projetam-se facas de cristal azulado empapados de sangue roxo. Os seus verdadeiros lábios agora se movem, secos e murchos como as plantas que jazem nas lajotas intactas de pedra polida que foram límpidas minutos atrás. O rosto da Mãe é o mais velho que Táscia já viu. Não há cabelos ou sobrancelhas, seus olhos, pérolas opacas rodeadas por pele enrugada e enegrecida, seu nariz carcomido só não mais repulsivo que o seu peito, um buraco irregular e putrefato onde está grosseiramente encaixada a Pedra de Gnomo. Esta emana a cor âmbar e é vívida, brilho que contém almas que navegam dentro dela mesma, um frasco de ouro líquido. No oco sem vida do quase cadáver da Hierofante, o coração indeciso e visível através da caixa torácica bate sem saber se deve continuar ou desistir. Em sua volta, uma máscara de face bela e impassível destruída.

– O que você fez? – sussurra a Hierofante com uma voz baixa e quase inaudível.

– Eu vou tomar a pedra-alma, Mãe – diz Táscia com o coração acelerado, a cabeça prestes a explodir pela tensão, pedindo à Deusa Mãe da Luz, em Sua própria casa, para que o reforço chegue logo, pois não quer enfrentar o hábil Inquisidor como está. Ele deve estar se soltando das plantas.

– É irônico, mas esperado. Vivi três vidas de mortal protegida pela pedra-alma para morrer de crisálida. O que você fez comigo?

Táscia usa a ponta da lâmina para destacar a pedra-alma das amarras de couro que a ligavam à caixa torácica e quebra os cristais que saem do corpo da Hierofante, que pouco geme com os novos ferimentos. Mesmo com a intensa vibração que lhe chega pelo metal da espada, derruba a pedra no chão liso sem tocá-la com as mãos em nenhum momento e só então fala, nunca perdendo a atenção com os adversários por perto.

– Esta é uma espada L'dren. Uma lâmina rúnica.

– Uma lâmina rúnica? – Os velhos olhos da Santíssima Mãe retornam à vida. Mas, cansados, olham para o lado oposto, sem encarar Táscia. Seu hálito é podre e exala o esquecimento. – Isso era apenas uma lenda de uma técnica usada por guerreiros da sombra da antiguidade... Conseguiram vencer a magia... Os Albinos vão abrir a Última Fortaleza, afinal.

– Eu quero entender a verdade – Táscia diz baixo e o peito aquece, uma lágrima de alívio é expelida, seguida por outras, caindo no chão de mármore.

– Estou morrendo, criança. E agora eu finalmente vejo... Nas lutas dos imortais... Nós somos apenas coadjuvantes. Você vê isso?

– Eu vejo, eu sei disso. Assim como a Santíssima Mãe sempre viu e soube. Mas eu preciso continuar.

A Suprema e o Inquisidor se afastam, primeiro arrastando-se, depois se erguem e correm para a porta no canto do enorme salão. Táscia franze a testa, segurando a espada, surpresa que sigam em paz e sem mais confrontos, mas em seguida as portas da Capela da Assunção são abertas e os passos pesados de Ardyn e Shuyin ecoam pelo salão, acompanhados de mais alguns L'dren que arrastam uma grande caixa sobre rodas. Expira o ar e espreme os olhos, respira fundo. O fluxo de magia que canalizou lhe devolveu o vigor, ainda que agora o braço direito arda, não apenas formigue. A concentração em um momento de quase morte foi perfeita. Não compreende, mas aceita que é assim que as coisas são. O mau cheiro da Hierofante ainda incomoda, então se levanta devagar e vira o corpo da Santíssima Mãe para cima. Que ela se vá olhando para o ouro do céu de Nean.

A Hierofante do Templo

7

Quando a adolescente Celestiana Tessitore abriu a porta de madeira velha e descascada, um bilhete caiu no chão. Abriu e, com dificuldade, leu letra por letra das palavras escritas com habilidade, repetindo as sílabas que se acendiam na cabeça:

> *Zícero está muito grande. Minha mãe mal aguenta andar pelos corredores de casa.*
>
> *G.*

A garota suspirou. O grito da mãe não deixou a sensação se prolongar.

– Celestiana, vá logo buscar as coisas para fazer o almoço. Seu pai vai chegar morrendo de fome do trabalho e não quero escutar berro.

– E por acaso o que ele faz é trabalho? – Celestiana resmungou alto demais, a mãe ouviu.

– Celestiana! – a mãe gritou apenas o nome, depois disse mais contida. – Vai mesmo querer me irritar no meio de tudo isso que estou tendo que aguentar?

– Não.

– Então vai logo fazer o que pedi.

– Sim, mãe.

– E lembra do que eu disse, pede pra ela anotar o valor. Se reclamar, insista que vamos pagar logo. Vou receber um dinheiro pela venda do tear e limpar tudo o que tiver pendente.

– Sim.

Após ouvir desaforos da dona da mercearia, que a lembraram de como os seus pais não cumpriam com as obrigações, não tinham palavra, não honravam a confiança que recebiam, Celestiana voltou para casa andando rápido e chutando com os sapatos gastos qualquer coisa que estivesse na frente, carregando na cesta um pouco de farinha e ovos, alguns tomates machucados, legumes murchos e um pedaço de linguiça defumada.

Era uma manhã branca e cinzenta, como se Sarali não existisse mais já há alguns dias, escondida atrás de nuvens que às vezes choviam e às vezes abafavam mais o clima da época da Claridade.

Ao abrir a porta rangente, outro bilhete caiu no chão. Celestiana encheu o peito de ar e bufou, a testa franzida. Virou-se para olhar em volta, mas não viu ninguém nas vielas estreitas e escuras da região afastada e pobre de Criane em que logo deixaria de morar.

Se a gente não falar mais, saiba que sempre vou pensar em você.
G.

Celestiana bateu a porta fechando a rua atrás de si e ouviu uma reclamação da mãe para que fosse logo fazer a massa para o almoço.

E, pouco tempo depois, os rostos carrancudos dos pais na hora da refeição trituravam qualquer paz que pudesse evocar. O ar quente dos dias cinzentos era mais agradável que o estrangulador de dentro de casa. O único comentário do pai, que se sentou à mesa sem cumprimentar ninguém e nem ao menos se limpar ao chegar da rua, exalando um cheiro acre de suor, após três garfadas, foi:

– Esse molho tá estranho. Você comprou tomate azedo, Celestiana?

– Foram os únicos que a mulher da venda me deixou levar, porque não quis anotar mais nada – disse a garota entre os dentes à mostra.

– Não foi isso que eu perguntei! – ele bateu na mesa. Antes que pudesse ser impedida, Celestiana agradeceu a refeição e saiu da mesa, correndo para fora do apartamento estreito que ficava em uma tripa de prédio no meio de três pontas de ruas.

Com a voz da mãe gritando com o pai para que não tratasse a menina dessa forma, Celestiana já andava na rua segurando o bolo que se acumulara em sua garganta.

Sentou-se em meio a algumas caixas em um beco que ficava do lado de trás de uma oficina e se abanava quando viu uma silhueta contra a luz. Ergueu-se e fechou as mãos, sempre pronta para o pior.

– Calma, Celes, sou eu – disse a voz delicada de Garlando Espendi.

Celestiana expirou o ar e se encostou nas cargas de novo, quieta.

O garoto passou ao lado dela sem tocá-la e subiu nas caixas atrás com suas roupas novas e bem cuidadas, contrastando com o vestido puído e de barras sujas de Celestiana.

– Dia ruim?

– Apenas mais um dia.

A presença de Garlando fez Celestiana expirar o ar preso e aliviar as tensões dos músculos. Sentou-se no chão sem se incomodar com o cheiro de urina que flutuava no lugar.

– Cheiro de mijo – Garlando reclamou. – Devem esvaziar penicos por aqui.

Celestiana não queria imaginar que tipo de inferno teria que lidar na nova terra em que seu pai se meteria em mais falcatruas.

– Quer dizer que sua mãe mal consegue andar pelo barrigão? – disse ela, com a voz mais animada que conseguiu soltar. – Ai, não sei se eu quero passar por isso, não.

– Ah, poderíamos ter só um filho. Quero dizer, se você quiser, claro. Eu já vou ter que lidar com esse irmãozinho e nem sei como vai ser.

A garota sorriu. Era provável que nunca mais se vissem. E ainda assim ele a rodeava com seus bilhetes, sua presença que a fazia sentir-se especial. Talvez com ele tivesse uma vida em que não fosse obrigada a nada que não desejasse.

– Minha mãe tá quase aceitando a ideia da minha tia Reggiane de me mandar para Lindebluma e estudar por mais de dez neanos na universidade de Cidânia. Ela quer que eu vire um doutor para cuidar de contratos, essas coisas. Mas eu não quero, preferiria ficar aqui, passar uns tempos com o meu tio na fazenda, aprender a levar a vida dele lá.

– E seu pai?

– Meu pai diz para eu fazer o que eu quiser, mas não na frente da minha mãe. Ele só fica quieto.

"Não existe lugar para viver livre neste mundo", pensou Celestiana. Então mentiu:

– Eu vou praticar mais a escrita e aí te mando cartas. Então você terá meu endereço e poderemos trocar mais bilhetes.

– Sei não – Garlando resmungou.

Celestiana sorriu e fechou os olhos, preferindo aproveitar a presença boa do que se entregar a ideias que a afastassem daquele lugar protegido. Surpreendeu-se com o toque em seu cabelo e as pontas dos dedos que afastaram a sua bandana e encaixaram algo entre a têmpora e o pano. Levou a mão ao local e deu um peteleco na de Garlando, que deu risada. Então algo caiu em seu colo. A metade de um lápis com a ponta rombuda. Apanhou-a com uma mão enquanto com a outra pegou o papelzinho preso no lado da sua cabeça. Abriu para ler.

Daqui de cima, seu cabelo parece feito de ouro.
G.

A garota soltou o ar pelo nariz e fechou os olhos depois de decifrar a mensagem.

Usando o lápis, traçou do lado de trás do papel algo que representasse o que queria dizer melhor que palavras, escondendo de Garlando o conteúdo. Terminou e entregou para ele, que abriu e viu, mal desenhado e torto:

♥

* * *

Quando o segundo dos golens guardiões cai, os L'dren desfazem suas poses de luta e Shuyin cambaleia até o monstro, saltando e fincando sobre a gema de vida a sua lâmina tornada lança para desabilitá-la de uma vez. Ardyn confirma a derrota do outro e formam um perímetro em volta da Torre de Babel, aguardando por Zorak.

O braço direito larga a lâmina rúnica no chão. Táscia puxa o ar pela boca, a cabeça flutuando, os olhos pesados a cada piscada.

L'dren caídos na luta contra os golens inertes a poucos passos do fim de sua missão milenar. Sobre poças de seu sangue púrpura ou explodidos em crisálida pela magia dos monstros, destruídos para que seus irmãos pudessem seguir até o final.

A Duquesa de Enhasa pega a espada e entrega para Táscia, que decide embainhá-la.

– As urnas. Tragam as urnas – a voz de Zorak grita após subir as longas escadas alvas que levam para o topo, mas ela sai de uma silhueta negra disforme contra a luz dourada ininterrupta de Nean.

Porém, quando se revela por inteiro ao seu séquito, à visão de seu torso desnudo e ferido, com duas asas quebradas e assimétricas saídas de suas costas, formadas pelo vidro da doença dos magos, a Duquesa grita e corre em sua direção.

– Pela Mãe, o que houve, meu príncipe? O que você fez? – ela começa a chorar e toda a sua placidez se dissolve em berros apagados pela brisa intensa.

Táscia controla a respiração ao reparar na carne rompida de Zorak, aproxima-se um passo de cada vez com as pernas tremendo e hesitantes, apertando o próprio braço direito, onde não há proteção de armadura, com os dedos da outra mão.

– É o preço! Não se apiedem de mim! – Zorak afasta a Duquesa falando alto, mas com delicadeza. – Tragam as urnas, eu disse!

Táscia suspira, esvazia os pensamentos e se esforça para ajudar a Duquesa, que ainda choraminga, a arrastar para a Torre o grande baú negro trazido pelos L'dren. Abrem-no sem perder tempo. As urnas estão lá. Três delas. As luzes indicam que a Pedra de Silfo, a Pedra do Gnomo e a Pedra de Ondina estão vivas dentro, oscilando como se dormissem sem vontade de acordar para exercer seus papéis.

A Duquesa veste um par de manoplas negras, pedras roxas se acendem com o contato da pele viva. A testa franzida, respira inquieta, fungando pelo nariz que escorre, as pernas agitadas.

Todos assistem ao seu trabalho ouvindo o arrastar dos pés e o vento negro que uiva no topo do mundo.

Dentro do peito de Táscia, o coração palpita. Ela inspira o ar o melhor que pode, mas não consegue mais encher o pulmão, como se alguma coisa a espremesse por dentro. Deve levar isso a cabo. Qualquer pensamento que a assalte pode ser o fim da resolução.

Restaram no campo de batalha apenas a névoa da terra remexida e os gemidos dos moribundos que não poderia ouvir daqui de cima. Os aeronavios caídos parecem caber nas palmas das mãos, vistos desta altura. Os mortos, grãos de areia separados por enormes riscos feitos pela espada fulgurante de Pietru Negro. Focos de chamas ainda são encontrados aqui e ali. O vento leva o odor da morte para longe, na direção da cordilheira da Cicatriz, parecendo um montinho de barro a distância. Mas ainda há trabalho a ser feito para que o céu dourado, nesta noite iluminada, dure para sempre.

Táscia se aproxima da beirada e, em vez de vertigem, flerta com um último voo que a liberte. Seus pés na borda do mármore branco dessa praça recriada pelo Templo onde expõe o monumento que é fruto de seu roubo histórico. Ninguém a impediria.

– Não fique aí na borda, Táscia. O vento sopra forte, e não seria justo que perdesse a entrada à Última Fortaleza por uma fatalidade – diz Zorak, a forma de seu corpo quebrado lembrando a de um mensageiro do céu.

– Então agora você acredita em evitar fatalidades?

Um voo de liberdade.

As Deusas estarão no céu para que as encare como uma filha rebelde que se põe diante da Ciência do Bem e do Mal?

Torre de Babel, um monumento de mármore liso, há algo dentro dela que permita uma ligação mágica tão forte que rompa a realidade e as próprias leis da Transformação. Para que se possa ver além do que nos é apresentado. Mas Táscia só vê os encaixes vazios, pedra desgastada e suja, como se uma insanidade coletiva cegasse a todos que participam dessa reunião sem sentido. Crianças brincando com pedregulhos de vidro e atribuindo a eles valores que não possuem. Fantasia.

Shuyin afunda com grande força a Chama Cortante, a espada de Pyro, com seus entalhes e desenhos na guarda que formam uma flama congelada, em uma das cavidades vazias da Torre de Babel. Então se distancia do aparelho antes que as humanas possam manipular as pedras.

Urnas abertas, as pedras-alma flutuam pelo ar, as manoplas da Duquesa não as tocam, apenas controlam-nas.

– Posso sentir a energia querendo me dominar. Percorre o meu corpo, é intenso demais – a Regente diz baixo, quase para si mesma.

– Cuidado, um toque com a própria pele e você estará ligada a uma delas – diz Zorak.

Os L'dren tomam grande distância e Zorak esbarra sua asa de crisálida em Táscia, que se ajeita e olha para trás, a longa queda até o chão onde se espalha o resultado da guerra. Cada uma das três pedras-alma flutua atraída pelas cavidades até o encaixe perfeito, delicado, luzes dentro das gemas se intensificam quando postas em volta do monumento, apontando aos quatro pontos cardeais. Só falta uma delas, mas a espada arcadiana ocupa esse lugar.

– Mas falta uma pedra-alma. Acho que agora eu mereço entender como é que isso vai funcionar sem ela – diz Táscia hipnotizada pelo movimento das cores pulsantes sobre o mármore.

Todos ficam em silêncio. Zorak dá um passo adiante.

– Estamos diante da Torre de Babel e prestes a abrir a Porta da Verdade. A Última Fortaleza nos aguarda, por que não aprecia conosco este dia? Veja o seu corpo, banhado de sangue, você está ferida, está exausta.

– Acho que saber a verdade é um ato de confiança. Você não confia em mim mesmo depois de tudo o que passamos?

– Nem pense que vamos discutir isso agora – diz Zorak, e se vira para os L'dren posicionados para o ritual. – Ardyn, acione a ligação com os zigurates. Logo termina a passagem de Nean e virá o dia. As armaduras estão exauridas, Sarali nos destruirá. *Yaelle Adur Muni*!

Um estrondo que ribomba por toda a Cidade Vidente derrotada, o zigurate na frente dos portões escancarados vibra e grita alto. A energia intensa primeiro é um incômodo e logo torna-se uma dor de cabeça insuportável para os presentes lá em cima.

Táscia ajoelha e tenta se concentrar, a cabeça prestes a explodir.

– Fique tranquila, isso passa. – Zorak não tira os olhos da base da Torre de Babel.

A tensão dura alguns instantes, mas some quando a espada de Pyro fincada no mármore se acende com um zumbido fino que para o tempo.

As pedras-alma brilham e Zorak ergue os braços, triunfante. A Duquesa de Enhasa se aproxima do monumento e olha para o céu, ao seu lado os sortudos L'dren que testemunharão a vitória de seu povo.

A Torre de Babel se inflama como brasa atiçada, revelando pequenas luzes azuis que correm por caminhos retilíneos e que se ramificam em muitos outros, sempre em direção ao céu. Antes poucos, agora dominam toda a superfície branca como veias da pedra antiga e, intensos, unem-se no cume da construção. Em um pulso que balança toda a plataforma, jorram para o céu como um vulcão, ejaculando a Essência, o sangue da Mãe da Luz, para romper a abóboda e o véu da realidade. A brisa interrompida volta a soprar.

Zorak está rindo, gargalhando, vendo a conclusão de tudo o que planejou por tantos neanos, sem acreditar que agora finalmente está chegando ao fim. A Duquesa chora e louva em voz alta, gritando para as Mães. Os três L'dren à sua volta erguem os braços e comemoram, até que um deles é atingido com muita força pelo flanco, sendo atirado para um último voo a mais de duzentos metros de altura.

Todos viram para encarar um dos golens novamente erguido, talvez pela intensidade mágica que dominou a plataforma, que já apresenta as primeiras rachaduras.

– Destruam-no! Nada vai nos impedir agora! – grita Zorak, ao que os seus irmãos anuem na mesma hora, saltando para enfrentar a ameaça.

A Duquesa continua chorando e rezando, o céu não pode suportar por muito mais tempo o jorro que pretende fendê-lo. Táscia desembainha a lâmina rúnica e grita para Zorak.

– Diga-me o que você fez!

Zorak está sentindo o abraço do vento que sopra forte na plataforma daqueles que perfuram o céu. Os olhos vermelhos enfim se abrem, cedendo aos gritos da companheira de guerra.

– Ora... O que dizer. Você nunca leu a história arcadiana? Talvez o próprio livro de Pietru Negro traga alguns pensamentos sobre isso, não?

– Eu mal sei ler, seu desgraçado. Conte-me o que fez – Táscia aperta o punho da espada e sente os dedos adormecidos.

– Está bem, então... – Zorak suspira. – Eu fiz a mesma coisa que esses humanos que criaram as outras pedras-alma fizeram. Mas, em vez de ter uma gema onde injetar a quantidade enorme de força vital dos elementos, eu pus algo que a recebesse diretamente e pudesse agir como uma delas na base da Torre de Babel – Zorak aponta para a Chama Cortante de Pyro, que vibra com a cor vermelha, algumas faíscas escapando dela. – Essa é a nossa Pedra de Salamandra. Se você não tivesse me levado à Pedra de Ondina, usaríamos o diadema de Aquanis como canalizadora da energia da Água.

– Força vital? Mas o qu...

– Francamente, Táscia, eu não posso lidar com a sua ignorância, logo teremos que nos comunicar com Metatron e vencer o seu Desafio, pois se não nos aceitar vai impedir que possamos acessar a Última Fortaleza como aconteceu com os arcadianos. Mas desta vez estou preparado.

A Duquesa de Enhasa se ergue, enxugando os olhos.

– Duquesa, você sabia disso? O que ele fez? – inquire Táscia, as lágrimas transbordando das pálpebras, a vertigem tirando-a do eixo. Vê as rachaduras se abrindo na plataforma.

– Você não quer a verdade? Então eu lhe darei a verdade sem reservas, como combinamos – diz a Duquesa. – Com a ajuda da sua espada e com o meu conhecimento mágico, estamos prontos para nos defender do Desafio de Metatron e vencê-lo. Então atravessaremos a Porta da Verdade. Os L'dren não têm como lidar com a energia das pedras, mas eu manterei o fluxo sob controle e você poderá usar a sua espada para se defender da Luz do Julgamento.

– Mas como Zorak conseguiu acionar esse negócio sem uma das pedras? – grita Táscia, os olhos arregalados. – Como fizeram os arcadianos? Mas que inferno, ninguém pode ser honesto comigo? Pensam mesmo que eu entendo isso?

– Na verdade, quando soubemos que perderíamos Magna, pretendíamos que Pyro estivesse aqui neste momento, não você. Mas agora é hora de resolvermos isso juntas. Todo o conhecimento do mundo esteve à sua disposição, Táscia Elena. Eu mesma me ofereci a ensiná-la a ler e adquiri-lo, lembra quando estávamos na biblioteca? Assim você saberia como os homens construíram as pedras-alma em primeiro lugar. Quer mesmo nos acusar de ocultar a verdade quando você mesma não a quis? Você a ignorou e avançou sem olhar para os lados para que pudéssemos chegar aqui. E isso é admirável, mostra um intuito sólido. E agora quer se fazer de desentendida? As pedras-alma são feitas da crisálida embebida das almas das pessoas, é óbvio. Por isso chamam assim!

Magna. As almas das pessoas. Os zigurates nas capitais.

– Vocês vão destruir todas as pessoas que vivem nas capitais em nome disso?

– Sim – diz Zorak, impaciente pela demora do rompimento. – Se Arcádia, que era muito menor, conseguiu, imagina nós, com mais gente à disposição. Veja as pessoas que ainda duelam pela Cidade

Vidente, os nossos babelianos fiéis, todos eles. Olhe para a verdade, Táscia Elena. Ela está à sua frente.

Táscia olha para baixo e o zigurate vibrando diante da cidade sagrada devolve uma onda de pulso que cristaliza todos que ainda estão vivos combatendo ou fugindo. Aqueles que tentam escapar e aqueles que se rasgam em nome das ordens ou das crenças dos seus superiores, ninguém é poupado. Os corpos caem explodidos em pedras de azul brilhante, sem reação, enquanto os sopros de suas vidas são arrancados à força e canalizados para a máquina L'dren. E todas essas ligadas à espada de Pyro enterrada na base da Torre de Babel.

– Maldito seja, Zorak, estão matando todo mundo!

– E qual é a diferença de matá-los em uma guerra ou como combustível para abrirmos a porta? Que hipocrisia é essa, a morte violenta é desejável à de quem nem imagina o que está acontecendo? Os mortais persistirão, Táscia. A sua Terra Pátria é a reconstrução de uma sociedade fracassada. Recriarão o Templo ou algo parecido com todas as suas regras e dogmas, recriarão linhagens e nomes, cores e fronteiras. Tudo isso será reestabelecido e organizado para que todos possam viver felizes. E por favor, não seja dramática. Só estamos usando as almas das pessoas que habitam as capitais dos Três Reinos, punindo aqueles que dominaram e subjugaram todos os pobres mortais dessa terra em que viveram. Você mesma não é uma dessas oprimidas?

– E Magna tinha que pagar o preço também? – Táscia crava a mão no ombro desnudo de Zorak, que se desvencilha e diz, encarando-a:

– Por escolha dela, Táscia. Quando da tentativa de recuperar a Pedra de Salamandra, o choque de energia foi tão forte que a crisálida a invadiu por dentro. Ela estava condenada. Mas ela me deu a sua vida, pois se vivia era por minha ajuda. E eu aceitei a sua devoção e o seu sacrifício.

As lágrimas vencem e Táscia sente o peito se abrindo. Ergue a lâmina rúnica na direção do L'dren e a força lhe falta mais uma vez, os dedos não aguentam o peso e a espada vai para o chão. Mas agora não tem mais dúvidas de que está condenada como a sua mãe-amante, sendo comida por dentro pela doença dos magos. A Tartaruga da Prioresa. Garlando. A floresta em chamas e a lâmina rúnica que a protegeu, a pedra rachada deve ter falhado ali e entrou demais da magia não filtrada em sua própria carne.

O céu rompe e o jorro atravessa a fenda cortada. O sorriso vem aos lábios e Táscia enxuga as bochechas com as costas da mão adormecida.

– Táscia, eu te acolhi ao meu lado – diz Zorak, hipnotizado pelo rompimento do céu –, honrei o que Magna me pediu e confiei cegamente na pessoa por quem ela mais tinha afeto. E veja, é você quem está aqui ao meu lado nesse último momento. Testemunhe!

A Duquesa olha para os dois, exasperada, pois enquanto conversam o golem tenta furar o bloqueio dos L'dren para chegar aos invasores.

– Eu estou doente, Zorak. A crisálida...

– Eu também estou! A crisálida não será um problema para aqueles que entrarem na Última Fortaleza. Você não enxerga isso? – as belas feições do príncipe L'dren estão retorcidas, ele fala alto e gesticula. – O que quer que tenhamos vivido nesta terra, tudo isso ficará para trás se pudermos vencer o Desafio de Metatron. A Ciência do Bem e do Mal é nossa! Não hesite!

Absurda é a existência. Pensar em encontrar a Deusa e então a liberdade é o sonho em que rola a pedra abismo acima e nunca atinge o cume.

Então o céu se abre como se a própria Mãe o tivesse rasgado. De súbito, sem espera, revelando as asas e o corpo de Metatron. Olham para o mensageiro aturdidos, procurando uma explicação para o que veem, a imagem da obra dos céus ao alcance das criaturas.

As asas se abrem e fecham, muitas delas, uma roda dentada de penas rígidas que riscam o céu, camadas e camadas delas em volta de um centro. Seu corpo são aros maiores e menores, todos concêntricos, para onde todos os movimentos convergem. A sua precisão geométrica, inorgânica, como se fosse um desenho vivo de linhas precisas e não naturais.

A Duquesa começa a gritar desesperada por não entender o que está acontecendo. Até mesmo Zorak se paralisa com a presença massiva surgida dos céus.

Táscia não compreende o que está diante de si ou por que estão tão incomodados, embora o terror crescente a faça querer destruir o monumento e parar tudo o mais rápido o possível. Algo a puxa para longe, o mais distante da Última Fortaleza, mas não há razão palpável para as suas pernas tremerem e a arrastarem para sair debaixo daquilo.

– Esse é o Desafio! – berra Zorak, ensandecido. – Ele está destroçando o nosso ímpeto. Precisamos atacá-lo e mostrar que não teremos medo da Criação ou da Destruição. Duquesa. Táscia. Vocês terão que agir juntas.

Um corpo destrói os pavimentos da plataforma e deixa um rastro por onde se arrastou no chão. O L'dren se ergue com um dos braços e encara o céu.

– Zorak, não nos decepcione – grita Ardyn. – Abra essa maldita porta. Vamos arrastar esse golem para baixo!

– Não. Estamos próximos do fim, temos que passar pelo Metatron e...

– Adeus, irmão. Chegue ao céu! – o L'dren se ergue e salta para cima do golem ativado, sobre o qual Shuyin já se pendura atacando-o nas juntas para destruir-lhe os membros.

E mesmo sob os protestos de Zorak, Ardyn atinge o construto mágico golpeando-o com os pés, empurrando-o junto com Shuyin para fora da plataforma. Os dois L'dren voam para a Cidade Vidente onde as almas ainda são sugadas pela espada na Torre de Babel.

Táscia vê a Duquesa caída, cobrindo o rosto, sem olhar para o céu. Zorak está de pé encarando o mensageiro.

– É maravilhoso demais, minha Deusa, eu não posso... – a Duquesa reza para si mesma, tremendo.

Magna no seu último abraço, as palavras estranhas. E a crisálida também dentro de seu corpo.

"... ela me deu a sua vida", disse Zorak.

A Regente babeliana curvada à sua frente, o Príncipe da Borda da Luz gritando para que o acompanhe até o céu. A lâmina rúnica nas mãos.

Táscia golpeia a Duquesa sem pensar mais. Um golpe decidido, Dorin cai com o pescoço aberto, esvaindo na plataforma antiga. Em sua morte ela rezava para encontrar a glória, o céu rasgado acima dela esperando que entrasse.

O príncipe L'dren urra e ataca Táscia, derrubando-a para longe da Torre. O vento sopra forte e chacoalha os cabelos dos dois. Ele saca uma espada negra e espera a mortal insolente se reerguer para a luta.

– Cessem o pulso mágico, o plano principal falhou. Eu o convoco, Bahamut, ajude-nos a vencer Metatron! – diz Zorak em um brado alto que ecoa por todo o campo de batalha. Em instantes o gigantesco dragão ancestral que derrubou Pietru Negro é acionado lá de baixo, puxando toda a energia dos zigurates em sua volta para dentro de si, acumulando-a em uma estrela de luz na frente de sua bocarra.

– Eu não acredito que você achou que poderia fazer alguma coisa para atrapalhar – diz Zorak sob a brisa tornada ventania, os cabelos brancos batendo nos seus ombros e pele permeada de rachaduras – Táscia Elena, você esteve diante da maior chance da sua vida e abriu mão dela. Mas não me surpreende, esse é o preço da mortalidade. Terminar de existir para que outros tomem o seu lugar.

Táscia balança a lâmina rúnica ignorando o braço fragilizado e faz com que Zorak recue por não aparar os golpes. Ela ataca com fúria, pronta para o fim, e só a frágil esperança de vislumbrar o que está além de Metatron a motiva a continuar a existir.

De longe, a dança do duelo é ríspida, mas os choques das espadas são engolidos pelo som da fúria de Bahamut que vomita luz para o céu. Porém o jorro azulado e brilhante para em uma barreira invisível, o mensageiro da Deusa não se incomoda com a ofensa.

Táscia tenta feri-lo, mas a defesa de um nobre L'dren treinado por centenas de neanos é poderosa, os golpes que passam não o destroem. Apenas adicionam rachaduras à sua pele marmórea rompida por crisálida. A babeliana perde o equilíbrio, cansada, e Zorak vira a espada com elegância em um corte diagonal que lhe atinge a coxa. A calça de Táscia é tingida por uma poça vermelha.

Zorak vira as costas para ela e ri. Não se satisfaz com a velocidade do ataque ao céu, Bahamut não teve o efeito desejado.

– Isso vai demorar demais. Sua tola, vocês poderiam ter aberto a Porta sem nada disso. Vamos ter que esvair mais gente, destruir mais vidas, porque você decidiu mudar de ideia e derrubar a nossa melhor maga. É essa hesitação maldita que não nos leva para lugar nenhum. A sua vida acabou e você a viveu inteira sem olhar para os lados, pensando apenas nisso aqui. E agora abre mão? Não teria sido melhor viver de outra forma desde o começo?

Todas as vidas ligadas a essa máquina, a essa Torre de Babel, em busca de uma verdade que nem mesmo pode compreender. Almas que se foram sem entender por que razão, ligadas às pedras criadas por uma civilização que a tudo sacrificou.

Táscia se ergue e transforma a espada na lança. Gira-a sobre a cabeça e ataca Zorak. O L'dren se defende sem dificuldade e a rebate para o lado, fura a sua defesa e a derruba mais uma vez.

– Eu não vou matá-la. Porque você merece ver o que está além disso. Talvez mais que a própria Duquesa. Ela apenas seguiu o que acreditava serem os ideais dos arcadianos, mas você não, você realmente é formidável. Você queria isso acima de tudo, não é mesmo? Então veja como vamos abrir a Porta, e entenda que eu não vou deixar isso para depois. Eu vi o meu povo falhar, eu estive lá na primeira tentativa para abrir a Última Fortaleza. E eu vi a fúria de Metatron. Desta vez estamos preparados, eu não vou aceitar o fracasso.

Táscia pega a espada e olha para a gema, trincada de vez no encontro com Garlando. As pedras-alma emitem uma energia poderosa na base da Torre de Babel, a força mágica mais poderosa que presenciou nesta vida. Algo não visto desde a queda de Arcádia.

Ela se ajoelha.

– Fique no chão – Zorak aponta para Táscia com os olhos vermelhos arregalados. – Eu vou cumprir o que prometi.

– Mas não precisa... – ela diz. – Não precisa se preocupar comigo. Pois eu vi a verdade.

Um beijo em uma caverna proibida. Uma mão de guerreira que a ergueu do chão na taverna.

– Fique aí!

Táscia sorri.

– Eu andei por ela durante todo esse tempo. E se o que eu precisava era desse percurso para entender isso, eu estou satisfeita.

O braço adormecido levanta a lâmina rúnica.

– Eu venci o seu desafio, Metatron! – grita Táscia Elena.

– Maldita seja. Não!

A energia das pedras-alma é incitada pela gema trincada, o corpo quebrado que ali persiste desafiando o fim dos tempos. Então o fluxo é interrompido, não vai mais para o céu, mas para a portadora que exige que a tome como sua nova detentora ali, no topo do mundo. As luzes de todas as cores piscam como as lembranças que se intercalam na sua memória invadida pela profusão de vontades e arrependimentos. Mas não dela, Táscia recebeu as almas do mundo antigo, as que foram entregues pelo ideal arcadiano, os universos que deixaram de ser para que as gerações vindouras encontrassem o sentido final.

Porém, quando o desespero não a venceu, Metatron mostrou-lhe que não o encontraria além dele. Quem não tem medo não pode ser salvo, pois não está em perigo. E na última consciência vê além dos próprios olhos, torna-se a crisálida que toma o resto do seu braço ferido e descobre-se por dentro, viajando pela própria carne enquanto se apodera de cada pedaço dela.

Ligada à Torre de Babel, não é mais apenas Celestiana, mas todas as almas que impulsionam a máquina, e sente quando Metatron começa a girar suas asas e sua matéria até que não se possa enxergar os padrões que o enfeitam. Ele brilha, vai retaliar.

Quando tudo é seu, está pronta para tomar o mundo, então jorra para fora, projetando-se como os jatos que destruíram as barreiras da realidade, lâminas de cristal que saem para todas as direções, afiadas, carregadas de seu sangue brilhante, mas azuis acima de tudo, pois mesmo quando a luz dourada domina o céu ela irradia a imagem que a consagrou. Zorak, ao lado, corpo de mármore dominado pela crisálida, o rosto congelado pelo último grito, a constatação da derrota, afinal, mesmo depois de tudo o que viveu.

E o Príncipe é dissolvido pelo tiro de Metatron, que devolve a energia recebida com a Luz do Julgamento. Dessa vez, ela avassala a Torre de Babel para que nunca mais possa ser usada por aqueles que querem enxergar o céu. A espada da estátua de Pietru Negro é como uma faca de bolso perto da purificação do mensageiro, o aparelho de pedra branca que sobreviveu a tantos neanos, inclusive ao primeiro ataque, é esmigalhado e despenca, assim como o prédio onde moravam a Hierofante e todos os seus filhos.

O fluxo que a Torre recebe passa pela Chama Cortante e então é transmitida, primeiro para o zigurate que olhava tudo lá de baixo, que se antes absorvia as vidas daqueles que estivessem próximos, agora implode, devolvendo tudo como se não pudesse suportar, regurgitando a energia de tantas existências doadas para esse dia, libertando-as. Um espetáculo incrível se não fosse terrível, o silêncio arranhado por um grito estridente de Bahamut, e eis as maiores estátuas de cristal que o mundo já viu, como se o dragão ancestral e também o zigurate fossem gigantes abatidos pela crisálida.

Todos os zigurates em cada capital recebem o mesmo pulso contrário e espremem-se em implosão, para depois estourarem vencidos pela derradeira doença dos magos, um massivo ouriço de vidro brilhante que reflete o fim da passagem de Nean. E todos aqueles que não foram arrebatados olham para os lados para identificar os sobreviventes, estupefatos, ou chorar pelos tomados pelo plano dos malditos imortais.

O que resta da Torre de Babel jaz, desencaixado, novas ruínas que testemunharam o mensageiro que agora se despede pela fenda. A Duquesa fundida ao chão num rastro de pedra da cor do céu sob Sarali. E diante da máquina decepada, abaixo da ferida no céu que se cura devagar, muitas lanças de cristal em volta de uma guerreira, as armas que finalmente lhe deram o descanso, posando para cima com o braço erguido, olhando para onde moram as Mães. Essa filha das reiliani que esteve no topo do mundo e diante da Porta da Verdade jaz, apontando para elas como se gritasse uma ofensa, mas sua mensagem não é outra coisa senão gratidão. No seu braço direito feito de cristal, sem derrubá-la mais, firme para que o fim dos tempos a tente dissolver, está não a lâmina rúnica, mas a Lâmina Celeste.

Táscia Elena

EPÍLOGO

Terra do Leste, sete neanos depois da Batalha da Noite Dourada

– É UMA honra para nós o recebermos aqui, senhor.

– Estou igualmente honrado.

– Veja, nestas galerias profundas estão livros, objetos e tesouros que foram vistos por poucas pessoas sob as Deusas. Mesmo eu nunca tive acesso a tudo. A sua presença abriu portas importantes.

– Compreendo e agradeço por terem me recebido.

Os tesouros da Cidade Vidente sobreviveram à destruição da Capela da Assunção e da Torre de Babel, memórias e segredos reunidos por tantos neanos para que mulheres e homens santos pudessem ousar chegar um pouco mais perto do conhecimento que as Deusas não permitirão mais que ninguém acesse.

Tomos e instrumentos científicos arcadianos, coletados nas ruínas que sobreviveram à primeira queda humana diante de Metatron; objetos pessoais de Pietru Negro e seus seguidores, como seus instrumentos musicais, anotações filosóficas, canções e até mesmo desenhos; intrincados exemplares da produção cultural álvica e albina, mais raras de se obter por mãos humanas do que suas armas e tratados mágicos; esculturas dorfes e orcs, pinturas de duendes e outras obras de arte que o visitante não entende por que razão estariam reunidas, senão por curadores excêntricos da Alta Hierarquia do Templo, amantes da criação dos seres que morrem e que não morrem.

– Pensei que apenas veria ouro e relíquias históricas que pudessem valer alguma coisa.

A mulher vestida em uma longa túnica branca e púrpura sorri:

– E há maior tesouro do que o poder da Criação?

O visitante sorri e isso repuxa a sua pele distorcida sob a barba curta.

Mas nada disso lhe importa mais do que o cofre que é aberto com cuidado pela própria Hierofante Aorya. A porta maciça exige a ajuda do visitante, e ele a dá de bom grado à bela e madura líder da organização que até hoje mantém o seu domínio entre os reinos da Terra Pátria que sobreviveu ao cataclisma.

Quando ele enxerga o mar de cristal em sua frente, seu coração palpita e tem que engolir em seco para se manter de pé sem apoio.

Aorya para e deixa que ele entre, estique a mão e toque a estátua praticamente intacta, no meio de outras amostras de pessoas em crisálida, como se feita pelas próprias Deusas. Uma guerreira mulher ajoelhada em uma das pernas com uma espada exótica apontada para o alto, rodeada por ouriços de cristal da cor do céu.

O corpo azulado de vidro não tem cheiro senão o do ar parado do lugar. Quando o visitante desliza seus dedos pelas curvas preservadas da pessoa encasulada, ciente de que só um milagre dos céus poderia transformar a carne em algo tão belo e perfeito, não um vulto explodido por lanças de vidro, e sim uma representação exata da mulher como se feita diretamente pelo maior mestre artífice do mundo, sente uma fisgada ao cortar a pele nos detalhes que formam a boca levemente aberta da guerreira que impediu a abertura do céu.

Ele põe o dedo na boca e sente o próprio sangue, engolindo com esforço as outras memórias que lhe chegam até a garganta.

– A transação já foi certificada pelos seus contadores? – pergunta ele após suspirar e sentir o calor do hálito na palma da mão ao massagear os ossos acima do nariz com a ponta dos dedos.

– Naturalmente. E, como eu já havia dito, agradecemos novamente a generosa doação que será essencial para continuarmos a reconstrução de nossa sociedade.

– E eu já disse que vocês devem agir rápido, eu não confio nos dorfes. Eles já nos têm dependentes de suas máquinas e a infinita quantidade de minérios que estão indo para as ferrovias.

– Um desenvolvimento que tem lhe trazido muitos lucros.

– Apenas o suficiente para que eu possa ter recursos para financiar vocês.

A Hierofante respira fundo e recompõe o sorriso perdido por um instante:

– O transporte será feito hoje mesmo. Basta a sua aprovação da inspeção.

– Está aprovado – ele diz sem hesitar, olhando para a estátua de braços cruzados, como se abraçasse a si próprio – É de fato o que eu quero.

– Tem certeza que não prefere manter aqui? É um cofre que sobreviveu mesmo à fúria dos céus.

– Pode ficar tranquila, eu já criei uma estrutura mais segura que a de vocês para receber a peça. Faço questão que esteja ao meu alcance.

Sem tirar a mão da estátua de vidro, ele olha para Aorya com seu olho azul que não está coberto pela crisálida. O lado direito tem um tapa-olho cobrindo a vitrificação da pele que vai até a orelha partida. A barba loira curta desenha bem o seu ainda belo rosto, mesmo deformado. Seus cabelos loiros presos atrás da cabeça com uma fita vermelha contrastam com o casaco longo e escuro, de um vermelho rubro de sangue quase negro.

– Assim será feito, senhor Espendi.

FIM

AGRADECIMENTOS

E ESTE É o fim da jornada de Táscia Elena, a mulher que chegou ao topo do mundo. Este livro foi escrito entre os anos de 2015 a 2021, tendo várias cenas e sequências sido realizadas dentro de um ônibus no translado entre trabalho e casa quando ainda estava na Editora Globo. Depois mais algumas cenas foram criadas no início da minha atuação na editora Panini Brasil, um período com experiências marcantes e intensas demais que não me permitiram continuar e terminar este romance na época.

Quando deixei a Panini em 2019 e passei a me dedicar somente à Editora Draco, muitos projetos ainda pendentes puderam enfim vir à realidade. *Guirlanda Rubra* foi materializado no famigerado ano de 2020, começo da pandemia de COVID-19, e o subsequente prêmio Odisseia Literatura Fantástica para Narrativa Longa de Fantasia, assim como as resenhas empolgantes que recebi, foram a motivação que faltava para finalizar a marcha do pequeno exército de Babélia até a Cidade Vidente. Como antes, obrigado a todos que fizeram isso possível. Muito obrigado a todos os apoiadores da campanha, influenciadores, divulgadores e amigos que têm me ajudado a trilhar rumo à Verdade.

Alessandra de Paiva Wanderley

Alexandre M. Katz Hohn

Alexandre Roberto Alves

Alexey Dodsworth

Aline da Silva Pisani

Allana Dilene de Araújo de Miranda

Alyne Rosa

Amarilis Chu Schneider

Ana Lúcia Merege

André de Albuquerque Brito

Antonio Tadeu Ferreira Sobrinho

Beatriz da Silva Fraga Nunes

Bernardo Stamato

Bruno Henrique Oliveira Lima

Caio Souza Pimentel
Camila Atan Morgado, a Lupina
Carlos Eduardo Cordeiro Fini
Carolina Lima
Celso Cavalcanti
Cesar Lopes Aguiar
Charles Lindberg Dourado Júnior
Cristina Glória de Freitas Araujo
Dandansama
Dango Yoshio
Daniel Bispo
Daniel Feltrin
Daniel Fusco Borba
Débora Mille
Diego Fernando de Oliveira Costa
Diego P. Soares
Diogo Gomes
Eliete Dos Santos Ferreira de Melo
Elora Mota
Everaldo Santos Cardoso
Emanuel Victor Barroso Leite
Fernanda Leoncio de Sousa
Flávio Cesar de Medeiros Junior
Gabriel Farias Lima
Gabriel Guedes Souto
Gerson Lodi-Ribeiro
Giovana Assis
Giovana Lopes de Paula
Giuliano Pereira
Isabela Ferraz Flôr
Israel Santos Pinho
Ivan G. Pinheiro
J.C.Gray
Janine Kuriu Anacleto
Jorge de Barros
Jose Joaquim Porto de Paula
JP Acciari
Leonardo Spirlandeli Batista
Letícia Albuquerque
Lorena da Silva Domingues
Luana Muzy
Luciana Liscano Rech
Luis Alberto de Seixas Buttes
Luis Felipe Lima
Luiz Arnaldo Menezes
Luiz Carlos de Moraes
Mário Henrique Perin Bernardo
Matheus Bastos C. Chaves
Matheus Piccoloto Gonçalves
Melissa Barth
Murilo Zibetti
mushi-san
Oracir Alberto Pires do Prado
Otto Arantes
Patrícia Ferreira Magalhães Alves
Paulo Cilas

Priscila Gerolde Gava

Puri Matsumoto

Ricardo Domingos Pereira

Rodrigo Branco

Rodrigo Ortiz Vinholo

Rogério Faria

Saulo Luders Fernandes

Sophia Gaspar Leite

Tenshi CHN

Thiago Baptista

Thiago Carvalho Bayerlein

Tiago Campos

Victor Hernandes

Vinicius Gomes de Oliveira

Walter Fabiano de Siqueira

Washington Rodrigues Costa

Weber Urschei

Zé Wellington

Série Segunda Essência

Guirlanda Rubra (livro 1)

Lâmina Celeste (livro 2)

Contos

Bem longe daqui

Botão de Rosa

Em nome das mães

Para cair outra vez

Um mar de fogo

Este livro foi impresso em papel pólen na Renovagraf no fim da pandemia.